De lijst van de rechter

De boeken van John Grisham zijn nu ook verkrijgbaar als e-book

De aanklacht
Achter gesloten deuren
Advocaat van de duivel
De afperser
De bekentenis
De belofte
De beschuldiging
De broederschap
De claim
De cliënt
De deal
Dilemma
Het dossier
Het eiland
De erfgenaam
De erfpachters
De fraude
In het geding
De getuige
De gevangene
De klokkenluider
Het laatste jurylid
De medeplichtige
De onschuldigen
De ontvoering
Het oordeel
De oplichters
De partner
Het proces
Het protest
De rainmaker
Sterspeler
De storm
De straatvechter
Het testament
Een tijd om te doden (De jury)
Een tijd voor genade
De verbanning
De verdediging
Vergiffenis
Verloren seizoen
Het vonnis
De voortvluchtige
De wettelozen
Winterzon

John Grisham

De lijst van de rechter

A.W. Bruna Uitgevers

Oorspronkelijke titel
The Judge's List
© 2021 by Belfry Holdings, Inc.
Vertaling
Saskia Peterzon-Kotte
Omslagbeeld
© Gautier-Salles
Omslagontwerp
Studio Jan de Boer
© 2021 A.W. Bruna Uitgevers, Amsterdam

ISBN (gebonden) 978 94 005 1441 6
ISBN (paperback) 978 94 005 1277 1
NUR 332

1

Het telefoontje kwam binnen op de vaste lijn, via een centrale die minstens twintig jaar oud was en waaraan alle technologische vernieuwingen voorbij waren gegaan. Er werd opgenomen door een getatoeëerde receptioniste die Felicity heette, een nieuw meisje dat alweer weg zou zijn voordat ze precies begreep hoe de telefoons werkten. Ze gingen allemaal weg, leek het wel, vooral de administratief medewerkers. Het verloop was belachelijk. Het moreel was laag. Bij de Board on Judicial Conduct (BJC), die het gedrag van rechters toetste, was voor het vierde jaar op rij gesnoeid in het budget door een wetgevende macht die nauwelijks van hun bestaan afwist.

Het lukte Felicity om het telefoontje door te verbinden met het rommelige bureau van Lacy Stoltz, verderop in de gang. 'Er is telefoon voor u op lijn drie,' meldde ze.

'Wie is het?' vroeg Lacy.

'Dat wilde ze niet zeggen.'

Er waren heel veel manieren om daarop te reageren. Maar op dat moment verveelde Lacy zich en ze had geen zin om de nodige emotionele energie te verspillen om die meid behoorlijk toe te spreken en op haar nummer te zetten. Routines en protocollen verloederden steeds meer. De kantoordiscipline was ver te zoeken nu de BJC verviel tot een puinhoop zonder leider.

Als veteraan, dé veteraan, was het belangrijk om het goede voorbeeld te geven. 'Dank je,' zei ze en ze drukte op het knipperende lampje. 'Met Lacy Stoltz.'

'Goedemiddag, mevrouw Stoltz. Hebt u even?'

Een vrouw, welgemanierd, geen hoorbaar accent, ergens tussen de veertig en de vijftig. Lacy speelde altijd haar stemspelletje. 'Met wie heb ik het genoegen?'

'Op dit moment heet ik Margie, maar ik gebruik ook andere namen.'

Dat vond Lacy grappig en ze grinnikte bijna. 'Nou, je bent in elk geval eerlijk. Ik doe er meestal wel een tijdje over om me door alle aliassen heen te werken.'

Anonieme bellers waren aan de orde van de dag. Mensen met klachten over rechters waren altijd op hun hoede en aarzelden om zich openlijk uit te spreken tegen het systeem. Ze waren bijna allemaal bang voor represailles van hogerhand.

Margie zei: 'Ik wil u graag privé spreken.'

'Mijn kantoor is privé, als je wilt.'

'O, nee,' snauwde ze, kennelijk doodsbang door het idee. 'Dat gaat niet. Kent u het Siler Building, naast uw kantoor?'

'Natuurlijk,' zei Lacy en ze stond op en keek uit het raam naar het Siler Building, een van de vele kleurloze overheidsgebouwen in hartje Tallahassee.

Margie zei: 'Er zit een koffiebar op de begane grond. Kunnen we daar afspreken?'

'Ja hoor. Wanneer?'

'Nu. Ik zit aan mijn tweede latte.'

'Wacht even. Ik kom er zo aan. Weet je hoe ik eruitzie?'

'Ja. U staat op de website. Ik zit links achterin.'

Lacy's kantoor was inderdaad privé. Het kantoor links van haar was leeg nu een ex-collega naar een grotere instantie was gegaan. Aan de overkant was een kantoor omgebouwd tot provisorische voorraadkast. Ze liep richting Felicity en liep onderweg even binnen in het kantoor van Darren Trope, een man die er pas twee jaar werkte en nu al op zoek was naar een andere baan.

'Heb je het druk?' vroeg ze terwijl ze hem stoorde in zijn bezigheden.

'Niet echt.' Het deed er niet toe wat hij wel of niet aan het doen was. Als Lacy iets nodig had, was Darren van haar.

'Je moet me een gunst bewijzen. Ik ga nu naar het Siler voor een afspraak met een onbekende vrouw die zojuist heeft toegegeven dat ze een alias gebruikt.'

'O, ik ben dol op intriges. Veel leuker dan hier zitten lezen over een of andere rechter die schunnige opmerkingen heeft gemaakt tegen een getuige.'

'Hoe schunnig?'

'Nogal beeldend.'

'Foto's of filmpjes?'

'Nog niet.'

'Laat het me weten als je ze krijgt. Goed, vind je het vervelend om over een kwartiertje binnen te lopen en een foto te maken?'

'Welnee. Geen probleem. Enig idee wie ze is?'

'Geen flauw idee.'

Lacy verliet het pand, nam de tijd om een blokje om te gaan, genoot even van de koele lucht en slenterde de hal van het Siler Building binnen. Het was bijna vier uur en op dat tijdstip zaten er geen andere klanten koffie te drinken. Margie zat aan een tafeltje links achterin. Ze zwaaide snel, alsof iemand het zou kunnen zien en ze niet betrapt wilde worden. Lacy glimlachte en liep naar haar toe.

Afrikaans-Amerikaans, halverwege de veertig, professioneel, aantrekkelijk, beschaafd, lange broek, hoge hakken en beter gekleed dan Lacy, hoewel bij de BJC tegenwoordig elke outfit geoorloofd was. De oude baas wilde altijd jasje-dasje, maar die was twee jaar geleden met pensioen gegaan en de meeste regels waren samen met hem vertrokken.

Lacy liep langs de bar, waar de barista met haar ellebogen op het formica hing met haar handen om haar roze telefoon, die haar mateloos fascineerde. Ze keek niet op en piekerde er niet over om een klant te begroeten, en Lacy besloot dat ze nog een dosis cafeïne maar gewoon aan zich voorbij zou laten gaan.

Zonder op te staan stak Margie haar hand uit en zei: 'Aangenaam. Wilt u koffie?'

Lacy lachte naar haar, schudde haar de hand en ging tegenover haar aan het vierkante tafeltje zitten. 'Nee, dank je. Je heet Margie, toch?'

'Nu wel even.'

'Oké, dat is geen beste start. Waarom gebruik je een alias?'

'Het duurt uren om mijn verhaal te vertellen en ik weet niet of u het wel wilt horen.'

'Vanwaar dan al die moeite?'

'Alstublieft, mevrouw Stoltz.'

'Lacy.'

'Alsjeblieft, Lacy. Je hebt geen idee wat voor emotioneel trauma ik heb opgelopen om op dit punt in mijn leven te komen. Ik zit er helemaal doorheen, oké?'

Ze zag er prima uit, al was ze wel een beetje nerveus. Misschien kwam het door die tweede latte. Haar ogen schoten heen en weer. Ze waren mooi en werden omrand door een groot paars montuur. Waarschijnlijk zat er vensterglas in. De bril maakte deel uit van de outfit, als subtiele vermomming.

Lacy zei: 'Ik weet niet goed wat ik moet zeggen. Als jij nu eens gewoon begint met praten, dan zien we wel waar we uitkomen.'

'Ik heb over je gelezen.' Ze stak haar hand in haar rugzak en haalde er behendig een map uit. 'De zaak van de indiaanse casino's, nog niet zo lang geleden. Je hebt een rechter aangepakt die geld afroomde en ervoor gezorgd dat ze in de bak belandde. Een verslaggever beschreef het als het grootste omkoopschandaal in de geschiedenis van de Amerikaanse jurisprudentie.' De map was vijf centimeter dik en wekte een onberispelijk georganiseerde indruk.

Het viel Lacy op dat ze het woord 'jurisprudentie' gebruikte. Raar, voor een leek.

'Het was een grote zaak,' zei ze zogenaamd bescheiden.

Margie lachte en zei: 'Groot? Je hebt een misdaadsyndicaat opgerold, de rechter aan de kaak gesteld en een stel mensen naar de gevangenis gestuurd. Ze zitten er allemaal nog, geloof ik.'

'Klopt, maar ik heb het echt niet in mijn eentje gedaan. De FBI was er nauw bij betrokken. Het was een ingewikkelde zaak en er zijn doden bij gevallen.'

'Onder wie je collega, Hugo Hatch.'

'Ja, ook Hugo. Merkwaardig. Vanwaar al deze research naar mij?'

Margie strengelde haar handen ineen en liet ze boven op de map rusten, die ze nog niet had geopend. Haar wijsvingers trilden een beetje. Ze keek naar de ingang en wierp een blik om zich heen, hoewel er niemand was binnengekomen, niemand was vertrokken, niemand zich had verroerd, zelfs de barista niet, die met haar hoofd in de wolken zat. Ze nam een slok. Als dit inderdaad haar tweede latte was, had ze die nauwelijks aangeraakt. Ze had het woord 'trauma' gebruikt. Opgebiecht dat ze 'erdoorheen' zat. Lacy besefte dat de vrouw doodsbang was.

Margie zei: 'O, ik weet niet of je het research moet noemen. Ik heb gewoon iets van internet geplukt. Dat doet iedereen, hoor.'

Lacy glimlachte en probeerde haar geduld te bewaren. 'Ik weet niet of we zo ergens komen.'

'Het is jouw taak om onderzoek te doen naar rechters die worden beschuldigd van wangedrag, hè?'

'Klopt.'

'En dat doe je nu al... hoe lang?'

'Sorry, maar wat maakt dat uit?'

'Alsjeblieft.'

'Twaalf jaar.' Nu ze dat getal noemde, was het net alsof ze een nederlaag toegaf. Het klonk zo lang.

'Hoe raak je betrokken bij een zaak?' vroeg Margie zenuwachtig.

Lacy haalde diep adem en maande zichzelf rustig te blijven. Mensen met klachten die zo ver gekomen waren, gedroegen zich vaak gespannen. Ze zei met een glimlach: 'Tja, meestal neemt iemand met een klacht over een rechter contact met ons op en dan maken we een afspraak. Als het bezwaar enige grond lijkt te hebben, dient de persoon in kwestie een formele aanklacht in, die we vijfenveertig dagen achter slot en grendel bewaren terwijl we de aanklacht onderzoeken. Dat noemen we een beoordeling. Negen van de tien keer eindigt het daarmee en wordt het bezwaar verworpen. Als we een mogelijke misstand ontdekken, lichten we de rechter in en heeft hij of zij dertig dagen om te reageren. Gewoonlijk neemt iedereen dan een advocaat in de arm. We doen onderzoek, er komen hoorzittingen, we dragen getuigen aan, de hele mikmak.'

Terwijl ze aan het praten was, kwam Darren in zijn eentje binnen, stoorde de barista door een decafé te bestellen, wachtte erop zonder acht te slaan op de twee vrouwen en nam zijn koffie mee naar een tafeltje aan de andere kant van de ruimte, waar hij zijn laptop openklapte en zo te zien serieus aan het werk ging. Volslagen ongemerkt richtte hij de camera van de laptop op Lacy's rug en Margies gezicht, zoomde in voor een close-up en begon te filmen. Hij maakte een video en een paar foto's. Als Margie het al in de gaten had, liet ze het niet merken.

Ze luisterde aandachtig naar Lacy en vroeg: 'Hoe vaak komt het voor dat een rechter uit zijn ambt wordt ontzet?'

Ook nu weer: wat maakte dat uit? 'Niet zo vaak, gelukkig. We hebben jurisdictie over duizend rechters en de overgrote meerderheid bestaat uit eerlijke, hardwerkende vakmensen. De meeste klachten die we krijgen zijn niet zo heel ernstig.

Ontevreden partijen die hun zin niet hebben gekregen. Veel echtscheidingszaken. Veel advocaten die boos zijn omdat ze hebben verloren. We hebben het altijd druk, maar de meeste conflicten worden opgelost.'

Het klonk als een saaie baan en na twaalf jaar voelde het ook zo.

Margie luisterde aandachtig en tikte met haar vingertoppen op de map. Ze haalde diep adem en vroeg: 'Degene die de aanklacht indient, wordt die altijd met naam en toenaam genoemd?'

Lacy dacht even na en zei: 'Uiteindelijk wel, ja. Het komt zelden voor dat de aanklagende partij anoniem blijft.'

'Waarom?'

'Omdat de eiser meestal de feiten van de zaak kent en moet getuigen tegen de rechter. Het is moeilijk om een rechter aan de kaak te stellen als de mensen die hij kwaad heeft gemaakt bang zijn om zich te melden. Ben je bang?'

Het woord alleen al leek haar angst aan te jagen. 'Ja, dat kun je wel zeggen,' gaf ze toe.

Lacy fronste haar voorhoofd en keek verveeld. 'Zeg, laten we ter zake komen. Hoe ernstig is het gedrag waar je het over hebt?'

Margie sloot haar ogen en wist uit te brengen: 'Moord.'

Ze deed ze onmiddellijk weer open, waarna ze om zich heen keek om te zien of iemand het gehoord had. Er was niemand dichtbij genoeg om het te kunnen horen, behalve Lacy, die het aanhoorde met de keiharde scepsis die ze na al die jaren in het vak had ontwikkeld. Ze prentte zichzelf in dat ze geduld moest hebben. Toen ze weer naar Margies ogen keek, zag ze dat die vochtig waren.

Lacy boog zich naar voren en vroeg zachtjes: 'Beweer je nu dat een van onze huidige rechters een moord heeft gepleegd?'

Margie beet op haar lip en knikte. 'Ik weet dat het zo is.'

'Mag ik weten hoe je dat weet?'

'Mijn vader was een van zijn slachtoffers.'

Lacy nam het in zich op en keek nu zelf om zich heen. 'Slachtoffers? Bedoel je meer dan één?'

'Ja. Ik geloof dat mijn vader zijn tweede slachtoffer was. Ik weet niet zeker hoeveel het er waren, maar ik weet wel zeker dat hij schuldig is.'

'Interessant.'

'Dat is zacht uitgedrukt. Hoeveel klachten heb je gekregen over rechters die mensen hebben vermoord?'

'Eh, niet één.'

'Precies. Hoeveel rechters zijn er in de geschiedenis van Amerika veroordeeld voor moord terwijl ze werkzaam waren bij de rechtbank?'

'Ik heb er nog nooit van gehoord.'

'Precies. Nul. Dus doe dit niet af als "interessant".'

'Ik wilde je niet kwetsen.'

Aan de andere kant van de bar rondde Darren zijn belangrijke werk af en ging weg. Geen van beide vrouwen schonk aandacht aan zijn vertrek.

'Ik voel me niet gekwetst. Meer zeg ik niet in deze koffiebar. Ik heb heel veel informatie die ik graag met jou wil delen en met niemand anders, maar niet hier.'

Lacy had haar portie mafkezen en onevenwichtige types wel gehad, met dozen en papieren zakken vol documenten waaruit duidelijk zou blijken dat een of andere sukkel op de stoel van de rechter verschrikkelijk corrupt was. Vrijwel altijd kon ze na een persoonlijk gesprek van een paar minuten haar oordeel al vellen en plannen gaan maken om de klacht op de stapel 'afgewezen' te leggen. Door de jaren heen had ze geleerd om mensen te doorzien, al was bij veel van de malloten die naar haar toe kwamen een snelle evaluatie niet echt een uitdaging.

Margie, of hoe ze ook heette, was geen mafkees, geen malloot en ook geen onevenwichtig type. Ze was iets op het spoor en ze was bang.

Lacy zei: 'Oké. Wat gaan we nu doen?'

'Hoe bedoel je?'

'Hoor eens, jij hebt mij gebeld. Wil je praten of niet? Ik speel geen spelletjes en ik heb geen tijd om informatie uit je te trekken, of uit wie dan ook die over een rechter komt klagen. Ik verspil een hoop tijd aan mensen uit wie ik informatie moet zien te peuren terwijl ze mij gebeld hebben. Ik trek één keer per maand een doodlopend spoor na. Ga je praten of niet?'

Margie huilde weer en veegde haar wangen droog. Lacy keek haar zo meelevend mogelijk aan, maar had eigenlijk meer zin om van tafel te gaan en nooit meer terug te komen.

Toch intrigeerde dat idee van moord haar wel. Haar dagelijkse beslommeringen bij de BJC bestonden deels uit het aanhoren van de alledaagse, onbenullige klachten van ongelukkige mensen met kleine probleempjes, die weinig te verliezen hadden. Een moord door een zittende rechter leek te sensationeel om waar te zijn.

Eindelijk zei Margie: 'Ik heb een kamer in het Ramada aan East Gaines. Daar kunnen we na werktijd afspreken. Maar je moet wel alleen komen.'

Lacy knikte alsof ze dat al verwacht had. 'Met wat voorzorgsmaatregelen. We hebben een regel waardoor het verboden is om buiten kantoor en in mijn eentje een eerste afspraak met een aanklagende partij te hebben. Ik moet een andere onderzoeker meenemen, een van mijn collega's.'

'Zoals meneer Trope daar?' vroeg Margie met een knikje naar Darrens lege stoel.

Lacy draaide zich langzaam om alsof ze wilde kijken waar ze het in hemelsnaam over had, terwijl ze wanhopig een antwoord probeerde te bedenken.

Margie vervolgde: 'Ik weet het door jullie website, oké? Lachende gezichten van al het personeel.' Uit haar aktetas haalde ze een grote kleurenfoto van zichzelf en schoof die over tafel. 'Hier, met de hartelijke groeten, een recente portretfoto van mezelf die veel beter is dan de paar die meneer Trope zojuist stiekem heeft gemaakt.'

'Waar heb je het over?'

'Ik weet zeker dat hij mijn foto al door jullie gezichtsherkenningssoftware heeft gehaald en niets heeft gevonden. Ik sta in geen enkele database.'

'Waar heb je het over?' Margie sloeg de spijker op zijn kop, maar Lacy stond perplex en was nog niet bereid om het toe te geven.

'O, dat weet je heus wel. Je komt alleen en anders zie je me nooit meer terug. Je bent de meest ervaren onderzoeker bij jullie op kantoor en op dit moment heb je alleen een tijdelijke baas. Waarschijnlijk kun je alles doen waar je zin in hebt.'

'Was het maar zo makkelijk.'

'Laten we zeggen dat het een borrel na het werk is. We spreken af in de bar en als het gezellig is gaan we naar boven, naar mijn kamer, en hebben we nog meer privacy als we praten.'

'Ik kan niet meegaan naar je kamer. Dat is tegen onze regels. Als er een aanklacht wordt ingediend en het noodzakelijk is om elkaar privé te ontmoeten, kan ik dat pas doen. Iemand moet weten waar ik ben, in elk geval in het begin.'

'Goed dan. Hoe laat?'

'Een uur of zes?'

'Ik zit in de hoek rechts achterin, en ik kom alleen, net als jij. Geen zenders, geen recorders, geen verborgen camera's, geen collega's die net doen alsof ze iets zitten te drinken terwijl ze intussen aan het filmen zijn. En doe Darren de groeten van me. Misschien kan ik me op een dag aan hem voorstellen. Afgesproken?'

'Afgesproken.'

'Oké. Dan kun je nu gaan.'

Terwijl Lacy om het gebouw heen liep en terug naar haar kantoor slenterde, moest ze toegeven dat ze zich niet kon herinneren dat ze tijdens een eerste gesprek ooit zo'n harde schop onder haar kont had gekregen.

Ze schoof de kleurenfoto over Darrens bureau heen en zei: 'Lekker dan. Gigantisch betrapt. Ze kent onze namen, functies en persoonsnummers. Ze heeft me deze foto gegeven en zei dat die veel beter was dan de paar die jij met je laptop hebt gemaakt.'

Darren pakte de foto en zei: 'Nou, daar heeft ze gelijk in.'

'Enig idee wie ze is?'

'Nee. Ik heb haar gezicht door onze wasstraat gehaald, maar er kwam niks uit. Wat, zoals je weet, niet veel zegt.'

'Het zegt dat ze de afgelopen zes jaar niet is gearresteerd in Florida. Kun je het bij de FBI proberen?'

'Waarschijnlijk niet. Die vragen om een reden en aangezien ik niks weet, kan ik die niet geven. Mag ik een voor de hand liggende vraag stellen?'

'Vraag maar raak.'

'De BJC is toch een onderzoekskantoor?'

'Dat zeggen ze, ja.'

'Waarom zetten we onze foto's en bio's dan op een nogal suffe website?'

'Dat moet je aan de baas vragen.'

'We hebben geen baas. We hebben een ambitieuze pennenlikker die straks alweer weg is voordat we haar kunnen missen.'

'Dat zal wel. Hé, Darren, we hebben het hier al honderd keer over gehad. We willen onze knappe koppies niet op welke BJC-pagina dan ook. Daarom heb ik die van mij al vijf jaar niet vervangen. Ik zie er nog steeds uit als vierendertig.'

'Ik zou zeggen eenendertig, maar ik ben niet objectief.'

'Dank je.'

'Nou ja, het kan ook weinig kwaad, denk ik. We zitten niet bepaald achter moordenaars en drugsdealers aan.'

'Inderdaad.'
'Maar wat is nou haar klacht, wie ze ook mag zijn?'
'Weet ik nog niet. Bedankt voor je steun.'
'Daar had je ook echt iets aan.'

2

De lounge van het Ramada besloeg een grote hoek van het hoge glazen atrium van het hotel. Om zes uur wemelde het in de chromen bar van de goedgeklede lobbyisten die op jacht waren naar aantrekkelijke secretaresses van de verschillende instanties, en de meeste tafeltjes waren bezet. De wetgevende macht van Florida hield vijf straten verderop zitting in het Capitool en alle lounges in de binnenstad zaten vol met belangrijke mensen die over politiek praatten en naar geld en seks hengelden.

Lacy liep naar binnen, kreeg de nodige blikken toegeworpen van de mannelijke aanwezigen en liep naar het gedeelte rechts achterin, waar ze Margie alleen aan een tafeltje in de hoek aantrof met een glas water voor zich. 'Bedankt dat je gekomen bent,' zei ze toen Lacy plaatsnam.

'Geen probleem. Ken je deze tent?'

'Nee. Eerste keer. Behoorlijk populair, hè?'

'In deze tijd van het jaar wel, ja. Het wordt rustiger zodra de kermis voorbij is.'

'De kermis?'

'De parlementaire zitting. Van januari tot en met maart. Doe de drankenkast op slot. Verstop vrouwen en kinderen. Je kent dat wel.'

'Nee, sorry.'

'Ik neem aan dat je niet hier woont.'

'Nee, inderdaad niet.'

Een gekwelde serveerster kwam haastig bij hen staan en

vroeg of ze iets wilde drinken, terwijl ze fronsend naar het glas water keek. Haar boodschap was tamelijk duidelijk: hé meiden, we hebben het druk en ik kan jullie tafel ook aan iemand geven die wel wil betalen voor drank.

'Een glas pinot grigio,' zei Lacy.

'Voor mij ook,' beaamde Margie snel en de serveerster liep weg.

Lacy keek naar rechts en naar links om zich ervan te vergewissen dat niemand kon horen wat ze zeiden. Dat was niet het geval. De tafels stonden ver genoeg uit elkaar en er kwam een gestaag geroezemoes vanaf de bar, dat alles overstemde.

Lacy zei: 'Oké. Dus je woont niet hier en ik weet niet hoe je echt heet. Ik vind het een nogal moeizaam begin, maar dat ben ik wel gewend. Hoe dan ook, ik heb je geloof ik al verteld dat ik veel tijd verspil aan mensen die me bellen en dan dichtklappen op het moment dat ze hun verhaal moeten vertellen.'

'Wat wil je als eerste weten?'

'Wat dacht je van je naam?'

'Die kan ik je wel vertellen.'

'Geweldig.'

'Maar ik wil wel weten wat je met mijn naam gaat doen. Maak je een dossier aan? Is dat een digitaal dossier of een ouderwets papieren dossier? Als het digitaal is, waar wordt het dan opgeslagen? Wie komt er nog meer te weten hoe ik heet?'

Lacy slikte en keek haar met een vorsende blik aan. Margie werd ongemakkelijk van haar starende blik en keek de andere kant op.

Lacy vroeg: 'Je bent nerveus en gedraagt je alsof je wordt gevolgd.'

'Ik word niet gevolgd, Lacy, maar alles laat een spoor achter.'

'Een spoor dat iemand anders kan volgen. Is die iemand de rechter die je verdenkt van moord? Help me eens een handje, Margie. Geef me iets.'

'Alles laat een spoor achter.'

'Dat zei je al.'

De serveerster kwam verhit naar hun tafeltje en bleef net lang genoeg staan om twee glazen wijn en een schaaltje nootjes neer te zetten.

Margie leek de wijn niet op te merken, maar Lacy nam een slok. Ze zei: 'Goed, we waren bij dat namengedoe gebleven. Ik schrijf hem ergens op en hou hem in eerste instantie buiten ons netwerk.'

Margie knikte en werd iemand anders. 'Jeri Crosby, zesenveertig, hoogleraar in de politieke wetenschappen aan de universiteit van South Alabama in Mobile. Eén huwelijk, één scheiding, één kind, een dochter.'

'Dank je. En je denkt dat je vader is vermoord door een zittende rechter. Klopt dat?'

'Ja, een rechter in Florida.'

'Dat brengt het aantal terug tot ongeveer duizend.'

'Een circuitrechter in het Twenty-Second Judicial District.'

'Indrukwekkend. Nu zitten we nog maar op ongeveer veertig. Wanneer krijg ik de naam van je verdachte?'

'Heel binnenkort. Kunnen we iets rustiger aan doen? Op dit moment is er weinig voor nodig om me op de kast te krijgen.'

'Je hebt je wijn nog niet aangeraakt. Misschien helpt dat.'

Jeri nam een slok, haalde diep adem en zei: 'Ik schat dat je een jaar of veertig bent.'

'Bijna. Negenendertig, dus voor je het weet ben ik veertig. Traumatisch?'

'Best wel, vind ik. Maar het leven gaat door. Dus tweeëntwintig jaar geleden zat je nog op de middelbare school, hè?'

'Ik denk het wel. Wat maakt dat uit?'

'Rustig maar, Lacy, ik ben nu aan het woord, oké? We komen er wel. Jij was nog maar een puber en je hebt waarschijnlijk nooit iets gelezen over de moord op Bryan Burke, een gepensioneerde hoogleraar in de rechten.'

'Nooit van gehoord. Je vader?'

'Ja.'

'Wat erg voor je.'

'Ja, dank je. Mijn vader heeft bijna dertig jaar lang gedoceerd aan de Stetson Law School in Gulfport in Florida. In de omgeving van Tampa.'

'Ik ken de opleiding.'

'Hij is op zijn zestigste wegens familieomstandigheden met pensioen gegaan en is teruggekeerd naar zijn geboorteplaats in South Carolina. Ik heb een lijvig dossier over mijn vader, dat ik je later nog wel een keer zal geven. Hij was een bijzondere man. Het spreekt vanzelf dat zijn dood ons leven op zijn kop heeft gezet, en eerlijk gezegd ben ik er nog steeds van ondersteboven. Het is al erg genoeg om een van je ouders veel te jong te verliezen, maar als het om moord gaat, een onopgeloste moord nog wel, is het helemaal verschrikkelijk. Na tweeentwintig jaar ligt de zaak te verstoffen en de politie heeft het opgegeven. Zodra we beseften dat ze niets bereikten, heb ik gezworen dat ik er alles aan zou doen om zijn moordenaar te vinden.'

'Heeft de politie het opgegeven?'

Ze dronk wat wijn. 'Na een tijdje wel, ja. Het dossier staat nog open en af en toe praat ik met hen. Ik neem het de agenten niet kwalijk, snap je? Ze hebben hun uiterste best gedaan, gezien de omstandigheden, maar het was een perfecte moord. Net als alle andere.'

Lacy nam een slok wijn. 'Een perfecte moord?'

'Ja. Geen getuigen. Geen sporen, althans niet die te herleiden zijn naar de moordenaar. Schijnbaar geen motief.'

Lacy wilde bijna vragen: *en wat verwacht je dan van mij?*

Maar ze nam nog een slokje en zei: 'Ik weet niet of de Board on Judicial Conduct is uitgerust om onderzoek te doen naar een oude moordzaak in South Carolina.'

'Dat vraag ik ook niet. Jullie jurisdictie betreft rechters uit

Florida die betrokken zouden kunnen zijn bij wandaden, toch?'

'Inderdaad.'

'En daartoe behoort ook moord?'

'Ik neem aan van wel, maar daar hebben we nog nooit mee te maken gehad. Dat is zwaarder werk, voor de staatsjongens, misschien de FBI.'

'De staatsjongens hebben het geprobeerd. De FBI heeft geen belangstelling, om twee redenen. Ten eerste is het geen federale kwestie. Ten tweede is er geen bewijs waardoor de moorden met elkaar in verband kunnen worden gebracht, dus de FBI weet niet, en ik denk dat niemand het weet behalve ikzelf, dat we met een mogelijke seriemoordenaar te maken hebben.'

'Heb je contact opgenomen met de FBI?'

'Jaren geleden. Als familie van het slachtoffer zochten we wanhopig naar hulp. Het leidde nergens toe.'

Lacy dronk nog meer wijn. 'Oké, je maakt me zenuwachtig, dus laten we hier heel langzaam doorheen gaan. Jij denkt dat een zittende rechter je vader tweeëntwintig jaar geleden heeft vermoord. Was die rechter al in dienst toen de moord plaatsvond?'

'Nee. Hij is in 2004 gekozen.'

Dat gegeven liet Lacy tot zich doordringen terwijl ze om zich heen keek. Aan het tafeltje naast hen was een lobbyist gaan zitten – zo zag hij er tenminste uit – die haar aangaapte met de ordinaire wellustigheid die niet ongebruikelijk was in de buurt van het Capitool. Ze keek hem vuil aan totdat hij zijn blik afwendde, en daarna boog ze zich verder over het tafeltje heen. 'Ik zou het prettiger vinden om ergens anders te praten. Het wordt me hier te druk.'

Jeri zei: 'Ik heb een kleine vergaderruimte op de eerste verdieping. Ik verzeker je dat het er veilig en beschermd is. Als ik je probeer aan te vallen, kun je altijd gillen en wegrennen.'

'Ik weet zeker dat het prima is.'

Jeri rekende de wijn af en ze verlieten de bar en het atrium en gingen met de lift omhoog naar de businessverdieping, waar Jeri de deur van een van de vele kleine vergaderruimten openmaakte. Er lagen verschillende dossiers op tafel.

De vrouwen gingen tegenover elkaar aan tafel zitten met de dossiers onder handbereik en niets tussen hen in. Geen laptops. Geen schrijfblokken. Ze hadden allebei hun telefoon in hun tas gelaten. Jeri was zichtbaar meer ontspannen dan in de bar en begon: 'Zo, laten we off the record praten, zonder aantekeningen. Voorlopig, in elk geval. Mijn vader, Bryan Burke, is in 1990 met pensioen gegaan. Hij had bijna dertig jaar aan Stetson gedoceerd en was een legende, een geliefde hoogleraar. Mijn moeder en hij besloten terug te gaan naar Gaffney in South Carolina, het dorp waar ze waren opgegroeid. Ze hadden heel veel familie daar in de buurt en er is daar wat grond die van de ene generatie op de volgende was overgegaan. Ze bouwden een mooie kleine cottage in het bos en legden een tuin aan. De moeder van mijn moeder woonde op het terrein en ze zorgden voor haar. Al met al was het een fijn pensioen. Ze hadden hun schaapjes op het droge, leefden behoorlijk gezond en waren actief in de plattelandskerk. Papa las veel, schreef artikelen voor juridische vakbladen, ging om met oude vrienden en sloot nieuwe vriendschappen in het dorp. En toen werd hij vermoord.'

Ze stak haar hand uit om een dossier te pakken, een blauwe A4-map, zo'n tweeënhalve centimeter dik, net als de andere. Ze schoof hem over tafel en zei: 'Dit is een verzameling artikelen over mijn vader, zijn carrière en zijn dood. Sommige zijn met de hand opgeduikeld en sommige komen van internet, maar het dossier is niet online opgeslagen.'

Lacy sloeg de map niet open.

Jeri vervolgde: 'Achter het gele tabblad zit een foto van mijn vader op de plaats delict. Ik heb hem een paar keer gezien, maar wil er liever niet meer naar kijken. Kijk jij maar.'

Lacy sloeg de map open achter het tabblad en keek met gefronst voorhoofd naar de vergrote kleurenfoto. De overledene lag tussen het onkruid met een klein touw om zijn nek, dat strak was aangetrokken en in zijn huid sneed. Het touw was zo te zien van nylon, blauw van kleur, en was besmeurd met opgedroogd bloed. Achter in de nek was het stevig vastgeknoopt.

Lacy sloeg de map dicht en fluisterde: 'Wat verschrikkelijk.'

'Het is heel raar. Na tweeëntwintig jaar leer je met de pijn om te gaan en het in een hokje te stoppen, waar hij meestal wel blijft als je hard genoeg je best doet. Maar als je even niet oplet, komen je herinneringen terug. Op dit moment gaat het wel, Lacy. Op dit moment gaat het goed, want ik praat met jou en doe er iets aan. Je hebt geen idee hoeveel uur ik bezig ben geweest om hier te komen. Het is zo moeilijk, zo angstaanjagend.'

'Misschien kunnen we het over het misdrijf hebben.'

Ze haalde diep adem. 'Natuurlijk. Papa maakte graag lange wandelingen door de bossen achter de cottage. Mama ging vaak mee, maar ze had last van artritis. Op een schitterende lentedag in 1992 gaf hij haar een kus, pakte zijn wandelstok en liep over het pad. Volgens de autopsie was het dood door verstikking, maar er was ook een hoofdwond. Het was niet zo moeilijk om ervan uit te gaan dat hij iemand was tegengekomen die hem op zijn hoofd had geslagen waardoor hij buiten westen was geraakt, en dat zijn belager het heeft afgemaakt met dat nylonkoord. Hij was van het pad af gesleept en in een ravijn achtergelaten, waar ze hem aan het eind van de middag vonden. Op de plaats delict was niets te zien – geen stomp voorwerp, geen schoen- of laarsafdrukken – en de grond was droog. Geen sporen van een worsteling, geen verdwaalde haren of vezels achtergelaten. Niks. Het koord is geanalyseerd in forensische labs en daar kwam niks uit. Er zit een beschrijving van in het dossier. De cottage staat niet ver van het dorp maar wel wat afgezonderd, en er waren geen getuigen, niks ongebruikelijks. Geen auto of vrachtwagen met nummerborden uit een andere staat. Geen onbekenden die rondsnuffelden. Er zijn heel veel plekken waar je kunt parkeren en ongezien het gebied binnen kunt sluipen, om zonder enig spoor weer te vertrekken. Er is in tweeëntwintig jaar helemaal niks aan de oppervlakte gekomen, Lacy. Alle aanwijzingen lopen dood. We hebben de harde werkelijkheid geaccepteerd dat het misdrijf nooit zal worden opgelost.'

'We?'

'Ja, nou ja, het is eigenlijk meer een eenpersoonsmissie. Mijn moeder is twee jaar na mijn vader overleden. Ze is er nooit bovenop gekomen en heeft zich min of meer laten wegglijden. Ik heb een oudere broer in Californië en die heeft zich er een paar jaar mee beziggehouden, tot hij geen belangstelling meer had. Hij was het zat om elke keer te horen dat de politie geen vorderingen maakte. We spreken elkaar af en toe, maar dan hebben we het bijna nooit over papa. Dus ik sta er alleen voor. En het is een eenzame bedoening.'

'Klinkt afschuwelijk. En het lijkt ook een heel eind, van de plaats delict in South Carolina naar een rechtbank in de Florida Panhandle. Wat is het verband?'

'Dat is eerlijk gezegd niet helemaal duidelijk. Er komt een hoop speculatie bij kijken.'

'Je bent niet helemaal hierheen gekomen met slechts speculaties. Hoe zit het met het motief?'

'Het motief is alles wat ik heb.'

'Ben je van plan dat met me te delen?'

'Wacht even, Lacy. Je hebt geen idee. Ik kan niet geloven dat ik iemand hier van moord zit te beschuldigen zonder bewijs.'

'Je beschuldigt niemand, Jeri. Je hebt een mogelijke verdachte, anders zou je hier niet zijn. Zeg me wie het is, ik zal het niet verder vertellen. Niet voordat je me daar toestemming voor geeft, oké? Begrijp je dat?'

'Ja.'

'Goed, we hadden het over het motief.'

'Het motief vreet al vanaf het begin aan me. Ik heb niemand in de omgeving van mijn vader gevonden die hem niet mocht. Hij was een academicus die een leuk salaris had en zijn geld spaarde. Hij investeerde nooit in handeltjes of grond of dat soort dingen. Sterker nog, hij verachtte ontwikkelaars en speculanten. Hij had een paar collega's, andere professoren in de rechten, die geld waren verloren op de aandelenmarkt en aan oplichtingspraktijken zoals de aankoop van deelappartementen, en hij had niet veel medelijden met hen. Hij had geen aandelen, geen partners, geen joint ventures; dingen die meestal gepaard gaan met conflicten en vijanden. Hij had een hekel aan schulden en betaalde zijn rekeningen op tijd. Hij was zijn vrouw en zijn gezin trouw, voor zover we weten. Als je Bryan Burke had gekend, had je onmogelijk kunnen geloven dat hij zijn vrouw zou bedriegen. Hij werd eerlijk behandeld door zijn werkgever, Stetson, en werd bewonderd door zijn studenten. In die dertig jaar aan Stetson is hij vier keer verkozen tot Eminent Hoogleraar in de Rechten. Hij liet achteloos een promotie tot decaan aan zich voorbijgaan omdat hij lesgeven als de hoogste roeping beschouwde en hij in de collegezaal wilde staan. Hij was niet volmaakt, Lacy, maar hij kwam er verdomd dicht bij in de buurt.'

'Ik wilde dat ik hem gekend had.'

'Hij was een charmante, lieve man, voor zover bekend zonder vijanden. Het was geen beroving, want zijn portemonnee lag thuis en er ontbrak niets op zijn lichaam. Het was absoluut geen ongeluk. Dus de politie tast al vanaf het begin in het duister.'

'Maar...'

'Maar... Er zou meer kunnen zijn. Het is vergezocht, maar het is alles wat ik heb. Ik heb dorst. Jij?'

Lacy schudde haar hoofd. Jeri liep naar een dressoir, schonk ijswater uit een kan in een glas en ging weer zitten. Ze haalde diep adem en vervolgde: 'Zoals ik al zei was mijn vader dol op de collegezaal. Hij vond doceren fantastisch. Voor hem was het een voorstelling, en hij was de enige acteur op het toneel. Hij vond het heerlijk om volledig de scepter te zwaaien over zijn omgeving, zijn materiaal en vooral zijn studenten. Er is een zaal op de eerste verdieping van de rechtenfaculteit die tientallen jaren zijn domein was. Er hangt daar nu een plaquette en de zaal is naar hem genoemd. Het is een minicollegezaal met tachtig zitplaatsen in een halvemaanvorm en elke voorstelling was uitverkocht. Zijn colleges over constitutioneel recht waren fascinerend, uitdagend en vaak geestig. Hij had een geweldig gevoel voor humor. Iedere student wilde professor Burke – hij had er een hekel aan om dr. Burke te worden genoemd – voor constitutioneel recht, en de studenten die niet waren ingeloot, volgden zijn colleges vaak als toehoorders zodat ze toch aanwezig konden zijn. Het was niet ongebruikelijk dat bezoekende hoogleraren, decanen, alumni en oud-studenten naar binnen glipten om een zitplaats te bemachtigen, vaak op een klapstoel achterin of in de gangpaden. De rector magnificus, zelf advocaat, was een regelmatige bezoeker. Zie je het voor je?'

'Ja, en ik kan het me niet indenken. Ik denk met afgrijzen terug aan mijn eigen rechtenstudie.'

'Dat lijkt de norm te zijn. De tachtig studenten, allemaal eerstejaars, die het geluk hadden te worden ingeloot, wisten dat hij keihard kon zijn. Hij verwachtte dat ze zich voorbereidden en er klaar voor waren zich uit te spreken.'

Haar ogen werden weer vochtig toen ze aan haar vader dacht. Lacy glimlachte en knikte en probeerde haar te bemoedigen.

'Papa was dol op college geven en hij was dol op de socratische manier van lesgeven, waarbij hij een willekeurige student aanwees en hem of haar vroeg een zaak te bepleiten zodat de andere studenten er iets van konden leren. Als de student een fout maakte of geen stand kon houden, ontstond er vaak een netelige discussie. Door de jaren heen heb ik veel van zijn oud-studenten gesproken en hoewel ze allemaal hun grote bewondering uitspreken, huiveren ze nog steeds bij de gedachte om met professor Burke over staatsrecht te discussiëren. Hij werd gevreesd, maar uiteindelijk enorm bewonderd. En alle oud-studenten waren geschokt door zijn dood. Wie zou in hemelsnaam professor Burke willen vermoorden?'

'Je hebt oud-studenten gesproken?'

'Ja. Onder het voorwendsel dat ik anekdotes over mijn vader verzamelde voor een eventueel boek. Dat heb ik jaren gedaan. Het boek zal er nooit komen, maar het is een geweldige manier om een gesprek te beginnen. Je zegt gewoon dat je aan een boek werkt en mensen beginnen te praten. Ik heb minstens twintig foto's toegestuurd gekregen door oud-studenten. Papa bij een buluitreiking. Papa die een biertje dronk bij een softbalwedstrijd van studenten. Papa als rechter in de studentenrechtbank. Allemaal kleine stukjes van het universiteitsleven. Ze waren dol op hem.'

'Je hebt er ongetwijfeld een dossier van.'

'Natuurlijk. Niet hier, maar ik laat het je graag zien.'

'Later misschien. We hadden het over het motief.'

'Ja. Nou, heel wat jaren geleden sprak ik een advocaat in Orlando die bij mijn vader gestudeerd had, en hij vertelde me een interessant verhaal. Hij had een studiegenoot die heel doorsnee was, niets bijzonders. Mijn vader wees hem op een dag aan om een zaak te bespreken die te maken had met het Vierde Amendement, huiszoekingen en inbeslagnemingen. Die student was goed voorbereid, maar zijn mening stond lijnrecht tegenover die van mijn vader, dus kregen ze een fikse ruzie. Mijn vader vond het heerlijk als studenten gepassioneerd raakten en terugvochten. Maar deze student maakte een paar opmerkingen die nogal extreem en ongepast waren, en hij was ook nogal arrogant in de manier waarop hij met professor Burke schertste, die het allemaal met een lach wist af te doen. Bij het volgende college dacht de student blijkbaar dat hij een tijdje buiten schot zou blijven, dus had hij zich niet voorbereid. Papa wees hem opnieuw aan. Je eruit proberen te kletsen was een onvergeeflijke zonde en de student ging ontzettend af. Twee dagen later wees professor Burke diezelfde student voor de derde keer aan. Hij had zich voorbereid en was klaar voor de strijd. Het ging hard tegen hard en papa dreef hem langzaam maar zeker in een hoek. Het is niet slim om in discussie te gaan met een professor die al jaren hetzelfde vak doceert, maar deze jongen was arrogant en zelfverzekerd. De doodsteek was een oneliner waarmee de positie van de student onderuit werd gehaald en het dak eraf ging. Hij werd vernederd en raakte volledig buiten zinnen. Hij vloekte, smeet met een schrijfblok, griste zijn rugzak mee en stampte de collegezaal uit, waarbij de deur bijna achter hem versplinterde.

Mijn vaders timing was perfect toen hij zei: "Ik weet niet of hij wel geschikt is voor juryprocessen."

Er barstte een bulderend gelach los in de collegezaal, zo hard dat de student het wel moet hebben gehoord. Hij liet het college vallen en ging in de tegenaanval. Hij diende een aanklacht in bij de decaan en de rector magnificus. Hij beschouwde zichzelf als het pispaaltje en stopte uiteindelijk met zijn rechtenstudie. Hij schreef brieven aan alumni, politici en andere hoogleraren, echt bizar gedrag. Hij schreef brieven aan mijn vader. Ze waren opmerkelijk goed geschreven, maar onsamenhangend en niet echt bedreigend. De laatste brief werd verstuurd vanuit een psychiatrische privékliniek in de buurt van Fort Lauderdale en was met de hand geschreven op het briefpapier van de instelling. Hij beweerde dat hij een zenuwinzinking had die volledig was veroorzaakt door mijn vader.'

Ze zweeg en nam een slok water.

Lacy wachtte even en zei: 'Dat is alles? Het motief is een verbolgen rechtenstudent?'

'Ja, maar het ligt gecompliceerder dan dat.'

'Laten we het hopen. Wat is er met hem gebeurd?'

'Hij kreeg alles weer op een rijtje en studeerde in Miami af in de rechten. Nu is hij rechter. Hoor eens, ik weet dat je sceptisch bent en daar heb je alle reden toe, maar hij is de enige mogelijke verdachte op de wereld.'

'Waarom ligt het gecompliceerder?'

Jeri wierp een langdurige blik op de dossiers aan de andere kant van de tafel. Het waren er vijf, allemaal zo'n tweeënhalve centimeter dik, allemaal een andere kleur. Lacy volgde haar blik en eindelijk viel het kwartje, dus vroeg ze: 'Zijn dat nog vijf slachtoffers van dezelfde moordenaar?'

'Als ik dat niet zou denken, zou ik hier niet zijn.'

'Er is vast en zeker een verband.'

'Eigenlijk twee. Ten eerste de modus operandi. Ze zijn alle zes op hun hoofd geslagen en daarna verstikt met hetzelfde soort nylonkoord. Elk koord sneed in de huid van de nek met een identieke knoop en werd achtergelaten als een soort visitekaartje. En ze hadden alle zes een vervelende geschiedenis met onze rechter.'

'Een vervelende geschiedenis?'

'Hij kende ze goed. En hij hield ze jarenlang in de gaten.'

Lacy haalde diep adem, slikte moeizaam en kreeg een knoop in haar maag. Ze had ineens een droge mond, maar wist uit te brengen: 'Zeg maar niet hoe hij heet. Ik weet niet of ik daar wel aan toe ben.'

Er viel een lange stilte en beide vrouwen staarden naar de muur. Ten slotte zei Lacy: 'Zeg, ik heb wel genoeg gehoord voor één dag. Laat me dit even verwerken, dan bel ik je daarna.'

Jeri lachte en knikte naar haar en was ineens een stuk rustiger. Ze wisselden telefoonnummers uit en namen afscheid. Lacy haastte zich door de lobby en kon niet wachten tot ze in haar auto zat.

3

Haar appartement was een chique, ultramoderne wooneenheid in een pas gerenoveerd pakhuis niet ver van de campus van Florida State University. Ze woonde alleen, het grootste deel van de tijd tenminste, met Frankie, haar onhebbelijke Franse buldog. De hond wachtte altijd bij de deur en wrong zich in allerlei bochten om een plasje te doen in de bloemperken, ongeacht het tijdstip. Lacy liet hem naar buiten om te plassen, schonk een glas wijn in, liet zich op de bank vallen en keek door het grote vlakglazen raam.

Het was begin maart, de dagen werden langer maar waren nog steeds te kort. Ze was opgegroeid in het Midwesten en miste de koude, donkere winters met te veel sneeuw en te weinig zon helemaal niet. Ze was dol op de Panhandle met de milde winters, echte seizoenen en lange, warme lentedagen. Over twee weken zou de klok verzet worden, de dagen zouden lengen en het universiteitsstadje zou nog bruisender worden met barbecues in de achtertuin, zwembadfeestjes, cocktails op het dakterras en etentjes in de buitenlucht. Dat was dan voor de volwassenen. De studenten zouden in de zon bivakkeren, naar het strand gaan en bruin worden.

Zes moorden.

Na twaalf jaar onderzoek doen naar rechters had Lacy het idee dat niets haar meer choqueerde. Ze was ook zo door de wol geverfd dat ze Jeri's verhaal ernstig in twijfel trok, zoals ze zo'n beetje elke klacht die op haar bureau terechtkwam in twijfel trok.

Maar Jeri Crosby loog niet.

Misschien klopten haar theorieën niet, sloegen haar vermoedens nergens op en was haar angst ongegrond. Maar ze geloofde dat haar vader vermoord was door een zittende rechter.

Lacy had hun bijeenkomst in het Ramada zonder ook maar iets verlaten. Het enige dossier dat ze geopend had, was op tafel blijven liggen zodat Jeri ermee kon doen wat ze wilde. Ze begon nieuwsgierig te worden. Ze keek op haar telefoon en zag twee gemiste oproepen van Allie Pacheco, haar vriend. Die was de stad uit en ze zou later wel met hem kletsen. Ze pakte haar laptop en begon te zoeken.

Het Twenty-Second Judicial District omvatte drie county's in de uiterste noordwesthoek van de staat. Onder de ongeveer vierhonderdduizend mensen die in het Twenty-Second woonden bevonden zich eenenveertig circuitrechters, die gekozen waren door diezelfde bevolking. In de twaalf jaar die ze bij de BJC werkte kon Lacy zich maar twee of drie kleine zaken uit het Twenty-Second herinneren. Van de eenenveertig rechters waren er vijftien in 2004 gekozen, in het jaar waarvan Jeri zei dat haar verdachte was aangesteld door de rechtbank. Van die vijftien was er slechts één die was afgestudeerd aan de rechtenfaculteit van de universiteit van Miami.

Binnen tien minuten had Lacy de naam Ross Bannick gevonden.

Hij was negenenveertig, afkomstig uit Pensacola, met een bachelor van de universiteit van Florida, en er werd niets vermeld over een vrouw of een gezin. Er stond een korte bio op de website van het gerechtelijk district. Zijn foto was een portret van een knappe man met donkere ogen, een sterke kin en heel veel peper-en-zoutkleurig haar. Lacy vond hem heel aantrekkelijk en vroeg zich af waarom hij niet getrouwd was. Misschien was hij gescheiden. Ze spitte nog iets verder zonder al te diep te graven en vond maar weinig over rechter Bannick. Kennelijk was het hem gelukt controverse te vermijden tijdens zijn tweeënhalve termijn als rechter. Ze keek in haar BJC-dossiers en vond geen enkele aanklacht die tegen hem was ingediend. In Florida werden advocaten geacht jaarlijks een beoordeling in te dienen over de rechters met wie ze te maken hadden gehad, anoniem natuurlijk. De afgelopen vijf jaar had Bannick de hoogste beoordeling gekregen van de balie. De opmerkingen waren lovend: vlug, punctueel, goed voorbereid, hoffelijk, professioneel, geestig, meelevend, slim, een 'intimiderend intellect'. Slechts twee andere rechters in het Twenty-Second kregen zulke hoge beoordelingen.

Ze groef verder en vond uiteindelijk wat vuiligheid. Het was een krantenartikel uit de *Pensacola Ledger*, gedateerd op 18 april 2000. Een lokale advocaat, Ross Bannick, vijfendertig jaar, was uit op zijn eerste politieke functie en probeerde een oude rechter in het Twenty-Second uit zijn ambt te laten ontzetten. Er ontstond onenigheid toen een van Bannicks cliënten, een vastgoedontwikkelaar, een voorstel indiende voor een waterpark op een of andere toplocatie in de buurt van een strand in Pensacola. Vrijwel iedereen was sterk tegen de aanleg van het park en te midden van de rechtszaken en alle heisa die daarmee gepaard ging, werd bekendgemaakt dat advocaat Bannick een belang van tien procent in de onderneming had. De feiten waren niet helemaal duidelijk, maar er werd aangenomen dat hij zijn betrokkenheid had geprobeerd te verhullen. Zijn tegenstander greep zijn kans en plaatste advertenties die fataal bleken te zijn. De verkiezingsuitslagen in een latere editie van de krant lieten een verpletterende nederlaag voor Bannick zien. Hoewel het onmogelijk vast te stellen was met zulk minimaal bewijs, zag het eruit alsof hij niks verkeerd had gedaan. Niettemin was hij dik verslagen door de zittende functionaris.

Lacy ging verder met spitten en vond de berichtgeving over de verkiezingen uit 2004. Er was een foto van de oude rechter, die eruitzag als minstens negentig, en er waren twee verhalen over zijn tanende gezondheid. Bannick voerde een gladde campagne en de controverse van vier jaar eerder was blijkbaar vergeten. Hij won met duizend stemmen verschil. Zijn tegenstander overleed drie maanden later.

Lacy merkte dat ze honger had en ze haalde een stuk overgebleven quiche uit de koelkast. Allie was drie avonden weggeweest en ze had niet gekookt. Ze schonk nog wat wijn in en ging aan de keukentafel zitten eten. In 2008 had Bannick geen tegenkandidaten bij de herverkiezingen. Zittende circuitrechters kregen zelden serieuze tegenstand in Florida, en trouwens ook niet in andere staten, en hij leek af te stevenen op een lange carrière op de rechterstoel.

Haar telefoon ging en ze schrok op. Verdiept in een andere wereld was ze zelfs de quiche vergeten. Onbekend nummer.

'Heb je zijn naam?' vroeg Jeri.

Lacy antwoordde met een glimlach: 'Het was niet moeilijk. Rechtenfaculteit Miami, gekozen in 2004 in het Twenty-Second. Dan bleef er nog maar één over.'

'Knappe vent, hè?'

'Ja. Waarom is hij niet getrouwd?'

'Haal je maar niks in je hoofd.'

'Dat doe ik ook niet.'

'Hij heeft een probleem met vrouwen, als onderdeel van zijn lange geschiedenis.'

Lacy haalde diep adem. 'Oké. Ik neem aan dat je hem niet ontmoet hebt?'

'O, nee. Ik zou niet in zijn buurt willen komen. Hij heeft overal beveiligingscamera's; in zijn rechtszaal, op zijn kantoor, thuis.'

'Dat is raar.'

'Raar is nog zacht uitgedrukt.'

'Zit je in de auto?'

'Ik rij naar Pensacola, misschien wel door naar Mobile. We kunnen zeker niet morgen afspreken?'

'Waar?'

'In Pensacola.'

'Dat is drie uur rijden vanaf hier.'

'Vertel mij wat.'

'En wat is het doel van onze afspraak dan?'

'Ik heb maar één doel in mijn leven, Lacy, en je weet wat dat is.'

'Ik heb een drukke dag morgen.'

'Je hebt het elke dag druk, hè?'

'Ik vrees van wel.'

'Oké. Zet me dan in je agenda en laat me weten wanneer we daar kunnen afspreken.'

'Natuurlijk. Ik kijk wel even.'

Er viel een lange stilte, zo lang dat Lacy uiteindelijk vroeg: 'Ben je er nog?'

'Ja. Sorry. Mijn gedachten dwalen soms af. Heb je veel gevonden online?'

'Een beetje. Verschillende verhalen over zijn verkiezingen, allemaal in de *Ledger.*'

'Ook dat artikel uit 2000 over die grondtransactie waarbij hij had aangepapt met die foute ontwikkelaar, waardoor hij de verkiezingen verloor?'

'Ja. Dat heb ik ook gelezen.'

'Ik heb ze allemaal in een map, als je ze wilt hebben.'

'Oké, we kijken wel.'

'Die verslaggever was een jongen die Danny Cleveland heette en die oorspronkelijk ergens uit het noorden kwam. Hij heeft een jaar of zes bij de *Ledger* gewerkt en is daarna een paar keer verkast. De krant in Little Rock, in Arkansas, was zijn laatste halte.'

'Laatste halte?'

'Ja. Ze hebben hem gevonden in zijn appartement. Verstikking. Zelfde koord, zelfde ongebruikelijke knoop. Zeelieden noemen hem de dubbele mastworp, nogal zeldzaam. Weer een onopgelost mysterie, weer een echte cold case.'

Lacy moest moeite doen om te reageren en merkte dat haar linkerhand trilde.

'Ben je er nog?' vroeg Jeri.

'Ik geloof het wel. Wanneer was...'

'In 2009. Geen spoortje bewijs achtergelaten. Hé Lacy, we zeggen veel te veel over de telefoon. Ik praat liever face to face. Laat me weten wanneer we weer kunnen afspreken.' Ze beëindigde het gesprek abrupt.

Haar romance met Allie Pacheco ging nu het derde jaar in en bleef volgens haar een beetje steken. Hij was achtendertig en hoewel hij het zelfs in therapie ontkende, had hij nog steeds littekens van een verschrikkelijk eerste huwelijk elf jaar daarvoor. Het had vier ellendige maanden geduurd en was goddank geëindigd zonder zwangerschap.

Het grootste obstakel voor een serieuzere regeling was een feit dat steeds duidelijker begon te worden: ze genoten allebei van de vrijheid van alleen wonen. Sinds de middelbare school had Lacy niet met een man samengewoond en ze stond er niet om te springen om er een om zich heen te hebben. Ze had van haar vader gehouden maar herinnerde zich hem als een bazige, chauvinistische kerel die zijn vrouw als sloofje behandelde. Haar moeder, altijd onderdanig, vergoelijkte zijn gedrag en fluisterde telkens weer: 'Het is gewoon zijn generatie.'

Het was een slap excuus en Lacy nam zich voor dat ze het nooit zou accepteren. Allie was inderdaad heel anders. Hij was aardig, attent, geestig en had, meestal, aandacht voor haar. Hij was ook een special agent bij de FBI die tegenwoordig het grootste deel van zijn tijd in Zuid-Florida op jacht was naar drugshandelaars. Als er weinig te doen was, wat zelden voorkwam, werd hij op terrorismebestrijding gezet. Er werd zelfs gesproken over overplaatsing. Na acht jaar als special agent met de nodige onderscheidingen was hij de eerste die in aanmerking kwam om te vertrekken. Tenminste, dat vond Lacy.

Hij liet altijd een tandenborstel en een reservescheersetje in haar extra badkamer liggen, en ook wat sweaters en vrijetijdskleding in de kast, genoeg om te blijven slapen als hij daar zin in had. Haar spullen waren ook altijd aanwezig in zijn flatje een kwartier bij haar vandaan. Een pyjama, oude sneakers, een nog oudere spijkerbroek, een tandenborstel en wat modebladen op de salontafel. Ze waren geen van beiden jaloers van aard, maar ze hadden allebei hun territorium afgebakend in het huis van de ander.

Lacy zou geschokt zijn geweest als ze zou horen dat Allie met iedereen het bed in dook. Daar was hij gewoon het type niet voor. Zij ook niet. Hun uitdaging, met zijn reizen en hun veeleisende schema's, was dat ze elkaar tevreden moesten houden. Dat kostte steeds meer moeite en dat kwam doordat, zoals een goede vriendin zei: 'Jullie de middelbare leeftijd naderen.' Lacy was ontsteld geweest door die opmerking en had Allie daarna een maand lang nagejaagd vanaf haar appartement naar zijn flat en terug, tot ze allebei uitgeput waren en een time-out vroegen.

Hij belde om halfacht en ze kletsten een tijdje. Hij was 'aan het surveilleren', wat dat ook mocht inhouden, en kon niet veel zeggen. Ze wist dat hij ergens in de buurt van Miami was. Ze zeiden allebei 'ik hou van je' en hingen op.

Als doorgewinterde agent wiens carrière alles voor hem betekende, was Allie de volleerde professional en vertelde daarom weinig over zijn werk, in elk geval aan Lacy. Tegen de mensen die hij nauwelijks kende noemde hij niet eens de naam van zijn werkgever. Als mensen erop aandrongen, was zijn standaardantwoord 'beveiliging'. Hij sprak het woord met zoveel autoriteit uit dat verdere vragen werden afgekapt. Zijn vrienden waren zelf ook agent. Toch waren er ook momenten, na een paar borrels misschien, waarop hij zijn waakzaamheid een beetje liet varen en in algemene termen over zijn werk praatte. Het was vaak gevaarlijk en net als de meeste agenten leefde hij voor de adrenalinestoot.

Vergeleken daarmee waren haar zaken altijd weer dezelfde alledaagse klachten over rechters die te veel dronken, geschenken van advocatenkantoren aannamen, de boel traineerden, zich partijdig opstelden en betrokken waren bij de plaatselijke politiek.

Zes moorden zouden haar werkdruk in elk geval wat afwisselender maken.

Ze stuurde een mail naar haar baas met de boodschap dat ze had besloten de volgende dag vrij te nemen en niet naar kantoor zou komen. Volgens het handboek mocht ze vier snipperdagen per jaar opnemen zonder dat er vragen zouden worden gesteld. Ze nam er zelden een op en had er zelfs nog drie over van het jaar ervoor.

Lacy belde Jeri en sprak af dat ze elkaar de volgende dag om één uur in Pensacola zouden ontmoeten.

4

Als Frankie er niet geweest was, zou ze haar snipperdag zijn begonnen met uitslapen, iets waar ze alleen maar van kon dromen. De hond maakte al voor zonsopkomst geluidjes en moest naar buiten. Daarna ging Lacy op de bank liggen en probeerde te slapen, maar Frankie vond dat het tijd was voor het ontbijt. Dus dronk Lacy koffie en zag het langzaam dag worden.

Haar gedachten waren een mengeling van opwinding vanwege haar afspraak met Jeri en de gebruikelijke angst om haar carrière. Over zeven maanden zou ze veertig worden, een realiteit die haar triest stemde. Ze genoot van haar leven, maar het gleed voorbij zonder echte trouwplannen. Ze had nooit naar kinderen van zichzelf verlangd en had al besloten dat het er niet van zou komen. En dat vond ze prima. Al haar vrienden hadden kinderen, sommige zelfs in de tienerleeftijd, en ze was blij dat ze niet met die uitdagingen hoefde te dealen. Ze kon zich niet voorstellen dat ze het geduld kon opbrengen om kinderen op te voeden in het tijdperk van mobiele telefoons, drugs, wisselende seksuele contacten, social media en verder alles op internet.

Ze was twaalf jaar daarvoor bij de BJC gaan werken. Ze had er al jaren geleden moeten vertrekken, zoals vrijwel alle collega's die ze had gekend. De BJC was een leuk beginpunt voor een carrière, maar een doodlopende straat voor iedere serieuze advocaat. Haar beste vriendin uit haar studietijd was partner bij een megafirma in Washington, maar die had een allesoverheersende levensstijl waar ze niets van wilde weten.

Hun vriendschap vergde nogal wat werk en Lacy vroeg zich vaak af of dat het allemaal wel waard was. Haar andere vriendschappen uit die tijd waren verwaterd; haar vriendinnen woonden verspreid door het hele land en werden in beslag genomen door drukke levens achter hun bureau en, als de tijd het toeliet, thuis met hun gezin.

Lacy wist niet waar ze moest zoeken of wat ze wilde, dus was ze te lang bij de BJC blijven hangen en was nu bang dat ze betere kansen had laten lopen. Haar grootste zaak, het hoogtepunt van haar carrière, lag achter haar. Drie jaar eerder had ze de leiding gehad over een onderzoek waarmee een circuitrechter werd opgepakt in het grootste gerechtelijke omkoopschandaal in de geschiedenis van Florida. Ze had de rechter erop betrapt dat hij het aanlegde met een misdaadsyndicaat dat miljoenen van een indiaans casino afroomde. De misdadigers zaten nu achter slot en grendel in federale gevangenissen en moesten jarenlange straffen uitzitten.

De zaak was sensationeel en bezorgde de BJC een kortstondige glorietijd. De meesten van haar collega's maakten gebruik van dat succes om een betere baan te krijgen. Maar de wetgevende macht toonde haar dankbaarheid met de zoveelste bezuinigingen op budgetten.

Haar hoogtepunt had een hoge tol van haar geëist. Ze was zwaargewond geraakt bij een in scène gezet auto-ongeluk in de buurt van het casino. Ze had weken in het ziekenhuis gelegen en maandenlang fysiotherapie gehad. Haar verwondingen waren genezen, maar de pijntjes en de stijfheid waren er nog. Hugo Hatch, haar vriend, collega en passagier, was bij het ongeluk om het leven gekomen. Zijn weduwe had een rechtszaak aangespannen wegens dood door schuld en Lacy had zelf ook een schadeclaim ingediend. Het proces zag er veelbelovend uit en er zou vrijwel zeker een leuke schikking uit voortkomen, maar het sleepte zich voort, zoals bij de meeste civiele rechtszaken het geval is.

Ze vond het onmogelijk om niet aan de schikking te denken. Er lag bijna een flinke stapel geld op tafel, fondsen die bijeen waren gebracht door het corrupte geld dat door de overheid in beslag was genomen. Maar de processen, zowel de strafzaak als de civiele zaak, waren gecompliceerd. Er was bepaald geen gebrek aan benadeelde mensen en hun hongerige advocaten die om cash schreeuwden.

Haar zaak stond nog niet op de rol en er was haar van meet af aan verzekerd dat dat ook nooit zou gebeuren. Haar advocaat had er alle vertrouwen in dat de gedaagden er niet aan moesten denken om voor een jury te verschijnen en uitleg moesten proberen te geven over het ingewikkelde beramen van een geënsceneerd ongeluk waarbij Hugo was omgekomen en zij gewond was geraakt. De schikkingsonderhandelingen konden nu elk moment beginnen en in de openingsronde zou het gaan om een bedrag van 'zeven cijfers'.

Veertig worden mocht dan traumatisch zijn, maar als ze het kon doen met een dikke bankrekening, zou dat de angel er wel een beetje uit halen. Ze had een behoorlijk salaris, wat geld dat ze van haar moeder had geërfd, geen schulden en een leuke spaarrekening. De schikking zou haar het zetje in de rug geven om weg te kunnen gaan. Waarheen wist ze niet precies, maar het was zeker leuk om erover na te denken. Haar dagen bij de BJC waren geteld en dat alleen al toverde een glimlach op haar gezicht. Het was bijna tijd voor een nieuwe carrière en het feit dat ze geen flauw idee had waar ze naartoe zou kunnen, was eigenlijk wel spannend.

Maar intussen moest ze wel wat dossiers afsluiten en onderzoek doen naar een paar rechters. Normaal gesproken begon ze de dag altijd met een peptalk om zichzelf ertoe te zetten om naar kantoor te gaan, maar vandaag niet. Ze was geïntrigeerd door Jeri Crosby en haar fantastische verhaal over een moordzuchtige rechter. Ze had haar twijfels over de waarachtigheid ervan, maar was nieuwsgierig genoeg om de volgende stap te zetten. Stel dat het waar was? Stel dat Lacy Stoltz haar schitterende carrière zou afronden met nóg een hoogtepunt? Nog een gloriemoment waarmee een stuk of zes cold cases zouden worden opgelost en waarmee ze de kranten zou halen. Ze zei bij zichzelf dat ze moest ophouden met dromen en aan de slag moest.

Ze douchte snel, deed een paar minuten over haar haar en make-up, schoot een spijkerbroek en sneakers aan, zette water en voer neer voor Frankie en verliet haar appartement.

Bij het eerste kruispunt reed ze rustig langs een voorrangsbord dat haar altijd aan haar auto-ongeluk deed denken. Het was gek hoe bepaalde herkenningstekens bepaalde herinneringen opriepen, en elke ochtend keek ze naar het bord en ging ze terug in de tijd. De herinnering was in een oogwenk weer verdwenen, tot de volgende dag. Drie jaar na de nachtmerrie was ze nog steeds voorzichtig achter het stuur, verleende ze altijd voorrang en overschreed ze nooit de maximumsnelheid.

Aan de westelijke rand van de stad, ver van het Capitool en de campus, reed ze het terrein van een oud winkelcentrum op, parkeerde de auto en liep om vijf over acht naar binnen bij Bonnie's Big Breakfast, een plaatselijke tent zonder studenten en zonder lobbyisten. Zoals altijd zat het er bomvol met verkopers en agenten. Ze pakte een krant en vond een plekje aan de bar, niet ver van het keukenraam waar de serveersters op hoge toon naar de koks riepen, die op hun beurt kleurrijke opmerkingen snauwden. Op de kaart stond gepocheerd ei met avocadotoast, een legendarisch gerecht waar Lacy zichzelf minstens één keer per maand op trakteerde. Terwijl ze wachtte, checkte ze haar mails en appjes en was blij dat ze alle belangrijke berichten vierentwintig uur voor zich uit kon schuiven. Ze stuurde Darren een kattebelletje met het nieuws dat ze niet op haar werk kwam.

Hij reageerde snel en vroeg of ze ontslag nam.

Zo was de sfeer bij de BJC tegenwoordig. Degenen die er nog zaten, werden ervan verdacht dat ze hun ontsnapping planden.

Om halftien reed Lacy op Interstate 10 naar het westen. Het was 4 maart, een dinsdag, en elke week verwachtte ze op die dag rond dat tijdstip een telefoontje van haar oudere en enige broer, Gunther. Hij woonde in Atlanta, waar hij een van de spelers in de business van de vastgoedontwikkeling was. Ongeacht de markt was hij altijd opgewekt, stond hij altijd op het punt om een of andere grote deal binnen te slepen, gesprekken die Lacy inmiddels spuugzat was, maar er zat niks anders op dan ze maar aan te horen. Hij maakte zich zorgen om haar en zinspeelde er meestal op dat ze haar baan moest opgeven en samen met hem voor het grote geld moest gaan. Ze sloeg het aanbod altijd beleefd af. Gunther balanceerde op het slappe koord en leek ervan te genieten om bij de ene bank te lenen om de andere te kunnen afbetalen, en altijd de curators te snel af te zijn. De laatste carrière die ze voor ogen had, was wel om nog meer winkelcentra te bouwen in de voorsteden van Atlanta. Een andere terugkerende nachtmerrie was dat ze Gunther als baas zou hebben.

Ze hadden altijd een hechte band gehad, maar zeven maanden daarvoor was hun moeder plotseling overleden en door dat verlies waren ze nog dichter naar elkaar toe gegroeid. En, vermoedde Lacy, ook door haar hangende rechtszaak. Gunther dacht dat ze miljoenen waard was en had de irritante gewoonte aangenomen om zijn zusje te bestoken met investeringsadviezen. Ze verheugde zich niet op de dag dat hij een lening nodig zou hebben. Gunther leefde in een wereld van schulden en zou haar gouden bergen beloven om maar meer geld te kunnen krijgen.

'Hé, zusje,' zei hij vrolijk. 'Hoe gaat het daar?'

'Goed, Gunther. En met jou?'

'Top, alles onder controle. Hoe gaat het met Allie? Hoe staat het met je liefdesleven?'

'Nogal saai. Hij is vaak de stad uit de laatste tijd. En met dat van jou?'

'Weinig te melden.' Pas gescheiden en nu belaagde hij vrouwen net zo enthousiast als banken, en ze had niet echt zin om daar veel over te horen. Na zijn twee mislukte huwelijken moedigde ze hem nu aan om iets selectiever te zijn, een advies dat hij routinematig in de wind sloeg.

'Het klinkt alsof je in de auto zit,' zei hij.

'Ik ben onderweg naar Pensacola om achter een getuige aan te gaan. Niks spannends.'

'Dat zeg je altijd. Ben je nog steeds op zoek naar een andere baan?'

'Ik heb nooit gezegd dat ik op zoek was naar een andere baan. Ik zei dat ik dit werk een beetje saai begin te vinden.'

'Hier valt meer te beleven, meid.'

'Dat zei je al. Je hebt tante Trudy blijkbaar niet zo vaak gesproken de laatste tijd.'

'Als ik het ook maar enigszins kan vermijden niet, nee.'

Trudy was de zus van hun moeder, een echte bemoeial die veel te veel moeite deed om de familie bij elkaar te houden. Ze rouwde om de plotselinge dood van haar zus en wilde haar ellende delen met haar neef en nicht.

'Ze belde twee dagen geleden en ze klonk vreselijk,' zei Lacy.

'Ze klinkt altijd vreselijk. Daarom kan ik ook niet met haar praten. Raar, hè? We hebben dat mens amper gesproken voordat mama overleed en nu wil ze opeens dat we beste maatjes zijn.'

'Ze heeft het moeilijk, Gunther. Wees niet zo hard.'

'Wie heeft het nou niet moeilijk tegenwoordig? Oeps. Hé, ik krijg een ander telefoontje. Een bankier die wat geld mijn kant op wil sturen. Ik moet ophangen. Ik bel je later wel. Dikke kus.'

'Dikke kus terug.'

Hun dinsdagse gesprekken eindigden meestal abrupt omdat hij werd bestookt met andere, belangrijkere telefoontjes. Lacy was opgelucht, want meestal begon hij over haar rechtszaak. Ze belde Darren op kantoor om hem gedag te zeggen en hem ervan te verzekeren dat ze er morgen gewoon weer zou zijn. Ze belde Allie en sprak zijn voicemail in. Ze zette haar telefoon uit en deed de radio aan. *Adele Live in London.*

5

Dankzij de gps vond ze de Brookleaf-begraafplaats in een oud deel van Pensacola en ze zette haar auto op het vrijwel lege parkeerterrein. Vlak voor haar stond een vierkant, bunkerachtig gebouw dat alleen maar een mausoleum kon zijn en daarachter lagen vele hectares vol grafstenen en -monumenten. Het was een rustige dag voor begrafenissen en er stond maar één andere auto.

Ze was tien minuten te vroeg en toetste Jeri's nummer in. Die nam op met: 'Zit jij in die koperkleurige Subaru?'

'Ja. Waar ben je?'

'Ik ben op de begraafplaats. Ga bij de hoofdingang door het hek en loop langs de oude graven.'

Lacy liep over een geplaveid pad met aan weerszijden verweerde monumenten en familiegraven, de laatste rustplaats van prominenten uit andere eeuwen. Mettertijd verloren de tombes aan betekenis en maakten plaats voor rijkelijk bewerkte grafstenen. Met een snelle blik naar beide kanten zag ze dat de begrafenissen tientallen jaren geleden hadden plaatsgevonden. Het pad boog af naar links en Jeri Crosby dook op van achter een van de weinige bomen die er nog stonden.

'Hallo, Lacy,' zei ze met een lach.

'Hallo, Jeri. Waarom hebben we op een begraafplaats afgesproken?'

'Ik dacht al dat je dat zou vragen. Ik zou kunnen zeggen dat het vanwege de privacy is, verandering van omgeving, of om andere redenen.'

'Laten we die andere redenen eens bekijken.'

'Goed, hoor.' Ze knikte en zei: 'Deze kant op.' Ze liepen langs honderden grafstenen en zagen er nog duizenden in de verte. Op een flauwe helling een heel eind verderop was een groepje grafdelvers aan het werk onder een paarse overkapping. Er was nog een kist onderweg. 'Hier,' zei Jeri terwijl ze van het pad af stapte en om een rij graven heen liep. Ze bleef staan en knikte zwijgend naar de laatste rustplaats van de familie Leawood. Vader, babydochter en zoon Thad, die was geboren in 1950 en was overleden in 1991.

Nadat ze even naar die ene grafsteen had staan kijken, wilde Lacy al vragen gaan stellen toen Jeri zei: 'Thad was een jongen uit deze omgeving, hij is hier opgegroeid, ging weg om te gaan studeren, kwam terug en kreeg een baan als maatschappelijk werker. Nooit getrouwd. Hij was padvinder en hij was dol op scouting, hij vond het heerlijk om met kinderen te werken. Hij was coach bij het jeugdhonkbal, gaf les op de zondagsschool, dat soort dingen. Hij woonde in zijn eentje in een flatje niet ver hiervandaan. Toen hij halverwege de twintig was, werd hij scoutingleider van Troep 722, een van de oudste troepen in de omgeving. Hij maakte er een fulltimebaan van en leek te genieten van elke minuut. Veel van zijn vroegere scouts koesteren nog warme herinneringen aan hem. Anderen iets minder. Rond 1990 hield hij er abrupt mee op en verliet de streek te midden van beschuldigingen over misbruik en aanranding. Het werd een schandaal en de politie opende een onderzoek, maar er kwam niets uit omdat de slachtoffers terugkrabbelden. Ik kan het ze niet kwalijk nemen. Wie zit er nou op die aandacht te wachten? Nadat hij de stad had verlaten, kwam de boel weer tot rust en de vermeende slachtoffers deden er het zwijgen toe. De politie was niet langer geïnteresseerd. Nadat hij was overleden, werd de zaak gesloten.'

'Hij is jong gestorven,' merkte Lacy op en ze wachtte op meer.

'Ja. Hij heeft een tijdje in Birmingham gewoond en is daarna van hot naar her gezworven. Ze hebben hem gevonden in Signal Mountain, een klein dorp in de buurt van Chattanooga. Hij woonde in een goedkope flat en bestuurde een vorkheftruck in een pakhuis. Op een avond ging hij joggen en kwam nooit meer terug. Een paar kinderen vonden zijn lichaam in het bos. Zo'n zelfde koord om zijn nek. Een lelijke klap op zijn hoofd en daarna verstikking. Voor zover ik weet, was hij de eerste, maar wie weet?'

'Je hebt ongetwijfeld een dossier.'

'O, jazeker. Er stonden enkele artikelen in de krant van Chattanooga, en de *Ledger* deed er hier verslag van. Een kort overlijdensbericht. De familie liet hem terugbrengen voor een eenvoudige ceremonie. En nu ligt hij hier. Genoeg gezien?'

'Dat lijkt me wel.'

'Laten we teruglopen.'

Ze volgden het pad terug naar hun auto's. Jeri zei: 'Stap in, ik rij. Het is een kort rondje. Heb je geluncht?'

'Nee. Ik heb geen honger.'

Ze stapten in Jeri's witte Toyota Camry en reden weg. Ze was extreem voorzichtig en keek nerveus in haar achteruitkijkspiegel. Na een tijdje zei Lacy: 'Je gedraagt je alsof iemand je achtervolgt.'

'Zo leef ik, Lacy. We bevinden ons nu op zijn terrein.'

'Dat meen je niet.'

'Ik ben bloedserieus. Twintig jaar lang heb ik de moordenaar in de gaten gehouden en soms denk ik dat hij mij in de gaten houdt. Hij loopt ergens rond en hij is slimmer dan ik.'

'Maar hij volgt je niet?'

'Dat kan ik niet met zekerheid zeggen.'

'Je weet het niet zeker?'

'Ik denk het niet.'

Lacy beet op haar tong en liet het erbij.

Een paar blokken verderop sloeg Jeri een bredere straat in en knikte naar een kerk. 'Dat is de Westburg Methodist Church, een van de grootste kerken in de stad. In het souterrain is een grote gemeenschapsruimte en daar komt Troep 722 al sinds jaar en dag bijeen.'

'Ik neem aan dat Ross Bannick lid was van die troep?'

'Ja.'

Ze passeerden de kerk en reden kriskras door verschillende straten. Lacy beet weer op haar tong om een vloedgolf aan vragen binnen te houden. Het was duidelijk dat Jeri het verhaal in haar eigen tempo vertelde. Ze reed Hemlock in, een prachtige lommerrijke straat met vooroorlogse huizen, allemaal goed onderhouden met smalle opritten en bloembedden rondom de veranda. Jeri wees ernaar en zei: 'In dat blauwe huis daar links woonde de familie Bannick. Ross is daar opgegroeid en zoals je ziet kon hij lopend naar school en naar de kerk, en naar de padvinders. Zijn ouders zijn dood en zijn zus heeft het huis gekregen. Ze is een heel stuk ouder. Hij heeft wat grond in Chavez County geërfd en daar woont hij. Alleen. Nooit getrouwd geweest.'

Ze reden langs het huis. Eindelijk vroeg Lacy: 'Was het een prominente familie?'

'Zijn vader was een geliefde kinderarts die op zijn eenenzestigste overleed. Zijn moeder was een excentrieke kunstenares die gek werd en is overleden in een instelling. Destijds was het gezin heel bekend. Ze waren lid van de anglicaanse kerk hier om de hoek. Kennelijk was het een leuk, gezellig buurtje.'

'Enige beschuldiging van misbruik door Thad Leawood?'

'Niet één. En ook geen bewijs daarvan. Zoals ik gisteren al zei, Lacy, ik heb geen bewijzen. Alleen aannamen op basis van ongegronde theorieën.'

Lacy wilde iets sarcastisch zeggen, maar deed het niet. Ze draaiden een bredere straat in en reden een paar minuten verder zonder iets te zeggen. Jeri sloeg een hoek om en de straten werden smaller, de huizen kleiner, de gazons minder keurig bijgehouden. Ze wees naar rechts en zei: 'Daar, dat witte houten huis met die bruine pick-up. Daar woonden de Leawoods. Thad is daar opgegroeid. Hij was vijftien jaar ouder dan Ross.'

Ze reden langs het huis. Lacy vroeg: 'Wie woont er nu?'

'Weet ik niet. Maakt ook niet uit. Er is geen enkele Leawood meer.'

Jeri sloeg af bij een kruispunt en zigzagde de woonwijken uit. Ze reden nu op een drukke snelweg richting het noorden. Na een tijdje vroeg Lacy: 'Hoe lang duurt de rondrit nog?'

'We zijn er bijna.'

'Oké. Vind je het erg als ik je wat vragen stel tijdens het rijden?'

'Nee hoor. Vraag maar raak.'

'De plaats delict in Signal Mountain, en het onderzoek. Wat weet je daarvan?'

'Bijna niks. De moord vond plaats in een gebied dat populair was bij joggers en wandelaars, maar er waren geen getuigen. Volgens de autopsie was het tijdstip van overlijden ergens tussen zeven en acht 's avonds, op een warme oktoberdag. Leawood klokte om vijf over vijf uit in het pakhuis, de gebruikelijke tijd, en vertrok. Hij woonde alleen en was erg op zichzelf, hij had heel weinig vrienden. Een buurman heeft hem rond halfzeven weg zien joggen vanaf zijn flat, en voor zover de politie weet is dat de laatste keer dat hij gezien is. Hij woonde aan de rand van het dorp, niet ver van het begin van het wandelpad.'

De verkeersdrukte nam af toen ze de buitenwijken van Pensacola achter zich lieten. Op een bord stond: CULLMAN, 12 KM.

Lacy zei: 'We gaan zeker naar Cullman?'

'Ja. Over een kilometer of drie komen we in Chavez County.'

'Ik kan niet wachten.'

'Geduld, Lacy. Dit is niet makkelijk voor me. Jij bent de enige die ik ooit in vertrouwen heb genomen en je moet me op mijn woord geloven.'

'Nog even over de plaats delict.'

'Ja, de plaats delict. De politie heeft niks gevonden. Geen haren of vezels, geen stomp voorwerp, niks behalve het nylonkoord om zijn nek, dat was vastgebonden met diezelfde knoop, een dubbele mastworp.'

'En het was hetzelfde soort nylonkoord?'

'Ja. Identiek aan het andere.'

Een bord maakte hun duidelijk dat ze nu in Chavez County waren. Lacy vroeg: 'Gaan we bij rechter Bannick langs?'

'Nee.'

Ze reden een vierbaansweg op en passeerden de buitenwijken van Cullman: fastfoodrestaurants, motels, winkelcentra.

Lacy vroeg: 'Goed, wat heeft de politie gedaan?'

'Het gebruikelijke. Ze hebben rondgespit, zijn de deuren langsgegaan, hebben met andere joggers en wandelaars gesproken, en met collega's, en hebben een of twee vrienden gevonden. Ze hebben zijn flat doorzocht, waar niks ontbrak, dus hebben ze beroving uitgesloten als motief. Ze hebben hun best gedaan, maar er kwam niks uit.'

'En dat was in 1991?'

'Ja. Een heel oude cold case zonder enige aanwijzing.'

Lacy begon te leren dat ze geduld moest hebben en haalde diep adem tussen de vragen door. 'Ik weet zeker dat je dit allemaal in een dossier hebt.'

'Klopt.'

'Hoe krijg je die informatie los bij de politie? Ze staan erom bekend dat ze hun dossiers goed beschermen.'

'Aanvragen die onder de vrije informatieverstrekking vallen. Ze werken tot op zekere hoogte mee, maar je hebt gelijk, ze geven je nooit alles. Ze hoeven alleen maar te beweren dat het een lopend onderzoek is en dan smijten ze de deur dicht.

Maar met de oude zaken gaan ze soms wel wat losser om. En bovendien ga ik met ze praten.'

'Laat je daarmee geen spoor achter?'

'Zou kunnen.'

Ze namen de afslag om de snelweg te verlaten en volgden de borden naar het historische centrum. 'Ben je weleens in Cullman geweest?' vroeg Jeri.

'Ik geloof het niet. Ik heb het gisteren gecheckt, maar de BJC heeft hier de afgelopen twintig jaar geen zaak gehad. Wel een paar in Pensacola, maar in Chavez County is het rustig geweest.'

'Hoeveel county's beheren jullie?'

'Te veel. We hebben vier onderzoekers op het kantoor in Tallahassee en drie in Fort Lauderdale. Dat zijn er zeven voor zevenenzestig county's, duizend rechters, zeshonderd rechtszalen.'

'Is dat genoeg?'

'Meestal wel. Gelukkig gedraagt het overgrote merendeel van onze rechters zich goed, met slechts een paar rotte appels.'

'Nou, hier heb je er een.'

Lacy reageerde niet. Ze reden in het verlengde van Main Street. Jeri draaide een zijstraat in, nam nog een afslag en bleef bij een kruispunt staan. Aan de overkant van de weg was een ingang naar een omheind complex. Achter het hek stonden moderne huizen en appartementengebouwen met keurige gazonnetjes.

Jeri zei: 'Dr. Bannick heeft dit terrein ruwweg veertig jaar geleden gekocht en het was een goede investering. Ross woont daar en verder dan dit komen we niet. Er hangen heel veel beveiligingscamera's.'

'Ik vind het dichtbij genoeg,' zei Lacy en ze wilde vragen wat het voor zin had om te weten waar hij woonde. Maar ze hield haar mond. Toen ze wegreden, zei ze: 'Laten we even terugkomen op de plaatselijke politie daar. Hoe kun je met hen praten zonder bang te zijn dat je een spoor achterlaat?'

Jeri grinnikte en schonk haar een glimlach, een zeldzaamheid. 'Ik heb een fictieve wereld gecreëerd, Lacy, en daarin ben ik vele personages. Een freelancejournalist, een misdaadverslaggever, een privédetective en zelfs een romanschrijfster, allemaal met verschillende namen en adressen. In dit geval deed ik me voor als een misdaadverslaggever uit Memphis, die werkte aan een uitgebreid artikel over cold cases in Tennessee. Ik heb de politiechef mijn visitekaartje gegeven en zelfs een telefoonnummer en e-mailadres. Een kort rokje en een heleboel charme doen wonderen. Het zijn allemaal mannen, weet je, het zwakke geslacht. Na een paar vriendelijke gesprekken stellen ze zich wel enigszins open.'

'Hoeveel telefoons heb je?'

'O, dat weet ik niet precies. Minstens vijf.'

Lacy schudde ongelovig haar hoofd.

'Bovendien moet je niet vergeten dat deze zaak volkomen in de vergetelheid is geraakt. Het is niet voor niks een "cold case". Zodra de politie besefte dat ze niets hadden om mee te werken, verloren ze al snel hun belangstelling. Het slachtoffer kwam niet uit hun eigen dorp en had geen familie die kwam rondsnuffelen en hen onder druk zette. Het misdrijf leek volslagen willekeurig en onmogelijk op te lossen. Bij sommige van die cold cases vinden de agenten het juist heel prettig als iemand met een frisse blik door het dossier spit.'

Ze waren weer terug in Main Street, in het historische gedeelte. Er kwam een statige rechtbank in Griekse stijl in beeld, midden in het centrum van de stad. Het plein eromheen stond vol met winkels en kantoren.

'Daar werkt hij,' zei Jeri en ze wees naar de rechtbank. 'We gaan niet naar binnen.'

'Ik heb genoeg gezien.'

'Er hangen overal camera's.'

'Denk je echt dat Bannick je zou herkennen? Kom op, zeg. Je hebt die man nooit ontmoet en hij heeft geen idee wie je bent of waar je op uit bent, toch?'

'Klopt, maar waarom zou ik het risico nemen? Eerlijk gezegd ben ik wel een keer naar binnen gegaan, jaren geleden. Het was de eerste dag van een termijn en in de rechtbank wemelde het van de mensen, met meer dan honderd mogelijke juryleden die waren opgeroepen. Ik bleef tussen de menigte en keek wat rond. Zijn rechtszaal is op de eerste verdieping, zijn kantoor is aan het begin van de gang. Het was heel raar, bijna overweldigend, om op dezelfde plek te zijn als de man die mijn vader heeft vermoord.'

Lacy werd getroffen door de zekerheid van haar woorden. Zonder bewijs, zonder iets tastbaars, was ze ervan overtuigd dat Bannick een moordenaar was. En zij, Lacy, werd geacht daarbij betrokken te raken en op de een of andere manier de waarheid en rechtvaardigheid te vinden.

Ze reden om het plein heen en verlieten het centrum. Jeri zei: 'Ik heb koffie nodig. Jij?'

'Nou en of. Is de rondrit voorbij?'

'Ja, maar we hebben nog meer te bespreken.'

6

Aan de rand van de stad stopten ze bij een restaurantketen en gingen naar binnen. Om halfdrie was het er leeg en ze kozen een zitje in een hoek, ver van de uitgestorven bar. Jeri had een grote tas bij zich, te groot voor een handtas. Lacy nam aan dat er dossiers in zaten. Ze bestelden koffie en dronken ijswater tijdens het wachten.

Lacy zei: 'Bij meer dan één gelegenheid heb je Thad Leawood beschreven als de eerste. Wie was de tweede?'

'Nou, ik weet niet hoeveel slachtoffers er zijn, dus ik kan niet met zekerheid zeggen dat Thad de eerste was. Tijdens mijn zoektocht heb ik er zes ontdekt, tot nu toe. Dat van Thad was in 1991 en ik denk dat mijn vader nummer twee was, het jaar daarop.'

'Oké. En je wilt niet dat ik aantekeningen maak.'

'Nog niet.'

'Danny Cleveland, de verslaggever, was in 2009. Was hij dan de derde?'

'Ik denk het niet.'

Lacy ademde geërgerd uit. 'Neem me niet kwalijk, Jeri, maar ik moet het echt uit je trekken. Ik raak weer gefrustreerd.'

'Geduld. Nummer drie, op mijn lijst tenminste, was een meisje dat hij tijdens zijn rechtenstudie had leren kennen.'

'Een meisje?'

'Ja.'

'En waarom heeft hij haar vermoord?'

De koffie werd geserveerd en ze zwegen. Jeri roerde er koffiemelk doorheen en nam de tijd. Ze keek terloops om zich heen en zei: 'Laten we het later over haar hebben. We hebben er nu drie besproken. Dat is voorlopig wel genoeg.'

'Prima. Maar gewoon uit nieuwsgierigheid: heb je bij de andere drie meer bewijs dan bij de eerste drie?'

'Niet echt. Ik heb het motief en ik heb de modus operandi. Dat is alles. Maar ik ben ervan overtuigd dat ze allemaal gelinkt zijn aan Bannick.'

'Dat begreep ik al, ja. Hij werkt al tien jaar als rechter. Verdenk je hem ook van moorden die gepleegd zijn nadat hij bij de rechtbank is aangesteld? Met andere woorden, doet hij het nog steeds?'

'Jazeker. Zijn laatste keer was twee jaar geleden, een gepensioneerde advocaat die in de Keys woonde. Een voormalig partner van een groot kantoor die ze gewurgd aantroffen in zijn vissersboot.'

'Dat kan ik me nog herinneren. Kronkite of zoiets?'

'Kronke, Perry Kronke, eenentachtig toen hij zijn laatste vis ving.'

'Het was een opzienbarende zaak.'

'Voor Miami wel, ja. Ze hebben daar meer vermoorde advocaten per hoofd van de bevolking dan waar dan ook. Echt iets om trots op te zijn, hè?'

'Drugshandel.'

'Uiteraard.'

'En de connectie met Bannick?'

'Hij liep in de zomer van 1989 stage bij Kronkes kantoor en voelde zich genaaid toen hem daarna geen baan werd aangeboden. Blijkbaar was hij daar echt goed kwaad om, want hij wachtte twintig jaar voordat hij wraak nam. Hij is buitengewoon geduldig, Lacy.'

Die informatie moest Lacy even verwerken. Ze nam een slok koffie en keek uit het raam.

Jeri boog zich voorover en zei: 'Naar mijn mening, als pseudodeskundige op het gebied van seriemoordenaars, was dat zijn grootste fout tot nu toe. Hij heeft een oude advocaat met veel vrienden vermoord, een die vroeger een uitstekende reputatie had. Twee van zijn slachtoffers waren mannen van statuur: mijn vader en Kronke.'

'En tussen die twee moorden zat twintig jaar.'

'Ja, dat is zijn modus operandi, Lacy. Ongebruikelijk, maar niet onbekend bij sociopaten.'

'Sorry, maar ik ben daar niet zo goed in thuis. Ik heb te maken met rechters die geestelijk prima in orde zijn, grotendeels tenminste, en die het verknallen als ze zaken negeren of persoonlijke aangelegenheden vermengen met hun rechterlijke plichten.'

Jeri glimlachte veelbetekenend en nam een slokje koffie. Ze keek nog eens om zich heen en zei: 'Een psychopaat heeft een ernstige mentale aandoening en vertoont antisociaal gedrag. Een sociopaat is een psychopaat die aan de peppillen zit. Niet echt medische definities, maar daar komt het wel op neer.'

'Ik luister, praat maar verder.'

'Mijn theorie is dat Bannick een lijst bijhoudt van mensen die hem hebben gekwetst of gekleineerd. Dat kan iets onbeduidends zijn, zoals een hoogleraar in de rechten die hem voor schut heeft gezet, of iets verwoestends als een scoutingleider die hem seksueel misbruikt heeft. Waarschijnlijk ging het prima met hem totdat hij als kind werd verkracht. Je kunt je moeilijk voorstellen wat dat met een kind doet. Daarom heeft hij altijd moeite gehad met vrouwen.'

Ook nu weer was haar rotsvaste overtuiging ontwapenend, maar ook verbijsterend. Ze had zo lang achter Bannick aan gezeten dat zijn schuld een onomstotelijk feit was.

Ze vervolgde: 'Ik heb honderden boeken over seriemoordenaars gelezen. Van de sensatieverhalen tot de academische verhandelingen. Vrijwel geen van hen wil gepakt worden, maar ze willen wel dat iemand – de politie, de familie van de slachtoffers, de pers – weet dat ze aan het werk zijn. Velen van hen zijn briljant, sommigen zijn ongelofelijk dom. Ze zijn er in alle soorten en maten. Sommigen moorden decennialang en worden nooit gepakt, anderen raken buiten zinnen en raffelen hun klus snel af. Dat zijn meestal degenen die fouten maken. Sommigen hebben een duidelijk motief, anderen moorden willekeurig.'

'Maar meestal worden ze wel gepakt, toch?'

'Moeilijk te zeggen. In dit land worden gemiddeld vijftienduizend moorden per jaar gepleegd. Een derde daarvan wordt nooit opgelost. Dat is vijfduizend dit jaar, vorig jaar, het jaar daarvoor... Sinds 1960 meer dan tweehonderdduizend. Er zijn zoveel onopgeloste moorden dat het onmogelijk te zeggen is of dit slachtoffer of dat slachtoffer is gedood door de handen van een seriemoordenaar. De meeste deskundigen zeggen dat dat een van de redenen is dat ze aanwijzingen achterlaten. Ze willen dat er iemand is die weet dat zij er zijn. Ze genieten van de angst en de afschuw. Zoals ik al zei: ze willen niet gepakt worden, maar ze willen wel dat iemand het weet.'

'Dus niemand, ook de FBI niet, weet hoeveel seriemoordenaars er rondlopen?'

'Niemand. En een paar van de beroemdste zijn nooit geïdentificeerd. Ze hebben Jack the Ripper nooit te pakken gekregen.'

Lacy kon haar lach niet onderdrukken. 'Sorry hoor, maar ik kan bijna niet geloven dat ik hier gezellig koffie zit te drinken in Podunk in Florida en intussen over Jack the Ripper praat.'

'Het is niet om te lachen, Lacy. Ik weet dat het bizar klinkt, maar het is allemaal waar.'

'Wat verwacht je nu van mij?'

'Geloof me gewoon, Lacy. Je moet me geloven.'

Lacy hield op met lachen en dronk nog wat koffie. Na een lange stilte, waarin ze geen van beiden oogcontact maakten, zei ze: 'Oké. Ik luister nog steeds. Uitgaande van jouw theorie, zeg je dan dat Bannick gepakt wil worden?'

'O, nee. Daar is hij veel te voorzichtig, te slim en te geduldig voor. En hij heeft te veel te verliezen. De meeste seriemoordenaars zijn, net als alle andere moordenaars, buitenbeentjes aan de zelfkant van de samenleving. Bannick heeft status, een fraaie carrière en waarschijnlijk wat oud familiegeld. Hij is ziek, maar houdt de schijn op. Kerk, countryclub, dat soort dingen. Hij is actief bij de plaatselijke balie, is voorzitter van een historische vereniging en gaat er zelfs prat op dat hij acteur is bij een toneelgroep in de county. Ik heb twee voorstellingen van hem gezien, echt vreselijk.'

'Heb je hem op het toneel gezien?'

'Ja. Er was maar weinig publiek, en daar was een goede reden voor, maar het was donker in het theater. Ik liep geen risico.'

'Hij klinkt niet antisociaal.'

'Zoals ik al zei, hij houdt de schijn op. Niemand zou hem ooit verdenken. Hij is zelfs in de omgeving van Pensacola gezien met een blondine aan zijn arm. Hij gebruikt er meerdere, waarschijnlijk betaalt hij ze, maar dat weet ik niet zeker.'

'Hoe weet je dat van die blondines?'

'Social media. De plaatselijke afdeling van het Amerikaanse kankerfonds houdt bijvoorbeeld het jaarlijkse gala, in avondkleding en zo. Zijn vader, de kinderarts, is overleden aan kanker, vandaar dat Bannick erbij is betrokken. Het is een groot gala en ze halen veel geld op. Alles wordt online gepost. Er is niet veel meer privé, Lacy.'

'Maar hij post zelf niks.'

'Niks. Hij zit helemaal niet op social media. Maar je zou er versteld van staan wat je allemaal kunt opdiepen als je online leeft, zoals ik.'

'Maar je zei dat alles een spoor achterlaat.'

'Ja, maar zomaar een beetje browsen is moeilijk na te trekken. En ik neem voorzorgsmaatregelen.'

Weer viel er een lange stilte terwijl Lacy haar hoofd brak over de volgende vraag. Jeri wachtte nerveus, alsof de volgende onthulling haar kersverse vertrouwelinge zou kunnen afschrikken. De serveerster kwam langs met een pot koffie en vulde hun kopjes bij.

Lacy negeerde dat van haar en zei: 'Vraagje. Je zei dat de meeste seriemoordenaars willen dat er iemand is die weet dat ze er zijn, of zoiets. Geldt dat ook voor Bannick?'

'O, absoluut. Er is een oud gezegde dat FBI-rechercheurs onderling gebruiken: "Vroeg of laat zet die man zijn naam erbij." Dat heb ik uit een boek, een roman misschien. Ik weet het niet meer. Ik heb zoveel gelezen.'

'Het touw?'

'Het touw. Hij gebruikt altijd een nylonkoord van negen millimeter, scheepskwaliteit, dubbel gevlochten, lichtgewicht. Een stuk van zo'n vijfenzeventig centimeter lang, twee keer om de nek geslagen, zo stevig dat de huid altijd beschadigd is, en vastgeknoopt met een dubbele mastworp, waarschijnlijk bij de scouting geleerd. Ik heb foto's van de plaats delict van elke moord, behalve die van Kronke.'

'Is dat niet roekeloos?'

'Zou kunnen, maar wie doet er nou eigenlijk echt onderzoek? Er zijn zes moorden in zes verschillende jurisdicties, zes verschillende staten, verdeeld over een periode van twintig jaar. Geen van de zes politiekorpsen heeft overlegd met de andere. Zo werken ze nu eenmaal niet, en dat weet hij.'

'En slechts één in Florida?'

'Ja, meneer Kronke. Twee jaar geleden.'

'En waar was dat?'

'In Marathon, een dorp in de Keys.'

'Waarom ga je daar dan niet naar de politie om je dossier te laten zien en je theorie uit te leggen?'

'Dat is een goede vraag. Dat gebeurt misschien nog wel, Lacy. Misschien moet ik dat noodgedwongen wel doen, maar ik heb zo mijn twijfels. Wat denk je dat de politie gaat doen? Vijf cold cases uit vijf andere staten natrekken? Ik betwijfel het. Je moet niet vergeten dat ik nog geen bewijs heb, niks concreets om aan de politie te geven, en ze zijn grotendeels gestopt met graven.'

Lacy nam een slok koffie en knikte, niet overtuigd.

Jeri zei: 'En er is nog een veel belangrijkere reden dat ik niet binnen kan komen banjeren met flinterdun bewijs. Eigenlijk is het nogal beangstigend.'

'Je bent bang voor hem.'

'Reken maar, verdomme. Hij is te slim om een moord te plegen en het daarbij te laten. Ik ben er al twintig jaar mee bezig, in de veronderstelling dat hij daar ergens toekijkt en nog steeds zijn sporen uitwist.'

'En je wilt mij erbij betrekken?'

'Je moet wel, Lacy. Er is niemand anders.'

'Dat geloof ik niet.'

'Geloof je mij?'

'Dat weet ik niet, Jeri. Ik weet het echt niet. Sorry, maar het is nog niet helemaal tot me doorgedrongen.'

'Als we hem niet tegenhouden, zal hij nog een moord plegen.'

Dat liet Lacy even bezinken, en ze was verontrust door het terloopse gebruik van het voornaamwoord 'we'. Ze schoof haar koffiekopje opzij en zei: 'Jeri, voor mij is dit wel genoeg informatie voor één dag. Ik moet dit verwerken, er een nachtje over slapen en kijken hoe ik erin sta.'

'Dat snap ik, Lacy. En je moet begrijpen dat het hier een eenzame toestand is. Ik leef hier nu al jaren mee. Het neemt mijn leven volledig in beslag en soms drijft het me tot het uiterste. Ik heb heel wat uren in therapie doorgebracht en heb nog een lange weg te gaan. Het was de oorzaak van mijn echtscheiding en het heeft me bijna mijn carrière gekost. Maar ik kan niet stoppen. Mijn vader laat het niet toe. Ik kan niet geloven dat ik hier nu ben en dat ik eindelijk het punt heb bereikt dat ik het aan iemand vertel, aan iemand die ik vertrouw.'

'Ik heb niets gedaan om je vertrouwen te verdienen.'

'En toch heb je het. Er is niemand anders. Ik heb een vriendin nodig, Lacy. Laat me alsjeblieft niet in de steek.'

'Het is geen kwestie van je in de steek laten. Wat ik me vooral afvraag, is wat ik zou moeten doen. We doen geen onderzoek naar moordzaken, Jeri. Dat is iets voor de staatsjongens en misschien zelfs voor de FBI. We zijn gewoon niet toegerust voor dat soort werk.'

'Maar je kunt me wel helpen, Lacy. Je kunt naar me luisteren, mijn hand vasthouden. Je kunt tot op zekere hoogte onderzoek doen. De BJC heeft de macht om te dagvaarden. In de casinozaak heb je een foute rechter en een hele misdaadbende neergehaald.'

'Met een heleboel hulp van anderen, in de eerste plaats de FBI. Ik weet niet of je wel begrijpt hoe we werken, Jeri. We raken pas betrokken bij aantijgingen van misstappen als iemand een aanklacht indient. Tot die tijd gebeurt er niks.'

'Is die aanklacht anoniem?'

'Aanvankelijk wel. Later niet meer. Nadat de aanklacht is ingediend, hebben we vijfenveertig dagen om de beschuldigingen te onderzoeken.'

'En weet de rechter dan dat jullie onderzoek doen?'

'Dat hangt ervan af. Meestal weet de rechter wel dat hij of zij een probleem heeft. De aanklagende partij heeft aangegeven dat die niet tevreden is en ergens moeite mee heeft. Sommige geschillen slepen zich maanden voort, of zelfs jaren. Maar het is niet ongebruikelijk dat een rechter overrompeld wordt. Als we besluiten dat de klachten gegrond zijn, iets wat zelden voorkomt, lichten we de rechter officieel in.'

'En op dat moment weet hij mijn naam?'

'Zo gaat het normaal gesproken wel, ja. Ik kan me geen enkele zaak herinneren waarbij de aanklagende partij volkomen anoniem is gebleven.'

'Maar het zou wel kunnen, toch?'

'Daar zal ik met de directeur over moeten praten, mijn baas.'

'Dat maakt me bang, Lacy. Het is mijn droom om de man die mijn vader heeft vermoord aan de kaak te stellen. En mijn andere droom is om ervoor te zorgen dat mijn naam niet op zijn dodenlijst komt te staan. Het is gewoon te gevaarlijk.'

Lacy keek op haar horloge en schoof haar kopje nog een centimeter of vijf verder van zich af. Ze ademde uit en zei: 'Zeg, ik heb heel wat te verstouwen gekregen vandaag en ik heb nog een lange rit voor de boeg. Laten we het hier even bij houden.'

'Goed, maar je moet me wel volledige vertrouwelijkheid toezeggen, Lacy. Oké?'

'Oké, maar ik moet dit wel met mijn baas bespreken.'

'Is hij te vertrouwen?'

'Het is een zij en het antwoord is ja. Dit ligt gevoelig, zoals je waarschijnlijk al dacht. We hebben te maken met de reputatie van gekozen rechters en we snappen wat discretie is. Niemand krijgt iets te horen zolang dat niet hoeft. Goed?'

'Lijkt me wel. Maar je moet me wel op de hoogte houden.'

Tijdens de twintig minuten durende rit terug naar de begraafplaats was de sfeer bedrukt. Om de boel een beetje luchthartiger te maken, vroeg Lacy naar Jeri's dochter, Denise, een laatstejaarsstudente aan de universiteit van Michigan. Nee, ze herinnerde zich haar opa niet en wist maar weinig over de moord op hem. Jeri was geïntrigeerd door Lacy's leven als aantrekkelijke, alleenwonende vrouw die nooit getrouwd was, maar dat gesprek verflauwde. Lacy was gewend aan dat soort nieuwsgierigheid en had er geen geduld voor. Haar lieve, inmiddels overleden moeder had haar jarenlang bestookt met opmerkingen over eenzaam en kinderloos oud worden, en Lacy was behoorlijk bedreven in het ontwijken van bemoeizucht.

Bij de begraafplaats gaf Jeri haar een katoenen boodschappentas en zei: 'Hier zijn wat dossiers, gewoon wat voorbereidend werk. Er is nog veel meer.'

'Van de eerste drie moorden, neem ik aan?'

'Ja. Mijn vader, Thad Leawood en Danny Cleveland. We kunnen het later over de anderen hebben.'

De tas was zo al zwaar genoeg en Lacy wist niet of ze hem wel wilde aannemen. Ze kon niet wachten om in haar auto te stappen, de portieren op slot te doen en weg te rijden. Ze namen afscheid, beloofden elkaar snel weer te spreken en zo, en verlieten de begraafplaats.

Halverwege Tallahassee kreeg Lacy een telefoontje van Allie. Hij zou pas laat thuis zijn en wilde pizza en wijn bij de open haard. Ze had hem vier dagen niet gezien en miste hem ineens. Ze glimlachte bij de gedachte dat ze lekker tegen een doorgewinterde FBI-agent aan zou kruipen en het over iets anders zou hebben dan werk.

7

Darren Trope viel woensdagochtend vroeg opgewekt haar kantoor binnen en begon met: 'En, en, hoe was je snipperdag? Nog iets spannends gedaan?'

'Niet echt.'

'Heb je ons gemist?'

'Nee, sorry,' antwoordde Lacy met een glimlach. Ze wilde net een dossier pakken, eentje van de stuk of tien die netjes in een bakje op de hoek van haar bureau lagen. Een rechter in Gilchrist County wekte de irritatie van zowel advocaten als gedingvoerende partijen door zijn onvermogen om zaken aanhangig te maken. Het gerucht ging dat er alcohol in het spel was. Lacy had schoorvoetend besloten dat de beschuldigingen gegrond waren en bereidde zich voor om de Edelachtbare te laten weten dat er een onderzoek naar hem liep.

'Uitgeslapen? Ergens lang en chic geluncht met onze FBI-jongen?'

'Het idee van een snipperdag is dat je lekker een dag voor jezelf hebt.'

'Nou, je hebt hier niks gemist.'

'Dat zal wel niet.'

'Ik ga even naar buiten om fatsoenlijke koffie te halen. Jij ook iets?'

'Graag, hetzelfde als altijd.'

Darren deed er steeds langer over om koffie te gaan halen. Hij werkte nu twee jaar bij de BJC en vertoonde alle gebruikelijke trekjes van verveling wegens een vastgelopen carrière.

Hij liep weg en ze deed de deur achter hem dicht en probeerde zich te concentreren op nog een dronken rechter. Er verstreek een uur zonder dat ze veel vooruitgang boekte en uiteindelijk schoof ze het dossier terzijde.

Maddy Reese was de collega op kantoor die ze het meest vertrouwde. Ze werkte er al vier jaar en zat er het op één na langst van de vier advocaten, veel minder lang dan Lacy. Ze klopte op de deur terwijl ze binnenkwam en zei: 'Heb je even?'

De vorige directeur had een opendeurenbeleid ingesteld dat had geleid tot een vrije inloopcultuur waarbij privacy vrijwel onmogelijk was en het werk routinematig werd onderbroken. Hij was nu weg, en hoewel de meeste kantoordeuren gesloten waren, waren oude gewoonten moeilijk uit te bannen.

'Ja hoor,' zei Lacy. 'Wat is er?'

'Cleo wil dat je nog eens naar de Handy-kwestie kijkt; ze vindt dat we ermee aan de slag moeten.'

Cleo was Cleopatra, de geheime bijnaam van de huidige directeur, een ambitieuze vrouw die binnen een paar weken het hele kantoor van zich had weten te vervreemden.

'Niet wéér Handy,' zei Lacy gefrustreerd.

'O, jawel. Kennelijk blijft hij bestemmingsplannen veranderen ten gunste van een bepaalde ontwikkelaar, die heel toevallig een vriend van zijn neef is.'

'Dit is Florida. Dat is niet ongebruikelijk.'

'Nou, de naburige landeigenaren zijn boos en hebben advocaten ingehuurd. Er is vorige week weer een aanklacht tegen hem ingediend en het ziet er allemaal nogal verdacht uit. Ik weet hoe dol je bent op bestemmingsplannen.'

'Mijn lust en mijn leven. Breng me het dossier maar, dan kijk ik ernaar.'

'Dank je. En Cleo heeft om twee uur vanmiddag een stafvergadering belegd.'

'Ik dacht dat we ons daar altijd op maandagochtend doorheen moesten worstelen.'

'Klopt. Maar Cleo maakt haar eigen regels.'

Maddy liep weg zonder de deur achter zich dicht te doen en Lacy keek naar haar computerscherm. Ze scrolde door de gebruikelijke berg mails die ze kon negeren of uitstellen en bleef hangen bij een bericht van Jeri Crosby.

Kunnen we praten? Ik bel je. Het nummer is 776 1450088. Je telefoon herkent het niet.

Lacy staarde lange tijd naar de e-mail en probeerde manieren te bedenken om onder een reactie uit te komen. Ze vroeg zich af welke van de minstens vijf telefoons Jeri gebruikte. Haar eigen telefoon trilde en het nummer verscheen.

'Hallo, Jeri,' zei ze en ze liep naar de deur om die dicht te doen.

'Nog bedankt voor gisteren, Lacy, je hebt geen idee wat dat voor me betekende. Ik heb vannacht voor het eerst sinds tijden weer geslapen.'

Goh, ik ben blij dat jíj wel geslapen hebt. Zelfs met Allies warme lijf tegen haar aan had ze moeite gehad om de gebeurtenissen van die dag achter zich te laten. 'Dat is mooi, Jeri. Het was heel interessant gisteren.'

'Dat is zacht uitgedrukt. Goed, hoe staan de zaken?'

De vraag overviel haar en opeens drong het tot haar door dat haar nieuwe vriendin zich misschien geroepen voelde om elke dag te bellen voor een update. 'Hoe bedoel je?'

'Nou, wat denk je zelf? Wat gaan we nu doen?'

'Daar heb ik nog niet over nagedacht,' loog ze. 'Een dagje vrij van kantoor en ik ben nog steeds aan het proberen de achterstand weg te werken.'

'Ja natuurlijk, ik wil je ook niet van je werk houden. Neem me niet kwalijk, maar ik ben zo opgelucht dat je je nu met de zaak bezighoudt. Je hebt geen idee hoe eenzaam het is geweest.'

'Ik weet niet of er wel een zaak is, Jeri.'

'Natuurlijk is die er. Heb je de dossiers bekeken?'

'Nee, zover ben ik nog niet, Jeri. Ik heb het nu druk met andere dingen.'

'Aha. Luister, we moeten nog een keer afspreken en het over de andere slachtoffers hebben. Ik weet dat het veel voor je is om zo snel te verwerken, maar ik durf wel te zeggen dat niets op je bureau zo belangrijk kan zijn als Bannick.'

Dat was waar. Alles op kantoor verbleekte in vergelijking met een rechter die werd beschuldigd van moord.

'Jeri, ik kan niet zomaar alles uit mijn handen laten vallen en een nieuwe zaak openen. Elke betrokkenheid van mijn kant moet eerst worden goedgekeurd door de directeur. Dat heb ik je toch uitgelegd?'

'Dat zal wel.' Ze ging eraan voorbij en vervolgde: 'Vandaag en morgen geef ik college, maar wat vind je van zaterdag? Ik kom wel jouw kant op en dan kunnen we ergens privé afspreken.'

'Daar heb ik gisteren op de terugweg naar huis drie uur lang over nagedacht en ik zie nog steeds niet in hoe dit onder onze jurisdictie zou kunnen vallen. We zijn gewoon niet uitgerust voor een onderzoek naar moord, enkelvoud of meervoud.'

'Je vriend Hugo Hatch is vermoord, bij een geënsceneerd auto-ongeluk, en ik geloof dat er nog een moord was in die casinozaak. Ja toch, Lacy? Daar zat je tot over je oren in.' Haar toon werd agressief, maar er klonk nog steeds kwetsbaarheid door in haar stem.

Kalm antwoordde Lacy: 'Daar hebben we het al over gehad en ik heb je uitgelegd dat er echte rechercheurs bij die zaak betrokken waren, zelfs van de FBI.'

'Maar jij hebt het mogelijk gemaakt, Lacy. Zonder jou zou het misdrijf niet zijn opgelost.'

'Jeri, wat zou ik moeten doen? Naar Signal Mountain in Tennessee, en Little Rock in Arkansas, en Marathon in Florida gaan en oude politiedossiers doorspitten om op de een of andere manier bewijs te vinden dat er niet is? De politie, de profs, konden niks vinden. Je probeert het al twintig jaar. Er is gewoonweg niet genoeg bewijsmateriaal.'

'Zes dode mensen, allemaal op precies dezelfde manier vermoord en alle zes hadden ze iets te maken met Bannick. En dat vind jij niet genoeg? Kom op, Lacy. Je mag me nu niet laten vallen. Ik ben ten einde raad. Als jij me de rug toekeert, waar moet ik dan nog heen?'

Waar dan ook. Ga gewoon weg, alsjeblieft.

Lacy ademde uit en zei bij zichzelf dat ze geduldig moest zijn. 'Ik begrijp het, Jeri. Hoor eens, ik heb het druk. Laten we later verder praten.'

Als ze dat al hoorde, ging ze er niet op in. 'Ik heb eens gekeken, Lacy. Elke staat heeft een andere manier om met gerechtelijke aanklachten om te gaan, maar vrijwel elke staat geeft een benadeelde partij toestemming om op anonieme wijze een onderzoek te beginnen. Ik weet zeker dat dat in Florida ook kan.'

'Ben je bereid om een aanklacht in te dienen?'

'Misschien wel, maar dan moeten we wel wat meer praten. Het lijkt mogelijk met een alias of iets dergelijks. Denk je ook niet?'

'Ik weet het op dit moment niet precies, Jeri. Alsjeblieft, laten we er morgen verder over praten.'

Zodra ze het gesprek had weten te beëindigen kwam Darren eindelijk terug met haar amandellatte, bijna een uur nadat hij was vertrokken om die te gaan halen. Ze bedankte hem en toen het ernaar uitzag dat hij wilde blijven hangen om samen te pauzeren, zei ze dat ze een telefoontje moest plegen. Om twaalf uur liep ze haar kantoor uit, verliet het gebouw en liep vijf straten verder om met Allie te gaan lunchen.

Het geheime wapen van de BJC was een niet zo fraai ouder wordende vrouw die Sadelle heette, een juridisch medewerkster die tientallen jaren eerder het rechtbankexamen aan zich voorbij had laten gaan. Ze rookte vroeger drie pakjes sigaretten per dag, veelal rond de koffie, en had niet kunnen stoppen totdat ze de diagnose terminale longkanker kreeg. Plotseling gemotiveerd had ze haar sigaretten laten liggen en zich voorbereid op het einde. Zeven jaar later werkte ze er nog steeds en draaide ze meer uren dan wie dan ook. De BJC was haar lust en haar leven en ze wist niet alleen alles, maar herinnerde zich het meeste ook nog. Ze was het archief, de zoekmachine en de deskundige op het gebied van de vele manieren waarop rechters hun carrière konden verknallen.

Na de stafvergadering stuurde Lacy haar een mailtje met wat vragen. Vijftien minuten later reed Sadelle haar kantoor binnen met haar elektrische rolstoel en met een zuurstofslangetje in haar neus. Haar stem klonk verwrongen, krassend en soms bijna wanhopig, maar niettemin praatte ze graag en vaak veel te veel.

Ze zei: 'We hebben dit wel vaker gedaan. Ik kan drie zaken uit de afgelopen veertig jaar opnoemen waarbij de benadeelde partij te bang was om een handtekening te zetten. De grootste zaak was misschien wel die waarbij een rechter uit de buurt van Tampa betrokken was, die de cocaïne ontdekte. Hij voelde zich sterk aangetrokken tot die drug en het werd echt een probleem. Vanwege zijn positie kon hij het spul moeilijk kopen.' Ze wachtte even om zuurstof te nemen. 'Hoe dan ook, zijn problemen werden opgelost toen er een drugsdealer bij hem werd voorgeleid. Hij behandelde de jongen vriendelijk, gaf hem een lichte straf en speelde uiteindelijk onder één hoedje met zijn dealer, die werkte voor een grote drugshandelaar. Doordat er een gestage aanvoer gegarandeerd was, ging de rechter er vol voor en liep het uit de hand. Hij kon zijn werk niet meer doen, hij kon niet langer dan een kwartier op de rechterstoel zitten zonder een korte onderbreking in te lassen voor een snelle snuif. De advocaten fluisterden erover, maar wilden zoals altijd niet piepen. Een rechtbankverslaggeefster keek eens goed en wist wat er aan de hand was. Ze nam contact met ons op, doodsbang natuurlijk, want er zaten een paar zware jongens bij de bende. Uiteindelijk diende ze een aanklacht in onder de naam Jane Doe en we gingen aan de slag met dagvaardingen, de hele rataplan. Ze sluisde ons zelfs documenten door en we hadden bewijs in overvloed. We waren al bezig de staatsjongens erbij te halen toen de rechter ermee akkoord ging om ontslag te nemen, dus werd hem nooit iets ten laste gelegd.' Haar gezicht verwrong toen ze meer zuurstof naar binnen zoog.

'Wat is er met hem gebeurd?'

'Zelfdoding. Ze zeiden dat het een onopzettelijke overdosis was, maar het zag er verdacht uit. Hij zat vol met coke. Ik denk dat hij eruit is gestapt op de manier die hij wilde.'

'Wanneer was dat?'

'Ik weet de exacte datum niet, maar het was voor jouw tijd.'

'Wat is er met die rechtbankverslaggeefster gebeurd?'

'Niks. We hebben haar identiteit beschermd en niemand is er ooit achter gekomen. Dus ja, het kan.'

'En die twee andere zaken?'

'Ook Jane of John Doe. Ik weet het niet precies, maar ik kan ze wel vinden. Als ik het me goed herinner, werden ze allebei verworpen na de eerste beoordeling, dus de beschuldigingen stelden weinig voor.' Weer even pauze om meer zuurstof te happen. Daarna vroeg ze: 'Wat voor zaak heb je?'

'Moord.'

'Wauw, dat wordt lachen. Ik kan me niet zoiets herinneren, behalve de casinozaak dan. Is de aanklacht ontvankelijk?'

'Weet ik niet. Dat is nu de uitdaging. Proberen vast te stellen wat de waarheid zou kunnen zijn.'

'Een zittende rechter die wordt beschuldigd van moord.'

'Ja. Misschien.'

'Ik vind het leuk. Hou me vooral op de hoogte.'

'Dank je wel, Sadelle.'

'Geen dank.'

Sadelle vulde haar beschadigde longen met zuurstof, zette de rolstoel in zijn achteruit en reed weg.

8

De schilder heette Lanny Verno. Het jaar daarvoor stond hij op een vrijdag in oktober aan het eind van de middag op een ladder in de woonkamer van een huis in aanbouw, een van enkele tientallen huizen die dicht bij elkaar in een onverharde straat stonden, in een nieuwbouwwijk net buiten de bebouwde kom van Biloxi. Hij was bezig met de afwerking van de sierlijst aan de rand van een plafond van drieënhalve meter hoog, met een vierliteremmer witte verf in zijn ene hand en een kwast van vijf centimeter in zijn andere. Hij was alleen; zijn collega had het voor gezien gehouden voor die dag, en die week, en was naar de bar gegaan. Lanny keek op zijn horloge en schudde zijn hoofd. Nog steeds aan het werk op een vrijdag na vijven. Uit een radio in de keuken klonken de laatste countryhits.

Hij stond zelf ook te popelen om naar de bar te gaan voor een ruig avondje bier drinken, en hij zou er allang naartoe zijn gegaan als hij niet op een cheque zat te wachten. Die had zijn aannemer langs moeten komen brengen als de werktijd erop zat, en Lanny raakte met de minuut geïrriteerder.

De voordeur stond open, maar de muziek overstemde het geluid van het portier van een pick-uptruck die op de oprit parkeerde.

Er kwam een man de woonkamer binnenlopen, die hem vriendelijk gedag zei. 'Ik ben Butler, county-inspecteur.'

'Kom binnen,' zei Verno, die nauwelijks opkeek. Het huis was een bouwplaats en het was er een komen en gaan van mensen.

'Je bent nog heel laat aan het werk,' zei Butler lijzig.

'Ja, ik heb zin in een biertje.'

'Verder nog iemand aanwezig?'

'Nee, alleen ik, en ik ga er zo vandoor.' Verno keek weer omlaag en zag dat de inspecteur wegwerpoverschoenen aanhad, lichtblauw van kleur. Raar, dacht hij even. Zijn beide handen waren in bijpassende wegwerphandschoenen gestoken. Die kerel had blijkbaar smetvrees of zo. In zijn rechterhand had hij een klembord.

Butler vroeg: 'Waar is de stoppenkast ook alweer?'

Verno knikte en zei: 'Aan het eind van de gang.' Hij doopte zijn kwast in de emmer en ging door met verven.

Butler liep de woonkamer uit en de gang door, controleerde alle drie de slaapkamers en de twee badkamers en haastte zich naar de keuken. Hij keek uit het eetkamerraam en zag niemand. Zijn pick-up stond op de oprit geparkeerd achter iets wat alleen maar het busje van de schilder kon zijn. Hij liep terug naar de woonkamer en duwde zonder een woord te zeggen de ladder omver. Verno schreeuwde terwijl hij omlaagviel en tegen de open haard belandde, waarbij zijn hoofd hard op de bakstenen knalde. Verbouwereerd probeerde hij overeind te krabbelen en zijn voeten op de grond te zetten, maar het was al te laat.

Butler haalde uit zijn rechterbroekzak een twintig centimeter lange stalen staaf met aan de bovenkant een loden bal. Die noemde hij liefkozend Leddie. Hij sloeg er als een prof mee door de lucht en de telescopische staaf werd eerst twee keer en daarna drie keer zo lang. Hij gaf Verno een karatetrap tussen zijn ribben en hoorde ze kraken. Verno gilde van de pijn en voordat hij nog meer geluid kon maken, kwam de loden bal recht op de achterkant van zijn schedel terecht, die barstte als een rauwe eierschaal. Om praktische redenen was hij nog niet helemaal dood. Als hij zou worden achtergelaten, zou zijn lichaam het snel opgeven en zou zijn hart steeds langzamer gaan kloppen, tot hij na tien minuten zou ophouden met ademen. Maar daar kon Butler niet op wachten. Uit zijn linkerbroekzak haalde hij een stuk touw – negen millimeter dik nylon, dubbel gevlochten, scheepskwaliteit, felblauw met wit van kleur. Snel sloeg hij het tweemaal om Verno's nek, waarna hij zijn knie in de ruggengraat tussen zijn schouderbladen ramde en vaardig beide uiteinden van het touw aan elkaar knoopte, waarbij hij zijn nek naar achteren trok tot de bovenste nekwervel knapte.

In zijn laatste seconden kreunde Verno nog één keer en probeerde te bewegen, alsof zijn lichaam instinctief vocht om zichzelf te redden. Hij was geen kleine man en had in zijn jongere jaren bekendgestaan als vechtersbaas, maar met een touw dat in zijn keel sneed en een gebarsten schedel had zijn lichaam alle kracht verloren. De knie in zijn rug hield hem tegen terwijl het monster hem probeerde te onthoofden. Zijn laatste gedachte was misschien verbazing geweest vanwege de kracht en het vermogen van de kerel met de maffe overschoenen.

Butler had al jaren eerder geleerd dat een gevecht toebehoorde aan wie het fitst was. In die cruciale seconden waren kracht en snelheid alles. Dertig jaar lang had hij aan gewichtheffen gedaan en karate en taekwondo beoefend, niet voor zijn gezondheid of om vrouwen te imponeren, maar voor de verrassingsaanvallen.

Na twee minuten verwurging werd Verno slap. Butler trok nog harder en daarna knoopte hij de uiteinden als een doorgewinterde zeeman aan elkaar en hield het touw met een volmaakte dubbele mastworp op zijn plek. Hij stond op, waarbij hij zorgvuldig de bloedspetters ontweek, en nam een paar tellen de tijd om zijn werk te bewonderen. Het bloed zat hem dwars. Er was te veel van en hij had een hekel aan een rommelige plaats delict. Zijn chirurgische handschoenen waren ermee besmeurd en er zaten wat vlekjes op zijn kaki werkbroek. Hij had een zwarte broek aan moeten trekken. Wat had hem bezield?

Afgezien daarvan had hij vooral bewondering voor het tafereel. Het lichaam lag met het gezicht omlaag, de armen en de benen in rare hoeken. Het bloed stroomde langzaam uit het lijk en contrasteerde fraai met de nieuwe grenen vloer. De witte verf was over de haard en op de muur gespetterd, helemaal tot aan een raam. De ladder die op zijn kant lag vormde een leuk accent. Op het eerste gezicht zou iemand die hierna op de plaats delict zou komen misschien kunnen denken dat Verno een lelijke smak had gemaakt en zijn hoofd had gestoten. Eén stap dichterbij en het touw zou een ander verhaal vertellen.

Checklist: omgeving, telefoon, foto, bloed, voetafdrukken. Hij keek door een raam en zag niets bewegen op straat. Hij liep naar de keuken en spoelde de handschoenen af terwijl hij ze aanhield, waarna hij alles zorgvuldig afveegde met een papieren handdoekje dat hij in zijn zak stopte. Hij deed de twee achterdeuren dicht en draaide ze op slot. Verno's telefoon lag op het aanrecht naast zijn radio. Butler zette de radio uit zodat hij alles kon horen en stopte de telefoon in zijn achterzak. Hij pakte zijn klembord en liep naar de hal, waar hij bleef staan en diep zuchtte. Verspil geen seconde, maar haast je nooit.

Hij stak zijn hand al uit naar de voordeurknop, toen hij de motor van een truck hoorde. Daarna sloeg er een portier dicht. Hij schoot de eetkamer binnen en keek uit het raam. 'O, shit.'

Er stond een oversized Ram-truck langs de stoeprand geparkeerd, met het opschrift DUNWOODY HUIZEN OP MAAT op het bestuurdersportier. De bestuurder liep door de voortuin met een envelop in zijn hand. Gemiddelde lengte en omvang, rond de vijftig, licht hinkend. Als hij binnenkwam, zou hij Verno's lichaam meteen links van hem in de woonkamer zien liggen. Vanaf dat moment zou hij nergens anders meer op letten.

De moordenaar ging rustig op zijn plek staan en hield zijn wapen in de aanslag.

Een hese stem riep: 'Verno, waar ben je?' Voetstappen, een stilte en daarna: 'Lanny, alles goed?' Hij zette drie stappen in de woonkamer voordat de loden bal de achterkant van zijn schedel verbrijzelde. Hij viel hard en kwam bijna op Verno terecht, en hij was te onthutst en te gewond om iets te zeggen. Butler raakte hem nog een keer en nog eens, en met elke klap versplinterde zijn schedel nog meer en spatte het bloed de kamer door.

Butler had niet genoeg touw meegenomen voor twee verwurgingen en trouwens, dat verdiende Dunwoody ook niet. Alleen de bijzondere mensen kregen het touw. Dunwoody kreunde en sloeg om zich heen terwijl zijn dodelijke verwondingen zijn organen stillegden. Hij draaide zijn hoofd om en keek naar Butler met rode, glazige ogen, zonder iets te zien. Na een tijdje viel hij hard op zijn borst en bewoog helemaal niet meer. Butler wachtte geduldig en zag hem ademen. Toen hij daarmee ophield, pakte Butler zijn telefoon uit een kleine zak van zijn jas en voegde die toe aan zijn groeiende verzameling.

Opeens had hij het gevoel dat hij er al een uur was. Hij controleerde de straat weer, wandelde rustig de voordeur uit en deed hem achter zich op slot – alle drie de deuren zaten nu op slot, waardoor het iets langer zou duren voordat ze binnen zouden komen – en stapte in zijn truck. Pet omlaag, zonnebril op, al was het een bewolkte dag geweest. Hij draaide achteruit de straat op en reed langzaam weg, gewoon de zoveelste inspecteur die een drukke week afsloot.

Hij parkeerde bij een winkelcentrum, ver uit de buurt van de winkels en de camera's. Hij trok zijn chirurgische handschoenen en zijn overschoenen uit en deed ze in een zak. Hij legde de twee gestolen telefoons op de stoel waar hij ze kon zien en horen. Hij tikte op de ene en de naam MIKE DUNWOODY verscheen op het scherm. Hij tikte op de andere en zag de naam LANNY VERNO. Hij was niet van plan om gepakt te worden met de telefoons en zou ze binnenkort lozen. Hij bleef lange tijd zitten om zijn gedachten op een rijtje te zetten.

Verno had erom gevraagd. Zijn naam stond al heel lang op de lijst, terwijl hij van het ene stadje naar het andere zwierf, van de ene foute relatie naar de andere, en van salaris naar salaris leefde. Als hij niet zo'n doelloze, zielige eikel was geweest, had zijn leven nog iets waard kunnen zijn. Zijn vroege heengaan had voorkomen kunnen worden. Hij had zijn doodsvonnis jaren eerder getekend toen hij de man die zich Butler noemde fysiek had bedreigd.

Dunwoody's fout was gewoon slechte timing geweest. Hij had Butler nog nooit ontmoet en verdiende echt niet zo'n gewelddadig einde. Bijkomende schade, zoals ze het in het leger noemden, maar op dat moment vond Butler het niet leuk wat hij gedaan had. Hij vermoordde geen onschuldige mensen. Dunwoody was waarschijnlijk een fatsoenlijke kerel met een gezin en een bedrijf, en misschien ging hij wel naar de kerk en speelde met zijn kleinkinderen.

Dunwoody's telefoon lichtte op en zoemde om twee minuten over zeven. 'Marsha' belde. Geen voicemail. Ze wachtte zes minuten en belde nog een keer.

Waarschijnlijk zijn vrouw, dacht Butler. Heel triest, hoor, maar hij had vrijwel geen vermogen tot medelijden of wroeging.

Bijkomende schade. Dat was nog niet eerder voorgekomen, maar hij was trots op de manier waarop hij het had afgehandeld.

Mike Dunwoody was jaren daarvoor gestopt met drinken, en zijn vrijdagavonden in de bar waren nu verleden tijd. Marsha was niet bang voor een terugval, hoewel ze nog levendige herinneringen had aan de tijd waarin hij op kroegentocht ging met zijn maten, die bijna allemaal in de bouw werkten. Haar laatste telefoontje die middag was heel specifiek geweest: ga langs de supermarkt en haal een pak pasta en verse knoflook. Ze maakte spaghetti en hun dochter kwam eten. Hij dacht dat hij om een uur of zes thuis zou zijn, nadat hij wat cheques had afgeleverd bij een bouwproject. Met een stuk of tien onderaannemers die acht huizen bouwden, zat hij constant aan de telefoon, en als hij niet opnam, betekende dat meestal dat hij een andere lijn had. Als hij een oproep miste, vooral van zijn vrouw, belde hij altijd vrijwel meteen terug.

Om één over halfacht belde Marsha voor de derde keer zijn mobiele nummer. Butler keek naar het scherm en kreeg bijna medelijden, maar dat duurde hooguit een seconde.

Ze belde haar zoon en vroeg hem naar het bouwproject te rijden en te kijken of zijn vader daar was.

Niemand belde Verno.

Butler reed over provinciale wegen en zette koers naar het noorden, weg van de kust. Hij vermoedde dat de lijken inmiddels gevonden waren en dat de politie wist dat de telefoons weg waren. Het werd tijd om zich ervan te ontdoen. Hij vond het dorpje Neely, met vierhonderd inwoners, en reed erdoorheen. Hij was er al eerder geweest met de scouting. De enige zaak die blijkbaar open was op vrijdagavond was een café aan de rand van het gehucht. Het postkantoor was aan de andere kant, met een oude blauwe brievenbus buiten, naast een grindpad. Butler parkeerde voor het gebouwtje, stapte uit, liep naar de deur, maakte die open, ging naar binnen in de krappe ruimte en zag een rij kleine, vierkante postbussen. Hij zag binnen en buiten geen camera's, verliet het gebouw en liet terloops een A5-luchtkussenenvelop in de brievenbus glijden.

Dale Black was de gekozen sheriff van Harrison County. Hij en zijn vrouw waren net klaar met eten en hij deed de hond aan de lijn voor het wandelingetje door de buurt dat ze elke avond na de maaltijd maakten. Zijn vrouw stond al buiten te wachten en keek op haar telefoon. Die van hem begon te rinkelen en hij wilde vloeken. Het was de centrale, en een telefoontje op vrijdagavond om acht uur was nooit goed nieuws.

Twintig minuten later reed hij het bouwterrein op en werd verwelkomd door een imposante hoeveelheid zwaailichten. Hij parkeerde en haastte zich naar de plaats delict. Een hulpsheriff, Mancuso, kwam hem tegemoet op de stoep. De sheriff keek naar een pick-uptruck en zei: 'Dat is Mike Dunwoody's truck.'

'Inderdaad, ja.'

'Waar is Mike?'

'Binnen. Een van de twee.'

'Dood?'

'O, ja. Ingeslagen schedel, zou ik denken.' Mancuso knikte naar een truck aan de overkant van de straat. 'Ken je zijn zoon Joey?'

'Jazeker.'

'Daar is hij. Hij kwam zijn vader zoeken, zag zijn truck staan en ging naar het huis, maar de deuren zaten op slot. Hij pakte een zaklamp, keek door het raam aan de voorkant en zag de twee lijken op de grond. Hij heeft de deur niet opengebeukt, maar was zo verstandig om ons te bellen.'

'Hij is er ongetwijfeld kapot van.'

'Dat is nog zacht uitgedrukt.'

Ze liepen over de oprit naar het huis, langs andere hulpsheriffs en hulpverleners, die allemaal wachtten tot ze iets konden doen. Mancuso zei: 'Ik heb de keukendeur ingetrapt, ben naar binnen gegaan en heb een kijkje genomen, maar ik heb tot nu toe verder iedereen buitengelaten.'

'Goed werk.'

Ze gingen via de keuken het huis binnen en deden alle lichten aan. Bij de deur naar de woonkamer bleven ze staan en probeerden de spookachtige plaats delict in zich op te nemen. Twee levenloze lichamen, hun gezicht omlaag, hun hoofd onder het bloed, donkerrode plasjes om hen heen, verfklodders, de ladder op zijn kant.

'Heb je iets aangeraakt?' vroeg Black.

'Niks.'

'Ik neem aan dat dat Mike is,' zei Black met een knikje.

'Ja.'

'En de schilder?'

'Geen flauw idee.'

'Zo te zien heeft hij een portemonnee. Pak hem eens.'

In de portemonnee vonden ze een rijbewijs uit Mississippi dat op naam stond van ene Lanny L. Verno met een adres in Gulfport. De sheriff en de hulpsheriff bleven een paar minuten zwijgend naar de plaats delict staan kijken, tot Mancuso vroeg: 'Heb je ingevingen?'

'Theorieën over wat er is gebeurd, bedoel je?'

'Zoiets. Joey zei dat zijn vader naar het bouwproject kwam om de week af te sluiten en zijn onderaannemers te betalen.'

Black krabde aan zijn kin en zei: 'Dus Verno hier werd besprongen en van zijn ladder geduwd door iemand die hem echt niet mocht. Sloeg zijn schedel in en maakte hem af met het touw. Toen kwam Mike op het verkeerde tijdstip opdagen en moest worden uitgeschakeld. Twee moorden. De eerste gepland en met een bepaalde reden gepleegd. De tweede was niet gepland en werd gepleegd om de eerste te verdoezelen. Mee eens?'

'Ik heb niks anders.'

'Hoogstwaarschijnlijk het werk van iemand die weet wat hij doet.'

'Hij heeft het touw meegebracht.'

'Ik zeg dat we de staatsjongens erbij moeten halen. Er is

geen haast bij. Laten we de plaats delict veiligstellen en het forensisch onderzoek aan hen overlaten.'

'Goed idee.'

Hij was nooit teruggegaan naar een plaats delict. Hij had talloze verhalen gelezen, sommige fictief en andere kennelijk echt gebeurd, over moordenaars die er een kick van kregen om terug te gaan. En hij was het nooit van plan geweest, maar op dat moment leek het opeens een goed idee. Hij had geen fouten gemaakt. Niemand had enig idee. Zijn grijze pick-up zag er net zo uit als duizenden andere in de omgeving. De valse nummerplaten uit Mississippi leken volkomen authentiek. En als de dingen om de een of andere reden bedreigend werden, kon hij altijd weggaan en de staat verlaten.

Hij nam de tijd en zigzagde terug naar het nieuwbouwproject. Hij zag lichten voordat hij bij de straat was. Die was afgesloten door politieauto's. Toen hij erlangs reed, knikte hij naar een agent en keek langs hem heen. De straat werd verlicht door duizend rode en blauwe lichten. Er moest daar wel iets heel ergs zijn gebeurd.

Hij reed verder met enige opwinding, maar zeker geen kick.

Even voor tienen 's avonds reden sheriff Black en hulpsheriff Mancuso het dorpje Neely binnen. Op de achterbank zat Nic, een twintigjarige student die op het politiebureau rondhing als parttime techneut. Hij staarde naar zijn iPad en wees de weg.

'We zijn er bijna,' zei hij. 'Rechtsaf. Het lijkt erop dat we bij het postkantoor moeten zijn.'

'Het postkantoor?' zei Mancuso. 'Waarom zou hij een gestolen telefoon bij een postkantoor afgeven?'

'Omdat hij ervan af moest,' zei Black.

'Waarom heeft hij hem niet gewoon in de rivier gegooid?'

'Ik weet het niet. Dat moet je aan hem vragen.'

'Heel dichtbij nu,' zei Nic. 'Hier.'

Black reed het grindterrein op en ze staarden alle drie naar het donkere, verlaten postkantoor van Neely. Nic rommelde met zijn iPad en zei: 'Hij is eigenlijk daar, in die blauwe brievenbus.'

'Natuurlijk,' zei Mancuso. 'Volkomen logisch.'

Black vroeg: 'Wie is de beheerder van dit postkantoor, verdomme?'

'Wie zou het willen zijn?' vroeg Mancuso.

Nic tikte erop los en zei: 'Herschel Dereford. Hier is zijn nummer.'

Herschel lag heerlijk te slapen in zijn huisje zeven kilometer verderop toen hij het dringende telefoontje van sheriff Black kreeg. Het duurde even voor het tot hem doordrong, en aanvankelijk stond Herschel niet te springen om erbij betrokken te raken. Hij zei dat hij volgens overheidsregels niet bevoegd was om 'zijn' brievenbus te openen en de plaatselijke autoriteiten toe te staan om door 'zijn' post te gaan.

Sheriff Black zette hem onder druk en zei dat er die avond twee mannen waren vermoord niet ver daarvandaan, en dat ze achter de moordenaar aan zaten. Een iPhone-app had hen naar Neely geleid, naar 'zijn' postkantoor, en nou ja, het was van cruciaal belang dat ze onmiddellijk die telefoon in handen kregen. Dat maakte Herschel bang genoeg om in te stemmen. Hij kwam een kwartier later aanzetten, maar was niet blij dat hij erbij werd geroepen. Hij mompelde iets over overtreding van federale wetten terwijl hij met zijn sleutels rammelde. Hij legde uit dat hij de post elke middag stipt om vijf uur verzamelde, als hij het postkantoor afsloot. Er kwam een truck uit Hattiesburg om alles op te halen. Aangezien het nu tegen elven liep, verwachtte hij niet dat er nog post in de bus zat.

Sheriff Black zei tegen Nic: 'Pak je telefoon en film dit. Alles.'

Herschel draaide een sleutel om en de voorkant van de brievenbus zwaaide open. Hij haalde er een vierkant aluminium kistje uit, dat hij op de grond zette. Het had geen deksel. Er zat één envelop in. Mancuso scheen er met zijn zaklamp op.

Herschel zei: 'Ik zei toch dat er niet veel in zou zitten.'

Sheriff Black zei: 'Laten we dit heel langzaam doen. Oké, ik pak mijn telefoon en bel het nummer van Mike Dunwoody. Begrepen?'

De anderen knikten terwijl ze naar de envelop staarden. Een paar tellen later kwam er geluid uit.

Sheriff Black beëindigde het telefoontje. Hij nam de tijd en zei: 'Nu bel ik het nummer van Lanny Verno, dat zijn vriendin ons heeft gegeven.' Hij tikte het nummer in, wachtte en uit de envelop klonk het refrein van 'On the Road Again' van Willie Nelson. Precies zoals de vriendin had gezegd.

Terwijl Nic met zijn iPhone aan het filmen was, Mancuso zijn zaklamp vasthield en Herschel niet precies wist wat hij nu moest doen, áls hij al iets moest doen, legde de sheriff rustig uit: 'Goed, we hebben allebei de nummers gebeld en kunnen veilig aannemen dat beide telefoons in de envelop zitten, ongeveer A5-formaat, hier in de brievenbus.' Hij stak zijn hand in de zak van zijn windjack en haalde er een paar chirurgische handschoenen uit. Nic filmde het allemaal. Black zei: 'Nu ga ik het pakje, de envelop, eruit halen, maar we maken het niet hier open. We doen er verstandig aan om het aan het misdaadlab van de overheid te geven en het te laten analyseren door hun experts.'

Hij stak zijn hand omlaag, pakte voorzichtig de envelop, hield hem omhoog zodat ze hem allemaal konden zien en Nic hem kon filmen, en draaide hem om. Er zat een adressticker op de andere kant, en in een vreemd lettertype stond erop: *Cherry McGraw, 114 Fairway #72, Biloxi, MS 39503*.

Hij ademde uit, mompelde 'O, shit!' en liet de envelop bijna vallen.

'Wie is dat, baas?' vroeg Mancuso.
'Dat is het adres van mijn dochter.'

Zijn dochter was van slag, maar ongedeerd. Ze was nog maar een jaar getrouwd en woonde vlak bij haar ouders. Haar man was opgegroeid op het platteland, hij was een fervent jager en had een fraaie collectie geweren. Hij verzekerde de sheriff dat ze veilig waren en dat hij geen risico's nam.

Een hulpsheriff kreeg opdracht om op de oprit van de sheriff te gaan zitten. Mevrouw Black overtuigde haar man ervan dat ze veilig was.

Halverwege de terugweg naar de plaats delict zei Nic op de achterbank uiteindelijk: 'Ik denk niet dat hij van plan was om de telefoons naar uw dochter te sturen.'

Sheriff Black kon dwazen niet uitstaan en had andere dingen aan zijn hoofd, dus hij had wel wat beters te doen dan theorieën aanhoren van een studentje dat zo kon doorgaan voor een jongen van veertien. 'Oké,' zei hij.

'Hij wist dat we die telefoons zouden vinden, zo simpel is het. Er zijn zo'n tien verschillende manieren om een telefoon die zoek is te traceren, en hij wist dat we ze zouden opsporen. Volgens de beheerder wordt de late vrijdagpost pas maandag na vijven 's middags opgehaald. Dat pakketje zou daar nooit tweeënzeventig uur kunnen liggen zonder gevonden te worden. Dat moet hij geweten hebben.'

'Waarom zou hij de envelop dan aan mijn dochter adresseren?'

'Dat weet ik niet. Waarschijnlijk omdat hij een psychopaat is die verdomd slim is. Velen van hen zijn dat.'

Mancuso zei: 'Dus hij doet het gewoon voor de lol?'

'Ha, ha, ha.'

De sheriff was niet in de stemming om te kletsen. Er waren te veel gedachten, onbeantwoorde vragen en beangstigende scenario's die om voorrang streden.

9

De bijnaam 'Cleopatra' achtervolgde haar al sinds de Toeristische Raad, een veel grotere overheidsinstelling waar ze een paar jaar als bedrijfsjurist had gewerkt. Voor die tijd had ze korte perioden bij overheidsinstellingen gewerkt die te maken hadden met kwesties als geestelijke gezondheid, luchtkwaliteit en stranderosie. Niemand zou er ooit achter komen wie haar voor het eerst had bestempeld als 'Cleopatra' en het was niet eens duidelijk, tenminste niet voor de mensen die bij de Board on Judicial Conduct werkten, of Charlotte wel wist hoe haar ondergeschikten haar noemden. De bijnaam bleef hangen omdat hij bij haar paste, of misschien omdat Elizabeth Taylors versie er een beetje op leek. Pikzwart, steil lang haar met een afschuwelijke pony die tegen haar dikke wenkbrauwen aan kriebelde en die ongetwijfeld voortdurend zorg nodig had; lagen foundation die de rimpels en groeven moesten opvullen waar de botox niet bij kon komen; en genoeg eyeliner en mascara om een stuk of tien hoeren uit Vegas op te tutten. Zo'n twintig jaar eerder had Charlotte misschien nog een kansje gehad om mooi te worden, maar jaren van altijd maar werken en verkeerd uitgevallen ingrepen hadden haar inmiddels beroofd van alle mogelijkheden. Een advocaat die een reputatie had die leidde tot roddels over haar lelijke make-up en strakke kleding in plaats van over haar juridische kwaliteiten, was gedoemd tot een zwoegend bestaan in het schimmenrijk van de beroepsgroep.

Ze had ook andere fysieke tekortkomingen. Ze hield van te korte rokjes die te dikke dijen onthulden. Buiten haar kantoor droeg ze torenhoge stilettohakken waar een stripper nog van zou gaan blozen. Ze waren abnormaal en pijnlijk om te dragen, en om die reden zat ze met blote voeten achter haar bureau. Ze had geen gevoel voor mode, wat prima was bij de BJC, waar het een trend was geworden om er slonzig bij te lopen. Het probleem met Charlotte was dat ze zichzelf als een echte trendsetter beschouwde. Maar ze had geen volgers.

Lacy was al vanaf dag één op haar hoede geweest, en wel om twee redenen. Ten eerste stond Cleo bekend als een streber die altijd op een betere baan uit was, iets wat niet bepaald ongebruikelijk was bij de instellingen. De tweede reden hield verband met de eerste, maar was een stuk problematischer. Cleo hield niet van vrouwen die meester in de rechten waren, en ze zag hen allemaal als bedreiging. Ze wist dat voornamelijk mannen sollicitatiegesprekken leidden, en aangezien haar hele carrière gebaseerd was op de volgende stap, had ze geen tijd voor de meiden.

'We zouden weleens een serieus probleem kunnen hebben,' zei Lacy.

Cleo fronste haar voorhoofd, hoewel haar rimpels volledig schuilgingen achter haar pony. 'Oké. Zeg het maar.'

Het was donderdag aan het eind van de middag en de meeste anderen waren al weg. De deur van Cleo's grote kantoor was dicht. 'Ik verwacht een aanklacht die onder een alias wordt ingediend en die vrij ingewikkeld is. Ik weet niet precies wat ik ermee aan moet.'

'Welke rechter?'

'Tot nu toe ongeïdentificeerd. Circuitrechtbank, tien jaar in dienst.'

'Moet ik alle smerige details uit je trekken?'

Cleo deed zich voor als een keiharde no-nonsense advocaat die weinig tijd had voor smalltalk of flauwekul. Ze wilde alleen de feiten, want reken maar dat ze die af kon handelen.

'De vermeende misstap is moord.'

De pony bewoog lichtjes. 'Door een zittende rechter?'

'Dat zei ik net.' Lacy was geen botterik, maar bij elk gesprek dat ze met Cleo voerde, was ze uiterst behoedzaam en was haar tong klaar voor de tegenaanval en zelfs voor de eerste slag.

'Ja, dat is waar ook. Wanneer zou die moord zijn gepleegd?'

'Nou, er zijn er meerdere. Tenminste, dat wordt beweerd. De laatste was zo'n twee jaar geleden in Florida.'

'Meerdere?'

'Ja, meerdere. Degene die de aanklacht indient denkt dat er wel zes zijn gepleegd in de afgelopen twintig jaar.'

'Geloof je hem?'

'Ik heb niet gezegd dat het een hij is. En ik weet op dit moment niet wat ik moet geloven. Maar ik geloof wel dat hij of zij op het punt staat om een aanklacht bij ons in te dienen.'

Cleo stond op – ze was veel kleiner zonder die hakken – en liep naar het raam achter haar bureau. Vanaf daar had ze een schitterend uitzicht op twee andere kantoorgebouwen van de overheid. Ze sprak tegen het glas. 'Tja, de voor de hand liggende vraag is: waarom zou je daarmee niet naar de politie gaan? Maar dat heb je vast al gevraagd, hè?'

'Dat ligt inderdaad voor de hand en het was het eerste wat ik vroeg. Het antwoord van de persoon in kwestie was dat de politie niet te vertrouwen is, niet op dit moment. Niemand is te vertrouwen. En er is duidelijk niet voldoende bewijs om iets te kunnen aantonen.'

'Wat heeft hij of zij dan wel?'

'Enkele nogal overtuigende toevallige aanwijzingen. De moorden zijn in een tijdsbestek van twintig jaar gepleegd in verschillende staten. Ze zijn allemaal onopgelost en de sporen zijn doodgelopen. De rechter heeft op een gegeven moment in zijn leven het pad van ieder van zijn slachtoffers gekruist. En hij heeft zijn eigen modus operandi. Alle moorden zijn vrijwel identiek.'

'Ergens wel interessant. Mag ik nog een voor de hand liggende vraag stellen?'

'Jij bent de baas.'

'Dank je. Als dit inderdaad cold cases zijn en de plaatselijke politie het heeft opgegeven, hoe moeten we dan in godsnaam vaststellen dat een van onze rechters de moordenaar is?'

'Dat is inderdaad de hamvraag. Ik heb er geen antwoord op.'

'Als je het mij vraagt, klinkt deze persoon als een halvegare, maar dat is geloof ik wat je hier kunt verwachten.'

'Cliënten of personeel?'

'Aanklagende partijen. We hebben hier geen cliënten.'

'Oké. Volgens de wet hebben we geen andere keus dan de aantijgingen te onderzoeken als er eenmaal een aanklacht is ingediend. Wat stel je voor dat we doen?'

Cleo ging op haar directeursstoel zitten en leek ineens veel langer. 'Ik weet niet precies wat we gaan doen, maar ik kan je wel verzekeren wat we niet gaan doen. Dit kantoor is niet uitgerust voor een moordonderzoek. Als deze persoon een aanklacht indient, kunnen we niet anders dan het overdragen aan de staatspolitie van Florida. Zo simpel is het.'

Lacy schonk haar een nepglimlach en zei: 'Klinkt goed. Maar ik betwijfel of we de aanklacht zullen zien.'

'Laten we hopen van niet.'

De aanvankelijke strategie was om Jeri per e-mail te informeren en te proberen al het dramatische gedoe te vermijden. Lacy stuurde een kort en zakelijk berichtje dat luidde: *Margie. Na een gesprek met onze directeur moet ik je tot mijn spijt meedelen dat de aanklacht die je zou willen indienen niet door ons kantoor in behandeling wordt genomen. Na indiening zal hij worden overgedragen aan de staatspolitie.*

Binnen een paar tellen werd ze gebeld door een onbekend

nummer. Normaal gesproken zou ze dat genegeerd hebben, maar ze vermoedde dat het Jeri was, die monter van wal stak: 'Je mag niet naar de staatspolitie gaan. In de statuten staat dat het jullie taak is om de beschuldigingen te onderzoeken.'

'Hallo, Jeri. Hoe gaat het met je?'

'Ellendig, nu tenminste wel. Ik kan het niet geloven. Ik ben bereid om mijn nek uit te steken en een aanklacht in te dienen, maar de BJC heeft niet het lef om die te gaan onderzoeken. Jij wilt gewoon blijven zitten en wat papieren heen en weer schuiven op je bureau, terwijl die vent letterlijk over lijken gaat en blijft moorden.'

'Ik dacht dat je niet van telefoons hield.'

'Dat is ook zo. Maar deze kan niet getraceerd worden. Wat moet ik nu, Lacy? Twintig jaar werk onder mijn arm nemen en naar huis gaan, en dan net doen alsof er niks gebeurd is? En de moordenaar van mijn vader vrij laten rondlopen? Help me, Lacy.'

'Het is niet mijn beslissing, Jeri, geloof me.'

'Heb jij geadviseerd om de BJC onderzoek te laten doen?'

'Er valt niks te onderzoeken tot er een formele aanklacht is ingediend.'

'Waarom zou ik dat doen als je toch meteen naar de politie gaat? Ik kan dit niet geloven, Lacy. Ik dacht echt dat je ballen had. Ik sta ervan te kijken.'

'Het spijt me, Jeri, maar er zijn gevallen waar we gewoon niet voor zijn uitgerust.'

'Dat staat anders niet zo in de statuten. Volgens de wet moet de BJC elke aanklacht die tegen iedere rechter wordt ingediend beoordelen. Er staat helemaal nergens dat de BJC de aanklacht mag doorspelen aan de politie voordat die beoordeeld is. Zal ik je een kopie van de statuten sturen?'

'Nee, dat is niet nodig. Ik heb die beslissing niet genomen, Jeri. Daar hebben we bazen voor.'

'Oké, dan stuur ik de statuten naar je baas. Hoe heet ze ook alweer? Ik heb haar op de website zien staan.'

'Doe maar niet. Ze kent de statuten.'

'Zo te horen niet. Wat moet ik nu, Lacy? Bannick maar gewoon vergeten? Ik heb er twintig jaar van mijn leven aan besteed.'

'Het spijt me, Jeri.'

'Het spijt je helemaal niet. Ik was van plan om zaterdag naar je toe te rijden en ergens privé met je af te spreken om alles uit de doeken te doen over de zes moorden. Denk even mee, Lacy.'

'Ik ga dit weekend de stad uit, Jeri. Het spijt me.'

'Toevallig, zeg.' Na een lange stilte sloot ze af met: 'Denk hier eens over na, Lacy. Wat ga je doen als hij weer een moord pleegt? Nou? Op een gegeven moment worden jij en die miezerige BJC van je medeplichtigen.'

De verbinding werd verbroken.

10

De discipline taande en op vrijdag werd het rustig op kantoor. Daar leek het op vrijdagmiddag altijd net een graftombe, als de directieleden vertrokken voor lange lunches en nooit meer terugkwamen, en het slinkende personeel dat op contractbasis werkte er stiekem vandoor ging zodra Cleo de deur achter zich dichttrok. Niemand maakte zich al te veel zorgen, want Sadelle werkte tot na het donker en handelde alle verdwaalde telefoontjes af.

Lacy vertrok voor de lunch en was niet van plan om terug te komen. Ze ging naar huis, trok een korte broek aan, gooide wat kleren in een tas, verstopte een sleutel voor Rachel, haar nieuwe buurvrouw die ook haar hondenoppas was, en stapte even voor één uur met haar vriend in de auto, waarna ze wegscheurde in de richting van Rosemary Beach, tweeënhalf uur rijden naar het westen, aan de Gulf Coast. De temperatuur kroop naar de zevenentwintig graden en er was geen wolkje te bekennen. Ze had geen laptop, geen dossiers, geen enkele vorm van paperassen bij zich en zoals afgesproken was ook Allie ongewapend. Al het bewijs van zijn beroep was in zijn appartement achtergebleven. Alleen telefoons waren toegestaan.

Het voor de hand liggende doel van dit weekend was er even uit gaan, het werk achter zich laten, van de zon genieten en lekker bruin worden. De echte reden was veel serieuzer. Ze naderden allebei de veertig en waren onzeker over hun toekomst, alleen of samen. Ze waren nu ruim twee jaar een stel en hadden de beginfasen van de relatie achter zich gelaten: het daten, de seks, het blijven slapen, de reisjes, het voorstellen aan de wederzijdse families, de bekendmaking aan vrienden dat ze inderdaad een stel waren, de onuitgesproken afspraak om elkaar trouw te blijven. Er was geen enkele aanwijzing dat een van beiden de relatie wilde verbreken; sterker nog, ze leken allebei tevreden om het zo te houden.

Wat Lacy dwarszat, en ze wist niet of het Allie ook dwarszat, was de onzekerheid over de toekomst. Waar zouden ze over vijf jaar staan? Ze twijfelde er ernstig aan of ze nog veel langer bij de BJC zou blijven werken. Allies frustraties over de FBI groeiden. Hij was goed in zijn werk en was trots op wat hij deed, maar de zeventigurige werkweken eisten hun tol. Als hij minder ging werken, konden ze dan meer tijd samen doorbrengen? En zo ja, kon dat er dan toe leiden dat ze dichter naar elkaar toe groeiden? Zouden ze dan eindelijk in staat zijn om te besluiten of ze van elkaar hielden? Ze zeiden die vier woordjes wel, soms bijna speels, maar leken er geen van beiden volledig achter te staan. Ze hadden ze het eerste jaar helemaal gemeden en gebruikten ze nog steeds aarzelend.

Lacy was bang dat ze nooit werkelijk van hem zou houden, maar dat de romance comfortabel zou voortkabbelen van het ene stadium naar het andere, tot er niets anders op zat dan trouwen. En dan, als ze veertig of nog ouder was, zou ze niet meer weg kunnen. Dan zou ze met een man trouwen op wie ze dol was, maar van wie ze niet echt hield. Of toch wel?

De helft van haar vriendinnen zei dat ze die vent na twee jaar moest dumpen. De andere helft raadde haar juist aan hem te grijpen voor hij ervandoor ging.

Door dit weekend zouden hun meest serieuze vragen beantwoord moeten worden, hoewel ze genoeg flutromannetjes had gelezen en genoeg romantische comedy's had gezien om te weten dat het toppunt van romantiek, het geweldige weekendje weg, zelden werkte. Huwelijken die op instorten stonden, werden zelden gered door een paar dagen strand, en ook moeizame liefdesrelaties kwamen er niet ineens door op stoom, met een duidelijk omlijnd doel.

Ze vermoedde dat ze wat plezier in de zon zouden maken terwijl ze de toekomst vermeden en gewoon maar wat aan bleven rommelen.

'Je zit ergens mee,' zei hij, terwijl hij zijn linkerhand aan het stuur hield en met zijn rechter over haar knie wreef.

Het was te vroeg in het weekend om meteen de serieuze zaken aan te pakken, dus draaide ze de boel snel om en antwoordde: 'We hebben een zaak waar ik wakker van lig.'

'Normaal gesproken maak je je nooit druk over je zaken.'

'Normaal gesproken komt daar ook geen moord bij kijken.'

Hij keek haar lachend aan en zei: 'Vertel.'

'Ik kan het niet vertellen, oké? Net als jouw zaken zijn ook die van mij strikt vertrouwelijk. Maar ik kan het verhaal waarschijnlijk wel duidelijk maken als we het hypothetisch houden.'

'Ik ben een en al oor.'

'Goed, er is een rechter, hypothetisch gezien dan, hè, laten we zeggen dat hij een jaar of vijftig is, al tien jaar werkzaam voor de rechtbank en een sociopaat. Volg je me?'

'Natuurlijk. Dat geldt voor de meeste rechters, toch?'

'Kom op. Ik meen het serieus.'

'Oké. We hebben die types bestudeerd tijdens de training in Quantico. Met de BAU – Behavioral Analysis Unit, de eenheid voor gedragsanalyse. Onderdeel van onze standaardroutine. Maar dat was een hele tijd geleden en ik ben er in mijn werk nog nooit een tegengekomen. Mijn specialiteit zijn koelbloedige moordenaars die in cocaïne handelen en neonazi's die bommen versturen. Ga verder.'

'Dit is allemaal speculatie en niets kan worden bewezen, tenminste, nog niet. Volgens mijn getuige, eveneens zonder naam en te bang om haar gezicht te tonen, heeft de rechter in de afgelopen twintig jaar minstens zes mensen vermoord. Zes moorden in zes verschillende staten. Hij kende alle zes de slachtoffers, had problemen met ieder van hen, natuurlijk, en aasde geduldig op hen tot het juiste moment zich voordeed. Ze zijn allemaal op dezelfde manier vermoord: verwurging met hetzelfde soort touw, dezelfde modus operandi. Zijn signatuur. Volmaakte plaatsen delict, geen sporen, alleen het touw om zijn nek.'

'Cold cases?'

'Ze zitten muurvast. De politie heeft niks. Geen getuigen, geen vingerafdrukken, geen vezels, geen schoenafdrukken, geen bloed, geen motief. Helemaal niks.'

'Als hij ze kende, moet er een motief geweest zijn.'

'Wat ben je toch een briljante FBI-agent.'

'Dank je. Nogal voor de hand liggend, hoor.'

'Ja. De motieven lopen uiteen. Sommige lijken ernstig, andere onbenullig. Ik ken ze niet allemaal.'

'Hij vindt ze ernstig.'

'Inderdaad.'

Allie haalde zijn rechterhand van haar knie en krabde ermee aan zijn kin. Even later vroeg hij: 'En dat ligt op jouw bureau?'

'Nee. De getuige moet nog een formele aanklacht tegen de rechter indienen. Maar ze is te bang. En Cleopatra zei gisteren tegen me dat de BJC zich niet met een moordonderzoek gaat inlaten.'

'Wat gaat er nu dan gebeuren?'

'Niks, denk ik. Als er geen klacht ligt, kunnen we niks doen. De rechter blijft onaangetast en gaat verder met waar hij mee bezig is, zelfs als dat moord is.'

'Je klinkt alsof je die getuige gelooft.'

'Dat is ook zo. Ik worstel er al sinds maandag mee, de dag waarop ik haar ontmoet heb, en ik ben nu op het punt dat ik haar geloof.'

'Waarom kan ze niet naar de politie met haar vermoeden?'

'Om verschillende redenen. Ten eerste is ze bang en ze is ervan overtuigd dat de moordenaar erachter komt en haar naam op zijn dodenlijst zet. Maar de grootste aarzeling is misschien wel dat de politie geen reden heeft om haar te geloven. De politie in een dorp in South Carolina heeft geen tijd om zich druk te maken om een cold case in Zuid-Florida. De politie in Little Rock heeft geen tijd voor een soortgelijke moord in de buurt van Chattanooga, waar geen enkel spoor te vinden is.'

Allie knikte peinzend. 'Dat is vier. Waar zijn de andere twee?'

'Dat heeft ze me nog niet verteld.'

'Wie was er in Little Rock vermoord?'

'Een verslaggever van een krant.'

'En waarom stond zijn naam op de lijst?'

'We dwalen af van het hypothetische, agent Pacheco. Ik kan je niet meer details geven.'

'Oké. Heb je het met haar over de FBI gehad?'

'Ja, heel kort, en voorlopig heeft ze geen interesse. Ze is ervan overtuigd dat het te gevaarlijk is en ze twijfelt ook sterk of ze er wel betrokken bij willen raken. Waarom zou de FBI staan te springen om een reeks moordzaken die ze onmogelijk kunnen oplossen?'

'Ze zou er nog van staan te kijken wat we kunnen.'

Daar dacht Lacy een paar kilometer lang over na, terwijl ze naar de radio luisterden en door het verkeer heen ritsten. Allie was een notoire hardrijder en als hij geflitst werd, minstens twee keer per jaar, vond hij het heerlijk om zijn penning te laten zien en de verkeersagent een knipoog te geven. Hij ging er prat op dat hij nog nooit een bekeuring had gehad.

Lacy vroeg: 'Hoe zou dat in zijn werk gaan? Stel dat de getuige alles op tafel wil leggen voor de FBI.'

Allie haalde zijn schouders op en zei: 'Dat weet ik niet, maar daar kan ik wel achter komen.'

'Nog niet. Ik moet heel behoedzaam met deze getuige te werk gaan. Ze is beschadigd.'

'Beschadigd?'

'Ja, haar vader was slachtoffer nummer twee.'

'Wauw. Het wordt steeds beter.' Zijn meest irritante gewoonte tot nu toe was nagelbijten, en dan alleen de nagels van zijn linkerhand. Die van zijn rechter werden nooit aangevallen. Toen hij begon te kauwen, was hij diep in gedachten verzonken en ze kon zijn hersens bijna horen kraken.

Na een paar kilometer zei hij met een frons: 'Dit is behoorlijk heftig. Laten we, hypothetisch, zeggen dat je bij de politie bent – bij ons, de plaatselijke politie of de staatsjongens, dat doet er niet toe – en zegt: "Hier is jullie moordenaar." Naam, functie, persoonsnummer en adres. En hier zijn de zes slachtoffers, allemaal gewurgd in de afgelopen ruim twintig jaar, en...'

'En het valt niet te bewijzen.'

'En het valt niet te bewijzen. Tenzij...'

'Tenzij wat?'

'Tenzij je bewijs vindt bij de moordenaar zelf.'

'Daarvoor zou een huiszoekingsbevel nodig zijn, toch? Een document dat onmogelijk te verkrijgen is zonder redelijke verdenking. Er is helemaal geen redelijke verdenking, alleen wat wilde speculatie.'

'Ik dacht dat je zei dat je haar geloofde.'

'Dat is ook zo, denk ik.'

'Je bent er niet van overtuigd.'

'Niet de hele tijd. Je moet toegeven dat het vergezocht is.'

'Inderdaad. Ik heb nog nooit van zoiets gehoord. Maar ja, zoals je weet jaag ik op een ander soort criminelen.'

'Een huiszoekingsbevel is onwaarschijnlijk. Bovendien is hij waarschijnlijk paranoïde en te slim om gepakt te worden.'

'Wat weet je over hem?'

'Niks. Hij is gewoon een hypothetisch geval.'

'Kom op nou. We zijn al zo ver.'

'Single, nooit getrouwd, woont waarschijnlijk alleen. Overal beveiligingscamera's. Een gerespecteerde rechter die voldoende uitgaat om sociaal acceptabel over te komen. Staat in hoog aanzien bij collega's en advocaten. En stemmers. Jij bent profiler, wat wil je verder nog weten?'

'Ik ben geen profiler. Dat is weer een andere afdeling.'

'Ik snap het. Goed, als je die zes moorden zou nemen en niks over de verdachte zou zeggen, en als je die aan de beste FBI-profilers zou voorleggen, wat zouden ze dan zeggen?'

'Ik heb geen idee.'

'Maar zou je het aan iemand kunnen vragen, je weet wel, een beetje onofficieel?'

'Waarom zou je dat willen? Je weet al wie de moordenaar is.'

Hun lievelingshotel was het Lonely Dunes, een schilderachtig boetiekhotelletje met veertig kamers, allemaal met uitzicht op het water, en een paar centimeter van het zandstrand. Ze checkten in, lieten hun tassen onuitgepakt in de kamer achter en gingen snel naar het zwembad, waar ze een tafeltje in de schaduw vonden en lunch en een fles wijn bestelden. Een jong stelletje was aan de andere kant van het zwembad aan het stoeien; er gebeurde iets vlak onder het wateroppervlak. Voorbij de patio glinsterde de Golf schitterend blauw terwijl de zon erop scheen.

Toen ze hun drankjes voor de helft ophadden, trilde Allies telefoon op tafel. Lacy zei: 'Wat is dat?'

'Sorry.'

'Ik dacht dat we hadden afgesproken dat we geen telefoons bij ons zouden hebben tijdens de lunch. Ik heb die van mij in de kamer laten liggen.'

Allie pakte het ding op en zei: 'Dat is die jongen over wie ik het had. Hij kent een paar profilers.'

'Nee. Laat maar gaan. Ik heb al te veel gezegd en ik wil het niet over de zaak hebben.'

Na een tijdje hield de telefoon op met trillen. Allie stopte hem in zijn zak alsof hij hem nooit meer zou aanraken. De krabsalade werd geserveerd en de ober schonk nog wat wijn in. Als op een teken werd het bewolkt en de zon verdween.

'Hier en daar kans op een bui,' zei Allie. 'Als ik het me goed herinner van mijn weerapp, die op mijn telefoon staat, die in mijn zak zit en niet mag worden aangeraakt.'

'Negeer hem gewoon. Als het regent, regent het. We gaan nergens heen. Vraagje.'

'Vraag maar.'

'Het is vrijdagmiddag, bijna drie uur. Weet je baas waar je bent?'

'Niet precies, maar hij weet dat ik een weekendje weg ben met mijn vriendin. En Cleopatra?'

'Dat kan me niet schelen. En haar ook niet. Ze is binnen een paar maanden weg.'

'En jij, Lacy? Hoe lang blijf jij daar nog?'

'Tja, dat is de grote vraag, hè? Ik ben te lang in een uitzichtloze baan blijven hangen en nu is het hoog tijd om te vertrekken. Maar waar ga ik naartoe?'

'Het is niet uitzichtloos. Je hebt plezier in je werk en het is belangrijk.'

'Zou kunnen. Af en toe misschien. Maar het is niet meer echt uitdagend. Ik vind het saai en dat zeg ik waarschijnlijk te vaak tegen je.'

'Ik ben het maar, hoor. Je kunt me alles vertellen.'

'Mijn diepste, duisterste geheimen?'

'Graag. Ik zou ze dolgraag willen horen.'

'Maar jíj zou ze mij niet vertellen, Allie. Zo zit je niet in elkaar. Je bent veel te veel een agent om je voorzichtigheid te laten varen.'

'Wat wil je weten?'

Ze lachte naar hem en nam een slok wijn. 'Oké. Waar sta je over een jaar?'

Hij fronste zijn voorhoofd en wendde zijn blik af. 'Dat is een stomp in mijn maag.' Hij nam zelf ook een slok wijn. 'Ik weet het eigenlijk niet. Ik werk al acht jaar voor het Bureau en ik vind het heerlijk. Ik dacht altijd dat ik er voor het leven zou zitten, dat ik achter de boeven aan zou zitten tot ze me op mijn vijftigste in een kantoor zouden zetten en me er op mijn zevenenvijftigste uit zouden schoppen, de wettelijk verplichte leeftijd. Maar nu weet ik het niet meer zo zeker. Wat ik doe is vaak spannend en zelden saai, maar het is absoluut een baan voor een jongere man. Als ik naar de jongens kijk die tegen de vijftig lopen, zie ik dat ze opbranden. Vijftig is niet zo oud, Lacy. Ik weet niet of ik wel een carrièretype ben.'

'Heb je overwogen om weg te gaan?'

'Ja.' Het was moeilijk om dat toe te geven en ze betwijfelde of hij het ooit eerder hardop had gezegd. Hij rook aan zijn wijn, dronk ervan en zei: 'En er is nog iets. Ik werk al vijf jaar in Tallahassee en het wordt tijd voor iets anders. Er wordt steeds vaker gezinspeeld op overplaatsing. Dat hoort erbij, we houden er allemaal rekening mee.'

'Word je overgeplaatst?'

'Dat zei ik niet. Maar er zou wat druk kunnen worden uitgeoefend de komende paar maanden.'

Lacy was verbouwereerd en deed haar best om dat niet te laten merken. Een ogenblik later stond ze er versteld van dat het haar zo'n onbehaaglijk gevoel gaf. De gedachte dat ze niet bij Allie zou zijn was, nou ja, ondenkbaar. Ze wist kalm uit te brengen: 'Waar zou je dan naartoe gaan?'

Hij keek terloops om zich heen, zoals ervaren agenten dat leren te doen, zag niemand die ook maar de minste belangstelling voor hen had en zei: 'Dit moet onder ons blijven. De directeur organiseert een nationale taskforce voor haatgroepen en ik ben uitgenodigd als een soort try-out voor het team. Ik heb nog geen ja of nee gezegd en als ik ja zeg, is er geen garantie dat ik gekozen word. Maar het is een prestigieuze groep eliteagenten.'

'Oké. Waar zou je dan worden aangesteld?'

'Kansas City of Portland. Maar het is allemaal nog niet zeker.'

'Ben je Florida zat?'

'Nee. Ik ben het zat om mijn weekend te verspillen aan het najagen van kartels. Ik ben het zat om in een goedkoop flatje te wonen en niet te weten wat de toekomst brengt.'

'Ik kan een langeafstandsrelatie niet aan, Allie. Ik wil je liever in de buurt hebben.'

'Nou, op dit moment ben ik niet van plan te vertrekken. Het is gewoon een mogelijkheid. Kunnen we het over jou hebben?'

'Ik ben een open boek.'

'Allesbehalve. Dezelfde vraag: waar sta je over een jaar?'

Ze dronk wat wijn. De ober kwam langs, bleef net lang genoeg staan om allebei hun glazen bij te vullen en verdween weer. Ze schudde haar hoofd en zei: 'Ik weet het echt niet. Ik betwijfel of ik dan nog bij de BJC zal werken, maar dat zeg ik nu al een paar jaar tegen mezelf. Ik weet niet of ik wel het lef heb om te stoppen en de zekerheid van die baan te laten varen.'

'Je bent meester in de rechten.'

'Ja, maar ik ben bijna veertig en heb geen specialiteit, iets wat advocatenkantoren wel graag willen. Als ik een naambordje zou ophangen en testamenten op zou maken, zou ik sterven van de honger. Ik heb er nog nooit een opgesteld. Mijn enige optie is hetzelfde doen als de meeste overheidsjuristen, namelijk een stapje hoger in de voedselketen klauteren om een beter salaris te krijgen. Ik denk aan iets anders, Allie. Misschien een midlifecrisis op mijn veertigste. Interesse?'

'Een gezamenlijke crisis?'

'Zoiets. Meer een partnerschap. Luister, we hebben allebei twijfels over de toekomst. We zijn veertig, zo om en nabij, we wonen nog steeds alleen, we hebben geen kinderen en we kunnen het ons veroorloven om een kansje te wagen, iets doms te doen, op onze bek te gaan en weer op te staan.'

Daar lag het. Zomaar op tafel. Ze haalde diep adem, kon niet geloven dat ze zo ver was gegaan en keek aandachtig naar zijn ogen. Die stonden nieuwsgierig en verbaasd. Hij zei: 'Je noemde een paar belangrijke woorden. Het eerste wat ik hoorde was "veroorloven". Ik ben niet in de positie om op mijn leeftijd te stoppen met werken en me in een crisis te storten.'

'Wat was het tweede woord?'

'"Dom".'

'Bij wijze van spreken. Over het algemeen doen we geen van beiden domme dingen.'

De ober kwam eraan met een dienblad en begon de tafel af te ruimen. Terwijl hij de lege wijnfles pakte, vroeg hij: 'Nog een?' Ze schudden allebei hun hoofd.

Ze lieten de rekening op hun kamer zetten, die tweehonderd dollar per nacht kostte, in het laagseizoen, en als ze zondag zouden uitchecken, zouden ze de rekening delen. Ze probeerden alles te delen. Ze verdienden allebei rond de zeventigduizend dollar per jaar. Niet bepaald geld om met pensioen te kunnen, maar goed, niemand had het over pensioen gehad.

Ze liepen bij het zwembad vandaan en wandelden naar de rand van de oceaan, waar ze zich realiseerden dat het water te koud was om zelfs maar even in te plonzen. Arm in arm slenterden ze over het strand, doelloos zwervend, net als de golven.

'Ik moet je iets opbiechten,' zei hij.

'Jij biecht nooit iets op.'

'Oké, moet jij eens opletten. Ik leg al een jaar lang geld opzij om een ring voor je te kunnen kopen.'

Ze bleef abrupt staan terwijl ze zich van elkaar losmaakten en elkaar aankeken.

'En? Wat is ermee gebeurd?'

'Ik heb er geen gekocht omdat ik niet zeker weet of je hem aanneemt.'

'Weet je zeker dat je hem aan me wilt geven?'

Hij aarzelde te lang en zei uiteindelijk: 'Dat moeten we beslissen, hè Lacy? Waar gaan we naartoe?'

Ze sloeg haar armen over elkaar en tikte met haar wijsvinger op haar lippen. 'Wil je een adempauze, Allie?'

'Een adempauze?'

'Ja, een tijdje vrij. Van mij.'

'Niet echt. Jij wel?'

'Nee. Ik vind het wel fijn om je om me heen te hebben.'

Ze lachten, omhelsden elkaar en vervolgden hun wandeling langs het lange strand. Zonder dat er iets was opgelost.

11

Het mailtje kwam zondagavond om tien over halftien binnen, toen Jeri alleen was en zoals altijd in haar huis in de stad de colleges voor die week aan het voorbereiden was en zich afvroeg of ze naar een tv-programma zou kijken. Het was geadresseerd aan een van de verschillende permanente adressen die ze aanhield, zwaar versleuteld en zelden gebruikt. Er waren slechts vier mensen die er gebruik van konden maken, en niemand kon het traceren. De man aan de andere kant was iemand die ze nooit had ontmoet, waarvoor ze ook nooit een reden zou hebben, en ze kende zijn echte naam niet. Als ze hem betaalde, altijd in contanten. Dan stuurde ze het geld in een dunne paperback in een klein pakketje naar een postbus in Camden, in Maine, naar een vaag bedrijfje met de naam KL Data.

Hij wist ook niet hoe zij heette. Online was haar naam LuLu, en dat was alles wat hij wilde weten of nodig had. Zoals: *Hallo LuLu. Heb je zin in iets wat mogelijk interessant is?*

LuLu? Ze glimlachte en schudde haar hoofd, enigszins verbaasd over het aantal façades dat ze de afgelopen twintig jaar om zichzelf heen had gebouwd. Aliassen, tijdelijke postbussen, gezichtsvermommingen, ondoordringbare e-mailadressen met tweestapsidentificatie, en een tas vol telefoons en goedkope wegwerpmobieltjes.

In haar eenzame wereld verwees ze naar hem als KL, en al had ze geen idee waar die initialen voor stonden, ze had hem Kenny Lee gedoopt. Volgens een referentie van jaren geleden had Kenny Lee een achtergrond in de wetshandhaving, maar ze had geen idee hoe die carrière tot een eind was gekomen. Ze wist dat hij een broer was verloren bij een onopgeloste moordzaak, een cold case die hem achtervolgde en hem tot zijn huidige roeping had geleid. 'Goh, hallo, Kenny Lee,' mompelde ze.

Ze antwoordde: *Hoeveel uur?*

Nog geen drie.

Oké.

Ze had zijn stem nog nooit gehoord en had geen idee of hij tachtig of veertig was. Ze waren al bijna tien jaar bezig met wat het ook was dat ze aan het doen waren. Ze zei bij zichzelf: 'Laten we eens kijken wat je hebt, Kenny Lee.'

Zijn tarief was tweehonderd dollar per uur en ze kon zich geen verrassingen veroorloven. Hij was freelanceonderzoeker, een eenzame schutter die voor iedereen en niemand werkte, zolang ze maar bereid waren zijn tarief te betalen. Hij werkte voor families van slachtoffers, agenten in kleine stadjes in tientallen staten, de FBI, onderzoeksjournalisten, romanschrijvers en Hollywood-producenten. Voor iedereen die op zoek was naar gegevens over geweldsmisdrijven was hij de bron. Hij kwam zelden zijn souterrain uit en leefde online, waar hij spitte, hengelde en gegevens verzamelde, rapporteerde en verkocht. Hij verwerkte moordstatistieken uit alle vijftig staten en bracht waarschijnlijk meer tijd door in het coördinatiecentrum van geweldsmisdrijven dan wie dan ook binnen het Bureau of daarbuiten.

Als het om moord ging, en vooral om een onopgeloste moord, moest je bij Kenny Lee zijn. Boven tafel runde hij zijn bedrijfje via een advocaat uit Bangor die zijn contracten en overgemaakte honoraria afhandelde. Al zijn zaken gingen mondeling en waren vertrouwelijk. KL adverteerde niet en kon tegen iedereen nee zeggen. Onder tafel gebruikte hij aliassen en gecodeerde e-mails, en hij liet zich uitbetalen in contanten, alles om de identiteit van zijn cliënten en de moordenaars die ze in de gaten hielden te beschermen.

Een uur later zat Jeri in het donker te wachten en vroeg zich af wat ze zou doen als KL weer een slachtoffer had gevonden. Hij had niet altijd gelijk. Niemand kon altijd gelijk hebben. Tien maanden eerder was KL uit het niets opgedoken en had melding gemaakt van een verwurging in Kentucky die er aanvankelijk veelbelovend uitzag. Jeri had hem voor vier uur werk betaald en was daarna twee maanden aan het graven geweest voordat haar spoor nogal abrupt doodliep toen de politie een man arresteerde, die bekende.

KL had haar een berichtje gestuurd waarin hij zei: *Jammer, maar dat hoort erbij.* Hij volgde duizenden zaken door het hele land en vele daarvan waren oud en zouden nooit worden opgelost.

Elk jaar werden er in de VS zo'n driehonderd moorden officieel gecategoriseerd als verstikking/verwurging/smoring. Bij de helft daarvan was iemand naar de keel gegrepen om een eind te maken aan huiselijke onenigheid, en die zaken werden gewoonlijk heel gauw opgelost.

Bij de rest was er sprake van verwurging, waarbij er met geweld iets om de nek werd gewikkeld en de moordenaar in de regel de ligatuur achterliet. Elektriciteitskabels, riemen, bandana's, ijzerdraad, kettingen, schoenveters, kleerhangers en touwen en koorden in alle soorten en maten. Hetzelfde soort nylonkoord waarmee haar vader was vermoord, werd heel vaak gebruikt. Het was volop verkrijgbaar in winkels en online.

De meeste moorden in de tweede categorie werden nooit opgelost.

Haar laptop pingde en ze klapte hem open, doorliep al haar authenticatieprotocollen en typte haar wachtwoord. Het was Kenny Lee:

Vijf maanden geleden is in Biloxi, in Mississippi, Harrison County, een slachtoffer met de naam Lanny Verno gewurgd aangetroffen. Nog geen foto's van plaats delict, maar misschien binnenkort. Beschrijving ligatuur klinkt vrijwel hetzelfde. Negen millimeter dik nylonkoord, vastgebonden met dezelfde knoop om de druk erop te houden. Ernstige hoofdwond, waarschijnlijk voorafgegaan aan de dood. Overledene was zevenendertig en werkte als huisschilder, vermoord tijdens zijn werk, geen getuigen. Echter wel een complicatie. De politie denkt dat er een getuige op het verkeerde tijdstip is verschenen en die wachtte hetzelfde lot, afgezien van het koord. Ernstige hoofdwond. Politie denkt dat tweede slachtoffer langskwam om Verno een cheque te geven – het was vrijdagavond en Verno verwachtte een cheque – en dat de tweede moord niet gepland was. Geen bloedsporen van iemand anders dan de twee slachtoffers. Geen vezels, geen vingerafdrukken, geen sporen en geen getuigen. Weer een schone plaats delict – te schoon. Actief recherchewerk met weinig informatie voor de pers. Dossier is stevig verzegeld – dus geen foto's, geen autopsierapporten. Zoals je goed weet, kosten die altijd tijd.

KL wachtte even om Jeri de tijd te geven om te reageren. Ze schudde gefrustreerd haar hoofd omdat ze terugdacht aan haar vaak vergeefse pogingen om politiedossiers door te nemen die jaren stof hadden liggen verzamelen. Het was altijd zo dat hoe minder aanwijzingen de rechercheurs hadden, des te vuriger ze hun dossiers beschermden. Ze wilden niet dat iemand iets wist van hun gebrekkige voortgang.

Ze schreef: *Wat weet je over het touw en de knoop?*

Modus operandi en motief. Het eerste lag in het volle zicht, zodat de rechercheurs erover konden peinzen en de labtechnici het konden analyseren. Maar het achterhalen van het tweede kon wel weken of maanden in beslag nemen.

KL antwoordde: *Ik heb het rapport dat door het misdaadlab van de staat is ingediend bij het coördinatiecentrum van de FBI. Het touw wordt beschreven als nylon, groen van kleur, negen millimeter, een stuk van vijfenzeventig centimeter, stevig vastgebonden en, uiteraard, achtergelaten. Er wordt geen melding gemaakt van een knoop, tourniquet, ratel of enig ander hulpmiddel om het touw op zijn plek te houden. Het misdrijf is duidelijk onopgelost, het onderzoek loopt nog en is in volle gang, dus de meeste relevante details worden door de politie afgeschermd. Standaardprocedure. De oude vertrouwde tegenwerking.*

Jeri liep naar haar keuken en pakte een blikje lightfrisdrank uit de koelkast. Ze maakte het open, nam een slok en liep terug naar de bank en haar laptop. Ze schreef: *Oké, ik doe het. Stuur wat je hebt. Bedankt.*

Graag gedaan. Over vijftien minuten.

Langs de Golfkust over Interstate 10 was het maar een uur rijden van Biloxi naar Mobile, maar de twee stadjes lagen in verschillende staten, verschillende werelden. De *Press-Register* van Mobile had maar weinig lezers bij de buren, en de *Sun Herald* uit Biloxi had nog minder abonnees in Alabama.

Het verbaasde Jeri dan ook niet dat de pers in Mobile geen verslag had gedaan van een dubbele moord negentig kilometer verderop. Ze klapte haar laptop open, schakelde haar VPN in en begon te zoeken. Op zaterdag 19 oktober stond de voorpagina van de *Sun Herald* vol met het laatste nieuws over de tweevoudige moord. Mike Dunwoody was een bekende aannemer in de omgeving van Biloxi en langs de Golfkust. Er stond een foto van Mike bij, die van zijn bedrijfswebsite was gehaald. Hij had zijn vrouw, Marsha, achtergelaten en ook twee kinderen en drie kleinkinderen. Zijn begrafenis was nog niet volledig geregeld op het moment dat het artikel werd gepubliceerd.

Over Lanny Verno was veel minder bekend. Hij woonde in een trailerpark ergens in de buurt van Biloxi. Volgens een buurvrouw had hij daar een paar jaar gezeten. Zijn vriendin, die bij hem woonde, kwam en ging. Een van zijn werknemers zei dat Lanny ergens uit Georgia kwam, maar dat hij overal en nergens had gewoond.

In de daaropvolgende dagen had de *Sun Herald* er hard aan gewerkt om het verhaal warm te houden. De politie hield zich ongelofelijk stil en gaf bijna niks weg. Niemand uit de familie Dunwoody liet een woord los. De begrafenis werd in een grote kerk gehouden en er kwam een hele menigte op af. Verslaggevers werden op verzoek van de familie door hulpsheriffs op afstand gehouden. Er meldde zich een verre neef van Verno om schoorvoetend het lichaam op te eisen en mee terug te nemen naar Georgia. Hij schold een verslaggever uit. Een week na de moorden hield sheriff Black een persconferentie waarin hij absoluut niets nieuws naar buiten bracht. Een verslaggever vroeg of er telefoons van de lijken waren weggenomen en dat leidde tot een ferm: 'Geen commentaar.'

'Maar is het dan niet zo dat er twee mobiele telefoons uit een postbus in Neely zijn gehaald?'

De sheriff keek alsof iemand zojuist de naam van de moordenaar had onthuld, maar wist zich te herstellen met een streng: 'Geen commentaar.'

Vrijwel elke andere vraag kreeg dezelfde reactie.

Het gebrek aan medewerking van de sheriff wakkerde het gerucht aan dat er iets groots aan zat te komen, dat ze misschien hun lippen zo stijf op elkaar hielden omdat ze dichter bij de moordenaar kwamen en hem niet wilden afschrikken.

Maar er gebeurde niks en de dagen werden weken en daarna maanden. De familie Dunwoody loofde een beloning van vijfentwintigduizend dollar uit voor meer informatie. Dat leidde tot een stortvloed aan telefoontjes van mafkezen die niks wisten.

Van de familie Verno werd niets vernomen.

Om middernacht dronk Jeri sterke koffie en bereidde zich voor op de zoveelste slapeloze nacht achter de computer. KL stuurde zijn overzicht, samen met een kopie van het officiële rapport van het geweldsmisdrijf dat de staatspolitie van Mississippi had ingediend bij de FBI.

Ze had deze weg al vele malen eerder bewandeld en keek er bepaald niet naar uit om weer aan een nieuw dossier te beginnen.

12

De BJC werd geleid door een vijfkoppige raad van bestuur, stuk voor stuk gepensioneerde rechters en advocaten die genade, of iets van die strekking, hadden gevonden in de ogen van de gouverneur. De gulle gevers en zwaargewichten werden beloond met aanstellingen die veel prestigieuzer waren dan de BJC – universiteitsbesturen en kansspelcommissies en dergelijke, baantjes met een leuk budget en extraatjes waardoor de uitverkorenen de kans kregen om te reizen en aan te pappen met de machtigen der aarde; terwijl bestuursleden van de BJC maaltijden, kamers en een vergoeding van vijftig cent per kilometer kregen. Ze kwamen zes keer per jaar bijeen – drie keer in Tallahassee en drie keer in Fort Lauderdale – om zaken te herzien, hoorzittingen te houden en af en toe rechters te berispen. Het kwam zelden voor dat iemand uit zijn ambt werd ontslagen. Sinds de oprichting van de BJC in 1968 waren er slechts drie rechters de rechtbank uit gestuurd.

Vier van de vijf bestuursleden kwamen maandag laat op de ochtend bijeen voor een geplande vergadering. De vijfde zetel was vacant en de gouverneur had het te druk om die op te vullen. Zijn laatste twee uitnodigingen waren afgeslagen door de betreffende aangewezen personen, dus zei hij nu 'bekijk het maar'. Bijeenkomsten werden gehouden in een geleende vergaderruimte in het Hooggerechtshof, want het vergaderzaaltje van de BJC was te deprimerend om een dag in door te brengen.

Het eerste agendapunt was een afspraak met de directeur om tien uur, een privégesprek waarbij in één uur een overzicht zou worden gegeven van de zaken, de financiën, het personeel, enzovoort. Het was een onaangenaam ritueel geworden, want Charlotte Baskin stond al met één been buiten de deur en dat wist iedereen.

Nadat ze haar voor de vorm hadden aangehoord, pakten de leden volgens het werkschema de rol met lopende zaken op.

Lacy was blij dat ze niets op de rol had staan en dus niet voor de raad hoefde te verschijnen. Haar maandag begon net als de meeste andere en vereiste de gebruikelijke peptalk tegen zichzelf om snel naar kantoor te gaan en, als de langstzittende onderzoeker, aan te komen met heel veel glimlachjes en bemoedigende woorden en opwinding omdat ze de belastingbetaler dienden. Maar de peptalk werkte niet, vooral omdat ze mentaal nog steeds op het strand en bij het zwembad zat. Allie en zij hadden drie lange lunches gehad, met wijn en heel veel dutjes en seks en lange wandelingen langs de waterrand. Op een gegeven moment hadden ze afgesproken dat ze de toekomst maar even moesten vergeten en gewoon in het moment moesten leven. Ze zouden zich later wel met de belangrijke zaken bezighouden.

Maar toen ze eenmaal bij hem uit de buurt was, stelde ze zichzelf de vraag die al sinds vrijdag aan haar knaagde: als hij me een ring zou geven, wat zou ik er dan mee doen?

Het antwoord was ontwijkend.

Om twaalf voor tien kwam er weer een mail binnen, opnieuw van Jeri. Er waren er minimaal vijf binnengekomen tijdens het weekend, en ze had ze tot nu toe allemaal genegeerd. Lacy had het moeilijke gesprek lang genoeg uitgesteld. Ze had lang geleden geleerd dat uitstellen de taak alleen maar onplezieriger maakt. Ze toetste een nummer in op haar telefoon. Er werd niet opgenomen. Geen voicemail. Ze probeerde een ander nummer. Zelfde resultaat. Ze begon algauw haar geduld te verliezen met al dat geheimzinnige gedoe, terwijl ze het laatste nummer dat ze van Jeri had intoetste.

'Hoi Lacy,' klonk de aangename, maar vermoeide stem. 'Waar zat je?'

Wat gaat jou dat aan? Ze slikte moeizaam, haalde diep adem en antwoordde: 'Goedemorgen, Jeri. Ik neem aan dat deze lijn veilig is.'

'Natuurlijk. Sorry voor het ongemak.'

'Ja. Je hebt me het hele weekend gebeld en gemaild, zie ik.'

'Ja, we moeten praten, Lacy.'

'We praten nu, op maandag. Ik dacht dat ik had uitgelegd dat ik in het weekend niet werk en dat ik je had gevraagd me niet te bellen of te mailen. Klopt dat?'

'Ja, je hebt gelijk en het spijt me, maar dit is belangrijk.'

'Dat weet ik, Jeri, en ik heb slecht nieuws. Ik heb mijn baas weer gesproken en heb het gehad over de beschuldigingen, en ze was keihard. We gaan geen moordonderzoek aanpakken. Punt uit. Zoals ik al een paar keer gezegd heb, zijn we niet uitgerust of opgeleid voor dat soort werk.'

Stilte. Dat zou niet lang duren, want Lacy wist dat Jeri het niet gewend was om nee te accepteren. Ze zei: 'Maar ik heb het recht om een aanklacht in te dienen. Ik ken de statuten uit mijn hoofd. Ik kan het anoniem doen. En de BJC is volgens de wet verplicht om vijfenveertig dagen lang de aantijgingen te beoordelen. Toch, Lacy?'

'Ja, dat staat in de statuten.'

'Dan dien ik een aanklacht in.'

'En mijn baas zegt dat we die dan onmiddellijk aan de staatspolitie overdragen voor onderzoek.'

Lacy wachtte op een scherpe reactie, waar Jeri ongetwijfeld aan had gewerkt. Ze wachtte en wachtte en eindelijk drong het tot haar door dat het gesprek was afgelopen. Jeri had het abrupt afgebroken en had opgehangen.

Lacy was niet zo naïef om te denken dat ze elkaar nooit meer zouden spreken. Maar misschien zou Jeri wel een tijdje wegblijven. Ze hadden elkaar pas een week geleden ontmoet.

En misschien zou het moorden wel ophouden.

Een halfuur later was Jeri terug. Ze begon met: 'Ik weet het niet zeker, Lacy, maar er zouden nog twee lijken kunnen zijn. Nummer zeven en acht. Ik ben aan het graven om bevestiging te krijgen en misschien heb ik het mis. Dat hoop ik echt. Niettemin zal hij niet ophouden.'

'Bevestiging? Ik wist niet dat je de andere bevestigd had.'

'Toch is dat zo, in mijn hoofd tenminste. Mijn theorie mag dan gebaseerd zijn op toevallig bewijs, maar je moet toegeven dat het overweldigend is.'

'Of het overweldigend is, weet ik niet zo zeker, maar het is in elk geval onvoldoende om een onderzoek te starten. Ik herhaal het nog maar een keer, Jeri, we gaan er niet aan beginnen.'

'Is dat jouw beslissing of die van je interim-directeur?'

'Wat maakt dat nou uit? We gaan er niet aan beginnen.'

'Zou je dat wel doen als je daarvoor de bevoegdheid had?'

'Tot ziens, Jeri.'

'Prima, Lacy, maar vanaf nu kleeft er bloed aan je handen.'

'Dat lijkt me nogal overdreven.'

Jeri mompelde iets onsamenhangends, alsof ze haar woorden probeerde te verbergen. 'Hij pleegt de laatste tijd steeds meer moorden, Lacy, er is bijna één slachtoffer per jaar. Dat is niet ongebruikelijk voor seriemoordenaars, tenminste, niet voor de slimmeriken. Ze beginnen langzaam, met succes, verbeteren hun vaardigheden, raken hun terughoudendheid en angst kwijt en overtuigen zichzelf ervan dat ze heel slim zijn. Dan beginnen ze fouten te maken.'

'Wat voor fouten?'

'Dat ga ik niet over de telefoon bespreken.'

'Jij hebt mij gebeld.'

'Klopt, en ik weet eigenlijk niet goed waarom.' Ze hing weer op.

Felicity verscheen opeens geruisloos naast haar bureau en gaf haar een telefoonbericht, een ouderwets roze papiertje. 'Je kunt deze kerel maar beter even terugbellen,' zei ze. 'Hij deed nogal onbeschoft.'

'Dank je,' zei Lacy, die het briefje aannam en naar haar receptioniste keek alsof die wel mocht vertrekken. 'Wil je de deur achter je dichtdoen als je weggaat?'

Earl Hatley was de huidige voorzitter van de BJC. Hij was een oud-rechter, een aardige heer, en een van de weinige leden die Lacy door de jaren heen had ontmoet en die het echt belangrijk vond dat het rechtswezen werd verbeterd. Hij had zijn telefoon blijkbaar in zijn hand, want hij nam meteen op. Hij vroeg of ze alles wat ze aan het doen was uit haar handen kon laten vallen en onmiddellijk naar het hooggerechtshof kon komen voor een dringende vergadering.

Een kwartier later liep Lacy de kleine vergaderzaal binnen en werd verwelkomd door de vier bestuursleden. Earl vroeg haar om plaats te nemen en wees naar een stoel aan het uiteinde van de tafel. Hij zei: 'Ik kom maar meteen ter zake, Lacy, want we lopen al achter op schema en we hebben een dringende kwestie.'

Ze hield haar handpalmen omhoog en zei: 'Ik ben een en al oor.'

'We hadden vanochtend vroeg een bijeenkomst met Charlotte Baskin en ze heeft haar ontslag ingediend. Ze is weg, met ingang van vandaag. Het was een wederzijdse beslissing. Ze was niet geschikt, zoals je ongetwijfeld heel goed wist, en we kregen klachten. Dus we zitten weer eens zonder directeur.'

'Heb ik nog steeds een baan?' vroeg Lacy, totaal niet van haar stuk gebracht.

'Jazeker. Jij mag niet weg, Lacy.'

'Dank je.'

'Zoals je weet was Charlotte de vierde directeur in de afgelopen twee jaar. Ik hoorde dat het moreel nogal laag is.'

'Welk moreel? Iedereen is op zoek naar een andere baan. We zitten daar maar, jaar in, jaar uit, te wachten tot de bijl in onze nek valt. Wat verwacht je dan? Het valt niet mee om enthousiast te blijven als er elk jaar weer meer in ons karige budget gesnoeid wordt.'

'Dat begrijpen we. Het is niet onze schuld. We staan aan dezelfde kant.'

'Ik weet wiens schuld het is en ik neem het jou ook niet kwalijk. Maar het is moeilijk om ons werk te doen onder zwakke leiding, soms zelfs zonder leiding, en met steeds minder steun vanuit de wetgevende macht. Het kan de gouverneur niks schelen wat we doen.'

Judith Taylor zei: 'Ik heb volgende week een meeting met senator Fowinkle. Hij is hoofd Financiën, zoals je weet, en zijn team denkt dat we wat meer geld kunnen krijgen.'

Lacy knikte glimlachend alsof ze echt dankbaar was. Ze had het allemaal al zo vaak gehoord.

Earl zei: 'Dit is ons plan, Lacy. Jij bent senior onderzoeker en de ster van de organisatie. Je wordt gerespecteerd, bewonderd zelfs, door je collega's. We willen je vragen of je interim-directeur wilt worden tot we een permanente gevonden hebben.'

'Nee, bedankt.'

'Dat was snel.'

'Nou, dat geldt ook voor je vraag. Ik zit hier al twaalf jaar en weet hoe het gaat. Het grote kantoor is het ergste.'

'Het is maar tijdelijk.'

'Alles is tijdelijk tegenwoordig.'

'Je overweegt toch niet om te vertrekken?'

'Dat overwegen we allemaal. Wie kan ons dat kwalijk nemen? Als overheidsambtenaren krijgen we volgens de wet dezelfde loonsverhoging als ieder ander, als de wetgever in een gulle bui is. Dus als ze in ons budget snoeien, kunnen we alleen maar overal op bezuinigen behalve op de salarissen. Personeel, materiaal, reizen, noem maar op.'

De vier keken elkaar verslagen aan. De situatie leek hopeloos en op dat moment konden ze alle vier de deur uit lopen, ontslag nemen, naar huis gaan en iemand anders opzadelen met de rechterlijke aanklachten.

Maar Judith hield dapper vol en zei: 'Help ons, Lacy. Neem die baan voor zes maanden. Je kunt het bureau stabiliseren en ons wat tijd geven om het budget op te schroeven. Jij bent de baas en hebt volledige bevoegdheden. We hebben vertrouwen in je.'

'Een heleboel vertrouwen, Lacy. Je hebt verreweg de meeste ervaring.'

Judith zei: 'Het salaris is niet slecht.'

'Het gaat niet om het geld,' zei Lacy. Het salaris was vijfennegentigduizend dollar per jaar, een leuke verhoging ten opzichte van de zeventigduizend die ze nu verdiende. Ze had nooit over het directeurssalaris nagedacht, in elk geval niet op een inhalige manier. Maar het was inderdaad flink wat meer.

Earl vroeg: 'Je kunt de boel reorganiseren zoals jij wilt. Mensen inhuren of ontslaan, ons maakt het niet uit. Maar we zitten op een zinkend schip en hebben stabiliteit nodig.'

Lacy vroeg: 'Hoe wil je het budget opschroeven, zoals jij dat noemde? Dit jaar heeft de wetgever het opnieuw teruggebracht, nu tot één komma negen miljoen. Vier jaar geleden kreeg de BJC nog twee komma drie miljoen. Een lachertje, vergeleken met een staatsoverheid van zestig miljard, maar we zijn in het leven geroepen door diezelfde wetgever en hebben onze orders gekregen.'

Judith glimlachte en zei: 'Wij zijn die bezuinigingen ook zat, Lacy, en we gaan achter de wetgever aan. Laat ons dat maar regelen. Run jij de BJC, dan zorgen wij dat het geld er komt.'

Lacy's oordeel werd opeens vertroebeld door de gedachte aan Jeri Crosby. Stel dat haar vermoedens klopten? Als directeur, al dan niet ad interim, zou Lacy de bevoegdheid hebben om alles te doen wat ze wilde met Jeri's klacht.

En ze dacht aan het geld, de niet onaanzienlijke opslag. Ze vond het wel een fijn idee dat ze het kantoor mocht herorganiseren, wat dood gewicht mocht lozen en jonger talent kon zoeken. Ze dacht aan haar weekend met Allie en de realiteit dat ze niet veel vooruitgang hadden geboekt bij het plannen van hun toekomst, waardoor een ingrijpende verandering onwaarschijnlijk was, in elk geval binnen afzienbare tijd.

De vier lachten naar haar en wachtten alsof ze wanhopig graag het juiste antwoord wilden horen. Lacy bleef fronsen en zei: 'Geef me vierentwintig uur.'

13

Terwijl ze Ross Bannick in de gaten hield, had ze geleerd met één cruciaal uitgangspunt te werken: hij was een moordenaar met enorm veel geduld. Hij had vijf jaar gewacht om haar vader te vermoorden, negen jaar om de verslaggever te vermoorden, tweeëntwintig jaar om Kronke te vermoorden, en ongeveer veertien jaar om zijn scoutingleider te vermoorden. Als ze erachter wilde komen op welk moment zijn pad dat van Lanny Verno had gekruist, als dat al was gebeurd, zou dat weer het gebruikelijke zorgvuldige en vasthoudende graafwerk door een hele berg openbare stukken vergen, waarvoor ze jaren of zelfs decennia terug in de tijd moest.

Ze had een vaste aanstelling als hoogleraar, gaf drie dagen per week college en hield min of meer standaard kantooruren aan. Het boek dat ze aan het schrijven was, had allang af moeten zijn. Ze wist net genoeg te werken om haar decaan en haar studenten tevreden te houden, maar werd veel te veel in beslag genomen door misdaad om als hoogleraar net zo uit te blinken als haar vader. Ze was gescheiden en aantrekkelijk, maar had geen tijd om zelfs maar aan romantiek te denken. Met haar dochter ging het goed: ze was promovendus aan de universiteit van Michigan en ze belden of mailden elkaar om de dag. Jeri had bijna geen andere afleiding van haar ware roeping, haar jacht op de moordenaar. Ze werkte elke avond urenlang tot diep in de nacht om aanwijzingen na te trekken, wilde theorieën te volgen en op doodlopende sporen te stuiten, wat haar een enorme hoeveelheid tijd kostte. 'Ik verspil mijn leven,' zei ze keer op keer in al haar eenzaamheid.

Jeri ging ervan uit dat Verno, als rondreizende huisschilder, niet de moeite nam om te gaan stemmen, maar niettemin spitte ze de kiezersregisters van de county's Chavez, Escambia en Santa Rosa door. Ze vond twee Lanny L. Verno's. De ene was te oud, de andere was dood. Via voertuigregistratie vond ze er nog een, maar die leefde nog.

De online locatiezoekers, zowel de gratis als de dure, vonden vijf Lanny Verno's in de Florida Panhandle. Het probleem was uiteraard dat Jeri geen idee had, en ook niet kon weten, of haar Lanny Verno ooit in dat gebied had gewoond en zo ja, wanneer hij er was weggegaan. Hij woonde er in elk geval niet meer toen hij vermoord werd. Volgens het summiere politierapport dat Kenny Lee uit het coördinatiecentrum van de FBI had gehaald, zei Verno's vrouwelijke partner dat ze nog geen twee jaar 'samen waren' en in een trailer in de buurt van Biloxi woonden.

Als hij in het verleden vrouwen had gehad, had hij misschien een echtscheidingsprocedure doorlopen bij de rechtbank. Jeri was uren bezig met het doorspitten van de gegevens in Florida, maar vond niks nuttigs. Als hij her en der kinderen had, zou hij misschien alimentatieproblemen kunnen hebben, maar uit de rechtbankgegevens kwam niets boven. Als een doorgewinterde speurneus met ruim twintig jaar ervaring wist ze hoe gevoelig gezins- en jeugddossiers waren. Heel veel nuttige informatie was afgeschermd om privacyredenen.

Als hij zijn hele leven als huisschilder had gewerkt, was er een redelijke kans dat hij in aanraking was geweest met de politie.

Lanny Verno was niet veroordeeld voor een misdrijf, in elk geval niet in Florida, en hij was ook niet betrokken geweest bij civiele geschillen. Maar gelukkig had het politiebureau van Pensacola City tien jaar eerder alle gegevens gedigitaliseerd, en daarbij waren meer dan dertig jaar van arrestaties en oude rechtbankrollen ergens in de krochten van de cloud opgeslagen. Om halfdrie 's nachts dronk ze nog een cafeïnevrije cola light en vond ze een eenvoudige melding van de arrestatie van ene Lanny L. Verno in april 2001. Het vermeende misdrijf was een poging tot een gewapende overval. Hij betaalde vijfhonderd dollar en kwam op borgtocht vrij. Ze vergeleek de arrestatie met de rechtbankrol en vond nog een melding. Op 11 juni 2001 was Verno onschuldig verklaard door de rechtbank van Pensacola City. Zaak geseponeerd.

Destijds was Ross Bannick zesendertig en werkte al tien jaar voor de rechtbank in die omgeving.

Kon dat het moment zijn geweest waarop ze elkaars pad hadden gekruist? Was het daar gebeurd?

Het was vergezocht, maar dat gold voor alles in Jeri's wereld.

Ze koos een privédetective uit Mobile, die zou beweren dat hij uit Atlanta kwam, of waar dan ook, als het zo uitkwam. Verno's weinige overgebleven familieleden hadden hem in de buurt van Atlanta begraven, volgens een internetpost van een goedkope begrafenisonderneming.

Ze had er een hekel aan om privédetectives te betalen, maar meestal had ze geen keus. Bijna alle politierechercheurs waren witte mannen van middelbare leeftijd die hun wenkbrauwen optrokken als er vrouwen in oude misdaadzaken kwamen graven, vooral gekleurde vrouwen. Het waren mannenzaken, en hoe witter hoe beter. Het grootste deel van haar spaargeld ging naar privéspeurders van wie het uiterlijk en de manier van praten een opvallende gelijkenis vertoonde met de agenten met wie ze te maken kregen.

Hij heette Rollie Tabor, hij was een oud-politieagent, vroeg honderdvijftig dollar per uur, was no-nonsense en kon leven met haar verhaal. Hij had het vaker gedaan en ze vond zijn werk goed. Hij reed naar Pensacola, ging naar het politiebureau en ouwehoerde net zo lang met de pennenlikkers tot ze hem naar een magazijn een paar straten verderop lieten gaan, waar al het oude spul was opgeslagen. Voornamelijk bewijsmateriaal – bewijsstukken voor in de rechtszaal, verkrachtingssets, duizenden in beslag genomen wapens van elke mogelijke soort – maar ook niet-opgeëiste goederen en vele rijen hoge kasten vol met ontelbare verouderde dossiers. Een oude beambte in een verschoten politie-uniform verwelkomde hem bij de balie en vroeg wat hij wilde.

'Mijn naam is Dunlap, Jeff Dunlap,' zei Tabor. Terwijl de beambte het in het logboek schreef, bekeek Tabor zijn naamplaatje. Brigadier Mack Faldo. Hij werkte hier al minstens vijftig jaar en kon zich niet herinneren sinds wanneer het hem allemaal niks meer kon schelen.

'Hebt u een ID?' gromde Faldo.

Tabor had een imposante verzameling ID's. Hij pakte zijn portemonnee en haalde er een rijbewijs uit Georgia op naam van Jeff Dunlap uit die, in het echt, rustig en nietsvermoedend in het dorpje Conyers even buiten Atlanta woonde. Als de brigadier de moeite zou nemen het te controleren, wat niet eens bij hem opkwam, zou hij een echt persoon op een echt adres aantreffen en meteen alle belangstelling kwijt zijn. Maar Faldo was te afgestompt om zelfs maar naar de kaart te kijken en daarna naar Dunlap te kijken om te vergelijken. Hij gromde weer: 'Ik moet een kopie maken.'

Hij liep naar een antieke Xerox, nam de tijd en liep weer terug met de ID-kaart.

'Goed, wat kan ik voor u doen?' vroeg hij, alsof zijn dag verpest zou worden als hij iets moest doen.

'Ik zoek een rechtbankdossier van een jaar of vijftien geleden. Een kerel met de naam Lanny Verno werd gearresteerd en daarna vrijgesproken door de stadsrechtbank. Hij is een paar maanden geleden in Biloxi vermoord en zijn familie heeft mij ingehuurd om in zijn verleden te graven. Hij heeft hier een tijdje gewoond en heeft misschien wat kinderen achtergelaten. Een soort zwerver.'

Tabor gaf hem een vel papier waarop de naam Lanny L. Verno geprint stond, met zijn persoonnummer, zijn geboortedatum en zijn sterfdatum. Het was niks officieels, maar Faldo nam het aan. 'Wanneer precies?'

'Juni 2001.'

Faldo had zijn ogen halfdicht, alsof hij elk moment een dutje kon gaan doen, en knikte naar een deur. 'Kom maar naar me toe.'

Tabor liep door de deur en volgde de oude man naar een spelonkachtige ruimte met nog meer dossierkasten. Op elke la stond een maand en een jaar. Bij 2001 bleef Faldo staan, stak zijn arm omhoog en rukte een la open, die hij er helemaal uithaalde. Hij mompelde: 'Juni 2001.' Hij droeg hem naar een lange tafel die bedekt was met stof en rommel en zei: 'Alsjeblieft. Veel plezier ermee.'

Tabor keek om zich heen en vroeg: 'Staat dit nu niet allemaal online?'

'Niet alles. Dit zijn de dossiers van de zaken die we hebben geseponeerd, om welke reden dan ook. Als er een veroordeling is geweest, horen die dossiers in de archieven. Deze dossiers hier moeten worden vernietigd, meneer Dunlap.'

'Ik snap het.'

Faldo was al moe voordat hij naar zijn werk ging, en nu was hij uitgeput. Hij zei: 'Geen ongeoorloofde foto's. Als u een kopie moet hebben, breng het dan maar naar mij toe. Een dollar per pagina.'

'Bedankt.'

'Geen dank.' Faldo liep weg en liet Dunlap achter met een miljoen waardeloze dossiers.

Er zaten er minstens honderd in de la op tafel, keurig gerangschikt naar datum. Binnen enkele minuten vond Tabor 12 juni, bladerde er op alfabetische volgorde doorheen en haalde er een dossier van Lanny L. Verno uit.

Aan de binnenkant waren met een paperclip verschillende vellen papier gehecht. Op de eerste zat een etiket met INCIDENTENRAPPORT en een agent met de naam N. Ozment had getypt: *Slachtoffer [naam onleesbaar gemaakt] kwam naar het bureau, zei dat hij eerder die dag in zijn garage een aanvaring had gehad met Verno, zei dat er een meningsverschil was over betaling van diensten, zei dat Verno hem bedreigd had en zelfs een pistool had getrokken; daarna werd alles gesust en ging Verno weg. Er waren geen getuigen. Slachtoffer [naam onleesbaar gemaakt] diende een aanklacht in met de beschuldiging van poging tot geweldpleging.*

Iemand had de naam van het vermeende slachtoffer duidelijk onleesbaar gemaakt met een dikke zwarte viltstift.

Pagina 2 was een ARRESTATIERAPPORT met een politiefoto van Verno in de stadsgevangenis, en daarop stonden ook zijn adres, telefoonnummer, persoonsnummer en de opmerking dat hij als zelfstandige werkte. Op zijn strafblad stond alleen één overtreding wegens rijden onder invloed.

Pagina 3 was een kopie van de borgsomovereenkomst met AAA Bail van vijfhonderd dollar.

Pagina 4 had het opschrift: UITTREKSEL RECHTBANK. Maar de hele pagina was blanco.

De volgende vijf minuten bladerde Tabor door andere dossiers in de la en bekeek de rechtbankuittreksels. Elk daarvan was een standaardformulier dat, als het was ingevuld, een beknopte samenvatting was van wat er in de rechtszaal was gebeurd, met de namen van de rechter, de aanklager, de gedaagde, de advocaat (indien van toepassing), de aanklagende partij, het slachtoffer en de getuigen, en de bewijsstukken. Hij vond een ingevuld uittreksel voor alle andere dossiers. Winkeldiefstal, simpele mishandeling, niet-aangelijnde honden, openbare dronkenschap, vloeken in het openbaar, openbare onzedelijkheid, intimidatie, enzovoort. De la zat vol met allerlei soorten aantijgingen – die blijkbaar geen van allen waren bewezen voor de rechtbank.

Op een bordje stond de waarschuwing: GEEN ONGEAUTORISEERDE FOTO'S OF KOPIEËN.

Hij vroeg zich af wie er, behalve hijzelf en zijn cliënte, in godsnaam kopieën of foto's zou willen, al dan niet geautoriseerd.

Hij nam het dossier mee terug naar de balie en stoorde Faldo nog een keer. 'Mag ik een kopie van dit dossier? Vier pagina's.'

Faldo glimlachte bijna toen hij opstond en naar hem toe slofte. 'Een dollar per stuk,' zei hij terwijl hij het dossier aannam. Tabor keek toe terwijl hij methodisch de paperclip van de vier vellen papier haalde, ze kopieerde, de paperclip weer precies op dezelfde manier bevestigde en de papieren weer meenam naar de balie. De privédetective gaf hem een briefje van vijf dollar, maar daar wilde Faldo niets van weten.

'Alleen creditcards,' zei hij.

'Die gebruik ik niet,' zei Tabor. 'Die heb ik jaren geleden opgegeven na een faillissement.'

Dat zette Faldo's wereld volledig op zijn kop en hij fronste alsof hij last van geïrriteerde darmen had. 'Geen cash, sorry.' De vier gekopieerde vellen papier lagen op de balie, door niemand anders op de hele wereld gewenst of noodzakelijk.

Tabor liet het briefje van vijf op de balie vallen, pakte de kopieën en vroeg: 'Zal ik het dossier terugleggen?'

'Nee, dat doe ik wel. Dat is mijn werk.'

Nou, wat een belangrijke baan. 'Bedankt.'

'Geen dank.'

In zijn auto belde Tabor Jeri, maar hij kreeg haar voicemail. Hij ging naar een koffiebar en om de tijd te doden maakte hij foto's van de vier vellen papier en stuurde die naar haar. Na zijn derde kop koffie belde ze eindelijk terug. Hij beschreef wat hij gevonden had en hoe de andere dossiers eruitzagen. Het was duidelijk dat er aan die van Verno was gedokterd.

'Die agent, N. Ozment, werkt die daar nog?' vroeg ze.

'Nee. Dat ben ik al nagegaan.'

'En geen andere namen in het dossier? Alleen Verno en Ozment?'

'Dat is alles.'

'Nou, dat maakt de volgende stap makkelijker. Kijk of je meneer N. Ozment kunt vinden.'

Jeri zat in haar kantoor op de campus met de deur open zodat studenten konden binnenkomen voor een praatje, maar ze was alleen terwijl ze een lichte salade at en een cola light dronk. Eten was moeilijk nu haar maag verkrampte, zoals altijd wanneer iemand die ze honderdvijftig dollar per uur betaalde aan de slag was, zonder dat ze wist hoe lang die klus zou duren. En dan was er ook nog de opwinding van het papierwerk waarmee geknoeid was. Ze prentte zichzelf in dat ze nog niet wist of de Lanny Verno die ze in Pensacola liet natrekken dezelfde was als die die in Biloxi was vermoord, en ze moest toegeven dat het onwaarschijnlijk was. Er waren achtennegentig Lanny Verno's in het land.

Maar misschien werkten de feiten in haar voordeel. Als een geacht lid van de rechterlijke macht zou rechter Bannick absoluut toegang hebben tot oude rechtbankdossiers en bewijsmateriaal. Hij zou worden gerespecteerd door de politie. Als gekozen functionaris zou hij om de vier jaar hun steun nodig hebben. Hij zou in staat zijn om hun vele protocollen en procedures te omzeilen.

Lanny Verno, een huisschilder, die dertien jaar geleden een wapen had gericht op Ross Bannick, een arrogante advocaat? En de zaak had gewonnen?

Zoals altijd nam ze verschillende kranten door terwijl ze zat te lunchen. Net als tijdens het ontbijt en het avondeten. Ze vond een interessant artikel in de *Tallahassee Democrat*. Onderaan pagina 6 in de staatssectie stond een samenvatting van regeringsnieuws. Het laatste onderwerp was een niet al te urgente aankondiging dat Lacy Stoltz was aangesteld als interim-directeur van de Board on Judicial Conduct, ter vervanging van Charlotte Baskin, die door de gouverneur was benoemd tot hoofd van de kansspelcommissie.

14

Terwijl Cleo de ladder op klauterde en van het ene kantoor naar het andere verhuisde, had ze geleerd weinig mee te nemen en nooit de laden te vullen of de wanden te decoreren. Hoewel de roddels niet van de lucht waren, pakte ze zonder een woord tegen iemand te zeggen haar spullen en verliet het gebouw. De roddels volgden haar niet, maar werden in plaats daarvan op Lacy gericht, en op het welkome gerucht dat zij het overnam.

De volgende ochtend riep ze iedereen bij elkaar in de werkkamer die grensde aan het nogal deprimerende directeurskantoor en bevestigde dat zij voorlopig de interim-directeur zou zijn. Haar collega's waren opgetogen door het nieuws en voor het eerst in maanden werd er volop gelachen. Ze dreunde een paar veranderingen in de kantoorregels op: 1) werk zoveel je wilt vanuit huis, zolang het werk maar gedaan wordt; 2) 's zomers vrijdagmiddag vrij, zolang iemand de telefoon maar opneemt; 3) geen personeelsvergaderingen tenzij absoluut noodzakelijk; 4) een gezamenlijke koffiekas om beter spul te kunnen kopen; 5) vergeet het opendeurenbeleid; 6) een extra week vakantie, onofficieel. Ze beloofde meer fondsgelden te proberen los te peuteren en de werkdruk omlaag te krijgen. Ze zou haar oude kantoor aanhouden, want ze had het grote kantoor nooit mooi gevonden en wilde er niet mee geassocieerd worden.

Ze werd door iedereen gefeliciteerd en wist eindelijk weer bij haar bureau te komen, waar een bloemist zojuist een prachtig bloemstuk had bezorgd. Het briefje kwam van Allie, met veel liefs en bewondering. Felicity gaf haar een telefonische boodschap. Jeri Crosby had gebeld met de beste wensen vanwege haar grote promotie.

Tabor vond het spoor door achteloos bij een klein politiebureau aan de oostkant van Pensacola naar binnen te gaan en aan een oudere agent achter de balie te vragen waar agent Ozment tegenwoordig uithing.

'Norris?' vroeg de brigadier.

Aangezien Tabor slechts de initiaal N van de voornaam had, keek hij in een leeg opschrijfboekje, fronste zijn voorhoofd en antwoordde. 'Dat is hem, ja. Norris Ozment.'

'Wat heeft hij nou weer gedaan?'

'Niks ergs. Zijn oom uit Duval County is overleden en heeft hem een cheque nagelaten. Ik werk voor de erfrechtadvocaten.'

'Aha. Norris is een jaar of vijf, zes geleden gestopt en is in de privébeveiliging gaan werken. Het laatste wat ik heb gehoord is dat hij in een resort aan de kust werkt.'

Tabor krabbelde niks leesbaars in zijn notitieboekje. 'Weet je nog welk resort?'

Er kwam nog een agent aan en de brigadier vroeg hem: 'Hé Ted, weet jij nog welk hotel Norris heeft ingehuurd?'

Ted nam een hap van een donut en peinsde over de lastige vraag. 'Ergens op Seagrove Beach, toch? Het Pelican Point?'

'Dat was het,' viel de brigadier hem bij. 'Hij heeft een leuke klus gekregen in het Pelican Point. Ik weet niet of hij er nog steeds zit.'

'Heel erg bedankt, jongens,' zei Tabor met een glimlach.

'Laat de cheque maar hier, hoor,' zei de brigadier en iedereen joelde. Ontzettend grappig.

Tabor verliet de stad via Highway 98 en reed in oostelijke richting waar de weg langs de kust kronkelde. Hij belde het Pelican Point en kreeg te horen dat Norris Ozment daar nog steeds werkte, hoewel hij het te druk had om zijn vaste lijn op te nemen. Zijn mobiele nummer konden ze niet zomaar geven. Tabor kwam bij het hotel, vond hem in de lobby en begon een charmeoffensief. Hij bleef in zijn rol van beveiligingsbeambte uit de omgeving van Atlanta, ingehuurd door de familie van een overleden heer om wat mogelijk nageslacht op te sporen. 'Vijf minuten, meer heb ik niet nodig,' zei hij met een beminnelijke grijns.

De lobby was leeg, het resort halfvol. Ozment kon wel een paar minuten vrijmaken. Ze gingen aan een tafeltje in het grillrestaurant zitten en bestelden koffie.

Tabor zei: 'Het gaat om een zaak van jou in Pensacola uit 2001.'

'Je maakt toch zeker een grapje? Ik kan je niet eens vertellen wat ik vorige week heb gedaan.'

'Ik ook niet. Het was in de stadsrechtbank.'

'Nog erger.'

Tabor haalde een opgevouwen kopie van het arrestatierapport tevoorschijn en schoof het naar hem toe. 'Misschien helpt dit.'

Ozment las wat hij in een vorig leven had geschreven en zei schouderophalend: 'Er gaat vaag een belletje rinkelen. Waarom is de naam zwart gemaakt?'

'Weet ik niet. Goede vraag. Verno is vijf maanden geleden vermoord in Biloxi. Zijn familie heeft me ingehuurd. Kun je je niks meer herinneren van deze oude zaak?'

'Niet direct, nee. Luister, ik was elke dag in de stadsrechtbank, echt een sleur. Dat is een van de redenen dat ik ben gestopt. Ik was de advocaten en de rechters zat.'

'Herinner je je een advocaat die Ross Bannick heette?'

'Jazeker. Ik kende de meesten uit de buurt. Hij is later gekozen tot rechter. Volgens mij zit hij er nog.'

'Zou het kunnen dat hij de andere kerel is, het vermeende slachtoffer?'

Ozment staarde weer naar het arrestatierapport en begon even later te lachen. 'Dat is het. Je hebt gelijk. Nu weet ik het weer. Die Verno had Bannicks huis in de stad geschilderd en beweerde dat Bannick hem niet al het geld had betaald. Bannick beweerde dat het werk nog niet af was. Op een dag stonden ze als kemphanen tegenover elkaar en Bannick beweerde dat Verno een pistool trok. Dat ontkende Verno. Als ik het me goed herinner, heeft de rechter de zaak geseponeerd omdat er geen bewijs was. Het woord van de een tegen dat van de ander.'

'Dat weet je zeker.'

'Ja, ik herinner het me nu. Het was nogal ongebruikelijk dat een advocaat betrokken was bij een zaak, als slachtoffer. Ik heb niet getuigd omdat ik niks had gezien. Ik weet nog dat Bannick echt kwaad was omdat hij advocaat was en hij vond dat een rechter de dingen op zijn manier moest zien.'

'Heb je Bannick daarna nog gezien?'

'Jazeker. Nadat hij was gekozen voor de circuitrechtbank, zag ik hem voortdurend. Maar ik ben daar alweer jaren weg. Ik heb het geen seconde gemist.'

'Niks meer van hem gehoord nadat je weg was gegaan bij de politie?'

'Daar was geen reden toe.'

'Dank je wel. Misschien bel ik je later nog eens.'

'Dat kan altijd.'

Terwijl ze aan het praten waren, trokken Ozments medewerkers de nummerplaten van de auto van de detective na. Het was een huurauto. Zijn verhaal hield niet echt stand. Als Ozment een beetje meer interesse had getoond, zou hij Jeff Dunlap hebben opgespoord. Maar een oude stadsrechtszaak was niet bijster interessant.

Terwijl Tabor wegreed in zijn huurauto belde hij zijn cliënte.

Jeri was duizelig en haar knieën knikten. Ze ging in haar rommelige flat op de bank liggen, deed haar ogen dicht en dwong zichzelf diep adem te halen. Acht dode mensen in zeven verschillende staten. Zeven slachtoffers van dezelfde soort verwurging, en allemaal hadden ze de pech gehad om Ross Bannick een keer tegen het lijf te lopen.

De politie van Biloxi zou Norris Ozment nooit vinden en zou nooit iets te weten komen over de aanvaring tussen Lanny Verno en Bannick in de rechtszaal. Ze zouden diep genoeg graven om erachter te komen dat Verno's strafblad slechts bestond uit één veroordeling wegens rijden onder invloed in Florida, en dat zouden ze afdoen als niks bijzonders. Verno was per slot van rekening het slachtoffer, niet de moordenaar, en ze maakten zich niet zo druk om zijn verleden. Het was al een cold case, het onderzoek liep dood.

De moordenaar had bijna dertien jaar op zijn prooi geaasd. Hij was de politie ver voor.

Haal diep adem, zei ze bij zichzelf. *Je kunt niet alle moorden oplossen. Je hebt er maar een nodig.*

15

Naast de substantiële loonsverhoging, die ze met alle plezier accepteerde, en het grotere kantoor, dat ze met nog meer plezier afsloeg, bood haar promotie maar weinig extraatjes. Maar een daarvan was een overheidsauto, een nieuw model Impala met weinig kilometers op de teller. Nog niet zo heel veel jaar eerder hadden alle onderzoekers een auto van de overheid gehad en hoefden ze zich niet druk te maken om hun reiskosten. Bezuinigingen hadden daar verandering in gebracht.

Lacy had besloten dat Darren Trope haar rechterhand zou worden, en in die functie zou hij veel van het chauffeurswerk voor zijn rekening nemen. Hij zou binnenkort alles horen over de mysterieuze getuige en haar adembenemende beschuldigingen, al zou hij haar ware identiteit niet te weten komen, in elk geval niet in de nabije toekomst.

Darren parkeerde op het halflege parkeerterrein van een hotel langs Interstate 10, een paar kilometer ten westen van Tallahassee. Lacy zei: 'De contactpersoon ziet ons het hotel binnenkomen, dus weet de contactpersoon dat jij er bent.'

'De contactpersoon?'

'Sorry, maar meer informatie kan ik je nu niet geven.'

'Heerlijk, al die intriges.'

'Je hebt geen idee waar je je in begeeft. Blijf maar gewoon in de lobby of in het café.'

'Waar ontmoet je deze contactpersoon?'

'In een kamer op de tweede verdieping.'

'En je voelt je veilig?'

'Zeker, en ik heb jou, terwijl je beneden klaarzit om me te redden. Heb je je pistool?'

'Vergeten.'

'Wat ben jij nou voor een agent?'

'Weet ik niet. Ik dacht dat ik gewoon een nederige onderzoeker was die voor het minimumloon werkte.'

'Ik zorg dat je opslag krijgt. Als ik over een uur nog niet terug ben, ga er dan maar van uit dat ik ben ontvoerd en waarschijnlijk word gemarteld.'

'En wat moet ik dan doen?'

'Maken dat je wegkomt.'

'Doe ik. Goed, Lacy, wat is precies het doel van je kleine rendez-vous?'

'Tja. Wat doen we hier? Ik verwacht dat de contactpersoon me een formele aanklacht zal overhandigen tegen een circuitrechter, en in die aanklacht zal de beschuldiging staan dat de rechter een moord heeft gepleegd terwijl hij in dienst was van de rechtbank. Misschien wel meer dan een. Ik heb talloze keren geprobeerd de contactpersoon weg te sturen, bij voorkeur naar de FBI of een of andere misdaadbestrijdende organisatie, maar de contactpersoon is vastberaden en bang. Het onderzoek, hoe dat er ook uit gaat zien, zal bij ons beginnen. En waar het eindigt, daarvan heb ik nog geen flauw idee.'

'En jij kent die contactpersoon goed?'

'Nee. We hebben elkaar twee weken geleden ontmoet. In de koffiebar op de begane grond van het Siler. Jij hebt een foto van haar gemaakt.'

'O, dus dat is die vrouw?'

'Yep.'

'Geloof je haar?'

'Ik denk het wel. Ik hink op twee gedachten. Het is een belachelijke beschuldiging, maar de contactpersoon presenteert wat behoorlijk sterk indirect bewijs. Let wel, geen echt bewijsmateriaal, maar voldoende vermoedens om de boel interessant te maken.'

'Dit is geweldig, Lacy. Je moet me mee laten doen met het onderzoek. Ik ben dol op dit geheimzinnige gedoe.'

'Je doet ook mee, Darren. Jij en Sadelle. Dat is het team. Snap je? Alleen wij drieën. En je moet beloven dat je niet naar de ware identiteit van de contactpersoon zult vragen.'

Hij draaide zijn lippen op slot en zei: 'Beloofd.'

'Laten we gaan.'

Er was een café helemaal aan de linkerkant van de lobby, achter de receptiebalie. Darren kneep er zonder iets te zeggen tussenuit terwijl Lacy naar de liften liep. Ze ging in haar eentje naar de tweede verdieping, vond de juiste kamer en drukte op de deurbel.

Jeri deed open zonder te lachen en zonder iets te zeggen. Ze knikte naar de kamer achter haar en Lacy stapte langzaam naar binnen en keek om zich heen. Het was een kleine kamer met slechts één bed.

'Bedankt dat je gekomen bent,' zei Jeri. 'Ga zitten.' Er stond één stoel naast de tv.

'Gaat het?' vroeg Lacy.

'Ik ben kapot, ik zit er helemaal doorheen.' Weg waren de stijlvolle kleding en de namaakdesignerbril. Jeri was gehuld in een oud zwart joggingpak en afgetrapte sneakers. Ze droeg geen make-up en zag er jaren ouder uit. 'Ga zitten, alsjeblieft.'

Lacy ging op de stoel zitten en Jeri op de rand van het bed. Ze wees naar wat papieren op het bureau. 'Dat is de aanklacht, Lacy. Ik heb hem kort gehouden en de naam Betty Roe gebruikt. Je geeft me je woord dat niemand ooit mijn echte naam zal kennen?'

'Dat kan ik niet beloven, Jeri. Dat hebben we al besproken. Ik kan je garanderen dat niemand bij de BJC zal weten wie je bent, maar verder dan dat kan ik niets beloven.'

'Verder dan dat? Wat is er verder dan dat, Lacy?'

'We hebben nu vijfenveertig dagen om je aanklacht te onderzoeken. Als we bewijs vinden dat je aantijgingen staaft, hebben we geen andere keus dan naar de politie of de FBI te stappen. Wij kunnen deze rechter niet arresteren wegens moord, Jeri. Die discussie hebben we al gevoerd. We kunnen hem uit zijn ambt ontzetten, maar tegen die tijd is het verliezen van zijn baan wel zijn minste zorg.'

'Je moet me altijd blijven beschermen.'

'We doen ons werk, meer kan ik niet beloven. Bij de BJC zal niemand je naam te weten komen.'

'Ik wil liever niet op zijn dodenlijst komen, Lacy.'

'Nou, ik ook niet.'

Jeri stopte haar handen in haar zakken en wiegde naar voren en naar achteren, verzonken in een andere wereld. Na een lange, onbehaaglijke stilte zei ze: 'Hij is weer aan het moorden, Lacy. Niet dat hij daar ooit mee is opgehouden.'

'Je zei dat er misschien nog een was.'

'Dat is ook zo. Vijf maanden geleden heeft hij een man met de naam Lanny Verno vermoord in Biloxi, in Mississippi. Zelfde methode, zelfde touw. Ik ben erachter gekomen waarom. Ik, Lacy, niet de politie, maar ik. Ik heb Verno's spoor gevonden in Pensacola, dertien jaar geleden. Ik heb naar het kruispunt gezocht, het punt waarop ze elkaars pad kruisten, en ik heb het gevonden, maar de politie niet. Die hebben geen idee.'

'Ze hebben ook geen idee over Bannick,' zei Lacy. 'Wat is er gebeurd?'

'Een oud meningsverschil over een verbouwing van Bannicks huis. Blijkbaar had Verno een pistool getrokken; hij had de trekker moeten overhalen. Bannick was destijds nog advocaat, geen rechter, en sleepte hem voor de rechtbank wegens geweldpleging. Hij verloor. Verno was op vrije voeten, en met diezelfde voeten liep hij regelrecht Bannicks dodenlijst op. Dertien jaar heeft hij gewacht, kun je het je voorstellen, Lacy?'

'Nee.'

'Hij pleegt nu met grotere regelmaat moorden, wat niet ongebruikelijk is. Iedere seriemoordenaar is anders en er zijn absoluut geen spelregels. Maar het is niet ongebruikelijk dat ze het tempo opvoeren en daarna weer vertragen.' Ze wiegde langzaam naar voren en naar achteren, met haar blik op oneindig, alsof ze in trance was.

Ze zei: 'Hij neemt ook risico's, waarbij hij fouten maakt. Met Verno werd hij bijna betrapt toen er een arme kerel was die op het verkeerde tijdstip op de verkeerde plek kwam opdagen. Bannick sloeg zijn schedel in en vermoordde hem, maar gebruikte geen touw. Dat is gereserveerd voor de uitverkorenen.'

Lacy verwonderde zich opnieuw over de zekerheid waarmee ze dingen beschreef die ze nooit daadwerkelijk had gezien en absoluut niet kon bewijzen. Het was frustrerend hoe overtuigend ze was. Lacy vroeg: 'En de plaats delict?'

'Daar weten we weinig van, want het betreft een lopend onderzoek en de politie houdt alles voor zich. Die tweede kerel was een lokale aannemer met heel veel vrienden, en de politie ligt onder vuur. Maar zoals altijd lijkt het erop dat Bannick niks heeft achtergelaten.'

'Zes plus twee is acht.'

'Waar we van weten, Lacy. Er kunnen er nog meer zijn.'

Lacy stak haar hand uit en pakte de aanklacht op, maar las hem niet. 'Wat staat erin?'

Jeri hield op met wiegen en wreef in haar ogen alsof ze slaap had. 'Slechts drie moorden. De laatste drie. Lanny Verno en Mike Dunwoody vorig jaar, en Perry Kronke van twee jaar geleden. Kronke is van die zaak in de Keys, dat grote advocatenkantoor dat er schijnbaar van afzag om Bannick een baan aan te bieden nadat hij was afgestudeerd.'

'En waarom die zaken?'

'Verno omdat het makkelijk is om zijn connectie met Pensacola te bewijzen. Hij heeft er ooit gewoond en ik heb hem opgespoord. Heel makkelijk, als we de politie eenmaal hebben laten zien hoe het moet. Het heeft te maken met oude rechtbankrollen die in digitale prullenbakken zijn begraven, en oude dossiers die in magazijnen zijn opgeborgen. Dingen die ik heb gevonden, Lacy. Dat kunnen we voorkauwen aan de politie en misschien kunnen ze dan een zaak opbouwen.'

'Daar hebben ze bewijs voor nodig, Jeri. Niet alleen toevalligheden.'

'Dat is waar. Maar ze hebben nog nooit van de naam Ross Bannick gehoord. Als je ze die eenmaal geeft, als je ze het grotere plaatje laat zien, kunnen ze binnenvallen met huiszoekingsbevelen.'

'En Kronke? Waarom hij?'

'Het is de enige zaak in Florida en er moest voor gereisd worden. Het is tien uur rijden van Pensacola naar Marathon, dus dat heeft Bannick waarschijnlijk niet in één dag gedaan. Hotels, benzinebonnetjes, misschien heeft hij een vlucht genomen. Heel veel gegevens die onderweg zijn vastgelegd. Je zou moeten kunnen nagaan wat hij voor en na de moord heeft gedaan. Naar zijn rechtbankrollen kijken om te zien wanneer hij in de rechtszaal was, dat soort dingen. Recherchewerk voor beginners.'

'We zijn geen rechercheurs, Lacy.'

'Nou ja, jullie zijn toch onderzoekers?'

'Min of meer.'

Jeri stond op en rekte zich uit, waarna ze naar het raam liep. Ze keek naar buiten en vroeg: 'Wie was die man die je bij je had?'

'Darren, je weet wel, die collega van me.'

'Waarom heb je hem meegenomen?'

'Omdat ik op die manier wil werken, Jeri. Ik ben nu de baas, dus ik bepaal de regels.'

'Ja, maar kan ik je vertrouwen?'

'Als je me niet vertrouwt, dien je aanklacht dan maar bij de politie in. Daar hoort hij eigenlijk ook thuis. Ik heb nooit om deze zaak gevraagd.'

Opeens sloeg Jeri haar handen voor haar ogen en huilde even. Lacy was verbouwereerd door die plotselinge emotie en voelde zich schuldig omdat ze niet meer medeleven had getoond. Ze had hier te maken met een kwetsbare vrouw.

Lacy gaf haar tissues uit het toilet en wachtte tot ze kalmeerde. Jeri veegde haar gezicht af en zei: 'Sorry, Lacy. Ik zit er helemaal doorheen en weet niet hoe lang ik het nog volhou. Ik had nooit gedacht dat ik zover zou komen.'

'Het geeft niet, Jeri. Ik beloof je dat ik zal doen wat ik kan, en ik beloof dat ik je naam zal afschermen.'

'Dank je wel.'

Lacy keek op haar horloge en zag dat ze er pas achttien minuten was. Jeri had vier uur gereisd vanuit Mobile. Er was nergens een spoor te bekennen van koffie, water, broodjes of iets wat ook maar enigszins op ontbijt leek.

Lacy zei: 'Ik heb koffie nodig. Wil jij ook?'

'Graag. Dank je.'

Lacy stuurde Darren een appje en bestelde twee grote bekers koffie. Ze zou hem tien minuten later beneden bij de liften treffen. Ze borg haar telefoon op en zei: 'Wacht even. Je hebt Verno erbij gezet omdat die ooit in Pensacola heeft gewoond, en daar is hij Bannick tegengekomen, toch?'

'Ja, klopt.'

'Maar hij is niet de enige uit Pensacola. De eerste, die scoutingleider, Thad Leawood, is in die plaats opgegroeid, in de buurt van Bannick. Vermoord in 1991, toch?'

'Klopt als een bus, ook het jaar.'

'En jij denkt dat hij de eerste was?'

'Dat hoop ik, maar ik weet het niet helemaal zeker. Niemand weet het, behalve Bannick.'

'En die verslaggever, Danny Cleveland, schreef voor de

Pensacola Ledger en woonde daar zo'n vijftien jaar geleden. Hij is in 2009 dood gevonden in zijn flatje in Little Rock.'

'Je hebt je huiswerk gedaan.'

Lacy verliet hoofdschuddend de kamer. Ze haalde de koffie bij Darren en was binnen een paar minuten weer terug. Jeri liet die van haar op het dressoir staan. Na een grote slok liep Lacy naar de deur en weer terug en zei: 'In de eerste dossierronde, die spullen die je me in het begin hebt gegeven, zijn twee van zijn slachtoffers vrouwen. Maar je zegt niet veel over hen. Kun je me wat meer vertellen?'

'Jazeker. Toen hij in Florida studeerde, kende hij een meisje dat Eileen Nickleberry heette. Hij zat bij het Pi Kappa Alphacorps en zij was lid van de meisjesstudentenvereniging, en ze gingen naar dezelfde feestjes. Op een avond waren ze bij een sociale bijeenkomst in het Pi Kappa Alpha-huis op de campus en iedereen dronk. Heel veel drank, wiet, vrije seks. Bannick en Eileen gingen naar zijn kamer en blijkbaar presteerde hij niet goed in bed. Ze lachte hem uit, was loslippig, vertelde het aan anderen en hij werd vernederd. Hij werd het pispaaltje van het studentencorps. Dat was rond 1985. Zo'n dertien jaar later werd Eileen vermoord in de buurt van Wilmington in North Carolina.'

Lacy luisterde vol ongeloof.

Jeri vervolgde: 'Het andere meisje was Ashley Barasso. Ze studeerden samen rechten in Miami, dat is zeker. Ze kwam om het leven door verwurging, zelfde touw, zes jaar na hun afstuderen. Ik weet minder over haar dan over al zijn andere slachtoffers.'

'Waar is ze vermoord?'

'In Columbus, in Georgia. Getrouwd, twee kleine kinderen.'

'Dat is verschrikkelijk.'

'Alle moorden zijn verschrikkelijk, Lacy.'

'Natuurlijk.'

'Kijk, mijn theorie is dat Bannick een groot probleem heeft

met seks. Dat is waarschijnlijk terug te voeren op het misbruik door Thad Leawood, toen hij een jaar of elf, twaalf was. Hij heeft waarschijnlijk niet de hulp en de steun gehad die hij nodig had. Dat komt vaker voor bij kinderen. Hoe dan ook, hij is er nooit van hersteld. Hij heeft Eileen vermoord omdat ze hem heeft uitgelachen. Ik weet niet wat er tussen hem en Ashley Barasso is voorgevallen en daar zal ik waarschijnlijk ook nooit achter komen. Maar ze hebben samen rechten gestudeerd, in hetzelfde jaar, dus we kunnen er rustig van uitgaan dat ze elkaar kenden.'

'Heeft hij hen seksueel misbruikt toen hij hen vermoordde?'

'Nee, daar is hij te slim voor. Op een plaats delict is het lijk het belangrijkste bewijsstuk. Dat kan zoveel onthullen, en meestal gebeurt dat ook. Maar Bannick is voorzichtig en laat alleen het touw en de klap op het hoofd achter. Zijn motief is altijd wraak, behalve bij Mike Dunwoody. Die arme kerel had gewoon een slechte timing.'

'Oké, oké. Laat me iets zeggen wat behoorlijk voor de hand ligt. Jij bent een Afrikaans-Amerikaanse vrouw.'

'Ja.'

'En ik neem aan dat het corpsleven aan de universiteit van Florida rond 1985 vrijwel geheel wit was.'

'Inderdaad.'

'En je hebt daar nooit gestudeerd?'

'Nooit.'

'Hoe kom je dan aan dat verhaal over Bannick en Eileen? Dat zijn allemaal geruchten, informatie uit de derde hand en broodjeaapverhalen, herinneringen die je verteld zijn door een stelletje dronken rijke jongeren. Toch?'

'Grotendeels wel, ja.'

'Dus?'

Jeri pakte een grote, versleten aktetas, klikte hem open en haalde er een boek uit. Ze gaf het aan Lacy, die het aannam en ernaar staarde.

‘Wie is Jill Monroe?’

‘Dat ben ik. Het is een boek dat ik in eigen beheer heb uitgegeven, een van de vele, allemaal onder een ander pseudoniem, allemaal door mij geschreven. De uitgeverij is een goedkope *self-publisher* uit het westen. Het is eigenlijk onleesbaar en ook niet bedoeld om echt door iemand gelezen te worden. Het maakt deel uit van mijn vermomming, Lacy, het is onderdeel van de fictieve wereld die mijn leven is.’

‘Wat staat er in het boek?’

‘Waargebeurde misdrijven, dingen die ik van internet heb geplukt, allemaal gestolen maar zonder copyright.’

‘Ik luister.’

‘Ik gebruik die boeken om aandacht te krijgen en geloofwaardigheid op te bouwen. Ik kom aanzetten alsof ik een ervaren schrijfster van waargebeurde misdaadverslagen en politieverhalen ben. Freelance natuurlijk, altijd freelance. Ik zeg dat ik aan een boek over cold cases werk, over jonge vrouwen die gewurgd zijn. In dit geval heb ik de lijsten van studentencorpsen en meisjesstudentenverenigingen van de universiteit van Florida bekeken en eindelijk de puzzelstukjes in elkaar gepast. Geen van Eileens oude vrienden wilde praten. Het duurde maanden, jaren zelfs, maar eindelijk vond ik een corpsstudent met een grote mond. Ik sprak met hem af in een bar in St. Pete en hij beweerde dat hij Eileen gekend had, zoals zoveel jongens zeiden. Hij zei dat hij Bannick al in geen jaren meer gesproken had, maar na een paar borrels vertelde hij me dat verhaal over zijn mislukte nacht met Eileen. Hij zei dat Bannick echt voor paal was gezet.’

Lacy ijsbeerde verder terwijl ze die informatie probeerde te verwerken. ‘Oké, maar hoe ben je er dan achter gekomen dat Eileen dood was?’

‘Ik heb een bron. Een maffe wetenschapper. Een oud-politieagent die meer misdaadstatistieken verzamelt en bestudeert dan wie ook ter wereld. Er worden jaarlijks maar iets van driehonderd moorden gepleegd door middel van verwurging. Die worden allemaal op verschillende manieren gerapporteerd aan het coördinatiecentrum voor geweldsmisdrijven van de FBI. Mijn bron bestudeert de cold cases en zoekt naar patronen en gelijkenissen. Tien jaar geleden stuitte hij op Eileen Nickleberry en dat heeft hij aan me doorgegeven. Hij heeft de zaak-Lanny Verno gevonden en ook die heeft hij aan me doorgespeeld. Hij weet niks van Bannick en heeft geen idee wat ik met de info doe. Hij denkt dat ik een of andere misdaadschrijfster ben.'

'Is hij het eens met jouw theorie? Een seriemoordenaar?'

'Hij wordt niet betaald om het al dan niet met me eens te zijn, en we hebben het er nooit over. Hij wordt betaald om in de rotzooi te snuffelen en me te waarschuwen als er iets is wat verdacht lijkt.'

'Gewoon uit nieuwsgierigheid: wie is die vent?'

'Dat weet ik niet. Hij gebruikt verschillende namen en adressen, net als ik. We hebben elkaar nooit ontmoet, we hebben elkaar nooit aan de telefoon gehad en dat gaat ook nooit gebeuren. Hij belooft volledige anonimiteit.'

'Hoe betaal je hem, als ik vragen mag?'

'Harde contanten naar een postbus in Maine.'

Lacy stond met haar oren te klapperen en ging zitten. Ze dronk van haar koffie en haalde diep adem. Het begon haar te dagen hoeveel Jeri in de afgelopen ruim twintig jaar had ontdekt en verzameld.

Alsof Jeri haar gedachten kon lezen, zei ze: 'Ik weet dat het heel veel is.' Ze haalde een USB-stick uit haar zak en gaf die aan Lacy. 'Hier staat alles op, meer dan zeshonderd pagina's research, krantenartikelen, politiedossiers, alles wat ik heb gevonden dat van pas kan komen. En waarschijnlijk ook heel wat dingen die niet nuttig zijn.'

Lacy nam de USB-stick aan en stopte hem in haar zak.

Jeri zei: 'Hij is versleuteld. Ik app je het wachtwoord.'

'Waarom is hij versleuteld?'

'Omdat mijn hele leven versleuteld is, Lacy. Alles wat we doen laat een spoor achter.'

'En jij denkt dat hij daar ergens op dat spoor is?'

'Dat weet ik niet, maar ik beperk mijn zichtbaarheid.'

'Oké, als we die redenering volgen, hoe groot is dan de kans dat Bannick weet dat iemand hem op het spoor is? Je hebt het over acht moorden, Jeri. Je beslaat nogal een groot gebied.'

'Denk je soms dat ik dat niet weet? Acht moorden in tweeëntwintig jaar, en het gaat nog steeds door. Ik heb honderden mensen gesproken, waarvan de meeste gesprekken nergens toe leidden. Natuurlijk is er een kleine kans dat iemand uit zijn studententijd hem vertelt dat er een onbekende vragen over hem is komen stellen, maar ik gebruik nooit mijn echte naam. En ja, een agent in Little Rock of Signal Mountain of Wilmington zou kunnen loslaten dat er een privédetective in het dossier van een oude moordzaak is komen snuffelen, maar dat kan onmogelijk met mij in verband worden gebracht. Daar ben ik te voorzichtig voor.'

'Waarom maak je je dan zo'n zorgen?'

'Omdat hij zo slim is, en zo geduldig, en omdat het me niets zou verbazen als hij teruggaat.'

Lacy wachtte even en vroeg toen: 'Terug waarheen?'

'Terug naar de plaatsen delict. Dat deed Ted Bundy ook, weet je, en ook andere moordenaars hebben het gedaan. Zo onvoorzichtig is Bannick niet, maar het kan zijn dat hij de politie in de gaten houdt, kijkt wat er met oude dossiers gebeurt en vraagt of er de laatste tijd nog iemand langs is gekomen.'

'Maar hoe dan?'

'Via internet. Hij kan de politiedossiers eenvoudig hacken en de boel in de gaten houden. En privédetectives, Lacy. Als je ze maar genoeg betaalt, doen zij het werk voor je en kun jij je gedeisd houden.'

Lacy's telefoon zoemde en ze keek ernaar. Darren meldde zich. 'Alles goed daarboven?' vroeg hij.

'Ja, ik heb nog tien minuten nodig.' Ze legde haar telefoon neer en keek naar Jeri, die haar gezicht weer afveegde en heen en weer wiegde.

Lacy zei: 'Nou, Jeri, beschouw je aanklacht maar als ingediend, de klok tikt.'

'Krijg ik updates?'

'Hoe vaak?'

'Dagelijks?'

'Nee. Ik laat je weten of we vooruitgang boeken en zo ja, wanneer.'

'Je moet vooruitgang boeken, Lacy, je moet hem tegenhouden. Ik kan niks meer doen. Ik ben op, oké? Ik ben fysiek, emotioneel en financieel uitgeput en ben aan het eind van mijn Latijn. Ik kan niet geloven dat ik het eindelijk heb gered en ik kan niet meer verder.'

'Ik hou je op de hoogte, dat beloof ik.'

'Dank je wel, Lacy. Doe alsjeblieft voorzichtig.'

16

Zaterdag 22 maart was een mooie, warme dag en Darren Trope, achtentwintig en single, had niet veel zin om binnen op kantoor te gaan zitten. Hij was tien jaar daarvoor als eerstejaarsstudent in Tallahassee aangekomen, had acht fantastische jaren bedrijfskunde en rechten gestudeerd en was voorlopig niet van plan om te ver weg te gaan van de campus en alle daarmee gepaard gaande activiteiten. Maar hij was wel smoorverliefd op Lacy Stoltz, zijn kersverse baas, en als zij zei dat hij om tien uur 's ochtends op kantoor moest komen om haar hippe koffie te brengen, zorgde Darren ervoor dat hij er tien minuten te vroeg was. Hij nam ook standaardkoffie mee voor Sadelle, het derde lid van hun 'taskforce'. Omdat Darren de jongste was, ging hij over de technologie, en over de koffie.

Lacy zei tegen de rest van het personeel dat het kantoor op zaterdagochtend verboden toegang was, al was ze niet bepaald bang dat ze zich zouden staan te verdringen. Aangezien het team eraan gewend was om op vrijdag rond het middaguur weg te glippen, was de kans heel klein dat iemand in het weekend ineens wilde overwerken. Maandagochtend negen uur was vroeg genoeg.

Ze kwamen bijeen in de vergaderruimte naast het kantoor van de directeur. Omdat Darren zijn baas de woensdag daarvoor naar 'De Contactpersoon' had gereden, kende hij al een paar details en hij wilde graag meer te weten komen. Sadelle – asgrauw, bleek, ziek en net zo spookachtig als ze de afgelopen zeven jaar was geweest – zat in haar elektrische rolstoel aan tafel en lurkte aan haar zuurstof.

Lacy gaf hun ieder een kopie van Betty Roe's aanklacht en die lazen ze zwijgend. Sadelle haalde moeizaam adem en zei: 'Dus dit is de moordaanklacht waar je het over had.'

'Inderdaad.'

'En Betty Roe is onze mysterieuze dame?'

'Ja.'

'Waarom gaan wij hiermee aan de slag, als ik vragen mag? Het lijkt me eerder iets voor de jongens met de pistolen.'

'Ik heb geprobeerd de getuige te laten afzien van het indienen van een aanklacht, maar ik kon haar niet tegenhouden. Ze is als de dood om naar de politie te gaan, omdat ze bang is voor Ross Bannick. Ze is ervan overtuigd dat ze misschien een van zijn doelwitten wordt.'

Sadelle wierp Darren een onzekere blik toe, en daarna keken ze allebei weer naar de aanklacht. Toen ze klaar waren, peinsden ze over de aantijgingen en er viel een lange stilte. Na een hele tijd zei Darren tegen Lacy: 'Je gebruikte het woord "doelwitten". Alsof er nog meer vastzit aan dit verhaal.'

Lacy zei met een glimlach: 'Er zijn acht lijken. De drie die hier in deze aanklacht staan, plus nog vijf. Volgens Betty's theorie begonnen de moorden in 1991 en zijn ze daarna doorgegaan, in elk geval tot Verno, vijf maanden geleden. Betty gelooft dat Bannick nog steeds bezig is en dat hij misschien slordig begint te worden.'

'Is ze een deskundige op het gebied van seriemoordenaars?' vroeg Darren.

'Nou, ik weet niet precies hoe je deskundige op dat gebied wordt, maar ze weet heel veel. Ze aast al ruim twintig jaar op Bannick, zoals ze zelf zegt.'

'En waarom is ze daarmee begonnen?'

'Hij heeft haar vader vermoord; slachtoffer nummer twee, in 1992.'

Weer een lange stilte, terwijl Darren en Sadelle naar de vergadertafel staarden.

'Is ze geloofwaardig?' vroeg Sadelle.

'Vaak wel, ja. Nogal. Ze gelooft dat Bannick uit wraak moorden pleegt en een lijst van potentiële slachtoffers bijhoudt. Ze ziet hem als methodisch, geduldig en briljant.'

'Hoe staat hij er bij ons voor?' vroeg Darren.

'Een vrijwel perfecte staat van dienst als rechter, helemaal geen klachten. Hoge beoordelingen van de balie.'

Sadelle ademde zuurstof in en zei: 'Wraak zou betekenen dat hij al zijn slachtoffers kent, hè?'

'Dat klopt.'

Darren begon te grinniken en toen beide vrouwen hem aanstaarden, zei hij: 'Sorry, maar ik moet onwillekeurig aan de andere vier dossiers denken die nu op mijn bureau liggen. Een ervan betreft een rechter van negentig die niet meer naar de rechtbank kan komen. Misschien als hij aan de beademing kan. Een ander gaat over een rechter die voor een Rotaryclub sprak en een opmerking maakte over een lopende zaak.'

'We snappen het, Darren,' zei Lacy. 'We hebben allemaal dat soort zaken behandeld.'

'Dat weet ik, sorry. Het gaat me er alleen om dat we nu worden geacht om acht moorden op te lossen.'

'Nee. De aanklacht gaat over slechts drie moorden.'

Sadelle pakte haar kopie van de aanklacht er weer bij en zei: 'Oké, de eerste twee hier. Lanny Verno en Mike Dunwoody. Wat was Bannicks connectie, of vermeende connectie, met die twee?'

'Geen connectie met Dunwoody. Hij kwam gewoon op de plaats delict vlak nadat Verno was neergehaald. Verno en Bannick hadden zo'n dertien jaar geleden ruzie voor de rechtbank van Pensacola City. Verno won. Daardoor kwam zijn naam op de zwarte lijst te staan.'

'Waarom heeft Betty ervoor gekozen om deze zaak erbij te vermelden?'

'Het is een actieve, lopende zaak met twee lijken op dezelfde plaats delict. Misschien weet de politie van Mississippi iets.'

'En die andere, Perry Kronke?'

'Dat is een actieve zaak en de enige in Florida. Betty beweert dat de politie in Marathon geen aanknopingspunten heeft. Bannick weet wat hij doet en laat niks achter, behalve dan het touw om de nek.'

'Waren ze alle acht gewurgd?' vroeg Darren.

'Dunwoody niet. De andere zeven zijn verstikt met hetzelfde soort touw. Vastgebonden en verzekerd met dezelfde rare zeemansknoop.'

'Wat was de connectie met Kronke?'

'Hoe hij op de dodenlijst terecht is gekomen, bedoel je?'

'Bijvoorbeeld.'

'Bannick heeft zijn rechtenstudie afgerond aan de universiteit van Miami. Hij liep stage bij een groot advocatenkantoor daar en ontmoette Kronke, een senior partner. Betty denkt dat het kantoor op het laatste moment een aanbod voor een baan heeft ingetrokken en dat Bannick zich belazerd voelde. Daar was hij blijkbaar echt kwaad over.'

'Dus hij heeft tweeëntwintig jaar gewacht?' vroeg Sadelle.

'Dat denkt Betty.'

'En ze hebben hem in zijn vissersboot gevonden, met een touw om zijn nek?'

'Ja, volgens het voorlopige politierapport wel. Zoals ik al zei, de zaak is nog actief, al is hij nu twee jaar oud en zijn er geen aanwijzingen, en de politie schermt het dossier af.'

Ze dronken alle drie van hun koffie en probeerden hun gedachten op een rijtje te zetten. Na een tijdje zei Lacy: 'We hebben vijfenveertig dagen de tijd om de zaak te beoordelen en iets te doen. Wie heeft er een idee?'

Sadelle haalde piepend adem en zei: 'Ik denk dat het tijd wordt dat ik met pensioen ga.'

Daardoor schoten de andere twee in de lach, al stond ze niet bekend om haar humor. Haar collega's bij de BJC waren ervan overtuigd dat ze zou overlijden voordat ze met pensioen ging.

Lacy zei: 'Je ontslagbrief is hierbij afgewezen. Je moet blijven om me hiermee te helpen. Darren?'

'Ik weet het niet. Deze moorden worden onderzocht door rechercheurs Moordzaken die ervaren en getraind zijn. En zij vinden geen aanwijzingen? Ze hebben geen verdachten? Wat moeten *wij* dan in godsnaam doen? Ik vind het een heel verleidelijk idee om aan zoiets spannends te werken, maar dit is meer iets voor iemand anders.'

Lacy luisterde en knikte. Sadelle zei: 'Ik weet zeker dat je een plan hebt.'

'Ja. Betty is bang om naar de politie te gaan omdat ze anoniem wil blijven. Dus gebruikt ze ons om naar de politie te gaan. Ze weet dat we beperkte jurisdictie, beperkte middelen, beperkt wat-dan-ook hebben. Ze weet ook dat we volgens de wet elke aanklacht moeten onderzoeken, dus kunnen we er niet zomaar met de pet naar gooien. Ik zeg dat we het stilletjes en veilig doen en dat we oppassen dat Bannick niks in de gaten krijgt, en dan evalueren we na ongeveer dertig dagen. Tegen die tijd leggen we het waarschijnlijk bij de staatspolitie neer.'

'Nu komen we ergens,' zei Darren. 'Als Bannick een seriemoordenaar is, en dat betwijfel ik, laat de echte politie hem dan maar pakken.'

'Sadelle?'

'Zorg gewoon dat ik niet op zijn dodenlijst kom.'

17

De dinsdag daarop reed twee derde van de taskforce om acht uur 's ochtends weg uit Tallahassee voor de vijf uur durende rit naar Biloxi. Darren, de rechterhand, reed terwijl Lacy, de baas, rapporten las, telefoontjes pleegde en in het algemeen deed wat iedere interim-directeur van de BJC zou doen. Ze leerde snel dat mensen managen een onaangenaam onderdeel van haar baan was.

Toen ze even stil was zei Darren, die wachtte om toe te slaan: 'Goed, ik ben tegenwoordig aan het bijlezen over seriemoordenaars. Op wiens naam staat het Amerikaanse record van de meeste prooien?'

'Prooien?'

'Prooien. Lijken. Zo zeggen agenten dat.'

'Jeetje, dat weet ik niet. Had die ene vent, Gacy, niet tientallen mensen vermoord in Chicago?'

'John Wayne Gacy heeft er tweeëndertig vermoord, of dat is in elk geval alles wat hij zich kon herinneren. Hij heeft ze onder zijn huis in een buitenwijk begraven. Het forensische team vond de resten van achtentwintig mensen, dus de politie geloofde zijn bekentenis. Hij zei dat hij er een paar in de rivier had gegooid, maar hij wist niet precies hoeveel.'

'Ted Bundy?'

'Bundy heeft er officieel dertig bevestigd, maar hij bleef zijn verhaal maar veranderen. Voordat hij op de elektrische stoel werd geëlektrocuteerd – dat was trouwens hier in onze geliefde staat – bracht hij veel tijd door met rechercheurs uit het hele land, voornamelijk uit het westen, waar hij vandaan kwam. Hij had een scherp verstand, maar kon zich gewoonweg niet al zijn slachtoffers herinneren. Er wordt alom gedacht dat hij wel honderd jonge vrouwen heeft vermoord, maar dat valt onmogelijk te bevestigen. Hij doodde er vaak meerdere op één dag en ontvoerde zijn slachtoffers zelfs vanaf dezelfde locatie. Hij krijgt mijn stem als de allerziekste van een heel ziek stel.'

'En het record staat op zijn naam?'

'Nee, niet voor bevestigde prooien. Een jongen met de naam Samuel Little heeft negentig moorden bekend en was tot tien jaar geleden actief. De autoriteiten zijn nog steeds onderzoek aan het doen en hebben er tot nu toe zestig bevestigd.'

'Je gaat er helemaal in op, hè?'

'Het is fascinerend. Ooit gehoord van de Green River Killer?'

'Ik geloof het wel.'

'Die heeft er zeventig bekend en is voor negenenveertig daarvan veroordeeld. Bijna allemaal sekswerkers in de omgeving van Seattle.'

'Wat is je punt?'

'Ik zei niet dat ik een punt had. Wat fascinerend is, is dat geen van die jongens op dezelfde manier moordde. Ik heb er nog niet een gevonden die het twintig jaar lang heeft gedaan en alleen mensen heeft vermoord die hij kende. Ze zijn allemaal gestoorde sociopaten, sommigen zijn briljant maar de meesten niet, maar in mijn uitgebreide research ben ik er tot dusver niet één tegengekomen die ook maar in de verste verte op Bannick lijkt. Iemand die alleen maar moordt uit wraak en die een dodenlijst bijhoudt.'

'We weten niet of hij een dodenlijst bijhoudt.'

'Noem het hoe je wilt, oké? Hij houdt de namen bij van de mensen die hem hebben gedwarsboomd en aast jarenlang op hen. Dat lijkt hoogst ongebruikelijk.'

Lacy zuchtte, schudde haar hoofd en zei: 'Ik kan het nog steeds niet geloven. We hebben het over een populaire, gekozen rechter alsof we zeker weten dat hij meerdere mensen heeft gedood. Koelbloedig heeft vermoord.'

'Ben jij er niet van overtuigd?'

'Ik weet het nog niet. Jij?'

'Ik denk het wel. Als Betty Roe alle feiten op een rijtje heeft en als Bannick de eerste zeven slachtoffers inderdaad kende, dan kan het geen toeval zijn.'

Lacy's telefoon ging en ze nam op.

Dale Black, de sheriff van Harrison County, stond te wachten toen ze stipt om twee uur aankwamen. Hij ging hun voor via een gang naar een kleine, multifunctionele ruimte met een tafel achterin, en stelde hen voor aan rechercheur Napier, die de leiding over het onderzoek had. Na een snel voorstelrondje gingen ze om de tafel zitten. De sheriff begon het gesprek met: 'Goed, we hebben jullie online nagetrokken en weten iets over jullie werk. Jullie zijn niet echt misdaadonderzoekers, hè?'

Lacy glimlachte, want als ze te maken kreeg met mannen van haar leeftijd of ouder, wist ze dat ze met haar charmante lach normaal gesproken kreeg wat ze wilde, of iets wat daar heel dicht bij in de buurt kwam. En als ze niet kreeg wat ze wilde, kon ze er altijd op rekenen dat ze de mannen ontwapende en hun houding neutraliseerde. Ze zei: 'Dat klopt. We zijn advocaten en we beoordelen aanklachten die zijn ingediend over rechters.'

Napier vond haar glimlach leuk en schonk haar er zelf ook een, die aanzienlijk minder aantrekkelijk was. 'In Florida, hè?' vroeg hij.

'Ja, we komen uit Tallahassee en werken voor de staat.'

Darren had te horen gekregen dat hij zijn mond moest houden en aantekeningen moest maken, en hij gehoorzaamde op alle fronten.

Napier vroeg: 'Nou, dan is de voor de hand liggende vraag: waarom zijn jullie geïnteresseerd in deze dubbele moord?'

'Dat lijkt me duidelijk, toch? We zijn aan het vissen. We hebben zojuist een aanklacht binnengekregen tegen een rechter, in een zaak die er los van staat, en door onze beginwerkzaamheden zijn we op wat informatie over Lanny Verno gestuit. Jullie weten toch dat hij vroeger in Florida woonde?'

Napiers glimlach verflauwde en hij keek naar zijn baas. 'Ik denk het wel,' mompelde hij terwijl hij een dik dossier opensloeg. Hij likte aan zijn duim, sloeg wat bladzijden om en zei: 'Ja, ik heb hier een aanhouding wegens rijden onder invloed van een paar jaar geleden.'

'Hebt u ook gegevens van hem toen hij rond 2001 in de omgeving van Pensacola woonde?'

Napier fronste zijn voorhoofd en bleef bladeren, nu zoekend. Na een tijdje schudde hij zijn hoofd: nee.

Uiterst vriendelijk zei Lacy: 'We weten dat hij daar rond 2000 woonde en werkte als schilder en verbouwer. Dat kan misschien nuttig voor jullie zijn.'

Napier sloeg het dossier dicht en wist nog een grijns te produceren. 'Zijn vriendin, met wie hij samenwoonde, zei dat hij een paar jaar geleden naar deze buurt was verhuisd, maar zij is onbetrouwbaar gebleken en dat is nog zacht uitgedrukt.'

'En zijn familie komt uit de omgeving van Atlanta?' vroeg Lacy. Het was een vraag, maar uit haar toon bleek duidelijk dat ze het antwoord al wist.

'Hoe weten jullie dat?'

'We hebben zijn necrologie gevonden, als je dat zo mag noemen.'

Napier zei: 'We hebben maar weinig contact gehad met zijn familie. Maar wel heel veel met de Dunwoody's.'

Lacy schonk hem nog een glimlach en vroeg: 'Mag ik vragen of jullie al een verdachte hebben?'

Napier keek fronsend naar de sheriff, die al even donker

terugkeek. Voordat ze nee konden zeggen, merkte Lacy op: 'Ik vraag niet naar de naam van een verdachte, ik ben gewoon benieuwd of u wat goede aanwijzingen hebt.'

Sheriff Black flapte eruit: 'Er zijn geen verdachten.'

'Hebben jullie er een?' vroeg Napier.

'Misschien,' zei Lacy zonder te glimlachen. Beide agenten ademden stevig uit, alsof ze opeens van een last waren verlost. Darren zou later zeggen dat hij hen naar elkaar had zien kijken alsof ze dat ene woord van haar, 'misschien', wilden vastgrijpen.

Lacy vroeg: 'Wat kunnen jullie ons vertellen over de plaats delict?'

Napier haalde zijn schouders op alsof dat moeilijk was. Black zei: 'Oké, wat zijn de regels daarvoor? Jullie zijn niet van de politie, jullie komen zelfs niet uit deze staat. Hoe vertrouwelijk is dit? Als we het over details hebben, blijven die onder ons, hè?'

'Natuurlijk. We zijn geen politieagenten, maar we hebben zo af en toe wel te maken met crimineel gedrag, dus we begrijpen wat vertrouwelijkheid is. We hebben er geen baat bij om dit verder te vertellen. Ik geef u mijn woord.'

Black zei: 'De plaats delict maakte ons niks wijzer. Geen vingerafdrukken, vezels, haren, niks. Het enige bloed was van de twee slachtoffers. Geen tekenen van verzet of strijd. Verno was gewurgd, maar hij had ook een ernstige hoofdwond. Dunwoody's schedel was verbrijzeld.'

'En het touw?'

'Het touw?'

'Het touw om Verno's nek.'

Napier wilde al antwoorden, toen Black hem het zwijgen oplegde. 'Wacht. Kunt u het touw beschrijven?' vroeg hij aan Lacy.

'Waarschijnlijk wel. Een stuk nylon van zo'n negen millimeter dik, vijfenzeventig centimeter lengte, dubbel gevlochten, scheepskwaliteit, blauw met wit of groen met wit.'

Ze zweeg even en keek toe terwijl er op beide gezichten ongeloof prijkte. Daarna zei ze: 'Onderaan de schedel vastgezet met een dubbele mastworp.'

De beide agenten herstelden zich snel en zetten hun pokerface weer op. Napier zei: 'Ik neem aan dat jullie onze man ergens anders van kennen.'

'Mogelijk. Mogen we de foto's zien?'

Lacy had geen idee van hun frustratie. Het was inmiddels al vijf maanden zo dat elk spoor op niks uitliep. Elke tip die via het anonieme meldpunt was binnengekomen had er alleen maar toe geleid dat ze nog meer tijd verspilden. Elke nieuwe theorie was uiteindelijk op niets uitgelopen. De moord op Verno was zo zorgvuldig beraamd dat er wel een reden voor moest zijn, maar het motief ontging hun. Er was maar weinig bekend over zijn onbeduidende verleden. Aan de andere kant waren ze er wel van overtuigd dat Dunwoody gewoon op de verkeerde tijd op de verkeerde plek was geweest. Ze wisten alles over hem en uit niets bleek een motief.

Konden Lacy en de BJC hun eerste doorbraak zijn?

Ze deden er een halfuur over om de gruwelijke foto's van de plaats delict te bestuderen. Sheriff Black had belangrijke vergaderingen elders, maar die werden ineens afgezegd.

Toen Lacy en Darren, nog steeds zwijgend, genoeg hadden gezien, pakten ze hun aktetassen en maakten aanstalten om te vertrekken.

De sheriff vroeg: 'Dus wanneer gaan we over die verdachte van jullie praten?'

Lacy antwoordde met een glimlach: 'Niet nu. We zien deze meeting als de eerste van een aantal. We willen een goede werkrelatie met jullie, die gebaseerd is op vertrouwen. Geef ons wat tijd, laat ons een onderzoek doen en dan komen we terug.'

'Klinkt redelijk. Er is nog een stukje bewijsmateriaal hier

dat misschien nuttig kan zijn. Het zit niet in het dossier omdat we het afschermen sinds de moorden. Het lijkt erop dat onze man misschien een fout heeft gemaakt. We weten waar hij in reed.'

'Nuttig? Het klinkt behoorlijk cruciaal.'

'Misschien wel. Jullie hebben de foto's van de twee telefoons gezien die hij van zijn slachtoffers had afgepakt. Hij is naar het noorden gereden, naar het dorpje Neely in Mississippi, een uur rijden hiervandaan. Hij heeft ze in een envelop gestopt, een luchtkussenenvelop van A5-formaat, en heeft die aan mijn dochter in Biloxi geadresseerd. Hij heeft het pakje in een standaard blauwe brievenbus bij het postkantoor gegooid.'

Napier pakte nog een foto, een van de envelop met het adres.

De sheriff ging verder. 'We hebben de telefoons binnen een paar uur opgespoord en gevonden in de brievenbus in Neely. Ze zijn nog steeds in het misdaadlab van de overheid, maar er is tot nu toe nog niks uitgekomen.'

Hij keek naar Napier, die de hint begreep. 'Iemand heeft hem bij het postkantoor zien stoppen. Het was op die vrijdagavond rond zeven uur, ruwweg twee uur na de moorden. Er was geen verkeer in Neely, want dat is er nooit, maar een buurtbewoner zag een pick-uptruck tot stilstand komen bij het postkantoor. Een man liep naar de brievenbus en gooide het pakketje erin, het enige wat er die vrijdag na vijven gepost werd. In Neely is er ook niet zoveel post. De buurtbewoner vond het raar dat iemand dat tijdstip uitkoos om iets op de post te doen. Hij stond een heel eind verderop op zijn veranda en kan de bestuurder niet identificeren. Maar de truck was een grijze Chevrolet, een redelijk nieuw model, met nummerborden uit Mississippi.'

'En u weet zeker dat dat de moordenaar was?' vroeg Lacy; een heel onprofessionele vraag.

'Nee. We weten zeker dat het de man was die de telefoons in de brievenbus gooide. Waarschijnlijk de moordenaar, maar dat weten we niet zeker.'

'Oké. Waarom zou hij daarheen rijden om die telefoons te dumpen?'

Napier schudde glimlachend zijn hoofd. Black zei: 'Nu speelt u zijn spelletje. Ik denk dat hij gewoon een beetje zat te dollen, en dan vooral met mij. Hij moet geweten hebben dat we die telefoons binnen een paar uur zouden vinden en dat ze niet naar mijn dochter zouden worden gestuurd.'

Napier voegde eraan toe: 'Of misschien wilde hij in een auto met nummerborden uit Mississippi worden gezien omdat hij niet uit Mississippi komt. Hij is behoorlijk uitgekookt, hè?'

'Extreem.'

'En hij heeft dit eerder gedaan?' vroeg de sheriff.

'Volgens ons wel.'

'En hij komt niet uit Mississippi, of wel?'

'We denken van niet.'

18

Jeri was niet klaar voor haar volgende levensfase. Ruim twintig jaar was ze gedreven door de droom van het vinden en aanpakken van de moordenaar van haar vader. Het was behoorlijk moeilijk geweest om zijn identiteit te achterhalen en dat was haar alleen gelukt door een vastberadenheid en doorzettingsvermogen waar ze zelf vaak ook versteld van had gestaan. Hem beschuldigen was een andere zaak. Het was doodeng geweest om met een beschuldigende vinger naar Ross Bannick te wijzen, niet omdat ze bang was dat ze het mis had, maar omdat ze de man zelf vreesde.

Maar ze had het gedaan. Ze had haar aanklacht ingediend bij een officiële instelling, een die door de wet was ingesteld om onderzoek te doen naar foute rechters, en nu was het aan de Board on Judicial Conduct om achter Bannick aan te gaan. Ze wist niet precies wat ze van Lacy Stoltz en haar BJC kon verwachten, maar de zaak lag nu op haar bureau. Als alles volgens planning zou verlopen, zou Lacy de aanhouding en vervolging in gang zetten van een man aan wie Jeri voortdurend moest denken.

In de dagen na haar laatste ontmoeting met Lacy vond Jeri het onmogelijk om colleges voor te bereiden, research voor haar boek te doen of te kijken hoe weinig vrienden ze nog had. Ze ging twee keer naar haar therapeut en klaagde dat ze zich gedeprimeerd en eenzaam voelde, alsof ze niet veel waard was. Ze vocht tegen de verleiding om weer online te gaan en oude misdrijven door te spitten. Ze staarde veelvuldig naar haar telefoon en wachtte op een telefoontje van Lacy, en weerstond de neiging om haar elk uur te mailen.

Op dag tien belde Lacy en ze kletsten een paar minuten. Het was geen verrassing dat ze niets te melden had. Zij en haar team waren de boel aan het organiseren, het dossier aan het bekijken, plannen aan het maken, enzovoort. Jeri hing abrupt op en ging een eindje wandelen.

Nog vijfendertig dagen te gaan en kennelijk gebeurde er niets, in elk geval niet in de kantoren van de BJC.

Volgens de gegevens van het belastingkantoor van Chavez County had Ross Bannick in mei 2012 een gebruikte, lichtgrijze halftons Chevrolet-pick-uptruck uit 2009 gekocht en daar twee jaar lang in gereden voordat hij hem in november van het jaar daarvoor had verkocht, een maand na de moorden op Verno en Dunwoody. De koper was een handelaar in gebruikte auto's die Udell heette, en die had hem weer doorverkocht aan een man met de naam Robert Trager, de huidige eigenaar. Darren reed naar Pensacola en vond meneer Trager, die vertelde dat hij de truck niet meer had. Op oudejaarsavond had een dronken automobilist een stopbord genegeerd en was tegen hem aangereden, waardoor de truck total loss was geraakt. Hij had het met de verzekering geregeld door middel van zijn dekking voor onverzekerde automobilisten, had de truck aan de sloop verkocht en prees zichzelf gelukkig omdat hij nog leefde. Terwijl ze ijsthee dronken op de veranda voor het huis vond mevrouw Trager een foto van Robert en zijn kleinzoon die met vishengels in hun hand poseerden voor de grijze pick-up. Met zijn smartphone maakte Darren een foto van de foto en stuurde die naar rechercheur Napier in Biloxi, die vervolgens naar Neely reed en hem aan de enige ooggetuige liet zien.

In een mailtje aan Lacy schreef Napier kort: *De getuige zegt dat hij 'heel erg lijkt' op de auto die hij gezien heeft. Dat beperkt het aantal tot zo'n vijfduizend grijze Chevrolet-pick-ups hier in de staat. Veel succes.*

Uit nog meer graafwerk bleek dat Bannick nogal een truckhandelaar was. In de afgelopen vijftien jaar had hij minimaal acht pick-ups van uiteenlopende soorten, modellen en kleuren aangeschaft en verkocht.

Waar zou een rechter zoveel trucks voor nodig hebben?

Hij reed momenteel in een Ford Explorer uit 2013, die hij had geleased bij een plaatselijke autohandelaar.

Op maandag 13 maart, de dertiende dag van de beoordelingsperiode die was ingegaan bij het indienen van de aanklacht, vlogen Lacy en Darren van Tallahassee naar Miami, waar ze een auto huurden en in zuidelijke richting door de Keys naar het dorp Marathon reden, dat negenduizend inwoners telde. Twee jaar eerder was een gepensioneerde advocaat met de naam Perry Kronke er dood gevonden, afgeranseld en gewurgd in zijn eigen vissersboot, die in het ondiepe water in het Great White Heron-reservaat dobberde. Zijn schedel was ingeslagen, er lag overal bloed en de doodsoorzaak was verstikking, veroorzaakt door een stuk nylon touw dat met zoveel geweld om zijn nek was getrokken dat de huid erdoor gescheurd was. Er waren geen getuigen, geen louche figuren, geen verdachten, geen sporen. De zaak werd nog steeds als actief beschouwd en er waren maar weinig details vrijgegeven.

Het was Jeri's vaste man, Kenny Lee, niet gelukt om foto's van de plaats delict los te peuteren van het coördinatiecentrum van de FBI.

Het politiebureau van Marathon was het domein van Chief Turnbull, een overwinteraar uit Michigan die nooit meer terug naar huis was gegaan. Hij was ook, onder andere, rechercheur Moordzaken. Hij begroette Lacy en Darren hartelijk maar argwanend, en ruimde, net als sheriff Black in Biloxi had gedaan, alle misverstanden uit de weg door vast te stellen dat ze niet van de politie waren.

'Dat pretenderen we ook niet,' zei Lacy met een verblindend stralende glimlach. 'We doen onderzoek naar aanklachten tegen rechters, en omdat er daar in deze staat duizend van zijn, zijn we er maar druk mee.'

Nerveus gelach alom. Weg met die foute rechters.

'Goed, vanwaar de belangstelling voor de zaak-Kronke?' vroeg Turnbull.

Darren had wederom te horen gekregen dat hij zich gedeisd moest houden. Zijn baas zou het woord doen, de hele tijd. Ze hadden hun verhaal gerepeteerd en vonden het allebei plausibel klinken. Ze zei: 'Gewoon een routineklusje, eigenlijk. We doen wat spitwerk voor een nieuwe aanklacht tegen een rechter in Miami en zijn op wat mogelijke criminele activiteiten van wijlen meneer Kronke gestuit. Kende u hem toevallig voordat hij vermoord werd?'

'Nee. Hij woonde in Grassy Key. Kent u deze omgeving?'

'Nee.'

'Het is een chique pensionado-enclave in een baai ten noorden van hier. De bewoners zijn nogal op zichzelf. Het ligt buiten mijn prijscategorie.'

'De moord is twee jaar geleden gepleegd. Had u verdachten?'

Daar moest de Chief om lachen, alsof het idee van een fatsoenlijk aanknopingspunt zo vergezocht was dat het grappig was. Hij herstelde zich snel en zei: 'Ik weet niet hoe ik die vraag moet beantwoorden, al is hij nog zo kernachtig. Waar wilt u naartoe?'

'We doen gewoon ons werk, Chief Turnbull.'

'Hoe vertrouwelijk is dit gesprek?'

'Volledig. We hebben er geen baat bij om dit verder te vertellen. We werken voor de staat Florida en het is onze taak om beschuldigingen van wangedrag te onderzoeken, net als u.'

Dat liet de Chief even bezinken en zijn ogen schoten nerveus van de een naar de ander. Even later haalde hij diep adem, ontspande en zei: 'Ja, in het begin hadden we een verdachte, of in elk geval dachten we dat we op het juiste spoor zaten. We hebben altijd aangenomen dat de moordenaar in een boot zat. Hij zag meneer Kronke in zijn eentje zitten vissen op *red drum*, wat hij altijd deed. Er lagen een paar vissen die hij al gevangen had in de koelbox. Zijn vrouw zei dat hij die ochtend rond zeven uur van huis was gegaan en zich verheugd had op een plezierige dag op het water. We zijn naar elke plezierjachthaven binnen een straal van vijfenzeventig kilometer gegaan en hebben de gegevens van de botenverhuur bekeken.' Hij zweeg even om een leesbril uit het zakje van zijn overhemd te halen en een dossier open te slaan. Hij speurde het snel af en vond het getal. 'Er waren die ochtend zevenentwintig boten verhuurd, natuurlijk allemaal aan vissers. De moord werd gepleegd op 5 augustus, het red drumseizoen, snapt u?'

'Natuurlijk.' Lacy had nog nooit van red drum gehoord en wist niet precies wat het was.

'We hebben alle zevenentwintig namen gecontroleerd. Dat duurde even, maar hé, dat is ons werk. Eén kerel was een veroordeelde misdadiger die een tijdje in de staatsgevangenis heeft gezeten wegens geweldpleging tegen een FBI-agent, niet bepaald een lieverdje. We waren helemaal blij en besteedden wat tijd aan hem. Maar dat liep uiteindelijk op niets uit.'

Lacy betwijfelde of Ross Bannick zo onvoorzichtig zou zijn om een boot in de omgeving te huren rond de tijd waarop hij Perry Kronke vermoordde, nadat hij twintig jaar op hem had geaasd, maar ze veinsde grote belangstelling. Nadat ze een kwartier met Chief Turnbull had doorgebracht en had gezien hoe hij werkte, was ze niet bepaald onder de indruk.

'Hebt u de staatspolitie om hulp gevraagd?' vroeg ze.

'Uiteraard. Vanaf het begin. Zij zijn de profs, snapt u. Ze

hebben de autopsie, het forensische werk en het grootste deel van het beginonderzoek gedaan. We werkten naast elkaar, een gezamenlijke klus in alle opzichten. Geweldige jongens. Ik mocht ze graag.'

Fijn, hoor. 'Mogen we het dossier even inzien?' vroeg ze poeslief.

Er verschenen diepe rimpels op zijn voorhoofd. Hij rukte zijn leesbril af en kauwde op een pootje, terwijl hij haar donker aankeek alsof ze naar het seksleven van zijn vrouw had geïnformeerd. 'Hoezo?' vroeg hij.

'Het kan zijn dat er iets aan deze zaak is wat relevant is voor ons onderzoek.'

'Dat snap ik niet. Hier een moord, daar een foute rechter. Wat is het verband?'

'Dat weten we niet, Chief Turnbull, we graven maar wat, net zoals u zo vaak doet. Gewoon grondig politiewerk.'

'Ik kan het dossier niet vrijgeven. Sorry. Haal maar een gerechtelijk bevel of zoiets, dan help ik jullie graag, maar als dat er niet is, ga dan maar weg.'

'Oké.' Ze haalde haar schouders op, alsof ze het opgaf. Er was niks meer te bespreken. 'Bedankt voor uw tijd.'

'Geen dank.'

'We komen terug met een gerechtelijk bevel.'

'Prima.'

'Nog één vraag, als u het niet erg vindt.'

'Ga uw gang.'

'Het touw dat de moordenaar heeft gebruikt, zit dat bij het dossier als bewijsstuk?'

'Reken maar. We hebben het.'

'En u weet hoe het eruitziet?'

'Natuurlijk. Het is het moordwapen.'

'Kunt u het beschrijven?'

'Jazeker, maar dat doe ik niet. Kom maar terug met uw gerechtelijk bevel.'

'Ik durf te wedden dat het een nylon stuk touw is, zo'n vijfenzeventig centimeter lang, dubbel gevlochten, van scheepskwaliteit, ofwel blauw met wit, ofwel groen met wit.'

De rimpels verschenen weer, terwijl zijn mond openviel. Hij schommelde naar achteren met zijn stoel en strengelde zijn vingers achter zijn hoofd in elkaar. 'Krijg nou wat.'

'Lijkt het erop?'

'Ja. Het lijkt erop. U hebt het werk van deze vent eerder gezien, dat geloof ik.'

'Misschien. Misschien hebben we een verdachte. Ik kan nu niks over hem zeggen, maar misschien volgende week of volgende maand wel. We staan aan dezelfde kant, Chief.'

'Wat wilt u?'

'Ik wil het dossier zien, helemaal. En alles is vertrouwelijk.'

Turnbull sprong overeind en zei: 'Loop maar mee.'

Twee uur later parkeerden ze bij een jachthaven en volgden Turnbull, hun nieuwe vriend, over een kade naar een patrouilleboot van dertig voet waarop aan weerszijden met grote letters het woord POLITIE was geschilderd. De kapitein was een oude agent in een officiële korte broek en hij verwelkomde hen aan boord alsof ze een luxecruise gingen maken. Lacy en Darren gingen met hun knieën tegen elkaar op een bankje aan stuurboordzijde zitten en genoten van de tocht over het gladde water. Turnbull ging naast de kapitein staan en ze praatten in onbegrijpelijk politiejargon. Na een kwartier ging de boot langzamer varen en bleef bijna roerloos drijven.

Turnbull liep naar de plecht en wees naar het water. 'Dit is ongeveer de plek waar ze hem gevonden hebben. Zoals jullie zien is het nogal afgelegen.'

Lacy en Darren gingen staan en namen de omgeving in zich op, oneindig veel water aan alle kanten. De dichtstbijzijnde kust was anderhalve kilometer verderop en die was bezaaid met nauwelijks zichtbare huizen. Er was nergens een ander vaartuig te bekennen.

'Wie heeft hem gevonden?' vroeg Lacy.

'De kustwacht. Zijn vrouw werd ongerust toen hij niet thuiskwam en ze belde wat mensen. We zagen zijn truck en zijn trailer in de jachthaven en dachten dat hij nog op het water was. We belden de kustwacht en begonnen te zoeken.'

'Geen verkeerde plek voor een moord,' zei Darren peinzend, praktisch zijn eerste woorden van die dag.

Turnbull gromde en zei: 'Verdomme bijna perfect, als je het mij vraagt.'

Hij was de eigenaar van de boot, hij had hem een jaar eerder gekocht toen het masterplan in elkaar werd gezet. Het was geen bijzonder mooie boot, lang niet zo gelikt als die van het doelwit, maar hij hoefde niemand de loef af te steken. Om een trailer, een parkeerplaats en al dat gedoe te omzeilen, had hij een ligplaats in een jachthaven ten zuiden van Marathon gehuurd. Met een eigen boot hoefde hij niks meer te huren. Hij zou hem later verkopen, net als het appartementje in de buurt van de haven, hopelijk allebei met winst. Eenmaal gevestigd, zonder iemand in de buurt te kennen, viste hij de wateren af, iets waar hij plezier in begon te krijgen, en hield hij zijn doelwit in de gaten, iets waar hij voor leefde. Het papierwerk – de koopakte van de boot, de lokale bankrekening, de eigendomspapieren van de grond, de visvergunning, de onroerendgoedbelasting, de brandstofbonnetjes – was allemaal makkelijk vervalst. Papierwerk voor staats- en gemeentezaken was kinderspel voor een man met honderd bankrekeningen, een man die gewoon voor de lol dingen had aangeschaft en verkocht onder valse namen.

Op een dag kwam hij Kronke tegen op de kade en hij was zo dichtbij dat hij hem gedag zei. Die eikel gaf geen antwoord. Vroeger was het al een lul geweest. Er was niks veranderd.

Het was een zegen geweest dat hij niet bij dat advocatenkantoor terecht was gekomen.

Op de betreffende dag keek hij hoe Kronke zijn boot uitlaadde, wat brandstof kocht, zijn hengels en lokaas goed legde en uiteindelijk wegvoer van de kade, te snel, met een kielzog achter zich aan. Wat een klootzak. Hij volgde hem op een afstand die steeds groter werd, want Kronke had zwaardere motoren. Toen Kronke zijn plekje had gevonden, tot stilstand kwam en zijn hengels uitwierp, bleef hij op nog grotere afstand van hem en keek door zijn verrekijker naar hem. Twee maanden eerder was hij dichter naar hem toe gedobberd en had onder het mom van motorproblemen om hulp gevraagd. Kronke, de eeuwige lul, liet hem anderhalve kilometer uit de kust aan zijn lot over.

Op de betreffende dag, toen Kronke druk bezig was met zijn red drum, koerste hij recht op de grotere boot af. Kronke kreeg in de gaten dat hij te dichtbij kwam, verstarde en keek hem aan alsof hij gek was.

'Hé, mijn boot loopt vol met water,' schreeuwde hij, terwijl hij dichter naar hem toe dreef.

Kronke haalde zijn schouders op alsof hij zeggen wilde: *dat is jouw probleem*. Hij legde zijn hengel neer.

Toen de boten hard op elkaar botsten, gromde Kronke: 'Wel verdomme!'

Zijn laatste woorden. Hij was eenentachtig, fit voor zijn leeftijd, maar toch net even iets trager.

Snel sloeg de moordenaar zijn touw over een kikker, sprong op Kronkes boot, zwiepte met Leddie, sloeg er twee keer mee door de lucht en knalde de loden bal tegen de zijkant van Kronkes hoofd, waarbij hij zijn schedel insloeg. Hij vond het een heerlijk geluid. Hij sloeg nog een keer, al was dat niet nodig. Hij pakte het nylonkoord, wikkelde het twee keer om Kronkes nek, zette zijn knie bovenaan zijn ruggengraat en trok zo hard dat de huid scheurde.

Geachte heer Bannick,

We zijn tevreden met uw stage als medewerker deze zomer. We waren onder de indruk van uw werk en waren alleszins van plan u een positie als partner aan te bieden met ingang van komend najaar. Maar zoals u wellicht hebt vernomen, is onze firma zojuist gefuseerd met Reed & Gabbanoff, een wereldgigant met het hoofdkantoor in Londen. Dit veroorzaakt een grote personeelsverschuiving. Helaas zijn we niet in de positie om alle stagiairs van afgelopen zomer aan te nemen.
We wensen u een zeer zonnige toekomst.

Hoogachtend,
H. Perry Kronke,
Beherend vennoot

Terwijl hij het touw steeds steviger aantrok, zei hij steeds weer: 'Op uw zeer zonnige toekomst, H. Perry.'

Er was drieëntwintig jaar verstreken en de afwijzing deed nog steeds pijn. De angel zat er nog in. Elke volgende zomer kreeg een stagiair een baan aangeboden. De fusie kwam er nooit. Iemand, ongetwijfeld een andere genadeloze stagiair, had het gerucht de wereld in geholpen dat Bannick niet van meisjes hield, dat hij nooit met ze uitging.

Hij bond het touw vast met een dubbele mastworp en bleef zijn werk een paar tellen bewonderen. Hij keek om zich heen en zag de dichtstbijzijnde boot een kleine kilometer verderop koers zetten naar het open water. Hij pakte het touw van zijn boot en trok hem dichterbij, en daarna liet hij zich in het water zakken en ging kopje-onder om eventuele bloedspetters van zich af te spoelen.

'Op uw zeer zonnige toekomst, H. Perry.'

Een jaar later verkocht hij de boot en het appartement met een bescheiden winst. Beide transacties werden uitgevoerd op naam van Robert West, een van de vierendertig die er in de staat bestonden.

Hij was dol op het spelen met aliassen.

19

Door haar uitgebreide studie naar seriemoordenaars wist Jeri dat ze vrijwel nooit ophielden met moorden tot ze gepakt werden of gedood werden, door de politie of doordat ze de hand aan zichzelf sloegen, of tot ze anderszins werden gedwongen om zich terug te trekken, bijvoorbeeld vanwege hun leeftijd of misschien omdat ze in de gevangenis belandden. De demonen die hen dreven waren wreed en meedogenloos en konden nooit worden uitgedreven. Ze konden worden geneutraliseerd door de dood of door gevangenschap, maar door niets anders. De paar moordenaars die probeerden af te rekenen met hun bloedvergieten, deden dat vanuit een gevangeniscel.

Volgens haar tijdlijn had Bannick één keer elf jaar geen enkele moord gepleegd. In 1998 vermoordde hij Eileen Nickleberry in de buurt van Wilmington en daarna wachtte hij tot 2009 om de verslaggever, Danny Cleveland, te pakken te nemen toen die in zijn eentje in zijn flat in Little Rock was. Sindsdien had hij nog drie keer gemoord. De frequentie nam toe, wat niet ongebruikelijk was.

Ze prentte zichzelf in dat haar tijdlijn in feite waardeloos was, want ze had geen idee hoeveel slachtoffers er werkelijk waren. Kon het zijn dat er nog lijken niet gevonden waren? Sommige moordenaars verstopten ze en waren jaren later vergeten waar ze allemaal begraven lagen. Andere moordenaars, zoals Bannick, wilden dat de slachtoffers gevonden werden, met aanwijzingen. Als amateurprofiler geloofde Jeri dat Bannick wilde dat iemand – de politie, de pers, de families – wist dat de moorden verband met elkaar hielden. Maar waarom? Het kwam waarschijnlijk door zijn verwrongen ego, een verlangen naar erkenning dat hij slimmer was dan de politie. Hij ging zo enorm prat op zijn modus operandi dat het een schande zou zijn om niet bewonderd te worden, zelfs op afstand door onbekenden. Waarschijnlijk wilde hij dat zijn werk legendarisch zou worden.

Ze had nooit gedacht dat Bannick gepakt wilde worden. Hij had status, aanzien, populariteit, geld en opleiding – veel meer dan de gemiddelde seriemoordenaar, als die al bestond. Maar hij was dol op de speltactiek. Hij was een sociopaat die moordde uit wraak, maar hij genoot van de planning en de uitvoering, en van de perfectie van zijn misdrijven.

Acht moorden, volgens haar tenminste, in zeven verschillende staten, verdeeld over tweeëntwintig jaar. Hij was pas negenenveertig en waarschijnlijk op het hoogtepunt van zijn moordpartijen. Elke moord schonk hem nog meer vertrouwen, nog meer opwinding. Hij was nu een veteraan en dacht waarschijnlijk dat hij nooit zou worden betrapt. Wie stond er nog meer op zijn dodenlijst?

Het papier was standaard kopieerpapier, gewoon wit, A4-formaat, een jaar daarvoor gekocht bij Staples in Dallas. De envelop was al net zo gewoontjes en niet traceerbaar. De tekstverwerker was een oude Olivetti van de eerste generatie, met een klein beeldschermpje en heel weinig geheugen, uit circa 1985. Ze had hem tweede- of derdehands gekocht in een antiekwinkel in Montgomery.

Met wegwerphandschoenen aan legde ze zorgvuldig een paar vellen papier in de la, klapte het schermpje open en staarde er lange tijd naar. Ze had een knoop in haar maag en kon niet verder. Eindelijk lukte het haar om langzaam en onhandig te typen, één toets tegelijk:

Rechter Bannick: de Board on Judicial Conduct van Florida doet onderzoek naar uw recente activiteiten aangaande Verno, Dunwoody en Kronke.
Kunnen er nog meer zijn? Ik denk het wel.

Ze at altijd maar weinig en was verbaasd toen haar maag zich omdraaide, en ze rende naar de badkamer, waar ze overgaf en kokhalsde tot haar borst en haar rug pijn deden. Ze bewoog voorzichtig, dronk wat water en ging na een hele tijd weer naar haar bureau. Ze staarde naar wat ze had geschreven, een briefje dat ze in haar hoofd al duizend keer had opgesteld, woorden die ze keer op keer had uitgesproken en geoefend.

Hoe zou hij reageren? Een anonieme brief ontvangen zou rampzalig, vernietigend en angstaanjagend zijn, en zijn leven volledig op zijn kop zetten. Dat hoopte ze in elk geval. Hij was te kil en koelbloedig om in paniek te raken, maar zijn wereld zou nooit meer hetzelfde zijn. Er zou een aardverschuiving plaatsvinden en hij en zijn demonen zouden nog gekker worden nu iemand hem op het spoor was. Hij had niemand om het aan te vertellen, niemand om in vertrouwen te nemen, niemand om naartoe te gaan.

Ze wilde zijn wereld op z'n kop zetten. Ze wilde dat Bannick op zijn hoede was, over zijn schouder keek, bij elk geluidje opschrok, iedere onbekende zou bestuderen. Ze wilde dat hij 's nachts wakker lag, luisterend naar alle geluiden en trillend van angst, zoals zijzelf al zo lang had geleefd.

Ze dacht aan Lacy en twijfelde weer of ze haar hier wel aan bloot moest stellen. Jeri had zichzelf ervan overtuigd dat Bannick te slim was om iets stoms te doen. Bovendien was Lacy een stoere meid die wel voor zichzelf kon zorgen. Binnenkort zou Jeri haar wel waarschuwen.

Ze printte het briefje op een vel kopieerpapier en stopte het in de envelop. Toen ze zijn naam typte, had ze weer koude rillingen. *R. Bannick, 825 Eastman Lane, Cullham, Florida, 32533.*

De postzegel was doodgewoon en ze plakte hem zonder speeksel op. Ze zweette en ging een hele tijd op de bank liggen.

Het volgende briefje printte ze ook op wit kopieerpapier, maar nu van een andere fabrikant. Ze had getypt:

Nu ik weet wie je bent
Groet ik je vanuit mijn graf
Die avond met jou en Dave
Is lang geleden, zo veraf
Je aasde, wachtte al die tijd
Tot ik was waar niemand me kon zien
En koelde al je angst en razernij
op een meisje dat jij kende als Eileen

Hoe wankel ze ook was, ze kon toch hardop lachen om de gedachte aan Bannick die haar gedicht las. Ze lachte om zijn afgrijzen, zijn ongeloof en zijn woede omdat een slachtoffer hem had achterhaald.

Op zaterdag reed Jeri vanuit Mobile in een uur naar Pensacola. In een winkelcentrum in een buitenwijk vond ze een blauwe brievenbus tussen een afgiftepunt van FedEx en een van UPS. De dichtstbijzijnde beveiligingscamera hing ver weg, boven de deur van een koffiebar. Met handschoenen aan, en terwijl ze in haar auto bleef zitten, schoof ze de eerste brief door de gleuf. Die zou maandag worden gestempeld in het distributiecentrum van Pensacola en niet eerder dan de dinsdag daarop worden afgeleverd in de brievenbus naast de voordeur van Bannicks huis.

Twee uur later nam ze op de snelweg de afslag naar Greenville in Alabama en deed haar gedicht op de bus bij het stadspostkantoor. Het zou maandag worden opgehaald en met een bestelbusje naar Montgomery worden gebracht, waar hij zou worden afgestempeld en weer naar het zuiden zou worden gestuurd, naar Pensacola. Bannick zou het woensdag, hooguit donderdag krijgen.

Ze reed via allerlei achterafweggetjes terug naar Mobile en genoot van de rit. Ze luisterde naar jazz op Sirius en bleef maar in het spiegeltje naar haar lach kijken. De eerste twee brieven waren gepost. Ze had het lef gehad om de moordenaar te confronteren, of in elk geval zijn eindspel in gang te zetten. De jachtfase was voorbij en dat was een hele opluchting. Nu ging ze over op de volgende fase, die nog geen naam had. Haar werk zat er nog lang niet op, maar het zware werk was gedaan, alle tweeëntwintig jaar ervan.

Nu ging Lacy over de zaak en ze zou uiteindelijk de staatspolitie erbij halen, en misschien zelfs de FBI. En Bannick zou nooit weten wie er op hem had zitten azen.

Laat op de avond las ze een roman, dronk haar tweede glas wijn en weerstond de verleiding om online te gaan en verder te graven. Haar telefoon pingde toen er een mailtje binnenkwam op een van haar beveiligde accounts. Het was KL, oftewel Kenny Lee, en hij vroeg of ze wakker was. Ze was het ineens zat om de speurneus uit te hangen en wilde gewoon met rust worden gelaten, maar hij was een oude vriend, een die ze nooit zou ontmoeten.

Ze schreef terug: *Hé, hallo. Alles goed?*

Kon niet beter. Ik heb een nieuwe dood-door-nylonkoord in Missouri, een zaak van vier maanden oud, lijkt hetzelfde.

Zoals altijd trok Jeri een grimas vanwege het nieuws over nog een moord, en zoals altijd trok ze de voorbarige conclusie dat het Bannick was. Maar ze had er genoeg van en wilde niet nog meer geld uitgeven en energie verspillen. *Hoe erg hetzelfde?*

Nog geen foto's, nog geen beschrijving van het touw. Maar geen verdachten en niets van de plaats delict.

Ze hield zichzelf voor dat er driehonderd mensen per jaar door verwurging werden gedood en dat zo'n zestig procent van die zaken uiteindelijk werd opgelost. Dan waren er nog honderdtwintig cold cases over, veel te veel om op één man af te schuiven.

Ik wil er een nachtje over slapen. Met andere woorden: laat je klok van tweehonderd dollar per uur nog maar even niet ingaan. Kenny Lee had haar naar vier van Bannicks slachtoffers geleid en ze had hem genoeg betaald.

Slaap lekker.

Sneeuwt het daar nog steeds? Ze stuurde hem contante betalingen naar een postbus in Camden, in Maine. Ze nam aan dat hij daar ergens woonde.

Op dit moment wel, ja. Hoeveel lijken heb je nu?

Acht. Zeven met het touw en Dunwoody.

Het wordt tijd voor hulp. Die vent moet worden tegengehouden. Ik heb contacten.

Ik ook. Er is iets in gang gezet.

Oké.

20

De taskforce kwam maandag laat in de ochtend bijeen in de werkkamer om elkaar bij te praten. Ze zaten op de twintigste dag van de beoordelingsperiode en hun inspanningen hadden maar weinig opgeleverd. Lacy bracht Sadelle verslag uit van hun reisje naar Marathon, maar de arme vrouw sliep half of was stoned door haar pijnmedicatie.

Darren had echter wel wat interessant nieuws. Hij dronk van zijn chique koffie en zei: 'Ik heb een babbeltje gemaakt met ene meneer Larry Toscano, partner bij advocatenkantoor Paine & Steinholtz in Miami, dat heel wat jaren geleden is voortgekomen uit Paine & Grubber, het oude advocatenkantoor waar Bannick in de zomer van 1989 stage heeft gelopen. Toscano was eerst niet zo toeschietelijk, maar toen legde ik uit dat de BJC in sommige gevallen dagvaardingsbevoegdheid heeft en dat we zo nodig hun kantoren overhoop zouden halen en dossiers zouden meenemen, wat natuurlijk een lachertje is met ons beperkte personeel, en nou ja, het bluffen werkte en Toscano werkte mee. Hij vond de gegevens in een mum van tijd en bevestigde dat Bannick daar inderdaad werkte tijdens de zomer voorafgaand aan zijn laatste jaar rechten. Hij zei dat er niks op de jongen aan te merken was geweest en dat hij goed werk had geleverd, hoge beoordelingen van zijn meerdere had gehad en zo, maar dat hij geen baan aangeboden had gekregen. Ik drong bij Toscano aan op meer details en hij moest weer even in het dossier kijken. Het lijkt erop dat er die zomer zevenentwintig stagiairs waren van allerlei rechtenfaculteiten, en dat iedereen behalve Bannick een baan kreeg aangeboden. Eenentwintig van hen accepteerden die. Ik vroeg waarom Bannick er zo bekaaid van afkwam als er niks op hem aan te merken was, en natuurlijk had Toscano geen idee. Destijds was Perry Kronke een van de twee beherende vennoten en hij had de leiding over hun zomerstageprogramma. Toscano zegt dat er in het dossier een kopie van een brief van Kronke aan Bannick zit waarin hem geen baan werd aangeboden. Hij heeft me een kopie van het hele dossier gestuurd, nadat ik opnieuw over een dagvaarding begon. Er staat weinig in, maar het bevestigt wel wat we al wisten: dat hun paden elkaar in 1989 hebben gekruist.'

Sadelle zoog wat zuurstof naar binnen en gromde: 'Vertel nog eens: hoe wist Betty Roe over de connectie tussen die twee?'

Lacy zei: 'In haar aanklacht zegt ze dat ze een voormalig partner van het grote advocatenkantoor heeft gevonden, een kerel van dezelfde leeftijd als Bannick, en die zat in het stagejaar van 1989. Dus hij kende Bannick goed, misschien nog steeds wel, dat weten we niet. Hij zegt dat hij de baan echt graag wilde en dat hij de afwijzing heel slecht opnam.'

Sadelle zei: 'Dus hij heeft hem op de lijst gezet. Schrijf nu een naam op, reken jaren later met hem af.'

'Zoiets. Ruim twintig jaar.'

'Ik hoop maar dat ik niks heb gedaan om hem kwaad te maken. Maar ik ben toch al halfdood.'

'Hou op.'

'Je overleeft ons allemaal,' zei Darren.

'Wedden van niet?'

'Hoe krijg ik mijn geld als ik win?'

'Goed punt.'

Lacy sloeg het dossier dicht en keek naar haar taskforce. 'Goed, mensen, waar staan we nu precies? We weten dat Bannick twee van de slachtoffers kende, wat Betty ook veronderstelde in haar aanklacht. Zoals ik al zei heeft ze me documentatie gegeven, tot dusver onofficieel, van nog vijf moorden op vijf andere slachtoffers die de pech hadden ooit een keer de woede van rechter Bannick te wekken. Goddank hoeven we ons daar niet mee bezig te houden.'

'Waarom gaan we niet gewoon naar de staatspolitie?' vroeg Sadelle.

'Omdat ze al op de zaak zitten, al sinds de moord op Kronke. We hebben het dossier gezien, honderden pagina's.'

'Duizenden,' zei Darren.

'Oké, duizenden. Ze hebben in en om Marathon tientallen mensen gesproken die Kronke kenden. Niks. Ze hebben alle bootverhuurgegevens gecontroleerd, elke brandstofaankoop, elke nieuwe visvergunning. Niks. Ze hebben zijn voormalige partners in Miami gesproken. Niks. En oud-cliënten. Niks. Zijn familie. Niks. Ze hebben grondig in het verleden en het heden van het slachtoffer gespit en hebben precies niks gevonden. Nergens een fatsoenlijk aanknopingspunt. Ze hebben hun werk gedaan, maar het heeft niks opgeleverd, en dus ligt het daar maar, weer een cold case die op een wonder wacht.'

Darren zei: 'Ik vlieg woensdag naar Miami om de staatsrechercheurs te ontmoeten. Ik heb ze een paar keer aan de telefoon gehad en ze lijken bereid om ons in elk geval tegemoet te komen. Ik weet zeker dat ik hetzelfde dossier te zien krijg als in Marathon, maar je weet maar nooit. Misschien weten zij iets wat Chief Turnbull niet weet.'

Sadelle haalde piepend adem en vroeg: 'Waarom vertellen we ze dan niks over Bannick? Als wij de naam van de moordenaar hebben, of in elk geval een officiële aanklacht waarin wordt beweerd dat hij het heeft gedaan, waarom geven we die informatie dan niet aan de recherche?'

Ze kromde haar schouders en zette zich schrap voor nog een teug zuurstof. Haar apparaat zoemde iets harder terwijl ze zich inspande. 'Ik bedoel, Lacy, we zitten duimen te draaien. Er valt hier weinig te doen voor ons. De echte agenten hebben een budget van een miljard dollar, ze hebben de beschikking over van alles, van bloedhonden tot helikopters en satellieten, en zij kunnen die misdrijven niet eens oplossen. Hoe moeten wij het dan doen? Ik stel voor dat we dit overdragen aan de staatspolitie, dan kan die achter hem aangaan.'

Darren merkte op: 'Die kant gaat het toch op.'

Lacy zei: 'Dat kan wel zijn, maar ik heb Betty beloofd dat we de politie erbuiten laten tot zij het groene licht geeft.'

'Zo werken we niet, Lacy,' zei Sadelle. 'Als de aanklacht eenmaal is ingediend, valt die onder onze jurisdictie. De aanklagende partij mag niet bepalen hoe wij te werk gaan. Dat weet je best.'

'Inderdaad, maar dank je wel voor de les.'

'Graag gedaan.'

'Ze gebruikt ons, Lacy,' zei Darren. 'Daar hebben we het vorige week ook al over gehad. Betty wil zich achter ons verschuilen en de politie erbij betrekken. Dus dat is onze volgende stap.'

'We zien wel. Ga jij maar naar Miami, ontmoet die staatsjongens en breng maandag verslag aan ons uit.'

Die middag vertrok Lacy vroeg en reed de stad door naar een complex vol kantoorgebouwen van twee verdiepingen. Het kantoor dat eigendom was van R. Buford Furr was rustig, chic, fraai ingericht en ademde de sfeer van een succesvolle advocaat. Er zaten geen andere cliënten te wachten in het receptiegedeelte en er zat een knappe jonge stagiair om de telefoon te beantwoorden. Om vier uur stipt begeleidde hij Lacy terug naar een enorme oorlogskamer waar Buford met de wereld streed. Hij omhelsde haar warm, alsof ze al jaren vrienden waren, en ging haar voor naar een bank die waarschijnlijk meer kostte dan haar auto.

Furr was een van de topstrafpleiters van Florida en had vele grote vonnissen om over op te scheppen. Wat hij dan ook deed, met ingelijste krantenkoppen en foto's aan zijn wanden. Alle advocaten kenden hem van naam, en toen Lacy had besloten een proces aan te spannen vanwege het geënsceneerde auto-ongeluk waarbij zij gewond was geraakt en Hugo Hatch, haar vroegere collega, om het leven was gekomen, had ze eigenlijk geen keuze.

Verna Hatch, Hugo's weduwe, had hem als eerste ingehuurd en ze hadden een aanklacht wegens dood door schuld ingediend en eisten tien miljoen dollar. Een week later diende Furr een aanklacht in namens Lacy. De rechtszaken werden belemmerd door een ongebruikelijk obstakel: een overvloed aan cash. Het misdaadsyndicaat dat miljoenen van een indiaans casino had afgeroomd, had de buit over de hele wereld begraven. De FBI vond het geld nog steeds overal, en het feit dat er zoveel van was, trok een verbijsterend aantal benadeelde partijen aan. En hun advocaten. De rollen van zowel de staatsrechtbank als de federale rechtbank stonden vol met claims.

De ernstigste hindernis om tot een oplossing te komen was een gigantische, complexe federale rechtszaak die draaide om de conflicterende claims van de Native Americans die eigenaar van het casino waren. Totdat die puinhoop geregeld was, wist niemand hoeveel geld er precies over zou blijven voor de andere benadeelde partijen, onder wie Lacy en Verna Hatch.

Furr stelde haar op de hoogte van de laatste ontwikkelingen in de procedure van de verbeurdverklaring en andere geschillen. Fronsend zei hij: 'Lacy, ik ben bang dat ze je een verklaring willen afnemen.'

'Dat wil ik niet door hoeven maken,' zei ze. 'Daar hebben we het over gehad.'

'Dat weet ik. Het probleem is dat de advocaten die door het hof zijn aangewezen om het geld uit te delen per uur worden betaald, tegen een heel goed tarief, en dat ze geen haast hebben om de boel af te ronden.'

'Jeetje. Dat heb ik echt nooit eerder gehoord.'

Furr lachte en zei: 'We hebben het hier niet over de provinciale tarieven van Tallahassee. Deze jongens rekenen achthonderd dollar per uur. We mogen blij zijn als er nog iets overblijft.'

'Kun je geen aanklacht indienen bij de rechters?'

'Er liggen heel veel aanklachten. Alles is momenteel omstreden.'

Lacy dacht even na, terwijl Furr naar haar keek. 'Een verklaring is zo erg nog niet,' zei hij.

Ze zei: 'Ik weet niet of ik dat auto-ongeluk wel nog een keer kan beleven, het beeld van Hugo die met bloed bedekt was. Stervende, denk ik.'

'We bereiden je voor. Je zult de ervaring nodig hebben, want misschien moet je in de getuigenbank plaatsnemen als deze zaak voor de rechter komt.'

'Ik wil geen proces, Buford. Ik ben duidelijk geweest. Ik weet zeker dat jij graag een enorme productie wilt, met een heleboel slechteriken achter de tafel van de verdediging en de jury die jij zoals altijd in je zak hebt. Weer een groot vonnis.'

Furr lachte. 'Daar leef ik voor, Lacy. Kun je je voorstellen dat je die criminelen uit de gevangenis sleurt om ze een proces te laten uitzitten? Dat is de droom van iedere advocaat.'

'Nou, niet die van mij, Buford. Een verklaring kan ik wel aan, maar een proces niet. Ik wil echt een schikking, Buford.'

'Dat doen we, dat beloof ik. Maar op dit moment moeten we het ontdekkingsspel spelen.'

'Ik weet niet of ik dat wel aankan.'

'Wil je onze zaak seponeren?'

'Nee. Ik wil dat alles voorbij is nadat we geschikt hebben. Ik heb nog steeds nachtmerries en die rechtszaak helpt niet echt.'

'Ik begrijp het, Lacy. Vertrouw me nou maar, oké? Ik heb deze weg al heel vaak bewandeld. Je verdient een geweldige schikking en ik beloof je dat ik die eruit zal slepen.'

Ze knikte dankbaar.

21

Brigadier Faldo was de verkrachtingssets opnieuw aan het indexeren toen de telefoon in zijn zak ging. Het was zijn baas, dé baas, de chef van alle politie van Pensacola, en hij was net zo bot als altijd. Hij zei dat rechter Ross Bannick die middag een oud dossier moest bekijken. Hij zou tot minstens vier uur in de rechtszaal zijn, maar zou om halfvijf stipt bij Faldo zijn. Faldo kreeg opdracht om alles te doen wat de Edelachtbare wilde. 'Lik zijn reet, oké?'

'Ja, meneer,' zei Faldo vinnig. Niemand hoefde hem te vertellen hoe hij zijn werk moest doen.

Hij herinnerde zich vaag dat Bannick daar al eerder was geweest, jaren eerder. Het was ongebruikelijk voor een circuitrechter, en trouwens ook voor iedere andere rechter, om bij de bewijsopslag langs te gaan. Faldo's bezoekers waren vrijwel uitsluitend agenten die aan zaken werkten, bewijsmateriaal kwamen brengen dat moest worden opgeslagen tot aan de rechtszaak, of oude dossiers wilden doorspitten. Maar goed, Faldo had al tientallen jaren eerder geleerd dat de schatkist vol oude aanwijzingen die hij bewaakte zo'n beetje iedereen aan kon trekken. In zijn logboek stonden privédetectives, verslaggevers, romanschrijvers, wanhopige families die op zoek waren naar flarden van bewijs, zelfs een medium en minstens één heks.

Om halfvijf verscheen rechter Bannick met een innemende glimlach en begroette hem. Hij leek oprecht verheugd om de brigadier te ontmoeten en vroeg hem naar zijn befaamde carrière bij de politie. Als de eeuwige politicus bedankte hij Faldo voor zijn diensten en zei dat hij altijd mocht bellen als hij iets nodig had.

Het ging hem om een oud dossier van lang geleden, uit 2001. Een zaak voor de stadsrechtbank, een seponering, een onbeduidend voorval dat voor niemand belangrijk was, behalve voor een gepensioneerde vriend in Tampa die om een gunst had gevraagd. En zo ging het verhaal maar door.

Terwijl ze zich terugtrokken in de krochten van de opslagplaats en over football kletsten, leek Faldo zich iets over het dossier te herinneren. Hij vond april, mei en juni, en haalde een hele la tevoorschijn. 'De naam van de gedaagde is Verno,' zei Bannick terwijl hij toekeek hoe Faldo door de rij dossiers bladerde.

'Hier is het,' zei Faldo trots, en hij haalde het dossier eruit en gaf het aan de rechter.

Bannick zette zijn leesbril recht en vroeg: 'Heeft iemand hier onlangs naar gekeken?'

Nu wist hij het weer. 'Ja, meneer. Een paar weken geleden kwam er een kerel binnen, gek genoeg. Ik heb een kopie van zijn rijbewijs gemaakt. Die moet hier ergens liggen.'

Bannick haalde er een vel papier uit en keek naar het gezicht van ene Jeff Dunlap uit Conyers in Georgia. 'Wat wilde hij?'

'Ik weet het niet, behalve dan het dossier. Ik heb het voor hem gekopieerd, een dollar per bladzijde. Vier dollar, als ik het me goed herinner.' En hij herinnerde zich ook dat Dunlap een briefje van vijf dollar op de balie had laten vallen, omdat Faldo alleen creditcards gebruikte, maar hij besloot dat niet te zeggen. Het was kruimeldiefstal, gewoon een beetje geld dat achterover werd gedrukt door een oude rot in het vak die altijd vreselijk onderbetaald was geweest.

Bannick bestudeerde de pagina's, terwijl zijn leesbril intelligent op het topje van zijn neus balanceerde. 'Wie heeft de naam van de aanklagende partij zwart gemaakt?' vroeg hij, zonder echt te verwachten dat Faldo daar het antwoord op wist.

Nou, waarschijnlijk uzelf, meneer. Volgens mijn logboek hebben maar twee mensen de afgelopen dertien jaar belangstelling voor dat dossier gehad. U, drieëntwintig jaar geleden, en nu deze Dunlap. Maar Faldo schatte de situatie juist in en wilde geen problemen veroorzaken. 'Ik heb geen idee, meneer.'

'Oké. Kun je een kopie van het rijbewijs van die vent voor me maken?'

'Ja, meneer.'

Rechter Bannick reed weg in zijn Ford-SUV, niets flitsends, niets om de aandacht te trekken. Nooit.

Een privédetective uit Georgia reisde naar Pensacola om een nutteloos oud politiedossier door te spitten, een jaar of dertien nadat de zaak gesloten was. Daarbij vond hij de schamele gegevens van de arrestatie en terechtstelling van Lanny Verno, moge hij rusten in vrede. Vreemd, en moeilijk uit te leggen, behalve dan de voor de hand liggende verklaring dat iemand in zijn verleden aan het graven was.

Bannicks hoofd tolde al vierentwintig uur lang en hij nam ibuprofen om de hoofdpijn tegen te gaan. Het was cruciaal om helder, slim en traag te denken en verder te kijken dan zijn neus lang was, maar hij zag alles nogal wazig. Hij reed naar de noordkant van Pensacola en stopte bij een winkelcentrum, een van de twee waar hij de eigenaar van was. Er zat een Kroger aan de ene kant en een bioscoopcomplex aan de andere kant, en daartussenin zaten acht kleinere bedrijven, allemaal met trendy activiteiten. Hij parkeerde naast een populaire sportschool, waar hij bijna elke dag gebruik van maakte, en liep net als de rest van het winkelende publiek over een overdekt wandelpad. Tussen de sportschool en een yogastudio sloeg hij af naar een brede, overdekte gang en bleef voor een onopvallende deur staan, waar hij een sleutelkaart scande en naar de gezichtsherkenner keek. De deur klikte open en hij ging snel naar binnen. Hij schakelde het alarm uit terwijl de deur achter hem dichtviel.

Hij was in zijn andere kamer, zijn heiligdom, zijn toevluchtsoord, zijn hol. Geen ramen, slechts één ingang, zwaarbeveiligd en dag en nacht in de gaten gehouden door verborgen camera's. Er was geen documentatie van het bestaan ervan, geen zakelijke vergunningen, geen elektriciteitsrekeningen, geen toegang voor wie dan ook, behalve voor hem. Elektriciteit, water, riolering, internet en kabel werden allemaal afgetapt van de sportschool aan de andere kant van een dikke muur, wat werd verrekend met de huur, een overeenkomst die was bekrachtigd door een handdruk van de huurder. Dat was technisch gesproken een overtreding van een paar kleine regels en verordeningen, en als rechter vond hij het niet prettig dat hij een beetje valsspeelde. Maar niemand zou er ooit achter komen. De privacy die deze andere kamer hem bood woog veel zwaarder dan zijn knagende schuldgevoel.

Hij woonde vijftien kilometer verderop in het dorpje Cullman, in een mooi huis met het kantoor dat nu eenmaal bij een drukke man hoorde, en dat makkelijk kon worden binnengevallen door mensen met huiszoekingsbevelen. En zijn professionele kantoor was zijn tamelijk sombere raadskamer op de eerste verdieping van de rechtbank van Chavez County, een gebouw dat in bezit was van de belastingbetalers en dat, al was het dan niet bepaald openbaar toegankelijk voor het publiek, natuurlijk grote kans liep om doorzocht te worden.

Laat ze maar komen. Laat ze alle dossiers en computers in zijn huis en zijn officiële raadkamer maar pakken, ze zouden er nooit een greintje bewijs tegen hem vinden. Ze mochten hem online in de gaten houden, zijn computers en zijn rechterlijke databestanden uitkammen, en dan nog zouden ze niks vinden.

Hij was het grootste deel van zijn volwassen leven bang geweest voor een arrestatie, voor huiszoekingsbevelen, voor rechercheurs, om gepakt te worden. Die angst had hem zo lang zo grondig in beslag genomen dat hij allerlei voorzorgsmaatregelen had ingebouwd in zijn dagelijkse routine. En tot nu toe was hij de bloedhonden voor gebleven.

De angst om gepakt te worden werd niet veroorzaakt door de angst om de tol te moeten betalen. Het was eerder de angst om te moeten stoppen.

Zijn passie voor technologie, beveiliging, bewaking, onconventionele wetenschap en zelfs spionage vond zijn oorsprong in een film waarvan hij de titel allang was vergeten. Hij had hem op een avond gezien toen hij als bang, beschadigd jongetje van dertien in zijn eentje in het souterrain zat nadat zijn ouders al naar bed waren gegaan. De hoofdpersoon was een graatmager buitenbeentje, een jongen die het favoriete mikpunt van de pestkoppen uit de buurt was. In plaats van aan krachttraining te doen en op karate te gaan, dook hij in de wereld van de maffe wetenschap, spionage, wapentuig, ballistiek en zelfs chemische oorlogsvoering. Hij kocht de eerste computer in het dorp en leerde op eigen houtje hoe hij die moest programmeren. Na verloop van tijd nam hij wraak op de pestkoppen en verdween met de noorderzon. De film stelde niet veel voor, maar inspireerde de jonge Ross Bannick wel om de wetenschap en de technologie te omarmen. Hij smeekte zijn ouders om een Apple II-computer voor kerst én zijn verjaardag. En dan legde hij er zelf nog vierhonderdvijftig dollar van zijn eigen spaargeld bij. In zijn hele middelbareschooltijd en zijn studententijd ging alles wat hij verdiende en elke dollar die hij overhield naar de nieuwste upgrades en de nieuwste gadgets. In zijn jongere jaren tapte hij stiekem telefoons af, filmde corpsleden die seks hadden met hun vriendinnetje, maakte opnamen van colleges die niet door de beugel konden, maakte beveiligingscamera's onklaar, brak sloten open, ging beveiligde kantoren binnen en nam nog honderd andere stomme risico's waar hij nooit spijt van had. Hij was nooit betrapt, zelfs niet bijna.

Daarna kwam internet en werden zijn mogelijkheden eindeloos.

Hij deed zijn das af en trok zijn jasje uit, die hij op een leren bank gooide, waar hij vaak op sliep. Hij had kleren in een kast aan de achterkant, en een koelkastje met frisdrank en vruchtensap. Honderd meter verderop, bij de bioscoop, was een café en daar at hij vaak in zijn eentje als hij nog laat werkte. Hij liep naar een dikke metalen deur, toetste een code in, wachtte tot de loden grendels losgingen, deed hem open en liep nog dieper zijn geheime wereld binnen. De Kluis, zoals hij hem trots noemde, maar alleen als hij in zichzelf praatte, was een kantoor van anderhalve vierkante meter dat geen geluid, geen vuur, geen water, helemaal niks doorliet.

Niemand had het ooit gezien en dat zou ook nooit gebeuren. In het midden stond een bureau met twee 30 inch-computerschermen. Eén wand was bedekt met bewakingscamera's waarop zijn huis, zijn kantoor, de rechtbank en het gebouw waar hij zich nu bevond te zien waren. Aan een andere wand hing een 60 inch-plasmatelevisie. De andere twee wanden waren kaal – geen egoklopperij, geen onderscheidingen, geen aanbevelingen, geen diploma's. Al die rommel was voorbehouden aan wanden die gezien konden worden. In zijn andere kamer was helemaal niks waaruit kon blijken wie de eigenaar was. De naam Ross Bannick was nergens te vinden.

Als hij morgen dood zou neervallen, zouden zijn computers en telefoons geduldig achtenveertig uur wachten en zichzelf dan schoonvegen.

Hij ging achter zijn bureau zitten, zette zijn computer aan en wachtte tot het scherm tot leven kwam. Hij haalde de twee brieven uit zijn aktetas en legde ze voor zich neer. De een zat in een envelop met het poststempel PENSACOLA en informeerde hem over het onderzoek van de BJC. De andere, een suf gedicht, zat in een envelop met het poststempel MONTGOMERY. Beide verstuurd door dezelfde persoon rond dezelfde tijd.

Hij ging online, schakelde zijn VPN in om eventuele beveiligingswalls te omzeilen, en kwam met behulp van allerlei wachtwoorden in het darkweb, waar Rafe altijd op hem wachtte. Als overheidsfunctionaris had Bannick zich lang geleden een weg gehackt naar de datanetwerken van de deelstaatregering van Florida. Met zijn op maat gemaakte spyware, Maggotz genaamd, had hij zijn eigen dataspeurneus ontworpen, een trol die hij Rafe had gedoopt en die in volstrekte anonimiteit de systemen en de cloud afschuimde. Omdat Rafe geen crimineel was, niet stal en geen data achterhield waar hij losgeld voor wilde, maar eigenlijk alleen maar rondsnuffelde om esoterische informatie te zoeken, was de kans dat hij werd betrapt nihil.

Rafe kon bijvoorbeeld interne memo's bekijken tussen de zeven leden van het Hooggerechtshof van Florida en hun medewerkers, en dan wist Bannick precies hoe een van zijn zaken in hoger beroep beoordeeld zou worden. Aangezien hij niks aan die zaak kon doen was de informatie eigenlijk nutteloos, maar het was wel degelijk interessant om te weten uit welke hoek de wind waaide.

Rafe kon ook gevoelige correspondentie tussen de minister van Justitie en de gouverneur inzien. Hij kon opmerkingen van aanklagers over zittende rechters lezen. Hij kon diep in de dossiers van de staatspolitie graven en verslag doen van hun vorderingen, of gebrek daaraan.

En, het allerbelangrijkst op dat moment, Rafe kon zien wat

er gaande was bij de Board on Judicial Conduct. Bannick checkte het voor de tweede achtereenvolgende dag en vond niets waar zijn naam op stond. Dat was verwarrend, en verontrustend.

Verdomme, op dat moment was alles verontrustend.

Hij nam nog wat ibuprofen en overwoog een shot wodka. Maar hij was niet zo'n drinker en was van plan om naar de sportschool te gaan. Hij moest twee uur aan de gewichten gaan hangen om de stress te verdrijven.

Het was amusant om de aanklachten te lezen die momenteel werden onderzocht door de BJC. Hij genoot van de beschuldigingen aan het adres van zijn collega's van de rechterlijke macht, van wie hij er een aantal goed kende en van wie hij er een paar verachtte. Maar zijn geamuseerdheid was slechts van korte duur.

Bannick verkneukelde zich om zijn wangedrag. De andere aanklachten bij de BJC stelden geen fluit voor vergeleken met zijn misdrijven. Maar nu kende iemand anders zijn verleden. En als er een aanklacht tegen hem was ingediend, waarom werd die dan verborgen?

Zijn hoofd tolde nog meer en hij greep naar de pillen.

Degene die de brief en het gedicht had geschreven, kende de waarheid. Die persoon noemde Kronke, Verno en Dunwoody, en suggereerde dat er meer waren. Hoeveel wist deze persoon? En als hij of zij een aanklacht bij de BJC had ingediend, was dat gepaard gegaan met de afspraak dat er niets zou worden vastgelegd, in elk geval niet in de beoordelingsperiode van vijfenveertig dagen.

Hij ging naar een kamertje aan de achterkant, kleedde zich uit, nam een lange, hete douche en trok trainingskleding aan. Hij ging weer achter zijn bureau zitten en stuurde Rafe naar de vertrouwelijke bestanden van de staatspolitie, bestanden die zo gevoelig en goed beschermd waren dat Rafe er nu al bijna drie jaar mee bezig was. Hij vond het dossier van Perry

Kronke in het stadje Marathon en zag tot zijn verbijstering een nieuwe opmerking van rechercheur Grimsley, de hoofdrechercheur van de staat. Er stond:

Vandaag telefoontje van Chief Turnbull in Marathon; hij had op 31 maart bezoek gehad van twee advocaten van de Board on Judicial Conduct in Florida – Lacy Stoltz en Darren Trope; ze zeiden dat ze nieuwsgierig waren naar de moord op Kronke; ze zeiden dat ze misschien een verdachte hadden, maar wilden er niets over kwijt; gaven geen namen; gingen naar de plek waar Kronke was gevonden; lieten niks los; vertrokken en beloofden later te bellen; Turnbull was niet onder de indruk, zegt dat hij niet verwacht nog iets te horen; zei dat actie van onze kant niet nodig is.

Hij had niks achtergelaten toen hij Kronke had vermoord. Hij had zich zelfs ondergedompeld in de oceaan.

'Misschien een verdachte,' herhaalde hij bij zichzelf. Kon het zijn dat hij, na drieëntwintig jaar onzichtbaar te zijn geweest, eindelijk door iemand als 'verdachte' werd beschouwd? Zo ja, door wie dan? Het was niet Lacy Stoltz of Darren Trope. Dat waren gewoon eenvoudige bureaucraatjes die reageerden op een aanklacht die was ingediend door dezelfde persoon die hem nu post stuurde.

Diep ademhalen en mediteren verdreven de stress niet.

Hij stak zijn hand al uit naar de wodka, maar vertrok naar de sportschool, waarbij hij zijn andere kamer achter zich afsloot, altijd voorzichtig, zich altijd bewust van alles en iedereen. Hoe verbijsterd en bang hij ook was, hij zei tegen zichzelf dat hij moest ontspannen en helder moest nadenken. Hij liep de hoek om naar het fitnesscentrum en deed twintig minuten mee aan een lesje hot yoga om lekker te zweten voor hij aan de ijzers ging hangen.

22

Op vrijdagmorgen 11 april was Norris Ozment net bij zijn bureau bij de hoofdreceptie van het Pelican Point-resort aangekomen, toen er via de vaste lijn een telefoontje van de hoteltelefoniste binnenkwam. 'Ene rechter Bannick uit Cullman.'

Benieuwd waarom hij de naam van de rechter al zo snel weer hoorde, nam Ozment het telefoontje aan. Ze beweerden dat ze elkaar kenden uit Ozments tijd bij de politie van Pensacola, en nu die deur wagenwijd openstond, zei Bannick: 'Ik probeer iets te achterhalen voor een oude vriend in Tampa en ben op zoek naar informatie over ene Lanny Verno, hij ziet eruit als een stuk tuig en is een paar maanden geleden in Biloxi vermoord. Hij had jaren geleden een zaak voor de stadsrechtbank en jij was de agent die hem gearresteerd had. Gaat er al een belletje rinkelen?'

'Nou, meneer de rechter, normaal gesproken zou er geen belletje gaan rinkelen, maar nu wel. Ik herinner me die zaak.'

'Meen je dat nou? Het is dertien jaar geleden.'

'Inderdaad, meneer. U zorgde voor een bevelschrift en ik arresteerde Verno.'

'Dat klopt,' zei Bannick met een luide neplach. 'Die vent hield in mijn eigen huis een pistool op me gericht en de rechter liet hem lopen.'

'Lang geleden, zeg. Ik mis die tijd bij de stadsrechtbank niet en probeer het allemaal te vergeten. Ik zou me die zaak nooit hebben herinnerd als er vorige maand geen privédetective langs was gekomen om vragen te stellen over Verno.'

'Dat meen je niet.'
'Jawel.'
'Wat wilde hij?'
'Hij was gewoon nieuwsgierig, zei hij.'
'Goh, en waar was hij dan nieuwsgierig naar, als ik vragen mag?'
Eigenlijk vond Ozment dat hij dat helemaal niet mocht vragen, maar Bannick was een circuitrechter met jurisdictie over criminele zaken. Hij zou waarschijnlijk een dagvaarding kunnen regelen voor de gegevens van het resort, als hij dat wilde. Hij was ook betrokken bij de vervolging van Verno als het vermeende slachtoffer. Die gedachten raasden door Ozments hoofd, terwijl hij afwoog hoeveel hij zou zeggen.
'Hij zei dat Verno vermoord was en dat hij door zijn familie in Georgia was ingehuurd om wat geruchten na te trekken over kinderen die hij mogelijk had achtergelaten.'
'Waar kwam die kerel vandaan?'
'Hij zei dat hij uit Georgia kwam, in de omgeving van Atlanta, Conyers.'
'Heb je een ID van hem?'
'Nee, meneer. Hij heeft geen visitekaartje gegeven. Ik heb er niet naar gevraagd en er zelf ook geen gegeven. Maar onze camera's hebben zijn auto in de parkeergarage gefilmd en we hebben de nummerborden nagetrokken. Het was een huurauto van Hertz uit Mobile.'
'Interessant.'
'Tja. Destijds dacht ik gewoon dat hij van Atlanta naar Mobile was gevlogen en daar de auto had gehuurd. Eerlijk gezegd heb ik er niet echt over nagedacht, meneer de rechter. Het was een onbeduidende strafzaak voor de stadsrechtbank, honderd jaar geleden, en de gedaagde, Verno, werd niet schuldig bevonden. Nu heeft iemand hem in Mississippi vermoord. Niet echt mijn zaak.'
'Ik snap het. Heb je zijn auto gezien?'

'Ja, meneer. Die staat op video.'

'Zou je die naar me willen mailen?'

'Nou, dat moet ik even aan de manager vragen. Misschien geeft dat wat problemen met de beveiliging.'

'Ik wil met alle plezier met de manager praten, hoor.' Die opmerking had een licht dreigende ondertoon. Hij was rechter en als zodanig gewend om zijn zin te krijgen.

Even was het stil en Ozment keek zijn lege kantoor rond. 'Goed dan, meneer de rechter. Geef me uw e-mailadres maar.'

De Edelachtbare gaf hem een tijdelijk adres, een van de vele die hij gebruikte en weer wiste, en een halfuur later keek hij naar twee foto's: de ene was een opname van de achterkant van een witte Buick-sedan met nummerborden uit Louisiana; de tweede van dezelfde camera met Jeff Dunlap in beeld. Bannick stuurde Ozment een mail terug waarin hij hem bedankte, en als bijlage stuurde hij een nutteloze brochure met daarin de missie en de taken van de rechters en ambtenaren van het Twenty-Second Judicial District van Florida. Toen Ozment die opende en downloadde, kwam Maggotz via de achterdeur binnen en was het netwerk van Pelican Point onmiddellijk besmet. Niet dat Bannick ooit zou hoeven rondsnuffelen, maar opeens had hij toegang tot de gastenlijsten van het resort, de financiële administratie, de personeelsbestanden en bergen creditcard- en bankgegevens. En niet alleen van Pelican Point. Dat maakte deel uit van een kleine keten van twintig boetiekresorts en Rafe had nu nog meer te verkennen als hij dat ooit zou willen.

Maar er waren prangender zaken. Bannick belde zijn kantoor en sprak met zijn griffier. Behalve een advocatenoverleg om elf uur stond er niks belangrijks in zijn agenda.

Er waren zeven Jeff of Jeffrey Dunlaps in de omgeving van Atlanta, maar slechts twee in het stadje Conyers. Een ervan was een schoolmeester wiens vrouw klonk als een meisje van vijftien. Een ander was een gepensioneerde stadsbuschauffeur die zei dat hij nog nooit in Mobile was geweest. Beiden bevestigden wat Bannick vanaf het begin al had gedacht: Jeff Dunlap was een dekmantel van de privédetective. Hij zou de andere vijf later wel natrekken, voor de zekerheid.

Hij belde een Hertz-kantoor in Mobile en sprak met een jonge vrouw met de naam Janet, die heel behulpzaam was en nam de details van zijn autohuur van dat weekend met hem door. Ze mailde de bevestiging naar een van Bannicks adressen en hij antwoordde: 'Dank je, Janet. Tussen de offerte die ik heb ontvangen en jouw bevestiging zit een verschil van honderdtwintig dollar. Kijk even naar de bijlage en pas het aan.' Zodra Janet de bijlage opende, glipte Rafe door de achterdeur bij Hertz North America naar binnen. Bannick had er een hekel aan om zulke grote bedrijven te hacken, omdat hun beveiliging geavanceerder was, maar zolang Rafe alleen maar rondneusde en niet probeerde te stelen of af te persen, zou hij waarschijnlijk niet gedetecteerd worden. Bannick zou een paar uur wachten en de autohuur dan annuleren. In de tussentijd stuurde hij Rafe naar de registratiegegevens van Hertz-voertuigen in Louisiana.

Uit eerdere ervaringen wist hij dat Hertz een half miljoen voertuigen in de VS verhuurde en hun kentekens naar alle vijftig staten stuurde. Enterprise, het grootste autoverhuurbedrijf, deed datzelfde met meer dan zeshonderdduizend voertuigen.

Het bleek nogal een zware opgave voor Rafe, hoewel hij nooit klaagde en niet opgaf. Hij was geprogrammeerd om zo nodig elke dag van de week dag en nacht te werken. Terwijl hij in de schaduwen rondsnuffelde, pleegde Bannick allerlei telefoontjes om alle Jeff Dunlaps in de omgeving van Atlanta uit te sluiten.

Om halfelf fatsoeneerde hij zijn das, bekeek zichzelf in de spiegel en vond dat hij er nogal afgetobd en zorgelijk uitzag, en daar had hij een goede reden voor. Hij had weinig geslapen en nu brak de hel los. Voor het eerst van zijn leven had hij het gevoel dat hij op de vlucht was. Hij reed in een kwartier naar de rechtbank van Escambia County in Pensacola voor zijn meeting. De advocaten kwamen allemaal uit de binnenstad en hij had het overleg op een tijdstip gepland dat hun goed uitkwam. Het lukte hem om de knop om te zetten en net zo hartelijk en voorkomend te zijn als altijd. Hij luisterde naar beide kanten en beloofde een snelle bemiddeling. Daarna ging hij snel terug naar zijn andere kamer en sloot zich erin op.

Op 11 maart was de Buick verhuurd aan ene Rollie Tabor, een privédetective met een vergunning in de staat Alabama. Hij had hem twee dagen gebruikt en had hem op 12 maart ingeleverd, nadat hij er slechts zeshonderdachtenzeventig kilometer mee had gereden.

Tabors online aanwezigheid was nogal mager, wat voor de meeste privédetectives gold. Ze lieten meestal net genoeg zien om business aan te trekken, maar niet genoeg om iets nuttigs te onthullen. Op zijn website stond dat hij een voormalig rechercheur was; ervaren, betrouwbaar en vertrouwelijk. Wat wilde dat nou eigenlijk zeggen? Hij hield zich bezig met vermissingen, echtscheidingen, voogdij over kinderen en achtergrondonderzoeken, het gebruikelijke werk. Een kantooradres in het centrum van Mobile, een zakelijk telefoonnummer en een e-mailadres. Er stond geen publiciteitsfoto van Tabor bij.

Na vergelijking van het beeld van de beveiligingscamera van het resort met dat van het neprijbewijs dat brigadier Faldo gekopieerd had, was het duidelijk dat dezelfde man, iemand die zichzelf Jeff Dunlap noemde, op beide plaatsen rond had lopen snuffelen om informatie over Lanny Verno te krijgen. De man heette eigenlijk Rollie Tabor, dus waarom loog hij?

Bannick zat een uur lang te piekeren en te peinzen en verwierp de ene list na de ander. Toen hij eindelijk inspiratie kreeg, maakte hij een nieuw e-mailaccount aan en stuurde Tabor een bericht:

Beste meneer Tabor, ik ben een arts uit Birmingham en ik heb de diensten van een privédetective in de omgeving van Mobile nodig. Een mogelijke kwestie op het gebied van huiselijke relaties. U bent zeer aanbevolen. Bent u beschikbaar? En zo ja, wat is uw uurtarief? Dr. Albert Marbury

Bannick verstuurde het mailtje, waar hij een tracker aan toe had gevoegd, en wachtte. Eenendertig minuten later opende Tabor het mailtje en antwoordde:

Dr. Marbury, dank u wel. Ik ben beschikbaar. Mijn tarief is tweehonderd dollar per uur. RT

Bannick lachte spottend om die tweehonderd dollar per uur. Duidelijk het dokterstarief. Hij stuurde een mailtje terug waarin hij akkoord ging met het tarief en stuurde een link mee van de website van het hotel waar hij vermoedde dat zijn vrouw logeerde. Toen Tabor het mailtje opende en de bijlage bekeek, glipte Rafe via de achterdeur naar binnen en begon rond te loeren. Als eerste ging hij op zoek naar huidige cliënten. Tabors gegevensregistratie beperkte zich tot de basis en dat was nog zacht uitgedrukt, tenminste, wat de data die hij in zijn computer invoerde betrof. Bannick wist heel goed dat heel veel privédetectives er twee boekhoudingen op na hielden – een voor de belastingdienst en een voor zichzelf. Cash was nog steeds een populair smeermiddel. Na een uur had hij nog steeds niks gevonden. Geen vermelding van Lanny Verno, of Jeff Dunlap, of het tripje naar Pensacola en Seagrove Beach een maand daarvoor. En al helemaal geen aanwijzingen over de identiteit van de cliënt achter het onderzoek.

Hij nam wat ibuprofen en ook een beetje valium om zijn zenuwen in bedwang te houden. Hij besefte dat hij flauw was van de honger, maar zijn hele lijf was van slag en hij was bang om zijn maag te belasten met eten. Hij was de Kluis zat en op dat moment wilde hij het liefst achter het stuur kruipen en gewoon gaan rijden, wegwezen, de grote weg op en maken dat hij het weekend de stad uit was. Misschien kon hij ergens ver weg vanaf een pier, een strand of een berg met een heldere blik achteromkijken en er enige logica in ontdekken.

Iemand wist ervan. En die iemand wist heel veel.

Hij liep de Kluis uit en ging naar het kamertje achterin waar hij zijn broek uittrok en een sportbroekje en een T-shirt aandeed. Hij had frisse lucht nodig, een wandeltocht in het bos, maar hij kon niet vertrekken. Niet op dit cruciale moment. Hij vond een sinaasappel in de koelkast en at die op bij een kop zwarte koffie.

Maggotz had zich sinds de moord op Lanny Verno en Mike Dunwoody schuilgehouden in de schaduwen van het Sheriff's Department van Harrison County. Nadat ze gevonden waren, was Rafe tot leven gekomen en rond gaan snuffelen.

Toen Bannick zijn sinaasappel ophad, zei hij Rafe gedag en stuurde hem naar de bestanden van rechercheur Napier, de hoofdrechercheur in Biloxi. In een dagelijks logboek had Napier op 25 maart een notitie geplaatst:

Vandaag afspraak met Lacy Stoltz en Darren Trope van de Board on Judicial Conduct van Florida inzake de moord op Verno/Dunwoody. Heb ze toegang tot het dossier gegeven, maar ze hebben niks meegenomen of gekopieerd. Ze maakten een vage toespeling op een verdachte, maar wilden geen details noemen. Ze weten meer dan ze willen loslaten. Wordt vervolgd. ENapier.

Bannick vloekte en liep bij zijn bureau vandaan. Hij voelde zich als een bloedend dier dat door de bossen strompelde terwijl de bloedhonden steeds luider dichterbij kwamen.

Eileen was nummer vier. Eileen Nickleberry. Tweeëndertig op het tijdstip van haar dood. Gescheiden, volgens haar overlijdensbericht.

Hij vond het heerlijk om die overlijdensberichten te verzamelen. Ze zaten allemaal in de dossiers.

Hij had haar dertien jaar later gevonden, dertien jaar nadat ze hem voor schut had gezet in zijn slaapkamer in het studentenhuis, dertien jaar nadat ze naar beneden was gestommeld, net zo dronken als zij allemaal, en tegen de rest van het gezelschap had rondgebazuind dat Ross 'hem niet omhoog kon krijgen'. Hij had niks gepresteerd. Ze lachte en kon haar grote mond maar niet houden, al waren de meeste nachtbrakers het voorval de volgende ochtend alweer vergeten. Maar ze bleef maar kakelen en het gerucht ging algauw rond in hun kringen. Bannick heeft een probleem. Bannick presteert niks in bed.

Zes jaar later vond hij zijn eerste slachtoffer, de scoutingleider. De moord op hem was precies volgens plan verlopen. Hij voelde geen greintje wroeging, zelfs geen steek van medelijden toen hij een stap naar achteren deed en naar het lijk van Thad Leawood keek. Hij was juist euforisch, vervuld van een onbeschrijfelijk gevoel van macht, overheersing en – het allermooiste – wraak. Vanaf dat moment wist hij dat hij nooit zou stoppen.

Zeven jaar na Leawood, toen hij er inmiddels drie op zijn naam had staan, vond hij Eileen eindelijk. Ze verkocht onroerend goed ten noorden van Myrtle Beach en haar knappe, lachende gezicht straalde op alle mogelijke borden in tuinen, alsof ze zich kandidaat stelde voor de gemeenteraad. Ze had aanbiedingen in een project van veertig appartementen aan het strand. Hij huurde een van de andere flats in de zomer van 1998, voordat hij rechter werd. Op een zondagmorgen lokte hij haar naar een leeg appartement dat ze probeerde te verkopen, GEREDUCEERDE PRIJS!, en precies op het moment dat ze verstijfde toen ze zich hem herinnerde, verbrijzelde hij haar schedel met Leddie. Terwijl het touw diep in haar huid sneed en ze haar laatste adem uitblies, siste hij in haar oor en herinnerde haar aan haar bespottingen.

Er verstreken vijf uren voordat er opschudding ontstond. Terwijl alles hectisch werd en er mensen begonnen te gillen, zat hij met een biertje op het balkon van zijn huurflatje en keek over de binnenplaats, waar de eerstehulpverleners heen en weer liepen. Bij het horen van de sirenes lachte hij. Hij wachtte een week tot de politie langs de deuren zou komen om getuigenverklaringen op te nemen, maar ze kwamen niet. Hij betaalde zijn volledige huur en keerde nooit meer terug naar het appartement.

Het misdrijf was gepleegd in het kustplaatsje Sunset Beach in Brunswick County, in North Carolina. Er ging negen jaar voorbij voordat de county de bestanden digitaliseerde en toen dat gebeurde, zat Bannick al te wachten met zijn eerstegeneratiespyware. Zoals bij alle politiebureaus updatete hij zijn data vaak en lag hij altijd op de loer om te zien of er iets in beweging kwam; hij hield ze altijd in de gaten met zijn laatste hackersspeeltjes.

De zaak van Eileen was na een paar jaar op een dood spoor geëindigd. Er was nooit een serieuze verdachte geweest. Het dossier trok af en toe wat aandacht van misdaadschrijvers, verslaggevers, familieleden en andere politiebureaus.

Vrijdagmiddag laat stuurde Bannick Rafe naar binnen om voor het eerst in maanden weer eens rond te snuffelen. Volgens de laatste digitale melding van de datum en het tijdstip was het dossier al in geen drie jaar aangeraakt, niet sinds het tijdstip waarop een verslaggever, of iemand die dat beweerde te zijn, een kijkje had willen nemen.

23

Hij hield de sinaasappel binnen. Hij probeerde een dutje te doen, maar was veel te opgefokt. Hij pakte zijn sporttas en liep de hoek om, waar hij twee uur doorbracht met spinning, roeien, gewichtheffen en op de loopband lopen. Toen hij helemaal kapot was, stak hij zijn hoofd om het hoekje van de sauna. Nadat hij zich ervan verzekerd had dat hij alleen zou zijn, kleedde hij zich uit, ging naar binnen en ging op zijn handdoek liggen.

Het was een vergissing geweest om Norris Ozment te bellen, maar hij had geen keus gehad. Ozment kon hem nu rechtstreeks in verband brengen met Verno, zoals ook Tabor hem daarmee in verband had gebracht. Maar het was onwaarschijnlijk dat de autoriteiten in Mississippi ooit op het spoor van Ozment kwamen, en nog onwaarschijnlijker dat hij de moeite zou nemen om naar hen toe te gaan. Waarom zou hij?

De rechter masseerde zijn slapen en probeerde langzaam adem te halen, terwijl de warme saunalucht zijn longen tot rust bracht. Degene die de aanklacht bij de BJC had ingediend, had dat anoniem gedaan, in de wetenschap dat er niets in een digitaal bestand zou worden gezet. Alles zou offline blijven. Degene die had gezorgd dat Rollie Tabor zich zou voordoen als Jeff Dunlap om in de oude rechtbankzaak te snuffelen, had dat gedaan volgens de afspraak dat Tabor niets online zou opslaan. Degene die de twee anonieme brieven had verstuurd, had hemel en aarde bewogen om alle mogelijke aanwijzingen te verwijderen.

Diegene wist van Eileen Nickleberry.

Al die personen waren een en dezelfde. Er was gewoon geen andere verklaring. Het bewijs was veel te toevallig. Hij moest en zou deze persoon vinden.

En als hij hem zou vinden, wat zou de brave rechter dan doen? Hij kon hem natuurlijk vermoorden, dat was heel makkelijk. Maar was het niet te laat? Had mevrouw Stoltz van de BJC al genoeg belastend bewijsmateriaal om naar de politie te stappen? Hij maakte zichzelf wijs dat het antwoord nee was, en dat geloofde hij. Iemand beschuldigen en aanklagen was maar al te gemakkelijk, maar hem veroordelen zou onmogelijk zijn. Hij had de leiding over moordzaken, hij bestudeerde het forensische onderzoek en wist meer van de wetenschap dan de deskundigen en, het allerbelangrijkste, hij wist hoeveel bewijsmateriaal er nodig was om iemand te kunnen veroordelen. En dat was nogal wat! Overtuigend en wettig bewijs. Veel meer dan al die slechtbetaalde agentjes hadden weten te vinden in zijn spoor van dood en verderf.

Er stonden er zo'n twaalf op zijn lijst. Min of meer. Tien uitgeschakeld, nog twee te gaan. Misschien drie. Dunwoody telde niet, want die had nooit op de lijst gestaan. Hij had gewoon een slechte timing gehad en hij was het enige slachtoffer met wie de rechter nog steeds zat. Hij had het niet verdiend om te sterven, zoals de anderen. Maar hoezeer hij er ook mee zat, hij kon er niks meer aan veranderen.

En nu had hij veel ernstigere problemen.

Een moordenaar kijkt onwillekeurig altijd over zijn schouder, en jarenlang was hij bang geweest voor deze afrekening. Sterker nog, hij had zoveel tijd gehad om erover na te denken dat hij verschillende mogelijke reacties had uitgepuzzeld. Eén daarvan was gewoon weggaan, verdwijnen, voordat hij zou worden onderworpen aan de vernedering van een aanklacht, een arrestatie en een proces. Hij had geld zat en de wereld was groot. Hij had heel veel gereisd en was op verschillende plekken geweest waar hij zich makkelijk onder de mensen kon mengen en nooit gevonden zou worden. Hij gaf de voorkeur aan landen die geen uitleveringsverdrag met de vs hadden.

Een andere strategie was blijven en vechten. Verklaren dat hij onschuldig was, zelfs vervolging voor lief nemen, en een advocaat nemen om hem te verdedigen. Geen enkele jury kon hem veroordelen, want geen enkel politiebureau had bewijs. Hij was er stellig van overtuigd dat geen enkele aanklager hem ooit zou beschuldigen, om diezelfde reden. Er was in Amerika nog nooit een zittende rechter terechtgesteld voor moord, en als dat wel zou gebeuren, zou dat een mediacircus van epische proporties teweegbrengen. Zelfs de meest ambitieuze aanklager zou terugschrikken voor het schrikbeeld dat hij zou verliezen voor zo'n publiek.

Welke van zijn moorden zou het makkelijkst te bewijzen zijn in een rechtszaak? Dat was de grote vraag waar hij vrijwel dagelijks mee speelde. Vanwege zijn gewiekstheid en genialiteit had hij het arrogante idee dat ze geen van allen verder zouden komen dan de tenlastelegging. Blijven en vechten was de aantrekkelijkste optie.

Als hij bleef, zou hij in staat zijn om de lijst af te maken.

De laatste strategie was de eenvoudigste. Hij kon het spelletje gewoon zelf afmaken en zijn misdrijven meenemen in zijn graf.

Rechter Bannick stond zichzelf op vrijdag aan het eind van de middag altijd een martini toe, meestal samen met een of twee andere rechters, en er waren verschillende bars in de buurt waar hij graag kwam. Een favoriet was in een club bij de oceaan, waar in de verte de uitgestrekte Golf te zien was. Deze vrijdag was hij niet in de stemming om te socializen, maar hij had wel een martini nodig. Die mixte hij in de achterkamer en hij dronk hem op in de Kluis, en intussen dacht hij na over de hamvraag: wie is die persoon?

Een agent zou geen moeite doen om een anonieme mail te sturen. Waarom zou hij daar tijd aan verspillen? Waarom zou hij de verdachte waarschuwen? Waarom zou hij spelletjes spelen? En de politie was niet aan het zoeken. Hij had zich een weg gehackt naar alle politiebureaus en wist dat die dossiers daar lagen te verstoffen. De sheriff van Biloxi en zijn rechercheur Napier werkten nog elke dag aan de zaak, maar dat was alleen omdat er twee slachtoffers waren en een daarvan uit de buurt kwam. Hun inspanningen hadden helemaal niks opgeleverd en nu, na zes maanden, volgden ze hetzelfde patroon als de anderen.

Een privédetective zou te veel geld kosten. Ongeacht het uurtarief was het gewoon veel te veel werk om de moord op Eileen in 1998, in North Carolina, in verband te brengen met de moord op Perry Kronke in 2012, en vervolgens met Verno en Dunwoody in Biloxi de afgelopen herfst. Niemand kon zich zo'n project veroorloven. Hij kende de slachtoffers en hun families goed. Perry Kronke was verreweg de rijkste van het stel, maar zijn weduwe verkeerde in slechte gezondheid en had waarschijnlijk niet veel zin om een fortuin te spenderen aan het vinden van zijn moordenaar. Zijn twee zoons waren zakenmannen in Miami, met bescheiden succes.

Bannick liep naar een hoek en trok een kleed omhoog. Met een sleutel maakte hij een kluis open die onder de vloer verstopt lag en haalde er een USB-stick uit. Die stak hij in zijn computer, hij klikte hier en daar, en binnen een paar seconden verscheen er een bestand dat KRONKE heette. Omdat hij alles in het bestand had onderzocht en geschreven, kende hij het uit zijn hoofd, maar het voortdurende herbekijken van Kronkes leven was onderdeel van zijn eigen leven geworden. Voortdurende waakzaamheid was net zo belangrijk als nauwgezette planning.

Kronkes nalatenschap was vier maanden nadat hij was vermoord erkend in Monroe County in Florida. Zijn oudste zoon, Roger, was benoemd als executeur-testamentair en werd als zodanig aangewezen door het hof. De inventaris van bezittingen werd op tijd ingediend. Er waren geen hypotheken en geen schulden, behalve normale creditcardafrekeningen. Op het moment van zijn overlijden bezaten Kronke en zijn vrouw hun bejaardenwoning, getaxeerd op achthonderdduizend dollar, twee huizen van elk tweehonderdduizend dollar die ze verhuurden, een aandelenportefeuille met een waarde van twee komma zes miljoen dollar, een geldmarktrekening met een balans van driehonderdveertigduizend dollar en verschillende bankrekeningen waarop in totaal negentigduizend dollar stond. Met zijn auto's, zijn boot en andere, kleinere bezittingen bedroeg de inventaris in totaal vier komma vier miljoen dollar.

Het dossier van zijn nalatenschap was openbaar. Het hacken van het e-mailaccount van het kantoor van de successierechter was kinderspel geweest vanwege Maggotz en diens bekendheid met het hele rechtssysteem van Florida. Rafe bespioneerde ook mevrouw Kronke en haar financiën als recente weduwe. Hij keek naar haar bankgegevens en wist dat ze een uitkering van tweeduizend dollar per maand kreeg, een pensioenuitkering van het advocatenkantoor van vijfenveertighonderd dollar per maand, en achtendertighonderd dollar van een pensioenplan.

Het kwam erop neer dat ze bakken met geld had, maar er was geen enkele indicatie dat ze vette cheques aan privédetectives uitschreef. Ze mailde weinig, maar er was wel correspondentie tussen haar en de twee zoons. Ze overwoog het huis te verkopen en te verhuizen naar een duur pensionadodorp. De mailwisseling tussen de zoons duidde op de gebruikelijke zorgen dat hun moeder te veel geld uitgaf en daarmee hun erfenis naar de knoppen hielp.

Er werd niet gerept over tijd en geld besteden aan een zoektocht naar de moordenaar.

Bannick overtuigde zichzelf ervan dat 'de persoon' hem niet in de gaten hield namens de familie Kronke.

Aan de andere kant van het economische spectrum stond Lanny Verno. Hij had geen nalatenschap, dus hoefde er ook niks erkend te worden. Hij liet geen bezittingen achter, geen kinderen, geen naaste familie, niets om te hacken, niets anders dan een inwonende dame die kwam en ging en die met veel mannen het bed had gedeeld. Verno was wel de laatste van zijn lijstje die de rechercheurs op hem af zou sturen.

Bannick ging naar een ander dossier, met de naam EILEEN NICKLEBERRY.

Haar familie was al net zo dubieus. Ze was zestien jaar daarvoor overleden zonder testament en met heel weinig bezittingen. Haar moeder was de rechtszaal in gesleept om als beheerder van haar nalatenschap te fungeren. Haar flatje en haar auto werden verpand en verkocht om de leningen af te lossen en haar creditcardschulden te vereffenen. Nadat alle schuldeisers tevredengesteld waren, was er nog vierduizend dollar te verdelen tussen haar ouders, die gescheiden waren, en een broer en een zus.

Interessant genoeg had haar vader een advocaat in de arm genomen om te onderzoeken of de eigenaar van het appartementenproject waar ze vermoord was, kon worden aangeklaagd wegens dood door schuld. Rafe bekeek de e-mails ongeveer een jaar terwijl de rechtszaak als een nachtkaars uitging. Bannick was geïntrigeerd door het idee dat advocaten, en niet de politie, in de moordzaak aan het spitten waren. De politie tastte vanaf het begin in het duister, net als de advocaten, en de onderzoeken liepen op niks uit. Behalve een klusjesman zonder strafblad en met een solide alibi was er nooit een verdachte geweest. Weer een perfecte moord.

De laatste die door 'de persoon' genoemd was, was Mike Dunwoody. Bannick ging naar zijn dossier en wist zeker dat zijn familie geen privédetectives had ingehuurd. De moord op hem was pas vijf maanden geleden en sheriff Black en rechercheur Napier deden en zeiden precies de juiste dingen om het publiek ervan te overtuigen dat ze vooruitgang boekten. De familie leek het prettig te vinden om privé te rouwen en op de autoriteiten te vertrouwen. In Dunwoody's testament stond dat hij alles naliet aan zijn vrouw en hij noemde haar als executeur-testamentair. Nu, vijf maanden later, moest ze nog beginnen met het erkennen van het testament. Volgens hun bankgegevens, zowel de persoonlijke als de zakelijke, zat het bedrijf op dezelfde lijn als de meeste aannemers: het ene jaar een stijgende lijn, het volgende jaar een dalende, al met al succesvol, maar niemand werd er rijk van. Het was onmogelijk te geloven dat ze in een positie verkeerden om tienduizenden dollars te spenderen aan hun eigen onderzoek.

De persoon was geen politieagent en ook geen privéspeurder. Toch gebruikte hij duidelijk mensen als Rollie Tabor om rond te neuzen. Wie zou er een privédetective uit Mobile inhuren?

Iemand die op zoek was naar een verhaal, een verslaggever, een freelancer, een schrijver, zou niet het geduld hebben om zo lang achter een project als dit aan te gaan. Geld was hun drijfveer, en wie kon er nou tientallen jaren overleven zonder beloning?

Hij mixte nog een martini en nam die mee naar de voorkamer, waar hij in het donker op de bank ging liggen. Hij dronk er langzaam van en voelde dat de gin zich een weg baande door zijn benevelde brein. Enkele ogenblikken was de pijn verdwenen. Hij werd doodziek van deze plek, maar voelde zich er wel veilig. Niemand kon hem hier zien. Niemand op de hele wereld wist waar hij was. Als iemand die het grootste deel van zijn volwassen leven op zijn prooi had geloerd, vond hij het doodeng dat er nu iemand was die hém in de gaten hield. Zijn slachtoffers hadden er echter nooit enig idee van gehad. Hijzelf daarentegen kende de afschuwelijke waarheid: iemand had hem in de smiezen.

Hij had geen idee hoe laat het was en zijn telefoon lag in de Kluis. Hij rekte zich uit en viel in een diepe slaap.

Terwijl hij lag te slapen, werkte Rafe verder en rommelde door het karige, onsamenhangende netwerk van de Atlas Finders, oftewel het kantoortje van Rollie Tabor, privédetective. Hij kroop in de computer van een parttimesecretaresse met de naam Susie en daar vond hij wat foto's. Eén ervan was van haar en haar baas, meneer Tabor.

Uren later keek Bannick naar Rollies lachende gezicht en koppelde de foto probleemloos aan het beeld dat was gemaakt door Norris Ozments beveiligingscamera en de foto van Dunlaps neprijbewijs. Het bevestigde wat hij al wist: Rollie Tabor, een doodgewone privéspeurder uit Mobile, was door iemand ingehuurd om in Bannicks behoorlijk vuile was te graven.

Maar Rafe kon geen andere aanwijzingen vinden bij Atlas. Hij zou Tabors telefoon moeten hacken, een taak waar Bannick niet echt tegen opgewassen was. Met ijverige studie en heel veel oefenen was hij een volleerd amateurcomputerhacker geworden, maar telefoons waren een ander verhaal. Hij was nog aan het leren, maar hij was er nog niet.

Het was nog donker toen hij zich zaterdagochtend even voor zessen eindelijk uit zijn bunker waagde. De sportschool, die vierentwintig uur per dag geopend was, was nu verlaten, net als het parkeerterrein. Hij popelde om naar huis te gaan, vertrok haastig en was de enige auto op de weg. Toen hij de straat in reed, betrapte hij zichzelf erop dat hij in het achteruitkijkspiegeltje keek, en daarna schoot hij bijna in de lach omdat het zo absurd was.

Twintig minuten later reed hij door het hek van zijn goed beschermde gemeenschap in Cullman en parkeerde voor zijn garage, terwijl de zon in het oosten door de wolken priemde. Hij zette de motor af, pakte zijn smartphone, zette de alarminstallatie uit en checkte de beveiligingscamera's en recente opnamen. Nadat hij zich ervan had vergewist dat alles veilig was, stapte hij eindelijk uit en ging naar binnen, waar hij het licht aandeed en een pot koffie zette. Hij keek hoe die doorliep en probeerde de spinnenwebben van de martini's uit zijn hoofd te verdrijven. Hij schonk een kop koffie in en liep langzaam door zijn woonkamer naar de voordeur. Hij deed hem open, stapte op de veranda, keek aan beide kanten de straat in en stak zijn hand in de kleine brievenbus naast de voordeur.

Weer een gewone witte envelop zonder afzender.

het leek zo onschuldig
nog een waterpark op het strand
breken, branden, bouwen
weer een goudmijn in je hand
je wilde schuilgaan in het donker
je naam, daar zag niemand iets van
laf verstopt achter je partners
voor de uitvoering van je snode plan

o, hoe mooi is de vrije pers
die leugens ontmaskert tot elke prijs
haal de schurken van de rechterstoel
houd de rechters oprecht en wijs
je verlies van die ouwe was een zware slag
je gekrenkte ego was te groot
dus verweet je mij jouw corruptie
en verheugde je over mijn dood.

24

De luie zaterdagochtend werd twee keer onderbroken voordat Lacy de koffiepot kon bereiken. Het eerste telefoontje wekte haar om drie over acht. Onbekend nummer, mogelijk spam. Met andere woorden, niet opnemen. Maar iets in haar zei dat ze dat toch moest doen, en als het een robottelefoontje bleek te zijn, kon ze altijd gewoon ophangen, zoals altijd.

'Goedemorgen, Lacy,' zei Jeri zacht.

Een flits van woede zakte snel en Lacy beheerste zich. 'Goedemorgen, Jeri. Wat is er?'

'Ik denk gewoon veel aan je de laatste tijd. Hoe gaat het?'

'Nou, ik lag te slapen, Jeri, tot jij belde. Het is zaterdag, mijn vrije dag, dus ik werk vandaag niet. Ik dacht dat ik dat al had uitgelegd.'

'Sorry, Lacy,' zei Jeri op een toon waar helemaal geen spijt in doorklonk. 'Waarom moet dit als werk worden beschouwd? Waarom kunnen we niet gewoon als vriendinnen praten?'

'Omdat we nog geen vriendinnen zijn, Jeri. We zijn kennissen die elkaar een maand geleden voor het eerst hebben ontmoet. We kunnen misschien ooit vriendinnen worden als het werk dat ons bij elkaar heeft gebracht af is, maar zover is het nog niet.'

'Aha.'

'Er wordt veel te nonchalant met het woord "vrienden" gestrooid, vind je ook niet?'

'Het zal wel.'

'En wat de reden van je telefoontje ook is, het gaat niet om vriendschap. Het is waarschijnlijk iets zakelijks.'

'Inderdaad, Lacy. Sorry dat ik je lastigval.'

'Het is zaterdagochtend, Jeri, en ik lag te slapen.'

'Ik snap het. Hé, ik hang zo op, maar laat me eerst vertellen wat ik te zeggen heb. Oké?'

'Goed.'

'De kans is groot dat Bannick het weet van de aanklacht en dat hij weet dat je in zijn verleden aan het graven bent. Ik kan het niet bewijzen, maar ik ben ervan overtuigd geraakt dat hij een soort superkracht, een zesde zintuig of zoiets heeft, ik weet het niet. Maar hij is extreem slim en toegewijd en, nou ja, ik ben een beetje paranoïde, denk ik. Ik leef al zo lang met hem dat ik gewoon aanneem dat hij overal is. Wees voorzichtig, Lacy. Als hij weet dat je hem op het spoor bent, is hij werkelijk tot alles in staat.'

'Daar heb ik over nagedacht, Jeri.'

'Oké. Dag.'

En weg was ze, waardoor Lacy zich meteen ellendig voelde omdat ze zo kortaf had gedaan. Die arme vrouw zat er helemaal doorheen en dat was al jaren zo, dus Lacy had wel wat meer geduld mogen opbrengen.

Maar het was zaterdagochtend vroeg.

Ze deed haar ogen dicht en overwoog nog wat te slapen, maar de hond werd onrustig. Ze dacht aan Allie en hoe fijn het zou zijn als hij naast haar lag. En nu klaarwakker, dacht ze aan Jeri Crosby en de triestheid van haar leven.

Waar ze niet aan dacht, was haar oudere en enige broer. Toen Gunther nog geen tien minuten na Jeri belde, kreeg Lacy het vermoeden dat haar zorgeloze dag niet zo zou lopen als gepland. Hij zei dat hij een nieuw vliegtuig had dat hij wilde showen, en op deze lentedag met dit heerlijke weer had hij zin om naar zijn kleine zusje te vliegen en haar mee uit lunchen te nemen. 'Ik sta op de startbaan en ga zo opstijgen, en over vierentachtig minuten land ik in Tallahassee. Kom me oppikken op het vliegveld.'

Dat was echt typisch Gunther. De wereld draaide om hem en alle anderen waren slechts bijzaak. Ze gaf de hond eten en liet hem uit, schoot een spijkerbroek aan, poetste haar tanden en ging naar het vliegveld. Daar ging haar rustige zaterdag. Maar het verbaasde haar niet echt. Niks aan haar broer verbaasde haar meer. Hij was een fervent piloot die bijna net zo snel van vliegtuig wisselde als hij sportwagens kocht en verkocht. Hij versleet ook vrouwen in hoog tempo, net als bankiers en investeerders. Als de zaken goed gingen, gaf hij geld uit als water, en als het minder ging, bleef hij maar leningen afsluiten tot het niet meer kon. Zelfs toen de vraag naar zijn winkelcentra en nieuwbouwwijken groot was, leek hij op de rand van de financiële afgrond te staan. Omdat hij erom bekendstond dat hij verhalen mooier maakte dan ze waren en ze soms zelfs doodleuk verzon, was Lacy de tel kwijtgeraakt van het aantal keren dat hij faillissement had aangevraagd. Ze dacht dat het drie keer was, plus twee echtscheidingen en een bijna-veroordeling.

Maar ondanks zijn problemen sliep Gunther elke nacht als een roos en begon hij de dag altijd vol enthousiasme en zelfvertrouwen. Zijn levenslust was aanstekelijk en als hij zin had om te vliegen of te lunchen, dan was hij niet te stuiten, ongeacht haar plannen.

Terwijl ze in de privéterminal zat te kijken naar de vliegtuigjes die af en aan vlogen en intussen een bekertje vieze koffie dronk, zag ze er enerzijds tegen op om Gunther weer te zien, maar anderzijds verheugde ze zich er ook op. Nu allebei hun ouders er niet meer waren, hadden ze elkaar nodig. Ze woonden allebei alleen en hadden geen kinderen, en het had er alle schijn van dat ze de laatste generatie van hun familie waren. Trudy, de zus van hun moeder, hing de matriarch uit en bemoeide zich veel te veel met hen. Daar verzetten Lacy en Gunther zich eensgezind tegen.

Toch was ze niet bepaald dolblij om hem te zien, want hij had overal een uitgesproken mening over. Sinds haar autoongeluk had hij veel te veel gezegd over haar rechtszaak, haar advocaat en hun juridische strategieën. Hij vond dat ze haar tijd verdeed bij de BJC. Hij was niet erg enthousiast over Allie Pacheco, maar dat was zijn reactie op het feit dat Lacy alle vriendinnetjes die hij aan haar had durven voorstellen maar niks had gevonden. Hij vond Tallahassee maar een provinciestadje en zei dat ze beter naar Atlanta kon verhuizen. Hij keurde haar auto niet goed. Enzovoort.

Daar was hij: hij kroop uit een gestroomlijnd vliegtuigje en sprong van de vleugel af zonder bagage, zonder aktetas, een playboy die zin had in een rondje vliegen en een lekkere lunch. Ze omhelsden elkaar bij de deur en verlieten de terminal.

Hij had zijn autogordel nog niet vastgeklikt of hij zei: 'Rij je nog steeds in dit goedkope karretje?'

'Hoor eens, Gunther, het is leuk om je te zien, zoals altijd. Maar het laatste wat ik vandaag wil horen, is een gestage stroom van rotopmerkingen over mijn leven. Inclusief mijn auto. Begrepen?'

'Wauw, zusje. Met het verkeerde been uit bed gestapt?'

'Inderdaad.'

'Heb je mijn vliegtuig gezien? Is het geen schoonheid?'

'Ja. Heel mooi voor een vliegtuig.'

'Vorige maand gekocht van een vent die door zijn vrouw betrapt was op vreemdgaan. Triest.'

Gunther vond het helemaal niet triest. 'Wat voor een is het?' vroeg ze, alleen maar omdat ze er niet onderuit kon.

'Een Socata TBM 700-turboprop, alles erop en eraan. Zeg maar een Ferrari met vleugels. Vierhonderdtachtig kilometer per uur. Het was echt een goede deal.'

Voor Gunther betekende een goede deal dat hij weer eens

een bankier had overgehaald om hem een lening te geven. 'Klinkt spannend. Hij ziet er wel klein uit.'

'Vier zitplaatsen, dat is meer dan genoeg voor mij. Wil je een rondje vliegen?'

'Ik dacht dat we gingen lunchen.' Lacy was twee keer als passagier met hem meegevlogen en dat was genoeg. Gunther was een serieuze piloot die geen geintjes uithaalde of risico's nam, maar hij was en bleef Gunther.

'O ja,' zei hij en opeens keek hij op zijn telefoon. Toen hij hem weer wegstopte, vroeg hij: 'Hoe gaat het met Allie? Hebben jullie nog steeds iets?'

'Jazeker, we kunnen niet van elkaar afblijven. Wie is jouw nieuwste scharrel?'

'Welke? Zeg, volgens mij wordt het tijd dat die jongen eindelijk eens schakelt, of anders verder gaat kijken. Jullie zijn nu toch al, hoe lang, twee jaar bij elkaar?'

'O, dus nu ben jij opeens de grote huwelijksdeskundige?'

Gunther barstte in lachen uit en Lacy even later ook. Het idee dat hij romantische adviezen gaf was inderdaad lachwekkend.

'Oké, volgende onderwerp. Heb jij tante Trudy nog gesproken de laatste tijd? Waar gaan we naartoe?'

'Naar huis, zodat ik kan douchen en me kan opfrissen. Daar had ik net geen tijd voor.'

'Hoe kun je nou zo lanterfanten op een schitterende zaterdagochtend?'

'Nee, ik heb Trudy niet gesproken. Ik moet haar bellen. En jij?'

'Nee, ik ontwijk haar ook. Arme vrouw. Ze is verloren zonder mama. Ze waren beste vriendinnen en nu zit ze met die man van haar opgescheept.'

'Ronald is best aardig.'

'Het is een engerd, dat weet je best. Ze vinden elkaar echt niet leuk, maar na vijftig jaar kunnen ze er geen punt achter zetten.'

'Laten we het ergens anders over hebben. Hoe staan de zaken tegenwoordig?'

'Ik praat liever over Ronald.'

'Is het zo erg?'

'Nee, eerlijk gezegd gaat het heel goed. Ik heb hulp nodig, Lacy, ik wil dat jij naar Atlanta komt om met me samen te werken. Stadsleven, opwindend, altijd iets te doen. We maken fortuin en er zijn een heleboel geweldige kerels aan wie ik je voor kan stellen.'

'Ik weet niet of ik wel met jouw vrienden wil daten.'

'Kom op, Lacy. Geloof me. Die jongens hebben geld en ze komen nog eens ergens. Wat verdient Allie per jaar bij de FBI?'

'Ik heb geen idee en het interesseert me ook niet.'

'Weinig. Hij werkt voor de overheid.'

'Ik ook.'

'Dat bedoel ik. Je kunt veel beter krijgen. De meesten van die gasten zijn al miljonair en hebben hun eigen bedrijf. Ze hebben alles.'

'Ja, inclusief alimentatie en een regeling voor de kinderen.'

Gunther lachte en zei: 'Oké, dat ook.'

Natuurlijk ging zijn telefoon en algauw was hij verdiept in een gespannen gesprek over een krediet. Op zaterdagochtend?

Hij was nog steeds aan de telefoon toen ze in de buurt van haar appartement parkeerde. Ze gingen naar binnen en ze liet hem achter in de woonkamer, terwijl ze de trap op liep naar haar slaapkamer.

Ze lunchten buiten op een schaduwrijk terras in een chic restaurant ver van de binnenstad. Bij het maken van de reservering haalde Lacy de receptionist over om hen vroeg te laten komen, vooral omdat ze nog steeds hoopte een deel van haar middag te kunnen redden. Ze werden om halftwaalf naar hun tafeltje gebracht en het terras was uitgestorven.

Ze bestelden ijsthee om mee te beginnen, waarbij Lacy snel als eerste ging. Als Gunther zoals altijd een fles wijn zou bestellen, zou hij die middag niet vliegen. Ze was opgelucht toen hij de wijnkaart links liet liggen en commentaar gaf op de menukaart. Als ze in haar stadje gingen eten, maakte hij meestal een kernachtige opmerking over het gebrek aan goed eten. Atlanta was natuurlijk weer veel beter. Maar hij liet het gaan en koos voor een krabsalade. Lacy bestelde gegrilde gamba's.

'Je eet nog steeds als een vogeltje,' zei hij en hij bewonderde zijn zus. 'En je ziet er geweldig uit, Lacy.'

'Dank je, en laten we niet over mijn gewicht beginnen. Ik weet waar je op aanstuurt.'

'Kom op. Je bent in twintig jaar geen grammetje aangekomen.'

'Nee, en dat wil ik graag zo houden. Waar wil je het verder nog over hebben?'

'Natuurlijk was je vel over been nadat je in het ziekenhuis beland was. Ik wilde bijna zeggen "na je ongeluk", maar dat was het niet echt, hè?'

Een leuk bruggetje naar haar rechtszaak, maar dat had ze al verwacht. Ze lachte naar hem en zei: 'Toen al het verband en het gaas eraf was, woog ik nog vijfenveertig kilo.'

'Dat weet ik nog, en je bent een lange weg gegaan. Ik ben trots op je, Lacy. Heb je nog steeds therapie?'

'Fysio of anderszins?'

'Fysio.'

'Ja, twee keer per week, maar ik ben bijna klaar. Ik heb geaccepteerd dat ik altijd wel pijntjes en kwaaltjes zal houden, en hier en daar wat stijf zal blijven, maar ik mag van geluk spreken, denk ik.'

Gunther deed wat citroen in zijn thee en keek de andere kant op. 'Ik zou het geen geluk noemen, maar je bent er beter uitgekomen dan Hugo. Arme jongen. Heb je nog contact met zijn weduwe, hoe heet ze ook alweer?'

'Verna. Ja, we zijn goede vriendinnen.'

'Ze heeft dezelfde advocaat, toch?'

'Ja. We overleggen samen en steunen elkaar. Niemand wil een proces. Ik weet niet of ze dat wel aankan.'

'De zaak zal nooit in de buurt van de rechtbank komen. Die schoften schikken wel.'

Gunther had veel meer ervaring met civiele zaken, hoewel zijn geschillen te maken hadden met contractbreuk en niet-terugbetaalde leningen. Voor zover ze wist had hij geen ervaring met letselschade.

'Ik neem aan dat ze druk bezig zijn met de inzage in de bewijsstukken,' zei hij in een poging tot de kern van de zaak te komen.

'Daar lijkt het wel op. Volgens mijn advocaat moet ik misschien een verklaring afleggen. Dat heb jij vast weleens gedaan.'

Gunther snoof van afkeer en zei: 'Nou en of. Echt leuk. Over tafel staren naar vijf advocaten die allemaal op de loer liggen om elk woord, elke lettergreep onderuit te halen en zitten te kwijlen terwijl ze ervan dromen om nog meer geld van je af te snoepen. Waarom kan je advocaat geen schikking regelen? Het had al maanden geleden achter de rug moeten zijn.'

'Het is gecompliceerd. Natuurlijk is er een grote berg geld, maar daardoor worden er alleen maar meer aasgieren aangetrokken, nog meer hongerige advocaten.'

'Dat snap ik. Maar waar zou je voor schikken, Lacy? Aan wat voor bedrag denk je?'

'Dat weet ik niet. Zover zijn we nog niet.'

'Je hebt recht op miljoenen, zusje. Die hufters hebben je er opzettelijk in geluisd en zijn op je auto ingereden. Je...'

'Alsjeblieft. Dat weet ik allemaal, Gunther, en we gaan het er niet nog een keer over hebben.'

'Oké, sorry, maar ik maak me gewoon zorgen om je. Ik weet niet of je de juiste advocaat hebt.'

'Zoals ik al eerder heb gezegd, Gunther, ik kan wel voor mezelf en voor mijn advocaat zorgen. Daar hoef jij je hoofd niet over te breken.'

'Ik weet het. Sorry. Ik ben je grote broer en ik kan er niks aan doen.'

Hun borden werden opgediend en dat leek voor hen allebei een welkome onderbreking. Ze begonnen te eten en het werd stil. Hij barstte duidelijk van de ideeën, maar wist ze niet in het gesprek te wringen.

Haar grootste angst was dat hij een geldinjectie nodig zou hebben op het moment dat zij haar rechtszaak zou schikken. Hij zou nooit rechtstreeks om geld vragen, als geschenk, maar zou het in het jasje van een noodlening gieten. Als dat zou gebeuren, was ze vastbesloten om nee te zeggen. Ze wist dat hij het ene gat met het andere opvulde, alles verpandde wat hij bezat en op een dunne lijn tussen welvaart en financiële ondergang liep. Hij zou haar geld niet aanraken, als ze dat ooit al zou krijgen, en als haar weigering een kloof zou creëren, dan moest dat maar. Ze gaf er de voorkeur aan om het geld te houden en eventueel fikse ruzie te krijgen, dan dat ze het naar hem over zou hevelen, moest toekijken terwijl hij het kwijtraakte en dan een toekomst tegemoet kon zien vol loze beloften.

Hij zag af van nog meer discussies over haar rechtszaak en ging verder met zijn favoriete onderwerp: zijn nieuwste project. Dat was een plan voor een wijk met verschillende huizen, een plein met een zogenaamde rechtbank in het midden, en daaromheen kerken en scholen, heel veel water en weggetjes, en natuurlijk een golfbaan. De gebruikelijke utopie. Een project van vijftig miljoen dollar, uiteraard met andere investeerders. Lacy dwong zichzelf om geboeid te kijken.

Het terras begon vol te stromen en binnen de kortste keren werden ze omringd door een menigte. Gunther overwoog een glas wijn als dessert, maar veranderde van gedachten toen zij een espresso bestelde. Om één uur betaalde hij de rekening en zei dat het tijd was om naar het vliegveld te gaan. Hij had een andere deal die aan een zijden draadje hing en moest in Atlanta zijn.

Ze nam in de privéterminal afscheid van hem met een omhelzing en keek hoe hij wegtaxiede. Ze hield zielsveel van hem, maar slaakte een diepe zucht en ontspande toen hij weg was.

25

Uit zijn welgevulde kast koos rechter Bannick een designerkostuum van Zegna van lichtgrijs kamgaren, een wit overhemd met dubbele manchetten, en een effen marineblauwe das. Hij bewonderde zichzelf in de spiegel en vond dat hij er heel Europees uitzag. Zaterdag aan het eind van de middag verliet hij zijn huis in Cullman en reed naar het hart van Pensacola, naar een historische buurt die bekendstond als North Hills. De straten waren lommerrijk door het bladerdek van de oude eiken, waarvan de dikke takken bedekt waren met Spaans mos. Veel van de huizen waren tweehonderd jaar oud en hadden orkanen en recessies getrotseerd. Als kind had Ross met zijn vriendjes in Pensacola door North Hills gefietst en de fraaie huizen bewonderd. Het was nooit bij hem opgekomen dat hij op een dag welkom zou zijn in die buurt.

Hij reed de met keitjes geplaveide oprijlaan van een prachtig onderhouden victoriaans huis op en parkeerde zijn SUV naast een glanzende Mercedes-sedan, waarna hij over de patio aan de achterkant liep en op een deur klopte. Melba, de oude huishoudster die ervoor zorgde dat Helens leven op rolletjes liep, begroette hem met haar gebruikelijke warme glimlach en zei dat mevrouw zich aan het aankleden was. Wilde hij iets drinken? Hij vroeg om een gingerale en liep naar zijn lievelingsstoel in de biljartkamer.

Helen was een weduwe en een soort vriendin, al had hij geen romantische belangstelling voor haar. Zij ook niet voor hem. Haar derde of vierde echtgenoot was van ouderdom gestorven en had haar rijk achtergelaten, en ze wilde haar geld graag houden. Alle mogelijk geschikte mannen van haar leeftijd waren op haar bezittingen uit, dacht ze. Dus was hun relatie puur platonisch. Ze vond het prettig om in de stad geescorteerd te worden door een knappe jongere man, en nog wel een rechter. Hij mocht haar graag omdat ze geestig en extravagant was, en nooit een bedreiging vormde.

Ze zei dat ze vierenzestig was, maar dat viel te betwijfelen. Door jaren van agressieve chirurgie waren er wat rimpels gladgestreken, haar kin was ronder en haar oogopslag was helderder, maar hij vermoedde dat ze minstens zeventig was. Zijn harem, zoals hij het noemde, maar alleen bij zichzelf, bestond uit verschillende vrouwen, die in leeftijd varieerden van eenenveertig tot Helen. Om in aanmerking te komen moesten ze rijk of welgesteld zijn, en gelukkig single. Hij was niet in de markt voor een echtgenote, en door de jaren heen had hij verschillende vrouwen afgedankt die te ingewikkeld deden.

Melba bracht hem zijn drankje en liet hem in stilte zitten. Het diner zou om halfacht beginnen en ze konden onmogelijk op tijd zijn. Voor een rechter die meestal stiptheid eiste, vergde het wachten op Helen veel geduld. Dus wachtte hij en keek naar het versleten leren meubilair, de Perzische tapijten, de gelambriseerde wanden, de eiken planken vol antieke boeken, de gigantische kroonluchter uit een vorige eeuw. Het huis besloeg negenhonderddertig vierkante meter verdeeld over vier verdiepingen, en daarvan werd maar heel weinig gebruikt door Helen en Melba.

Hij deed zijn ogen dicht en reciteerde het laatste gedicht. De schrijver had hem nu gekoppeld aan Danny Cleveland, de voormalige verslaggever van de *Ledger*. Weggewerkt in 2009, slechts vijf jaar geleden. En daarvoor Eileen Nickleberry in 1998. En daarna Perry Kronke in 2012, gevolgd door Verno en Dunwoody nog geen jaar geleden. Hij had het gevoel dat zijn slachtoffers nu uit hun graf kropen en als zombies in de rij gingen staan om achter hem aan te gaan. Hij leefde in een staat van verbijsterd ongeloof, zijn gedachten schoten wild door zijn hoofd en hij bedacht verwoed strategieën die met het uur veranderden.

Hij deed zijn ogen dicht en haalde diep adem, stak zijn hand in zijn zak, viste er een verdwaalde Xanax-capsule uit en spoelde die weg met gingerale. Hij slikte te veel van die pillen. Ze waren bedoeld om zijn angsten te onderdrukken en te zorgen dat hij ontspande, maar ze werkten niet meer.

Zou het kunnen dat hij op het punt stond zijn verheven, bevoorrechte positie in het leven kwijt te raken? Zou hij op onvoorstelbare wijze ontmaskerd worden? Het verleden dat hij op zo'n briljante wijze had weten te verbergen, begon hem nu in te halen. Het heden en al zijn status stonden op het spel. De toekomst was te gruwelijk om bij stil te staan.

'Hallo *dahling*,' zei ze toen ze de kamer binnenkwam. Bannick sprong overeind, stak zijn handen uit voor een beleefde omhelzing en gaf haar seksloze luchtkusjes met de woorden: 'Je ziet er schitterend uit, Helen.'

'Dank je, schat,' zei ze met een blik omlaag op haar rode, mouwloze jurk. 'Vind je hem mooi? Chanel.'

'Prachtig, adembenemend.'

'Dank je, dahling.' Ze kwam uit een klein stadje in Georgia en zag zichzelf graag als een echte Zuidelijke belle. Haar '*darling*' klonk als 'dahling'.

Ze boog zich voorover, fronste en zei: 'Je ziet er moe uit, rechtertje. Donkere kringen om je ogen. Heb je weer last van slapeloosheid?'

Hij had nooit last gehad van slapeloosheid, maar antwoordde: 'Tja. Drukke agenda in de rechtbank.' Hij was te beleefd om te zeggen: 'Nou, Helen, als we zo gaan beginnen: ik zie een extra rolletje in die oude taille. Toch niet zo slank als je denkt.'

Het leuke van Helen, en iets wat hij zeer bewonderde, was dat ze nooit ophield met proberen. Ze was altijd op dieet, shopte de nieuwste mode, bestudeerde de volgende chirurgische alternatieven, kocht de duurste make-up en bracht die smaakvol aan. Ze beweerde dat ze op de perfecte vrouwen-Viagra wachtte zodat ze weer als een tiener met iemand het bed in kon duiken. Daar hadden ze allebei om gelachen, want seks was een onderwerp dat ze uit de weg gingen.

Ze werkte er zo hard aan om er goed uit te zien dat hij nooit iets kon zeggen waardoor haar enorme ego een knauw kreeg. Hij keek naar haar voeten, nooit een saaie bedoening, en moest lachen om haar panterprint. 'Wat een heerlijk hoerige hakken,' zei hij met een lach. 'Jimmy Choo?'

'Altijd, dahling.'

Ze groetten Melba en verlieten het huis. Zoals altijd zouden ze haar Mercedes nemen, want Helen was zo'n snob dat ze het vernederend vond als ze op de countryclub zou arriveren en in een Ford gezien zou worden. Bannick hield het portier aan de passagierskant voor haar open en ging daarna zelf achter het stuur zitten. Het was al tien over halfacht en het was een kwartier rijden naar de club. Ze babbelden over zijn drukke week, haar kleinkinderen in Orlando – een waardeloos zootje ongeregeld met problemen die alleen konden ontstaan door serieus veel geld – en na zo'n tien minuten in het verkeer zei ze: 'Het lijkt wel of je je ergens zorgen over maakt. Wat is er?'

'Niks, hoor. Ik verheug me gewoon op een verrukkelijk avondmaal met rubberen kip en koude doperwten.'

'Zo slecht is het nou ook weer niet. Maar het lijkt wel of er geen enkele chef lang blijft.'

Ze waren allebei lid en wisten hoe het werkelijk zat. Iedere nieuwe chef-kok kookte ongeveer zes maanden voordat hij ontslagen werd. Ze vonden het stuk voor stuk onmogelijk om tegemoet te komen aan de precieze wensen van een chic publiek dat zichzelf ervan overtuigd had dat ze heel veel verstand hadden van lekker eten en goede wijn.

De Escambia Country Club was honderd jaar oud en had vijfhonderd leden, met nog honderd gegadigden op de wachtlijst. Het was dé countryclub in de omgeving van Pensacola en de plek waar iedere welgestelde familie bij wilde horen. En ook degenen die nog aan het opklimmen waren. De club bevond zich in een baai met water aan drie kanten van de grote zaal. Gemanicuurde fairways glooiden in verschillende richtingen. Het hele complex, van de meanderende, lommerrijke oprijlaan tot aan de tachtig hectare perfecte begroeiing, riekte naar oud geld en exclusiviteit.

De ingang was onder een prachtige zuilengang waar de leden arriveerden in Duitse auto's en werden begroet door portiers in smoking. Er ontbrak alleen nog een rode loper voor deze geluksvogels. Helen vond het heerlijk om te zeggen: 'O, goedenavond, Herbert,' als hij het portier openmaakte, haar hand pakte en haar uit de auto hielp, zoals hij al jaren deed. Toen ze de oude Herbert eenmaal had afgeschud, pakte ze rechter Bannick bij de elleboog en schreed door de schitterende foyer, waar obers rondliepen met dienbladen met champagne. Helen viel er praktisch een aan om een drankje te bemachtigen, en dat was niet haar eerste van die dag. De rechter pakte een glas bruisend water. Hij had nog een lange nacht en een nog langere zondag voor de boeg.

Ze gingen al snel op in een menigte van kapitaalkrachtige leden van de beau monde, de mannen in de vereiste kostuums met das, de dames in allerlei designerkleding. De ouderen onder hen gaven de voorkeur aan nauwsluitende stoffen, gevaarlijk diepe decolletés en geen mouwen, alsof ze zo veel mogelijk ouder wordend vlees wilden tonen om te bewijzen dat ze nog steeds seksueel aantrekkelijk waren. De jongere dames, een kleine minderheid, leken tevreden met hun figuur en hadden niet de behoefte om alles uit te stallen. Iedereen praatte en lachte door elkaar terwijl de menigte langzaam voortkroop door een brede hal met dikke tapijten en grote portretten aan de wanden. In de grote eetzaal liepen ze tussen enorme ronde tafels door en vonden de hun toegewezen plek. Er was die avond geen spreker en geen podium, en er waren geen hoofdtafels voor sponsors. Aan de andere kant van de zaal begon achter een dansvloer een band hun instrumenten te stemmen.

De rechter en Helen gingen bij acht mensen zitten die ze goed kenden, vier andere stellen die allemaal keurig getrouwd waren, maar niemand maakte zich druk om de tafelschikking. Een arts, een architect, een ondernemer, en hun echtgenotes. En één man, de oudste aan tafel, die elke avond met zijn vrouw in de club kwam eten en naar zeggen meer geld had geërfd dan alle anderen bij elkaar hadden. De wijn vloeide rijkelijk en de gesprekken werden luidruchtig.

Rechter Bannick draaide de knop om, en nog eens, en dwong zichzelf om te lachen, te glimlachen en luidkeels te praten over onbenullige zaken. Maar soms voelde hij het gewicht van de toekomst, de onzekerheid over de mail van maandag, de angst om helemaal te worden uitgekleed en te worden ontmaskerd, en dan gleed hij weg in overpeinzingen. Het was onmogelijk om niet de zaal rond te kijken naar de vrienden, de leiders, de mensen die hij altijd had gekend en bewonderd, zonder zich af te vragen: wat zullen ze zeggen?

Hij, gehuld in Zegna, dik bevriend met de rijken, was een zeer gerespecteerde rechter, bewonderd door belangrijke mensen, en hij was ook – tenminste, naar zijn mening – de geniaalste moordenaar in de Amerikaanse geschiedenis. Hij had de anderen bestudeerd. Allemaal schurken. Sommigen regelrecht dom.

Hij zei bij zichzelf dat hij het van zich af moest zetten, en beantwoordde een vraag over een olievlek in de Golf. Een deel van de ruwe olie kroop richting Pensacola en er werd alarm geslagen. Ja, hij voorzag dat er heel wat geschillen zouden zijn in de nabije toekomst. Je kent de aanklagers, zei hij, die beginnen al een rechtszaak op het moment dat de olie in zicht is, en waarschijnlijk nog eerder. De gelekte olie was voorpaginanieuws en een tijdlang ondervroeg de hele tafel de Edelachtbare over wie wie zou kunnen aanklagen. Dat ging voorbij; de vrouwen verloren hun belangstelling en vervolgden hun eigen gesprekken terwijl het eten geserveerd werd.

Het bedienende personeel was goed getraind en efficiënt, en niemands wijnglas werd overgeslagen, vooral dat van Helen niet. Zoals gewoonlijk klokte ze aardig wat chardonnay weg en ze werd steeds luidruchtiger. Tegen tienen zou ze dronken zijn en dan zou hij haar weer eens met hulp van Melba het huis in moeten rollen.

Hij vond het prima om te zwijgen en naar de anderen te luisteren. Hij keek de grote zaal rond, lachte en knikte en begroette wat vrienden. De sfeer was feestelijk, wild zelfs, en iedereen droeg mooie kleren. De vrouwen waren perfect gekapt. Die van veertig jaar en ouder hadden allemaal dezelfde neus en kin, dankzij het handwerk van dr. Rangle, de meest gewilde facelifter in de Florida Panhandle. Hij zat twee tafels verderop met zijn tweede vrouw, een adembenemende blondine van onbestemde leeftijd, al werd er gezegd dat ze begin dertig was. Als Rangle niet in vrouwen aan het snijden was, ging hij met ze naar bed; ze vonden hem onweerstaanbaar en zijn seksuele uitspattingen waren de bron van eindeloos schunnige roddels in de stad.

Bannick kon de man niet uitstaan, wat ook voor veel echtgenoten gold, maar benijdde hem stiekem wel om zijn libido. En om zijn huidige vrouw.

Er waren twee mensen in de zaal die hij graag zou vermoorden. Rangle was de tweede. De eerste was een bankier die hem een lening had geweigerd toen hij op zijn dertigste zijn eerste kantoorgebouw wilde kopen. De man had gezegd dat Bannicks banksaldo te laag was en dat de kans dat hij als advocaat dik ging verdienen te onwaarschijnlijk was. De stad was al doordrenkt van middelmatig juridisch talent en de meeste doorsneetypes rondom de rechtbank konden nauwelijks rondkomen. Als typische bankier dacht hij dat hij alles wist. Bannick kocht een ander gebouw, zette het vol met huurders en kocht er nog een. Toen zijn advocatenkantoor opbloeide, werd hij lid van de countryclub en negeerde de bankier. Terwijl hij op zijn negenendertigste werd gepromoveerd tot rechter kreeg de bankier een beroerte en moest met pensioen.

Nu zat hij aan een hoektafeltje, oud en verschrompeld, en kon hij alleen nog maar tegen zijn vrouw mompelen. Het was treurig en hij verdiende medelijden, een emotie die Bannick vreemd was.

Maar het zou te riskant zijn om hem of Rangle te vermoorden. Een lokaal misdrijf in een klein stadje. En hun misstappen stelden weinig voor in vergelijking met de anderen. Hij had nooit serieus overwogen om ze op de dodenlijst te zetten.

Het diner liep op zijn einde en de band begon zachtjes te spelen, voornamelijk oude Motown-hits waar het publiek dol op was. Een paar popelende stellen gingen al tijdens het dessert de dansvloer op. Helen hield van dansen en Bannick kon zich ook wel staande houden. Ze sloegen de taart over, maakten hun entree en swingden en zwierden zich door verscheidene nummers van Stevie Wonder en Smokey Robinson. Maar na een paar nummers was ze uitgedroogd en wilde ze iets drinken. Hij liet haar bij haar vriendinnen aan tafel zitten en ging naar buiten, naar de patio, waar de mannen zware sigaren rookten en whisky dronken.

Hij was blij toen hij Mack MacGregor in zijn eentje aan de kant zag staan, met een glas in zijn ene hand en een telefoon in de andere. Na tien jaar op de rechterstoel kende Bannick iedere advocaat tussen Pensacola en Jacksonville, en ook vele anderen, en Mack was altijd een van zijn favorieten geweest.

Ze hadden allebei rond dezelfde tijd bij lokale advocatenkantoren gewerkt en waren daarna voor zichzelf begonnen. Mack was dol op de rechtszaal en werd algauw een begenadigd en gewilde pleitbezorger. Hij was een van de weinige advocaten die een zaak vanaf het begin kon oppakken – de verwonding of de dood – en dan net zo lang door kon gaan tot hij een succesvol vonnis had. Hij was echt een procesadvocaat, niet eentje die joeg op het kruimelwerk, en hij deed ook strafzaken. Bannick had van dichtbij gezien hoe hij werkte, maar hij had nooit kunnen geloven dat hij op een dag zelf Macks diensten nodig zou hebben.

De afgelopen drie dagen had hij zichzelf er veel te vaak op betrapt dat hij aan Mack dacht. Als de hel losbarstte, en Bannick dacht nog steeds dat dat niet zou gebeuren, zou Mack de eerste zijn die hij belde.

'Avond, rechter,' zei Mack, en hij borg zijn telefoon op. 'Ben je je meisje kwijt?'

'Die moest even plassen. Wie is jouw scharreltje vanavond?'

'Een nieuwe, echt een schatje. Heeft mijn secretaresse geregeld.' Mack was al een jaar of tien gescheiden en stond erom bekend dat hij op jacht was.

'Wat een schoonheid.'

'Dat is alles, geloof me.'

'Dat is genoeg, toch?'

'Het kan ermee door. Wie krijgt die zaak van die tikibar in Fort Walton?'

'Weet ik nog niet. Dat beslist rechter Watson. Wil jij hem?'

'Misschien wel.'

Een maand daarvoor waren twee bikers uit Arizona op de vuist gegaan in een goedkope tent bij Fort Walton Beach, aan het water. Het ging van vuisten naar messen naar pistolen, en toen het glas niet meer in het rond spatte, waren er drie mensen dood. De bikers sloegen op de vlucht, maar werden in de buurt van Panama City Beach gepakt.

Volgens het principe dat iedereen die wordt beschuldigd van een ernstig misdrijf recht heeft op een goede advocaat, wierpen Mack en zijn partner zich elk jaar op voor minstens één pro-Deomoordzaak. Daardoor bleven ze in de rechtszaal en bleven ze scherp. Bovendien gaf het wat pit aan hun alledaagse praktijk. Mack hield van de grove, vaak gruwelijke details van een goede moordzaak. Hij vond het leuk om in de gevangenis rond te hangen. Hij genoot ervan om mensen te leren kennen die tot moord in staat waren.

'Het klinkt echt als een zaak voor jou.'

'Het leven is nogal saai op dit moment.'

Nou, Mack, dat zou binnenkort weleens kunnen veranderen voor ons allebei, dacht Bannick bij zichzelf. 'Als je het pro Deo wilt doen, kan ik wel wat regelen.'

'Ik zal het even op kantoor bespreken. Ik bel je maandag. Waarschijnlijk geen doodstrafzaak, toch?'

'Nee. Het was absoluut geen voorbedachten rade. Het lijkt erop dat een stelletje idioten dronken werd en begon te vechten. Ben je al olievlekzaken aan het binnenhalen?'

'We krijgen ons deel wel,' zei Mack met een lach. 'De halve balie zit nu in bootjes in de Golf, op zoek naar ruwe olie. Het wordt een goudmijn.'

'En een milieuramp.'

Ze doodden de tijd door verhalen uit te wisselen over advocaten die ze kenden en de rechtszaken die ze najoegen. Mack haalde een leren sigarenkoker tevoorschijn en bood hem een Cohiba aan. Beide mannen staken er een op en vonden wat whisky. Ze lieten de advocatenpraatjes voor wat ze waren en gingen over op het prettigere onderwerp van jongere vrouwen. Na een tijdje vermoedde rechter Bannick dat zijn date naar hem op zoek was. Hij zei Mack gedag en terwijl hij wegliep, hoopte hij dat hij de advocaat niet snel weer zou zien.

26

De overdracht ging wankel, zoals altijd. Zelfs op blote voeten was Helen onstabiel toen ze over de stenen van de patio achter haar huis schuifelden. 'Kom binnen voor een afzakkertje, dahling,' kirde ze tussen het hijgen door.

'Nee, Helen, het is allang bedtijd geweest en ik heb barstende koppijn.'

'Wat een geweldige band was het, hè? Wat een heerlijke avond.'

Melba stond bij de deur te wachten en maakte die voor hen open. Bannick gaf haar de hoge hakken en gaf haar daarna Helen, waarna hij zich omdraaide en wegliep. 'Ik moet gaan, schat, ik bel je morgenochtend wel.'

'Maar ik wil een borrel.'

Bannick schudde zijn hoofd, keek meewarig naar Melba en haastte zich naar zijn SUV. Hij reed naar het winkelcentrum en parkeerde in de buurt van andere auto's bij de bioscoop. Hij liep naar zijn andere kamer, werkte zich door alle beveiligingsscanners heen, en nadat hij zich had bevrijd van zijn kostuum en zijn das trok hij sportkleding aan. Een halfuur nadat hij afscheid had genomen van Helen, zat hij een espresso te drinken en ging hij helemaal op in het darkweb, waar hij Rafes nieuwste avonturen traceerde.

De waakzaamheid was tijdrovend en leverde meestal niets op. Hij gebruikte nog steeds Maggotz en stuurde Rafe op pad om hier en daar te trollen, terwijl hij de politiedossiers van zijn zaken bekeek. Tot nu toe was het geen enkel politiebureau gelukt om met succes hun data en hun netwerk te beveiligen met een firewall. Sommige waren makkelijker te hacken dan andere, maar er was er niet een heel erg lastig geweest. Hij stond nog steeds te kijken van de lakse, zwakke beveiliging die gebruikt werd door de meeste county- en stadsbesturen. Negentig procent van alle datalekken kon met heel weinig moeite worden voorkomen. Standaardwachtwoorden als 'Admin' en 'Wachtwoord' werden heel vaak gebruikt.

Het moeizamere werk was het bijhouden van de slachtoffers. Er waren tien groepen, tien families die hij had verwoest. Vaders en moeders, echtparen, kinderen, broers en zussen, ooms en tantes. Hij had geen medelijden met hen. Hij wilde gewoon dat ze weg zouden gaan.

De persoon die hem in de gaten hield was geen politieagent, geen privédetective, geen truecrimeschrijver die op zoek was naar een kick. De persoon was een slachtoffer dat vele jaren daar in zijn schaduw had rondgeslopen en had gekeken, informatie had verzameld, zijn gangen was nagegaan.

Er was een nieuwe realiteit gekomen en in al zijn genialiteit zou hij daar wel mee afrekenen. Hij zou het slachtoffer vinden en de brieven tegenhouden. Die gekke gedichten tegenhouden.

Hij had de families van Eileen Nickleberry, Perry Kronke, Lanny Verno en Mike Dunwoody uitgesloten. Hij ging terug naar het begin, naar de triomf die hem de grootste voldoening gaf. Hij opende het dossier van Thad Leawood en keek naar de foto's: wat oude zwart-witkiekjes van zijn scoutingtijd, een van de hele groep op een jamboree, een die door zijn moeder genomen was bij een prijsuitreiking – Ross die trots stond te kijken in zijn mooie uniform met een medaille aan een lint vol kleurige cirkels, Leawood met een arm om hem heen. Hij bestudeerde de gezichten van de andere scouts, zijn beste vrienden, en vroeg zich zoals altijd af hoeveel anderen er door Leawood misbruikt waren. Hij was te bang geweest om het te vragen, om te vergelijken. Walt Sneed had ooit opgemerkt dat Leawood iets te veel aanraakte en knuffelde voor jongens van twaalf, en hij had hem een engerd genoemd, maar Ross had verder niets durven zeggen.

Hoe kon een schijnbaar normale jongeman een kind verkrachten, een jongen? Al die jaren later haatte hij Leawood nog steeds. Hij had geen idee gehad dat een man zulke dingen kon doen.

Hij ging verder, voorbij de foto's – altijd pijnlijk – en kwam bij de stamboom, of wat daarop leek. In Leawoods korte overlijdensbericht stonden de namen van zijn nabestaanden: zijn ouders, een oudere broer, geen vrouw. Zijn vader was in 2004 overleden. Zijn moeder was achtennegentig, ze was haar verstand verloren en woonde in een goedkoop verzorgingstehuis in Niceville. Hij had vaak overwogen om haar voor de lol ook uit de weg te ruimen, gewoon vanwege de voldoening om wraak te nemen op de vrouw die Thad Leawood op de wereld had gezet.

Er waren zoveel doelwitten die hij door de jaren heen in overweging had genomen.

De broer, Jess Leawood, was kort nadat de geruchten over het misbruik ontstonden uit de streek vertrokken en had zich gevestigd in Salem, in Oregon, waar hij inmiddels al minstens vijfentwintig jaar woonde. Hij was achtenzeventig, gepensioneerd en weduwnaar. Zes jaar eerder had Bannick Jess met een wegwerptelefoon opgebeld en gezegd dat hij een misdaadschrijver was en dat hij wat oude politiedossiers uit Pensacola aan het doorspitten was. Wist Thads familie dat hij vroeger kinderen had misbruikt? Er werd opgehangen, het telefoontje was voorbij. Het diende alleen maar om een Leawood af te straffen.

Voor zover Bannick wist, had Jess geen contact meer met zijn geboortestad. Dat kon hij hem niet kwalijk nemen.

Het laatste gedicht ging over Danny Cleveland, de voormalig verslaggever van de *Pensacola Ledger*. Hij was eenenveertig geweest toen hij stierf, hij was gescheiden en had twee kinderen in de tienerleeftijd. Zijn familie haalde hem voor de begrafenis terug naar Akron. Volgens hun social media was zijn dochter nu derdejaars aan de universiteit van Western Kentucky, en zijn zoon zat in het leger. Het leek onmogelijk dat ze oud genoeg waren om een ingewikkeld plan in elkaar te zetten om een geniale seriemoordenaar op te sporen. En hij kon er veilig van uitgaan dat het zijn ex-vrouw niks kon schelen wie hem had vermoord.

Hij scrolde door de andere dossiers. Ashley Barasso, het enige meisje op wie hij ooit verliefd was geweest. Ze hadden elkaar tijdens hun rechtenstudie ontmoet en hadden een heerlijke affaire, die abrupt eindigde toen ze hem dumpte voor een footballspeler. Hij was er kapot van en droeg de wonden zes jaar lang met zich mee, tot hij haar te pakken kreeg. Toen ze eindelijk stil was, verdween zijn pijn als sneeuw voor de zon en was zijn gebroken hart geheeld. Ze stonden quitte. Haar man gaf interviews en loofde een beloning van vijftigduizend dollar uit, maar die werd nooit opgeëist en hij ging verder met zijn leven. Hij hertrouwde vier jaar later, kreeg nog een paar kinderen en woonde in de buurt van D.C.

Preston Dill was een van zijn eerste cliënten geweest. Zijn vrouw en hij wilden een scheiding met onderlinge toestemming, maar konden zijn honorarium van vijfhonderd dollar niet bij elkaar schrapen. De twee hadden een bloedhekel aan elkaar en hadden al nieuwe huwelijkskandidaten klaarstaan, maar advocaat Bannick weigerde hen voor de rechter te laten komen zolang hij niet betaald werd. Vervolgens beschuldigde Preston hem ervan dat hij met zijn vrouw naar bed ging en ontplofte de boel. Preston diende een aanklacht in bij de balie van de staat, een van de vele door de jaren heen. Zijn spelletje was dat hij een advocaat inhuurde, die niet betaalde, en vervolgens klaagde dat het werk niet gedaan werd. Al Dills aanklachten werden nietig verklaard. Vier jaar later vonden ze hem op een vuilstortplaats in de buurt van Decatur in Alabama. Zijn familie woonde her en der verspreid over het land, was onbeduidend en waarschijnlijk niet argwanend.

Dan was er professor Bryan Burke, overleden op de leeftijd van tweeënzestig jaar. Zijn lichaam was gevonden aan de rand van een smal pad niet ver van zijn mooie huisje in de buurt van Gaffney, in South Carolina. Het was in het jaar 1992. Nu Bannick naar zijn foto in het jaarboek van de rechtenfaculteit keek, kon hij bijna zijn diepe bariton horen, die door de collegezaal klonk. 'Vertel ons eens iets over deze zaak, meneer...' en dan zweeg hij altijd even, en dan krompen ze allemaal ineen en hoopten vurig dat iemand anders de beurt kreeg. Uiteindelijk bewonderden de studenten professor Burke allemaal, maar daarvoor bleef Bannick niet lang genoeg. Na zijn zenuwinzinking, die hij regelrecht aan Burke toeschreef, verhuisde hij naar Miami en begon zijn wraak uit te dokteren.

Burke had twee volwassen kinderen. Zijn zoon, Alfred, werkte voor een techbedrijf in San Jose, was getrouwd en had drie kinderen. Tenminste, zo was het geweest tijdens de laatste update, zo'n achttien maanden geleden. Bannick spitte nog wat verder en kon Alfreds huidige baan niet vinden. Er woonde nu iemand anders op zijn adres. Blijkbaar was hij van baan veranderd en verhuisd. Bannick vervloekte zichzelf omdat hij dat niet eerder had ontdekt. Hij deed er een uur over om erachter te komen dat Alfred nu in Stockton woonde, werk onbekend.

Burkes dochter was Jeri Crosby, zesenveertig, gescheiden, één kind. Volgens zijn laatste update woonde ze in Mobile en doceerde ze politicologie aan de universiteit van South Alabama. Hij ging naar de website van de universiteit en zag dat ze er nog steeds werkte. Gek genoeg stonden er foto's van alle hoogleraren van de faculteit Politicologie en Strafrecht, maar niet een van haar. Ze was blijkbaar erg op zichzelf.

In een vorig dossier stond dat ze een bachelordiploma van Stetson en een masterdiploma van Howard in D.C. had, en dat ze aan de universiteit van Texas was gepromoveerd in de politicologie. Ze was in 1990 met Roland Crosby getrouwd, had binnen een jaar een kind, en scheidde zes jaar later van hem. In 2009 trad ze in dienst bij de faculteit van South Alabama.

De link met Mobile was intrigerend. De detective die door de persoon was ingehuurd, Rollie Tabor, was gevestigd in Mobile.

Bannick stuurde Rafe terug naar de gegevens van Hertz en viel op de bank in slaap.

Om drie uur 's nachts werd hij wakker door de wekker, na twee uur slaap. Hij plensde wat water in zijn gezicht, poetste zijn tanden, trok een spijkerbroek en sneakers aan en deed de Kluis en de buitendeur op slot. Hij verliet de stad via Highway 90 langs het strand en tankte bij een benzinestation dat dag en nacht open was, waar ze nog contant geld accepteerden en waar slechts één beveiligingscamera hing. Nadat hij de auto had volgetankt, parkeerde hij in het donker naast de shop en verwisselde zijn nummerborden. Op de meeste tolwegen in Florida werd elk voertuig inmiddels gefotografeerd. Hij nam een uitgestorven provinciale weg naar het noorden, reed Interstate 10 op, zette zijn cruisecontrol op honderdtwintig kilometer per uur en bereidde zich voor op een lange dag. Hij moest bijna duizend kilometer rijden en had genoeg tijd om na te denken. Hij dronk sterke koffie uit een thermosfles, nam een pil en probeerde te genieten van de eenzaamheid.

Hij had miljoenen kilometers afgelegd in het donker. Negen uur was niks. Koffie, amfetaminen en heel soms wat goede muziek. Met het juiste mengsel kon hij dagen achtereen rijden.

Dave Attison was een medecorpslid geweest aan de universiteit van Florida, een corpsbal die altijd hevig aan het feesten was, maar ook bijna als beste van zijn jaar afstudeerde. Hij en Ross hadden twee jaar een studentenkamer en heel wat katers gedeeld. Ze gingen ieder hun eigen weg; de een studeerde rechten en de ander tandheelkunde. Dave studeerde af in de endodontie en werd een vooraanstaand tandarts in de buurt van Boston. Vijf jaar eerder was hij de sneeuw en de lange winters zat geweest en was hij teruggekeerd naar zijn geboortestaat, waar hij een praktijk in Fort Lauderdale kocht en succesvol was, terwijl hij alleen maar wortelkanaalbehandelingen voor duizend dollar per keer deed.

Hij had Ross niet meer gezien sinds hun reünie ter ere van het twintigjarig jubileum, zeven jaar daarvoor in een resort in Palm Beach. De meeste van de oude Pi Kappa Alpha's hielden trouw contact via e-mail en appjes, maar niet allemaal. Ross had nooit veel belangstelling gehad om de groep te blijven volgen. Maar nu kwam hij uit het niets langs en wilde snel even borrelen. Op zondagmiddag. Hij logeerde in het Ritz-Carlton en ze spraken af in de bar bij het zwembad.

Ross zat te wachten toen Dave kwam aanlopen. Ze omhelsden elkaar als de oude kamergenoten die ze waren, en bekeken onmiddellijk elkaars grijze haar en taille. Ze waren het er allebei over eens dat de ander er prima uitzag. Na een paar rotopmerkingen over en weer kwam de ober en bestelden ze een drankje.

'Wat brengt jou hier?' vroeg Dave.

'Ik kom wat appartementen bekijken in East Sawgrass.'

'Koop je appartementen?'

'Wij. Een groep investeerders. We kopen overal spul op.'

'Ik dacht dat je rechter was.'

'Terecht gekozen in het Twenty-Second Judicial District. Nu tien jaar op de rechterstoel. Maar in Florida verdient een rechter honderdzesenveertigduizend dollar per jaar, niet bepaald de weg naar rijkdom. Ik ben twintig jaar geleden begonnen met het kopen van huurwoningen. Ons bedrijf is langzaam gegroeid en we doen het goed. En jij?'

'Heel goed, dank je. Er is hier een niet-aflatende stroom van pijnlijke kiezen.'

'Vrouw en kinderen?' Ross wilde het gezinsleven ter sprake brengen voordat Dave daar de kans voor kreeg, deels om te laten zien dat hij daar niet bang voor was. Sinds hun studententijd had hij het vermoeden dat zijn medestudenten twijfels over hem hadden. Het incident met Eileen was legendarisch. Hoewel hij later loog dat hij andere meisjes had, had hij hun argwaan altijd gevoeld. Het feit dat hij nooit getrouwd was, hielp niet echt mee.

'Alles goed. Mijn dochter is in Florida en mijn zoon zit op de middelbare school. Roxie tennist vijf keer per week en valt me niet lastig.'

Volgens een andere Pi Kappa Alpha was zijn huwelijk met Roxie verre van stabiel. Ze waren om de beurt bij elkaar weggegaan. Als hun zoon het huis uit ging, zouden ze waarschijnlijk de handdoek in de ring gooien.

De koude biertjes werden gebracht en ze tikten hun glazen tegen elkaar aan. Er kwam een bijzonder fraaie bikini langsparaderen en die bekeken ze van top tot teen.

'Die goeie ouwe tijd,' zei Ross vol bewondering.

'We zijn bijna vijftig, besef je dat?'

'Helaas wel.'

'Denk je dat we ooit zullen ophouden met kijken?'

'Zolang ik adem, blijf ik kijken,' zei Ross, een herhaling van de mantra. Hij dronk zijn biertje langzaam, terwijl het lauwer werd. Hij wilde er maar een. De terugweg naar huis was weer negen uur.

Ze noemden over en weer wat namen van hun oude maten uit hun glorietijd. Ze lachten om de stomme dingen die ze gedaan hadden, de grappen die ze hadden uitgehaald, de dingen die bijna waren misgegaan. Het waren elke keer dezelfde praatjes van corpsballen op leeftijd.

Ross begon zijn fabeltje met: 'Ik had vorig jaar zo'n rare ontmoeting. Herinner je je Cora Laker nog, van Phi Mu?'

'Natuurlijk, leuk meisje. Is advocaat geworden, toch?'

'Klopt. Ik was in Orlando bij een overleg van de balie en kwam haar tegen. Ze is partner bij een groot advocatenkantoor in Tampa en doet het fantastisch. Ze ziet er nog steeds goed uit. We dronken iets, en toen nog iets. Op de een of andere manier begon ze over Eileen. Ik denk dat ze heel goed bevriend waren en ze kreeg het te kwaad. Ze zei dat de zaak nooit zal worden opgelost. Ze zei dat een of andere privédetective haar had opgespoord en met haar wilde praten over Eileen in haar tijd bij de studentenvereniging. Ze had opgehangen en dat was het dan, maar ze was wel nijdig omdat iemand haar gevonden had.'

Dave snoof en wendde zijn blik af. 'Ik heb ook een telefoontje gehad.'

Bannick slikte moeizaam. Dit snelle tripje, hoe zwaar ook, kon weleens iets opleveren. Hij vroeg: 'Over Eileen?'

'Ja, een jaar of drie, vier geleden. We woonden hier, misschien was het wel vijf jaar terug. Die dame zei dat ze misdaadschrijfster was en vroeg naar Eileens studententijd. Ze zei dat ze aan een boek over cold cases werkte. Vrouwen die gestalkt waren of zoiets.'

'Een vrouw?'

'Ja. Ze zei dat ze verschillende boeken had geschreven en bood aan dat ze me er een zou sturen.'

'En heeft ze dat gedaan?'

'Nee, ik heb opgehangen. Dat was een ander leven, Ross. Het is heel triest wat er met Eileen is gebeurd, maar ik kan er niks aan veranderen.'

Een vrouw. Die in zijn cold cases zat te wroeten. De lange rit en de even lange terugweg waren nu al de moeite waard.

'Wat raar,' zei Ross. 'Eén telefoontje maar?'

'Yep. Ik heb haar afgewimpeld. Trouwens, ik had haar toch niks te vertellen. We hebben destijds zoveel gefeest dat ik me niet alles meer kan herinneren. Veel te veel drank en wiet.'

'Die goeie ouwe tijd.'

'Heb je anders zin om te komen eten? Roxie kan nog steeds niet koken, maar we kunnen iets halen.'

'Dank je, Dave, maar ik heb straks een etentje met wat investeerders.'

Een uur later zat Bannick weer op de weg in het drukke verkeer van Interstate 95, met bijna duizend kilometer voor de boeg.

27

Sadelle was tien minuten te laat voor het maandagochtendoverleg en toen ze aan kwam rijden in haar elektrische rolstoel, zag ze eruit alsof ze nog dichter bij de dood was. Ze verontschuldigde zich en zei dat het goed ging. Lacy had al een paar keer geopperd dat ze een paar dagen vrij moest nemen om uit te rusten. Daar was Sadelle bang voor. Het werk hield haar op de been.

Darren begon met: 'We hebben alles gedaan wat we konden met de reisgegevens. We hebben eindelijk antwoord van Delta, nadat we nog een keer met een dagvaarding hadden gedreigd, dus hebben we nu alle maatschappijen. Delta, Southwest, American en Silver Air. We hebben alle vluchten vanuit Pensacola, Mobile, Tallahassee en zelfs Jacksonville met bestemming Miami en Fort Lauderdale gecheckt. De uitkomst is dat er in de maand voor de moord op Perry Kronke niemand met de naam Ross Bannick een vlucht naar het zuiden heeft genomen.'

Lacy zei: 'Je gaat ervan uit dat hij zijn echte naam heeft gebruikt.'

'Natuurlijk. We kennen niet toevallig een van zijn aliassen, of wel?'

Ze negeerde hem en dronk haar koffie. Hij vervolgde: 'Het is elf uur rijden van Pensacola naar Marathon, en ik hoef niet te zeggen dat het onmogelijk is om na te gaan of hij met de auto is gegaan.'

'Tolweggegevens?'

'Die bewaart de staat slechts zes maanden en daarna worden ze vernietigd. Trouwens, tolwegen zijn makkelijk te vermijden.'

'En hotels?'

Sadelle gromde terwijl ze haar longen probeerde te vullen met zuurstof en zei: 'Nog een speld in nog een hooiberg. Weet je hoeveel hotels er zijn in het zuiden van Florida? Duizenden. We hebben er honderd van de meest waarschijnlijke middenmoothotels uitgepikt en hebben niks gevonden. Er zijn er elf in en om Marathon. Niks.'

Darren zei: 'We verspillen tijd met dit soort graafwerk.'

Lacy merkte op: 'Dat heet onderzoek doen. Een paar van de beruchtste misdrijven zijn opgelost door kleine aanwijzingen die aanvankelijk onbeduidend leken.'

'Wat weet jij nou van het oplossen van beruchte misdrijven?'

'Niet veel, maar ik lees boeken over seriemoordenaars. Fascinerend.'

Sadelle haalde moeizaam adem en vroeg, nadat ze weer enigszins van zuurstof was voorzien: 'Gaan we ervan uit dat hij op en neer is gereden naar Biloxi voor de moord op Verno?'

'En Dunwoody. Ja, dat nemen we wel aan. Het is maar, wat, twee uur rijden?'

'Dat klopt wel ongeveer,' zei Darren. 'Dat is ook zo fascinerend. Als je naar alle acht de moorden kijkt, en ik weet dat we niet naar alle acht kijken maar naar slechts drie ervan, dan zijn die allemaal gepleegd op rijafstand van Pensacola. Danny Cleveland in Little Rock, acht uur rijden. Thad Leawood in de buurt van Chattanooga, zes uur rijden. Bryan Burke in Gaffney in South Carolina, acht uur rijden. Ashley Barasso in Columbus in Georgia, vier uur rijden. Perry Kronke in Marathon en Eileen Nickleberry in de buurt van Wilmington, allebei twaalf uur rijden. Hij hoefde niet te vliegen, geen auto's te huren en geen hotelkamers te betalen. Hij kon gewoon met de auto gaan.'

'Dat zijn alleen de moorden waar we van weten,' zei Lacy. 'Ik wed dat er meer zijn. En elke plaats delict was in een andere staat.'

Sadelle zei: 'Hij weet meer van moorden dan wij.'

'Omdat hij meer ervaring heeft,' voegde Darren eraan toe. 'En hij is slimmer.'

Lacy zei: 'Dat klopt, maar wij hebben Betty en die heeft hem opgespoord. Denk je eens in. Als ze gelijk heeft, heeft ze de moordenaar geïdentificeerd, iets wat een leger van moordrechercheurs niet gelukt is.'

'En iets waar wij niet voor uitgerust zijn, toch?' vroeg Sadelle.

'Nee, maar dat wisten we al vanaf het begin. Laten we verder ploeteren.'

Darren vroeg: 'En wanneer stappen we naar de politie?'

'Binnenkort.'

De twee rechercheurs van de staatspolitie belden stipt om acht uur aan, zoals gevraagd. Ze droegen donkere pakken, reden in een donkere auto, hadden bij elkaar passende donkere pilotenzonnebrillen op, en iedereen kon al van honderd meter afstand zien dat ze agenten van welke soort dan ook waren.

Ze waren naar het huis van een circuitrechter gestuurd, een ongebruikelijke aangelegenheid. Ze hadden vele rechters ontmoet, maar altijd in de rechtszaal, nooit bij hen thuis.

Rechter Bannick was een en al glimlach toen hij hun voorging naar zijn ruime keuken en twee koppen koffie inschonk. Op tafel lag een witte standaardenvelop, geadresseerd aan de rechter in het huis waar ze nu stonden. Hij wees ernaar en zei: 'Die kwam zaterdag met de post, hier thuis, in de brievenbus bij de voordeur. De derde in een week. In elk ervan zat een brief die met de typemachine geschreven is, duidelijk door een gestoorde persoon. Ik hou de brieven voorlopig voor mezelf. Deze derde is verreweg de meest bedreigende. Toen ik deze zag, nadat ik de eerste twee had aangeraakt en opengemaakt, was ik voorzichtiger. Ik heb handschoenen aangetrokken en heb de envelop en de brief zo min mogelijk aangeraakt. Ik weet zeker dat de postbode ze alle drie heeft aangeraakt.'

Inspecteur Ohler zei: 'Waarschijnlijk wel.'

'Ik heb geen idee wat jullie zullen vinden, maar er zullen ongetwijfeld vingerafdrukken op zitten van de postbode, niet van mij, en als we geluk hebben heeft deze gek er ook iets op achtergelaten.'

'Vast wel, meneer de rechter.'

Inspecteur Dobbs pakte een plastic zak en schoof voorzichtig de envelop erin. Hij zei: 'We gaan er meteen mee aan de slag. Mogen we vragen hoe dringend het is?'

'Hoe serieus is de bedreiging?' vroeg Ohler.

'Nou, ik neem niet meteen een pistool mee als ik het huis verlaat, maar het zou wel heel prettig zijn om te weten wie hierachter zit.'

'Hebt u iemand in gedachten?' vroeg Dobbs.

'Niet echt. Ik bedoel, er zijn altijd wel een paar mafkezen die iedere rechter een brief sturen, maar ik heb geen specifieke persoon in gedachten.'

'Goed. We brengen het vandaag nog naar het misdaadlab. Morgen weten we of er goede vingerafdrukken op zitten. Zo ja, dan proberen we ze te matchen.'

'Bedankt, heren.'

Terwijl ze wegreden, vroeg Ohler peinzend: 'Vraag jij je ook af waarom hij ons die drie brieven niet liet zien?'

'Dat vroeg ik me ook af, ja,' antwoordde Dobbs. 'Hij wil duidelijk niet dat we ze zien.'

'En die twee andere enveloppen?'

'Die heeft hij aangeraakt, dus zitten zijn vingerafdrukken er ongetwijfeld op.'

'En we hebben zijn vingerafdrukken, toch?'

'Zeker. Van iedere advocaat worden vingerafdrukken afgenomen voordat hij beëdigd wordt.'

De seconden tikten weg en ze verlieten de omheinde buurt. Op de snelweg vroeg Ohler: 'Hoe groot is de kans dat we bruikbare vingerafdrukken vinden op de envelop?'

'Ik zeg nul. Mafkezen die anonieme brieven posten, zijn slim genoeg om handschoenen te dragen en andere voorzorgsmaatregelen te nemen. Dat is geen hogere wiskunde.'

Ohler zei: 'Ik heb een voorgevoel.'

'Te gek. Weer een voorgevoel. Vertel.'

'Hij weet wie het is.'

'Waar baseer je dat op?'

'Nergens op. Het is een voorgevoel. Voorgevoelens hoeven nergens op gebaseerd te zijn.'

'Vooral die van jou niet.'

Een uur later parkeerde rechter Bannick op de voor hem gereserveerde parkeerplaats naast de rechtbank van Chavez County en liep door de achterdeur naar binnen. Hij maakte een praatje met Rusty en Rodney, de oude conciërgetweeling die zoals altijd gekleed ging in identieke overalls, en hij nam de achterste trap naar de eerste verdieping, waar hij de afgelopen tien jaar oppermachtig had geregeerd. Hij wenste zijn staf een goedemorgen en vroeg Diana Zhang, sinds jaar en dag zijn secretaresse en zijn enige echte vertrouweling, met hem mee te gaan naar zijn kantoor. Hij deed de deur achter zich dicht, vroeg haar plaats te nemen en zei ernstig: 'Diana, ik heb verschrikkelijk nieuws. Er is darmkanker bij me vastgesteld, stadium vier, en het ziet er niet goed uit.'

Ze was te verbouwereerd om te antwoorden. Haar adem stokte en ze begon onmiddellijk haar ogen te deppen.

'Ik heb de kans om te vechten, en er gebeuren altijd wonderen.'

Ze wist met moeite uit te brengen: 'Wanneer ben je erachter gekomen?' Ze keek hem met betraande ogen aan en zag weer hoe moe en mager hij eruitzag.

'Ongeveer een maand geleden. Ik heb de afgelopen twee weken met artsen in het hele land gesproken en ik heb besloten een alternatieve behandeling te volgen in een kliniek in New Mexico. Meer kan ik je op dit moment niet vertellen. Ik heb opperrechter Habberstam al geïnformeerd dat ik met ingang van vandaag zestig dagen verlof opneem. Hij zal mijn zaken voorlopig aan andere rechters toewijzen. Jij en de anderen worden volledig uitbetaald zonder al te veel te hoeven doen.' Hij kon het opbrengen om te glimlachen, maar ze was te geschokt om terug te lachen.

'Het zal hier de komende twee maanden een stuk rustiger worden. Ik zal voortdurend contact houden en zorgen dat het goed met jullie gaat.'

Diana wist niet waar ze het zoeken moest. Hij had geen vrouw, geen kinderen, niemand naar wie ze toe kon gaan met eten en geschenken en medeleven. Ze mompelde: 'Ga je daarnaartoe of blijf je hier?'

'Afwisselend. Zoals ik al zei, ik blijf contact houden en je kunt me altijd bellen. Ik zal af en toe langskomen om te kijken hoe het met je gaat. Als ik doodga, duurt dat nog wel een paar maanden.'

'Hou op!'

'Oké, oké. Ik ga voorlopig nog niet dood, maar het kan wel een pittige strijd worden de komende paar maanden. Ik wil dat je al mijn advocaten belt en hun meedeelt dat hun zaken worden opgepakt door andere rechters. Als ze vragen waarom, zeg dan maar gewoon dat het wegens ziekte is. Ik ga over een paar minuten weg en wil graag dat jij dan de anderen op de hoogte stelt. Ik wil ze liever niet onder ogen komen.'

'Ik kan het niet geloven.'

'Ik ook niet. Maar het leven is niet eerlijk, hè?'

Hij liet haar snikkend achter en liep zonder nog een woord te zeggen weg. Hij reed naar een GM-dealer in Pensacola, waar hij van auto ruilde en een nieuwe Chevrolet Tahoe leasede. Hij tekende een stapel papieren, schreef een cheque uit van een van zijn vele rekeningen en wachtte tot ze zijn oude nummerborden op zijn nieuwe SUV schroefden. Hij vond het zilvergrijs lelijk, maar wilde zoals altijd iets waarmee hij niet opviel.

Hij ging op de zachtleren stoel zitten en snoof de sterke nieuwe-autogeur op. Hij speelde met de gps, ging de apps langs, koppelde zijn telefoon eraan en reed naar Interstate 10 in westelijke richting. Zijn telefoon pingde – een appje van een andere rechter. Hij las het op het grote scherm: *Rechter Bannick, ik hoorde het slechte nieuws. Ik ben er voor u als u me nodig hebt. Sterkte. TA.*

Nog een ping, weer een bericht. Het nieuwtje ging als een lopend vuurtje rond in de juridische kringen van het district en rond het middaguur zou iedere advocaat, secretaresse en collega-rechter weten dat hij ziek was en met verlof ging.

Hij had geen geduld met mensen die een slechte gezondheid in hun voordeel gebruikten. Hij had er een hekel aan dat hij een ziekte moest veinzen om zijn sporen te wissen. Als gekozen ambtenaar zou hij over twee jaar weer op het stembiljet staan, maar hij wilde zich niet druk maken om politieke zaken. Doordat hij getroffen was door kanker zou een mogelijke tegenstander moed kunnen vatten om plannen te maken, maar dat zou hij later wel afhandelen. Nu was het van groot belang dat hij buiten beeld bleef en de klussen klaarde waar hij nu mee te maken had, zijn achtervolger afschudde en misschien een onderzoek van de Board on Judicial Conduct ontweek. Hij grinnikte om het idee dat zo'n kleine instelling moorden probeerde op te lossen die doorgewinterde politiemensen al jaren geleden hadden opgegeven. Mevrouw Stoltz en haar zootje ongeregeld werkten met een krimpend budget en een paar krachteloze statuten.

Naar aanleiding van de door hem vermoorde mensen stond de teller nu op bijna zeventig slachtoffers, allemaal bloedverwanten of aangetrouwde familie. Hij had ze allemaal bekeken en ze op vijf na geëlimineerd, en daarvan waren er vier onwaarschijnlijk. Hij was ervan overtuigd dat hij zijn kwelgeest had gevonden. Het was een vrouw met veel geheimen, een extreem gereserveerde vrouw die dacht dat ze hackers te slim af was.

Hoewel het niet ver rijden was naar Mobile, was hij er niet vaak geweest en hij kende de stad niet. Hij was er wel honderd keer doorheen gereden, maar kon zich niet herinneren wanneer hij er om wat voor reden dan ook was gestopt.

Zijn nieuwe navigatiesysteem werkte perfect en hij vond de straat waar Jeri woonde. Hij zou haar buurt later wel verkennen. Haar appartement was amper zestig minuten rijden vanaf zijn huis in Cullman.

Hij had haar gevonden, praktisch vlak voor zijn neus.

28

De informatie was te belangrijk om via de mail of telefonisch uit te wisselen. Een persoonlijke ontmoeting zou beter zijn, legde sheriff Black uit. Hij zat vier uur verderop in Biloxi en bood aan elkaar halverwege te treffen. Ze spraken op woensdag 16 april om drie uur 's middags af in een fastfoodrestaurant langs Interstate 10 in het dorpje DeFuniak Springs in Florida.

Bij hun vertrek uit Tallahassee had Darren gevraagd of Lacy wilde rijden, omdat hij nog een rapport wilde corrigeren. Blijkbaar was het niet goed geschreven, want hij viel al in slaap voordat ze goed en wel dertig kilometer gereden hadden. Toen hij na een halfuurtje diepe slaap wakker werd, bood hij zijn excuses aan en gaf toe dat hij het de avond ervoor een beetje te laat had gemaakt.

'Nou, wat zou dat grote nieuws zijn?' vroeg ze. 'Te belangrijk om ons over de telefoon in te fluisteren of in een mailtje te zetten.'

'Dat moet je mij niet vragen. Jij bent de speurneus tegenwoordig.'

'Dat ik boeken over seriemoordenaars lees, betekent nog niet dat ik een speurneus ben.'

'Wat betekent het dan wel?'

'Ik weet het niet. Het is nogal eng allemaal, eigenlijk. Echt zieke gasten.'

'Zou je Bannick in hun categorie plaatsen?'

'Er is geen categorie. Elke zaak is zo anders, iedere moordenaar is op zijn eigen manier krankzinnig. Maar ik ben er tijdens het lezen nog niet één tegengekomen die zo geduldig is als Bannick of die puur wordt gedreven door wraak.'

'Wat is normaal gesproken het motief?'

'Normaal is het nooit, maar meestal is seks een factor. Het is schokkend hoe pervers sommige van die kerels zijn.'

'Die boeken die je leest, staan daar ook foto's in?'

'Soms wel. Veel bloed en verminkingen. Wil je ze lenen?'

'Ik denk het niet.'

Zijn telefoon pingde en hij las het appje. 'Interessant,' zei hij. 'Het is Sadelle. Ze heeft Bannicks rol vandaag bekeken en alles is gecanceld. Gisteren ook, en morgen ook. Ze heeft naar zijn kantoor gebeld en kreeg te horen dat de Edelachtbare verlof neemt wegens gezondheidsproblemen.'

Dat liet Lacy even bezinken en ze zei: 'Wat een timing. Denk je dat hij ons in de gaten houdt?'

'Wat valt er in de gaten te houden? Er staat niks online en hij heeft geen idee waar we mee bezig zijn.'

'Tenzij hij de politie in de gaten houdt.'

'Dat zou kunnen, neem ik aan.' Darren krabde aan zijn kaak, diep in gedachten verzonken. 'Maar dan zou hij nog steeds niks weten, want wij weten niks, toch?'

Ze reden een paar kilometer zwijgend verder.

Een onopvallende sedan was de enige andere auto op het parkeerterrein. Binnen zaten sheriff Black en rechercheur Napier in burgerkleding koffie te drinken, om zich heen te kijken en te wachten. Ze zaten zo ver mogelijk bij de toonbank vandaan. Er waren geen andere klanten. Lacy en Darren haalden koffie en zeiden hen gedag. Ze gingen met zijn vieren aan een klein tafeltje zitten en probeerden elkaar de ruimte te geven. Niemand had de moeite genomen om een aktetas mee te nemen.

'Dit hoeft niet lang te duren,' zei Black. 'Maar misschien ook wel.' Hij gaf Napier met een knikje het startsein, en die schraapte zijn keel en keek om zich heen alsof er een of andere niet-bestaande persoon zou meeluisteren.

'Zoals jullie weten zijn er twee telefoons van de plaats delict meegenomen door de moordenaar, die ze daarna bij een klein postkantoor een uur verderop in de brievenbus heeft gegooid.'

'Geadresseerd aan uw dochter in Biloxi, toch?' vroeg Lacy.

'Klopt,' zei Black.

Napier vervolgde: 'Nou, de FBI heeft die twee telefoons de afgelopen maand in hun lab gehad en alle mogelijke tests gedaan. Ze weten nu zeker dat er een gedeeltelijke duimafdruk op Verno's telefoon zit. Een paar eigenaardigheden, bijvoorbeeld dat er geen andere vingerafdrukken op zitten, zelfs niet van Verno zelf, dus de moordenaar was zo zorgvuldig om de telefoons schoon te vegen. Die van Mike Dunwoody heeft helemaal geen vingerafdrukken. Nogmaals, die vent was heel voorzichtig, wat niet zo gek is, gezien de plaats delict. Hoeveel weten jullie over de vingerafdrukbusiness?'

Lacy zei: 'Laten we ervan uitgaan dat we zo goed als niets weten.'

Darren knikte en bevestigde zijn onwetendheid.

Dat had Napier wel verwacht, en hij zei: 'Oké. Bij zo'n twintig procent van de mensen in dit land zijn weleens vingerafdrukken afgenomen en de meeste daarvan zijn opgeslagen in een enorme databank die wordt beheerd door de FBI. Zoals jullie wel kunnen raden, hebben ze daar software die van de laatste snufjes is voorzien, met allerlei soorten algoritmes en zo, dingen die mij nogal boven de pet gaan, en ze kunnen binnen een paar minuten een vingerafdruk herkennen die overal vandaan kan komen. In dit geval zijn ze begonnen in Florida.'

De sheriff boog zich iets naar voren en zei: 'We gaan ervan uit dat jullie verdachte uit Florida komt.'

Geniaal, dacht Lacy, maar ze knikte en zei: 'Goede aanname.'

Darren, die popelde om te praten, zei: 'Je vingerafdrukken worden afgenomen voordat je wordt toegelaten tot de balie. Dat is in elke staat hetzelfde.'

Napier knikte instemmend en zei: 'Ja, dat weten we. De FBI-analisten weten het ook. Hoe dan ook, ze hebben geen match gevonden in Florida, en ook nergens anders trouwens. Ze hebben elke mogelijke test op deze vingerafdruk losgelaten en kwamen tot de conclusie dat hij, nou ja, is veranderd.'

Napier zweeg en liet het tot hen doordringen. Sheriff Black nam het over en zei: 'Dus de eerste vraag, de eerste van vele, is of jullie verdachte in staat is om zijn vingerafdrukken te wijzigen.'

Lacy zocht naar woorden, dus vroeg Darren: 'Kunnen vingerafdrukken worden veranderd?'

'Het korte antwoord is ja, hoewel het vrijwel onmogelijk is,' zei Napier. 'Steenhouwers en metselaars verliezen hun vingerafdrukken soms door jaren hard werken.'

Lacy zei: 'Onze man is geen metselaar.'

'Hij is rechter, hè?' vroeg Black.

'Inderdaad.'

Napier vervolgde: 'Het is mogelijk dat door de tijd heen de huid van je vingertoppen – de wrijvingsranden – afslijt, maar het is extreem zeldzaam. Je zou er jarenlang voortdurend met schuurpapier overheen moeten wrijven. Nou ja. Dat is niet wat hier is gebeurd. Bij deze afdruk zijn de randen goed zichtbaar, maar ze laten wel zien dat ze chirurgisch zouden kunnen zijn veranderd.'

Lacy vroeg: 'Zou de afdruk van Verno's vriendin kunnen zijn, of van iemand anders die hij kende?'

'Dat hebben ze gecheckt. Het zal jullie niet verbazen dat ze een paar keer gearresteerd is en dat haar vingerafdrukken in de databank staan. Geen match. We hebben uren met haar doorgebracht en ze weet niemand anders die Verno's telefoon zou hebben aangeraakt. Ze kon zich niet eens herinneren wanneer zij hem voor het laatst had aangeraakt.'

Ze namen allemaal nog een slok uit hun papieren bekertje en meden oogcontact. Even later vroeg Darren: 'Chirurgisch veranderd? Hoe doe je dat?'

Napier lachte naar hem en zei: 'Nou, er zijn deskundigen die zeggen dat het onmogelijk is, maar er zijn een paar gevallen bekend. Een paar jaar geleden viel de Nederlandse politie na een tip een klein appartementje in Amsterdam binnen. De verdachte was een echte prof, een gladde crimineel die nogal een carrière had opgebouwd in het stelen van moderne kunst, waarvan een deel verborgen in zijn muren was aangetroffen. Miljoenen waard. Zijn oude vingerafdrukken kwamen niet volledig overeen met zijn nieuwe. Aangezien ze hem op heterdaad betrapt hadden met de buit, besloot hij een deal te sluiten en te praten. Hij zei dat er in Argentinië een cosmetisch chirurg zonder vergunning was die in de onderwereld bekendstond als dé man naar wie je toe moest als je een nieuw gezicht of een nieuw setje littekens nodig had. Hij was ook gespecialiseerd in het veranderen van wrijvingsranden van vingertoppen. Typ voor de lol maar eens "verandering van vingerafdrukken" in als je online gaat. Als je verder zoekt, vind je ook advertenties voor dat werk. Het is niet eens illegaal om je vingerafdrukken te veranderen.'

Lacy zei: 'Ik was net een facelift aan het overwegen.'

'Waarom?' vroeg de sheriff met een glimlach.

Napier zei: 'In elk geval is het iets wat gedaan kan worden, op termijn. Hoe geduldig is jullie verdachte?'

'Behoorlijk geduldig,' zei Darren.

Lacy voegde eraan toe: 'We vermoeden dat hij al ruim twintig jaar actief is.'

'Actief?'

'Ja. Verno en Dunwoody zijn waarschijnlijk niet de enige twee.'

Die informatie verwerkten de twee agenten met nog meer koffie. Napier vroeg: 'Heeft hij het geld voor dit soort chirurgie?'

Ze knikten allebei. Ja.

Lacy zei: 'Ik denk dat hij het project gedurende een bepaalde periode kan uitbreiden en uiteindelijk alle tien de vingers kan laten doen.'

'Dat is nogal wat toewijding,' zei Black.

'Ja, hij is toegewijd, vastberaden en heel intelligent.'

Meer koffie, meer rondrazende gedachten. Kon dit hun grote doorbraak zijn na zoveel doodlopende sporen?

De sheriff zei: 'Het is eigenlijk heel onlogisch. Ik bedoel, als die vent zo slim is, waarom heeft hij die telefoons dan niet gewoon in een meer of een rivier gegooid? Waarom zo moeilijk doen en ze in een brievenbus gooien om ze naar mijn dochters flat te sturen? Hij moet hebben geweten dat we ze zouden opsporen en binnen enkele uren zouden vinden. Dit was op een vrijdag. Het was echt ondenkbaar dat twee smartphones daar tot maandag niet ontdekt zouden worden.'

'Ik weet zeker dat we nooit zullen begrijpen wat hem drijft of wat hem bezighoudt,' zei Lacy.

'Behoorlijk stom als je het mij vraagt.'

'Hij maakt fouten. Hij werd bijna betrapt door Mike Dunwoody. Later werd zijn truck gezien bij het postkantoor waar hij de telefoons in de brievenbus stopte. En het lijkt erop dat een van zijn handschoenen is afgegleden of misschien een beetje is gescheurd, waardoor we nu een duimafdruk hebben.'

'Ja, die hebben we,' zei de sheriff. 'Dus nu is de vraag: wat doen we ermee? De volgende stap ligt voor de hand: we moeten de vingerafdrukken van jullie verdachte hebben. Als er een match is, dan zijn we er.'

Napier vroeg: 'Hoe groot is de kans dat jullie zijn vingerafdrukken kunnen krijgen?'

Lacy keek Darren wezenloos aan, maar hij schudde zijn hoofd alsof hij geen idee had.

'Een huiszoekingsbevel?' vroeg de sheriff.

'Op grond waarvan?' vroeg Lacy. 'Er is op dit moment geen redelijke verdenking. Onze verdachte is een rechter die verstand heeft van forensische onderzoeken en strafprocedures. Het zou onmogelijk zijn om een andere rechter ervan te overtuigen dat er een huiszoekingsbevel moet worden uitgevaardigd.'

'Dus ze zullen hem beschermen?'

'Nee. Maar ze zullen wel heel wat meer bewijs willen dan we op dit moment hebben.'

'Gaan jullie ons zijn naam vertellen?'

'Nog niet. Dat ga ik wel doen, en heel binnenkort, maar nu kan ik verder niks zeggen.'

Sheriff Black sloeg zijn armen over elkaar en keek haar kwaad aan. Napier wendde gefrustreerd zijn blik af. Ze vervolgde: 'We staan aan dezelfde kant, echt.'

De agenten konden zich nauwelijks inhouden terwijl ze daar even op herkauwden. Na een tijdje zei Napier: 'Ik ben bang dat ik het niet begrijp.'

Lacy lachte en zei: 'Luister, we hebben een informant, een bron, de persoon die ons de zaak heeft gebracht. Die persoon weet meer dan wij en leeft al jaren in angst. We hebben beloften gedaan over de manier waarop we te werk gaan. Meer kan ik voorlopig niet zeggen. We moeten extreem voorzichtig zijn.'

Sheriff Black vroeg: 'Goed, wat moeten we nu doen?'

'Wachten. We ronden ons onderzoek af en daarna zien we elkaar weer.'

'Ik wil dit even duidelijk hebben. Jullie hebben een duidelijke verdachte in een dubbele moordzaak, al geven jullie toe dat jullie geen moord onderzoeken, hè? En die vent is een zittende rechter in Florida, die nog andere misdrijven heeft gepleegd, klopt dat?'

'Dat klopt, al heb ik hem niet aangewezen als duidelijke verdachte. Tot vandaag hadden we geen fysiek bewijs van zijn betrokkenheid bij een misdrijf. De kans bestaat nog steeds, heren, dat onze verdachte niet de man is. Stel dat de gedeeltelijke duimafdruk geen match is?'

'Laten we dat uitzoeken.'

'Dat zullen we doen, maar niet nu.'

De meeting eindigde met geforceerde handdrukken en glimlachjes.

Inspecteur Ohler van de staatspolitie van Florida belde met het nieuws dat ze al verwachtten, namelijk dat de envelop niks interessants had opgeleverd. De vingerafdrukken waren eraf gehaald en getraceerd naar de man die elke middag rond twaalf uur de post rondbracht.

29

Op donderdag was hij alle mensen die hem sterkte wensten helemaal zat, met hun appjes en voicemails, hun zorgen om zijn gezondheid. Hij wachtte tot de postbode om twaalf uur langskwam. Hij trok zijn handschoenen aan, haalde zijn post uit de brievenbus en zag weer een onopgesmukte envelop. Er zat nog een gedicht in.

groeten uit het graf
't is donker hier, en kil
fluisteringen, stemmen, gekerm
maar verder angstig stil

je daden vergden geen moed
de schok, het touw, de knoop
je werd een walgelijke lafaard
toen de waanzin in je hoofd kroop

een zielig rechtenstudentje
de betweter van de klas
ik zag je als mislukking
arrogante zak die je was

'Ze schrijft nu over haar vader,' zei hij bij zichzelf toen hij naar het vel papier op de keukentafel keek.

Zijn tas was volgepakt. Hij reed naar Pensacola, naar het winkelcentrum, en parkeerde voor de sportschool. Hij liep naar zijn andere kamer, maakte de Kluis open, legde de laatste brief in een map, ruimde de boel een beetje op, checkte zijn camera's en zijn videobeelden, en toen hij zich ervan had vergewist dat zijn wereld volkomen veilig was, reed hij naar de luchthaven en wachtte drie uur op een vlucht naar Dallas. Daar nam hij een andere vlucht en hij landde in Santa Fe toen het al donker was. De reserveringen voor de vlucht, de huurauto en het hotel stonden op zijn echte naam en waren betaald met zijn creditcard.

Voor het diner belde hij roomservice. Hij probeerde een honkbalwedstrijd te kijken via de kabeltelevisie, maar zapte naar een ander kanaal voor een uurtje porno. Hij viel in slaap en bleef een paar uur onder zeil, tot zijn wekker om twee uur 's nachts ging. Hij douchte, slikte een pil, stopte zijn spullen in een kleine sporttas en verliet het hotel. Houston was vijftien uur rijden.

Om negen uur Eastern Time belde hij Diana Zhang en vertelde haar dat hij bij het kankerbehandelingscentrum in Santa Fe was. Hij zei dat hij zich goed voelde en dat hij er mentaal klaar voor was om aan zijn strijd tegen de ziekte te beginnen. Hij klonk optimistisch en beloofde weer op de rechterstoel plaats te nemen voordat ze de kans kregen om hem te missen. Ze bracht de gebruikelijke steunbetuigingen en zorgen over en zei dat iedereen zo bezorgd was. Voor de zoveelste keer legde hij uit dat een van de redenen dat hij zo ver van huis behandeld wilde worden, was dat hij al dat gedoe niet wilde. Het zou een lange, eenzame reis worden, die hij in zijn eentje moest aangaan. Haar stem brak toen hij ophing.

Wat een toegewijde vrouw.

Hij schakelde zijn smartphone uit en verwijderde de batterij. In het ochtendgloren stopte hij bij een recreatiegebied in de buurt van El Paso en verwisselde zijn nummerborden. Hij reed nu in een vierdeurs Kia op naam van een niet-bestaande Texaan. En hij reed heel voorzichtig, stelde de cruisecontrol in op precies de toegestane maximumsnelheid en volgde alle verkeersregels nauwkeurig op. Een boete voor te hard rijden of, god verhoede, een ongeluk, zouden de hele missie verpesten. Zoals altijd droeg hij een petje, een van de vele uit zijn collectie, dat hij laag over zijn voorhoofd trok, en hij zette nooit zijn zonnebril af. Hij tankte en kocht iets lekkers, en hij rekende af met een geldige creditcard die op naam stond van een van zijn aliassen. De maandelijkse afschriften gingen naar een postbus in Destin.

Hij luisterde zelden naar muziek of luisterboeken en kon het oeverloze gebabbel van radioprogramma's niet uitstaan. In plaats daarvan gebruikte hij de eenzaamheid van de lange wegen om zijn volgende stap te bepalen. Hij was dol op de details, het uitdenken, het stel-dat. Hij was zo bedreven, zo geweldig vakkundig en zo meedogenloos geworden dat hij jarenlang had gedacht dat hij nooit gepakt zou worden. Hij nam ook weleens zijn oude misdrijven door om ze vers in zijn geheugen te houden en zich ervan te verzekeren dat hij niks over het hoofd had gezien.

Als je iemand vermoordt, maak je tien fouten. Als je er daar zeven van kunt bedenken, ben je een genie. Waar had hij dat gelezen? Of misschien kwam het uit een film.

Wat was zijn fout geweest?

Hoe was het gebeurd? Hij moest het weten.

Hij was er volledig van overtuigd geweest dat hij nooit gedwongen zou zijn om de Exit te plannen.

In 1993, toen hij amper twee jaar was afgestudeerd, plofte het advocatenkantoor in Pensacola waar hij werkte omdat de partners ruzie kregen over een grote som geld, de gebruikelijke bron van meningsverschillen. Hij stond op straat zonder kantoor. Hij leende vijfduizend dollar van zijn vader, opende zijn eigen toko en was klaar om rechtszaken aan te spannen. Een nieuwe revolverheld op het strijdtoneel. Hij had brood op de plank, maar het ging moeizaam. Hij hield zichzelf van de straat door testamenten op te stellen voor mensen met weinig bezittingen en door kruimeldieven te verdedigen in de stadsrechtbank. Zijn grote doorbraak kwam toen een partyboot vol bruidsgasten in de Golf zonk en er zes jongedames verdronken. Er volgde zoals altijd een koortsachtige knokpartij toen de plaatselijke balie om het hardst om de zaken vocht. Eén ervan kwam bij zijn kantoor terecht, deels dankzij een testament dat hij voor vijftig dollar had opgesteld voor een cliënt.

Mal Schnetzer, een gladde advocaat die altijd op slachtoffers jaagde, hengelde drie van de families binnen en spande de eerste rechtszaak aan voordat de begrafenissen goed en wel achter de rug waren. Zonder enige scrupules of zorgen over ethisch fatsoen ging hij bij Bannicks cliënt langs en probeerde hem de zaak af te troggelen. Bannick bedreigde hem; ze vervloekten elkaar en het ging er ruw aan toe, tot Bannick ermee instemde zich bij de rechtszaak te voegen. Hij had geen ervaring met overlijdenszaken en Schnetzer had mooie praatjes over het proces.

De pot met goud bleek algauw een heel stuk kleiner te zijn dan de strafpleiters in gedachten hadden. Het bedrijf dat eigenaar was van de partyboot had verder geen bezittingen en vroeg faillissement aan. De verzekeringsmaatschappij wees aanvankelijk elke aansprakelijkheid van de hand, maar Schnetzer bedreigde hen met succes en kreeg wat geld op tafel. Daarna ging hij opnieuw achter Bannicks rug om naar de cliënt in kwestie en zei dat die onmiddellijk een cheque ter waarde van vier ton kon krijgen als hij ermee instemde zijn advocaat te dumpen en te beweren dat hij hem al vanaf het begin niet had gewild. Voordat Bannick zijn volgende stap kon bepalen, had Schnetzer de zaken al geschikt en het geld uitgekeerd aan de cliënten, aan hemzelf en aan de andere advocaten, behalve natuurlijk aan het broekie dat zojuist vakkundig buitenspel was gezet. Bannick was vergeten om een gezamenlijke overeenkomst met de benadeelde partij te sluiten, en zijn overeenkomst met zijn ex-cliënt was mondeling geweest. Ze hadden afgesproken dat hij bij schikking een derde van het bedrag zou krijgen.

Een derde van vier ton was een gigantisch honorarium voor een gretige jonge advocaat, maar het geld was in rook opgegaan. Bannick beklaagde zich bij de rechter, die geen medelijden had. Hij overwoog om Schnetzer aan te klagen, maar zag daar om drie redenen van af. Ten eerste was hij bang om met die schoft in de clinch te liggen. Ten tweede betwijfelde hij of hij ooit een cent zou zien. En ten derde, en dat was de belangrijkste reden, had hij geen zin in de gênante vertoning van een openbare rechtszaak waarin hij de rol speelde van een beginnend advocaatje dat werd gedupeerd door een slachtofferjager. Het was al vernederend genoeg dat het verhaal de ronde deed in rechtbankkringen.

Dus zette hij Mal Schnetzer op zijn lijst.

Tot zijn vreugde belazerde Mal uiteindelijk nog wat cliënten en hij werd gepakt, aangeklaagd, veroordeeld, geroyeerd en moest twee jaar de gevangenis in. Nadat hij vrijkwam, week hij uit naar Jacksonville, waar hij zaken ronselde voor een stelletje louche advocaten. Hij verdiende een paar centen en was zo schaamteloos om een klein advocatenkantoor te beginnen in Jacksonville Beach, waar hij schikkingen voor blikschade regelde zonder lid te zijn van de orde van advocaten. Toen hij ervan werd beschuldigd dat hij het beroep uitoefende zonder vergunning, sloot hij zijn kantoor en verliet de staat.

Bannick hield hem in de gaten en volgde alles wat hij deed.

Nadat er jaren verstreken waren, dook hij op in Atlanta, waar hij in een achterkamertje als juridisch assistent van een paar echtscheidingsadvocaten werkte. In 2009 vond Bannick hem in Houston in de functie van 'consultant' van een bekende aansprakelijkheidsspecialist.

Twee maanden daarvoor had Bannick een gemeubileerde stacaravan van vijfentwintig meter gehuurd in een duur trailerpark even buiten Sugar Land, een halfuur rijden vanaf de binnenstad van Houston. Het was een enorm terrein met achthonderd identieke witte stacaravans die geparkeerd stonden in lange, keurige rijen met brede lanen. De regels waren streng en dwingend: slechts twee auto's per stacaravan, geen boten of motoren, geen was aan de lijn, geen bordjes in de tuin, geen lawaaioverlast. De kleine, nette tuintjes werden onderhouden door het beheer. Alle tuinstoelen, fietsen en barbecues werden opgeslagen in identieke schuurtjes achter de stacaravans. Hij was er twee keer geweest en hoewel hij er nooit van had gedroomd om in een stacaravan te wonen, vond hij het heel ontspannend. Niemand in een straal van vijftienhonderd kilometer wist wie hij was of wat hij voor de kost deed.

Na een kort dutje reed hij naar een grote koopjesmarkt verderop in de straat en telde achtenvijftig dollar neer voor een wegwerp-Nokia met een prepaid simkaart met vijfenzeventig minuten beltegoed. Omdat er geen contract voor nodig was, vroeg de medewerker niet naar persoonlijke gegevens. Als hij dat wel had gedaan, zat er een hele rits valse rijbewijzen in Bannicks portemonnee. Soms vroegen ze om een ID, maar meestal kon het ze niks schelen. Hij had al heel wat wegwerptelefoons gekocht en hij had ze allemaal weggegooid.

Terug in de stacaravan belde hij vrijdag aan het eind van de middag naar het advocatenkantoor en vroeg naar Mal Schnetzer, die al weg was en het hele weekend niet terug zou komen. Hij legde aan zijn secretaresse uit dat het dringend was en dat hij hem echt moest spreken. De secretaresse, die duidelijk goed was afgericht door haar bazen, vroeg een beetje door en kreeg te horen dat het om een zaak ging waarbij een jonge man ernstige brandwonden had opgelopen op een boorplatform van ExxonMobil. Ze bood aan een andere advocaat van het kantoor voor hem te zoeken, maar meneer Butler zei nee, hij was doorverwezen door een vriend die zei dat meneer Schnetzer de man was met wie hij moest praten.

Tien minuten later ging zijn goedkope telefoon en daar was de stem die hij herkende. Hij ging zelf een octaaf hoger praten en probeerde wat piepender te klinken. 'Mijn zoon ligt in het ziekenhuis in Lake Charles en zijn lichaam is voor tachtig procent verbrand. Het is echt afschuwelijk, meneer Snitcher.'

'Het is Schnetzer, hoor.' Nog steeds een klootzak. 'En dit is gebeurd op een boorplatform?' Elke verwonding op een boorplatform werd gedekt door de Jones Act, de goudmijn van iedere advocaat.

'Ja, meneer. Drie dagen geleden. Ik weet niet of hij het wel redt. Ik probeer naar hem toe te gaan, maar ik ben gehandicapt en kan nu niet rijden.'

'En u bent nu in Sugar Land, toch?'

'Ja, meneer. En ik word van alle kanten gebeld door advocaten die me lastigvallen.'

'Dat verbaast me niks.'

'Ik heb net weer opgehangen toen er een belde.'

'Niet met hen praten. Hoe oud is uw zoon?'

'Negentien. Het is een goeie jongen, hij werkt hard en steunt mij en zijn moeder financieel. Vrijgezel, nog. Hij is alles wat we hebben, meneer Schnetzer.'

'Ik begrijp het. Dus u kunt niet naar mijn kantoor rijden?'

'Nee, meneer. Als mijn vrouw hier zou zijn, zou die me kunnen brengen, maar ze komt over uit Kansas. Daar komen we vandaan. We moeten naar het ziekenhuis. Ik weet niet wat ik moet doen, meneer. We hebben uw hulp nodig.'

'Oké. Zeg, ik kan over een uurtje bij u zijn, als dat goed is.'

'Kunt u hierheen komen?'

'Ja, ik denk dat dat wel moet lukken.'

'Dat zou geweldig zijn, meneer Schnetzer. We hebben iemand nodig die ons kan helpen.'

'Hou nog even vol, oké?'

'Kunt u ervoor zorgen dat die andere advocaten ons met rust laten?'

'Natuurlijk, ik reken wel met ze af, geen probleem. Wat is uw adres?'

Door de jaloezieën heen keek Bannick naar elke auto die voorbijreed terwijl de minuten wegtikten. Eindelijk kwam er een lange, glanzende Ford-pick-up met een bestuurderscabine en enorme wielen aan, die vaart minderde, tot stilstand kwam, achteruitreed en achter zijn huurstacaravan parkeerde.

Mal Schnetzer was er in al die jaren niet aantrekkelijker op geworden. Hij was veel zwaarder, met een indrukwekkende buik die over zijn broekriem hing en zijn overhemd straktrok, en hij had een rond gezicht boven een onderkin. Zijn dikke, grijze haar was naar achteren getrokken en in zijn nek bijeengebonden. Hij stapte uit, wierp een blik om zich heen, keek taxerend naar de stacaravan en raakte het automatische pistool aan dat in een holster aan zijn heup hing.

Bannick was nog nooit een slachtoffer met een pistool tegengekomen en het maakte de opwinding nog groter. Hij schakelde snel, griste een wandelstok van de bank, deed de deur open en stapte op de kleine veranda, voorovergebogen als een man met pijn. 'Hallo daar,' riep hij toen Schnetzer om zijn huurauto heen liep.

'Goeiendag,' zei hij.

'Ik ben Bob Butler. Bedankt dat u dit doet. Binnen heb ik een koud biertje. Wilt u er een?'

'Graag.' Hij leek te ontspannen toen hij naar Butler keek, voorovergebogen en niet-bedreigend.

Het was eenentwintig jaar geleden dat de twee elkaar voor het laatst hadden gezien, in de periode dat ze allebei advocaat waren in Pensacola. Bannick betwijfelde of hij herkend zou worden, en met zijn pet laag over zijn voorhoofd getrokken en zijn goedkope brilmontuur wist hij zeker dat Schnetzer niets zou vermoeden. Hij liep naar binnen, hield de deur open en ze gingen het krappe woongedeelte van de stacaravan binnen. 'Bedankt dat u gekomen bent, meneer Schnetzer.'

'Geen dank.'

Mal draaide zich om alsof hij een plek zocht om te gaan zitten, en in die fractie van een seconde haalde Bannick vliegensvlug Leddie uit zijn zak, sloeg ermee in de lucht zodat het telescopische gedeelte twee en daarna drie keer zo lang werd, en sloeg ermee tegen Mals achterhoofd. De loden bal knalde er keihard tegenaan en verbrijzelde zijn schedel. Mals handen gingen omhoog terwijl hij zich grommend probeerde om te draaien. Leddie kwam op zijn linkerslaap terecht en hij viel over de goedkope salontafel heen. Bannick klikte snel de holster los, haalde het pistool eruit en deed de deur dicht. Schnetzer schopte spartelend om zich heen, keek met verwilderde ogen op en probeerde iets te zeggen. Bannick raakte hem keer op keer en sloeg zijn schedel aan gort.

'Honderddrieëndertigduizend dollar,' zei Bannick, die de woorden bijna uitspuwde. 'Een lekker vet honorarium dat jij hebt gejat. Geld dat ik verdiende en hard nodig had. Wat een schoft, Mal, wat een glibberig stuk stront was je als advocaat. Ik was zo blij toen je de bak in ging.'

Mal kreunde en Bannick sloeg hem opnieuw. Er spatte nog meer bloed op de bank en op de muur.

Bannick haalde diep adem en zag dat Mal naar lucht hapte. Hij trok de plastic handschoenen aan, pakte het touw, sloeg het tweemaal om zijn nek en staarde naar zijn bloeddoorlopen ogen toen hij het koord straktrok. Hij zette zijn voet op Mals borst en probeerde hem te pletten, terwijl hij het touw nog strakker aantrok en zag hoe het in de huid sneed. Er ging een minuut voorbij en daarna nog een. Soms stierven ze met hun ogen open, en dat waren zijn favorieten. Hij maakte een knoop in het touw en ging staan om zijn werk te bewonderen.

'Honderddrieëndertigduizend dollar, afhandig gemaakt van een jongen en gejat van een andere advocaat. Stuk stront dat je bent.'

Toen Mal zijn laatste adem uitblies hield hij zijn bloeddoorlopen ogen open, alsof iets daarbinnen de schoonmaakbeurt wilde zien. Zijn gezicht en zijn hals zaten onder het bloed, dat op het goedkope tapijt stroomde. Wat een kliederboel.

Bannick zweeg en haalde adem. Hij luisterde of hij buiten stemmen of ongebruikelijke geluiden hoorde, maar dat was niet zo. Hij liep naar de slaapkamer aan de voorkant en keek uit het raam. Er fietsten twee kinderen langs.

Treuzelen was een luxe die hij zich zelden permitteerde, maar deze keer had hij geen haast. Hij grabbelde in Mals broekzakken en vond zijn sleutels. Uit zijn achterzak haalde hij zijn telefoon en legde hem op zijn buik, waar hij hem zou laten liggen. Uit een kast pakte hij de goedkope stofzuiger die hij een maand eerder met contant geld bij een koopjeswinkel had gekocht en hij maakte de vloer van de keuken en de woonkamer schoon, waarbij hij oppaste dat hij het bloed niet aanraakte. Toen hij klaar was, haalde hij de zak eruit en deed er een nieuwe in. Hij pakte een pak keukendoekjes en veegde Leddie en het pistool af. Hij verwisselde zijn plastic handschoenen en stopte het oude paar in een lege boodschappentas. Hij veegde de deurknoppen, het aanrecht, de muren, alle oppervlakken in de badkamer schoon, hoewel hij bijna niets had aangeraakt. Hij trok de wc door en sloot de watertoevoer af. Hij kleedde zich tot op zijn onderbroek uit en stopte zijn kleren in de kleine wasmachine. Terwijl die draaide, haalde hij een blikje frisdrank light uit de verder lege koelkast en ging in de keuken zitten, slechts een paar meter van zijn oude makker Mal.

Een rauwe, knagende last die hij twintig jaar had meegezeuld was nu van hem afgevallen en hij voelde zich rustig.

Nadat de wasmachine klaar was, stopte hij zijn kleren in de droger en wachtte weer een tijdje. Mals telefoon zoemde. Iemand wilde weten waar hij was. Het was bijna zeven uur, het zou nog minstens een uur duren voordat het donker was.

Mal kennende dacht hij dat die schoft niemand op kantoor had laten weten wat hij van plan was. Hij had vast geen briefje, geen telefoonnummer, geen adres van zijn potentiële cliënt achtergelaten. De kans was heel groot dat Mal niet even langs kantoor was gegaan, maar dat hij meteen naar Sugar Land was gereden om een lucratieve zaak binnen te harken, die hij voor zichzelf wilde houden om weer een honorarium weg te kapen.

Maar de kans bestond dat hij iets tegen zijn secretaresse had gezegd. Het wachten werd eentonig, en met het tikken van de klok nam het risico toe.

Zodra zijn kleren droog waren, trok hij ze aan en stopte zijn spullen in de boodschappentas – Leddie, de gebruikte doekjes, de stofzuigerzak, het pistool. In het donker ging hij naar buiten en liep naar de Ford-pick-up. Verderop waren een paar kinderen een balletje aan het trappen. Nog steeds met zijn handschoenen aan stapte hij in de truck, startte de motor en reed weg. Drie straten verder parkeerde hij hem op het terrein van een centrale markt met een benzinestation, een supermarktje, wat goedkope winkels en het kantoor van de beheerder. Hij liet de sleutels in het contact zitten en verdween in het donker. Tien minuten later was hij terug bij zijn stacaravan. Hij ging naar binnen om de boodschappentas te halen en nog een laatste, tevreden blik op Mal te werpen, die nog steeds erg dood was.

Hij zette zijn wegwerptelefoon uit en verwijderde de batterij, waarna hij wegreed.

Een uur later reed hij een vrachtwagenterrein langs Interstate 45 ten zuiden van Huntsville op en parkeerde achter een paar trucks met oplegger. Hij verwisselde de nummerborden en stopte de valse in zijn boodschappentas, die hij in een grote, vieze vuilcontainer gooide. Het was ondenkbaar dat hij betrapt zou worden met Mals Glock.

Plotseling uitgehongerd ging hij naar binnen en smulde samen met de vrachtwagenchauffeurs van zachte broodjes met ei. Het was twaalf uur rijden naar Santa Fe en hij verheugde zich op de rit.

30

Jeri's vlucht landde op vrijdagmiddag om tien over halfdrie op Detroit International. Terwijl ze door de drukke terminal liep, bekroop haar een gevoel van vrijheid en opluchting omdat ze zo ver weg was van Mobile en Florida en haar zorgen daar. In het vliegtuig had ze zichzelf ervan overtuigd dat haar nachtmerrie eindelijk ten einde liep, dat ze haar eerste doortastende stappen richting rechtvaardigheid voor haar vader had gezet en dat niemand haar in de gaten hield. Ze haalde haar huurauto op, reed weg en zette koers naar Ann Arbor.

Denise, haar enige kind, zat in het tweede jaar van haar master natuurkunde aan de universiteit van Michigan. Ze was opgegroeid in Athens, in Georgia, waar Jeri op de faculteit had gewerkt. Denise had daar op haar sloffen in drie jaar een universitaire studie afgerond en was met een flinke studiebeurs in Michigan beland. Haar vader, Jeri's ex, werkte voor het ministerie van Buitenlandse Zaken in Washington. Hij was hertrouwd en Jeri had weinig contact met hem, maar hij hield zijn dochter nauwlettend in de gaten.

Jeri had haar niet meer gezien sinds de kerstvakantie, toen ze samen een week op een strand in Cabo hadden doorgebracht. Ze was twee keer in Ann Arbor geweest en vond het een leuk stadje. Ze woonde nu al jaren alleen en benijdde haar dochters drukke sociale leven en grote vriendenkring. Toen ze in de straat tegenover haar dochters appartement in Kerrytown parkeerde, stond Denise al te wachten. Ze omhelsden elkaar en keken hoe de ander eruitzag, en dat leek hen tevreden te stemmen. Ze waren allebei nog in vorm en wisten zich goed te kleden, hoewel Denise in het voordeel was. Alles stond haar goed, ook de spijkerbroek met de sneakers die ze nu aanhad. Ze zeulden de tassen naar haar kleine appartement, waar ze in haar eentje woonde. Er woonden allerlei masterstudenten en rechtenstudenten en meestal klonk er luide muziek en was er wel een feestje. Vooral op vrijdagmiddag eind april. Er stond een biervat bij het zwembad en ze liepen naar de tuin. Denise vond het leuk om haar moeder aan haar vrienden voor te stellen en noemde haar vaak dr. Crosby. Jeri vond het prima om bier uit een plastic bekertje te drinken en naar het gelach en gepraat van mensen van twintig jaar jonger te luisteren.

Een rechtenstudent kwam dichterbij en leek geïnteresseerder dan de anderen. Denise had er aan de telefoon al op gezinspeeld dat er misschien een jongen in beeld was, en Jeri's radar stond op scherp. Hij heette Link, het was een knappe jongen uit Flint en het duurde niet lang voor ze begreep dat hij niet zomaar een vriend was. Jeri was stiekem blij dat hij Afrikaans-Amerikaans was. Denise had iets gehad met uiteenlopende types en daar had Jeri geen moeite mee, maar diep vanbinnen was ze net zoals de meeste mensen. Ze wilde dat haar kleinkinderen op haar leken.

Zonder het aan Jeri te vragen, nodigde Denise Link uit om iets met hen te gaan drinken. Ze verlieten gedrieën het appartementencomplex en wandelden gezellig door Kerrytown. Ze kregen een tafeltje te pakken op een terras bij de Grotto Watering Hole en genoten van de eindeloze parade van studenten op weg naar nergens. Jeri weerstond de verleiding om Link uit te horen over zijn familie, zijn studie, zijn hobby's en zijn toekomstplannen. Daarmee zou ze haar dochter op de kast jagen en ze had zich voorgenomen om dit weekend al het dramatische gedoe te vermijden. Denise en zij bestelden wijn en Link vroeg om een tapbiertje. Een vinkje in het plusrijtje. Jeri wist genoeg over studenten, vooral de mannelijke, om haar wenkbrauwen op te trekken als ze de avond met sterke-drank begonnen.

Link was een prater die makkelijk lachte en die zeer geïnteresseerd leek in dr. Crosby's levensloop. Jeri wist dat hij haar voor zich wilde winnen, maar toch vond ze het leuk. Meer dan eens betrapte ze de tortelduifjes op een blik vol pure aanbidding voor elkaar. Of misschien was het lust.

Na een uur met Link te hebben doorgebracht, dacht Jeri dat ze zelf misschien ook wel op hem viel.

Op een gegeven moment gaf Denise hem een teken dat Jeri niet opving, en Link zei dat hij weg moest. Het honkbalteam van zijn rechtenfaculteit had een avondwedstrijd in de onderlinge competitie en natuurlijk was hij de sterspeler. Jeri wilde dat hij met hen uit eten ging, maar hij sloeg het aanbod af. Misschien de volgende avond.

Zodra hij zijn hielen had gelicht, kwam Jeri ter zake en vroeg: 'Oké, hoe serieus is het?'

'Kom op, mam, laten we het daar niet over hebben.'

'Ik ben niet blind, meisje. Hoe serieus?'

'Niet serieus genoeg om daar nu over te praten.'

'Ga je met hem naar bed?'

'Natuurlijk. Zou jij dat niet doen?'

'Vraag dat niet.'

'En met wie ga jij naar bed?'

'Met niemand, dat is nou juist het probleem.' Ze lachten allebei, maar wel enigszins nerveus.

Denise zei: 'Goed, ander onderwerp. Alfred belde twee dagen geleden. Hij checkt af en toe hoe het met me gaat.'

'Wat lief van hem. Ik ben blij dat hij iemand belt.' Alfred was Jeri's oudere broer, Denises oom, en Jeri had hem al minstens drie jaar niet gezien. Ze hadden een goede band gehad tot de moord op hun vader, waarna ze hadden geprobeerd elkaar te steunen. Maar Jeri's obsessieve zoektocht naar de moordenaar had hen uit elkaar gedreven. Ze was van mening dat Alfred het te snel had opgegeven. Nadat hij er eenmaal van overtuigd was geraakt dat het misdrijf nooit zou worden opgelost, praatte hij er niet meer over. Aangezien zij over weinig anders meer praatte, in die tijd tenminste, sloot hij haar buiten. Om het achter zich te laten en opnieuw te beginnen, was hij naar Californië verhuisd en hij kwam niet meer terug. Hij had een vrouw aan wie Jeri een hekel had en drie kinderen die ze adoreerde, maar ze woonde te ver weg om betrokken te raken bij hun levens.

Een paar minuten lang zaten ze wijn te drinken en naar de studenten te kijken. Na een tijdje zei Jeri: 'Je vader belt vast ook af en toe.'

'Jeetje mam, laten we dat familiegedoe afhandelen en er niet moeilijk over doen, oké? Papa stuurt me honderd dollar per maand en belt me om de week. We appen en mailen en hebben contact. Van mij hoeft hij geen geld te sturen. Ik heb het niet nodig. Ik heb een beurs en een baan en ik kan heel goed voor mezelf zorgen.'

'Dat heet schuldgevoel, Denise. Hij heeft ons in de steek gelaten toen jij een peuter was.'

'Dat weet ik, mam, en nu zijn we uitgepraat over de familie. Laten we gaan eten.'

'Heb ik je al verteld dat ik trots op je ben?'

'Minstens één keer per week. Ik ben ook trots op jou.'

Ze gingen eten in Café Zola, een populair restaurant in een mooi gebouw van rode baksteen vlak om de hoek. Denise had een tafeltje aan de voorkant gereserveerd en ze gingen ervoor zitten om lekker lang te tafelen en bij te kletsen. Ze bestelden nog een glas wijn en daarna salade en vis. Op aandringen van Jeri vertelde Denise over haar studie en haar labwerk, waarbij ze wetenschappelijke termen gebruikte die haar moeders pet te boven gingen. Ze had de wis- en natuurkundegenen van haar vader, en die van geschiedenis en literatuur van haar moeder.

Halverwege het etentje werd Jeri serieus en zei: 'Ik moet je iets belangrijks vertellen.'

'Ben je zwanger?'

'Dat is in meerdere opzichten biologisch onmogelijk.'

'Grapje, mam.' Denise vermoedde dat het grote nieuws iets te maken had met de moord, een onderwerp dat ze zelden aansneden.

'Weet ik.' Jeri legde haar vork neer en pakte haar glas, alsof ze versterking nodig had. 'Ik, eh, weet wie mijn vader vermoord heeft.'

Denise hield op met kauwen en staarde haar ongelovig aan.

Jeri ging verder. 'Ja, echt. Na twintig jaar onderzoek heb ik die vent gevonden.'

Nog steeds sprakeloos slikte Denise en nam een slok. Ze knikte: ga verder.

'Ik heb de autoriteiten ingelicht en, nou ja, misschien komt er een eind aan deze nachtmerrie.'

Denise ademde uit en bleef knikken, maar zocht naar woorden. 'Moet ik nu een gat in de lucht springen? Sorry, maar ik weet niet hoe ik moet reageren. Bestaat de kans dat hij gearresteerd wordt?'

'Dat denk ik wel. Laten we het hopen.'

'Eh, waar is hij?'

'In Pensacola.'

'Dat is vreselijk dicht bij Mobile.'

'Heel dichtbij.'

'Zeg niet wie het is, oké? Ik weet niet of ik daar wel klaar voor ben.'

'Ik heb het aan niemand verteld, behalve aan de autoriteiten.'

'Ben je naar de politie gestapt?'

'Nee. Er zijn andere onderzoeksautoriteiten in Florida. Zij zitten nu op de zaak. Ik neem aan dat ze binnenkort de politie inlichten.'

'Heb je bewijs? Is de zaak waterdicht, zoals ze dat noemen?'

'Nee. Ik ben bang dat het moeilijk te bewijzen is en daar maak ik me natuurlijk grote zorgen over.'

Denise nam nog een slok en haar glas was leeg. De serveerster liep langs en ze vroeg om nog een glas. Ze keek om zich heen en dempte haar stem. 'Oké, mam, maar als er geen bewijs is, hoe kunnen ze die vent dan pakken?'

'Ik heb niet alle antwoorden, Denise. Dat is aan de politie en de aanklagers.'

'Maar komt er dan een grote rechtszaak en zo?'

'Nogmaals, dat hoop ik. Ik zal niet kunnen slapen tot hij veroordeeld is en achter slot en grendel zit.'

Denise maakte zich vaak ongerust om haar moeders obsessie. Alfred leek te denken dat zijn zus op het randje van waanzin balanceerde. Een hevige obsessie met wat dan ook, vooral iets wat zo traumatisch was als moord, was niet gezond. Denise en Alfred hadden er in de loop der jaren wel over gesproken, maar de laatste tijd niet meer. Ze maakten zich zorgen om Jeri, al konden ze haar niet op andere gedachten brengen.

Voor de rest van de familie was de moord een onderwerp dat vermeden moest worden.

'Moet je getuigen voor de rechtbank?' Dat idee vond ze duidelijk maar niks.

'Ik denk het wel. Een familielid van de overledene is meestal een van de eerste getuigen die wordt opgeroepen door de Staat.'

'En ben je daar klaar voor?'

'Ja, ik heb me er volledig op voorbereid om de moordenaar in de rechtszaal te ontmoeten. Ik wil geen woord van zijn proces missen.'

'Ik ga niet vragen hoe je die kerel gevonden hebt.'

'Het is een lang en ingewikkeld verhaal, Denise, en op een dag zal ik het je vertellen. Maar nu niet. Laten we genieten van het moment en ons met leukere dingen bezighouden. Ik dacht alleen dat je het wilde weten.'

'Heb je het aan Alfred verteld?'

'Nee, nog niet. Maar dat ga ik binnenkort wel doen.'

'Ik neem aan dat ik blij moet zijn. Dit is goed nieuws, toch?'

'Alleen als hij wordt veroordeeld.'

Zaterdagochtend begon laat met yoghurt op de bank, die Jeri's bed was dit weekend, en ze bleven tot na het middaguur in hun pyjama rondlopen. Daarna gingen ze eindelijk douchen en naar buiten, eerst naar een koffiebar in Huron Street. Het was een ideale lentedag en ze zaten in de zon te praten over het leven, de toekomst, mode, televisieprogramma's, films, jongens en wat er ook maar ter sprake kwam. Jeri genoot van haar tijd met Denise en wist dat dit soort momenten onbetaalbaar waren. Ze groeide uit tot een slimme, ambitieuze jonge vrouw met een veelbelovende toekomst waarin ze waarschijnlijk ver uit de buurt van Mobile terecht zou komen, maar daar had ze toch al nooit gewoond.

Denise was bang dat haar moeder het leven aan haar voorbij zou zien trekken zonder iemand om het mee te delen. Op haar zesenveertigste was ze nog steeds mooi en sexy en ze had heel veel te bieden, maar ze had ervoor gekozen zich te wijden aan het zoeken naar rechtvaardigheid voor haar vader. Haar obsessie had elke gedachte aan een serieuze romance of zelfs vriendschappen onmogelijk gemaakt. Het was een onderwerp dat ze de hele dag uit de weg gingen.

De rechtenfaculteit was bezig met een honkbaltoernooi dat de hele dag duurde en waarin twaalf teams in een *double elimination*-toernooi speelden. Met Denise achter het stuur van haar kleine Mazda vonden ze het sportcomplex, laadden stoelen en een koelbox uit en zochten een plekje onder een boom achter het hek van het linkerveld. Link zag hen onmiddellijk en kwam op een deken zitten. Hij dronk een biertje voor de wedstrijd – zo te zien dronken de meeste spelers een drankje, zelfs op het veld – en Jeri vroeg naar zijn toekomstplannen. Zijn droombaan was om te beginnen een functie op het ministerie van Justitie in Washington en daarna misschien een eigen kantoor. Hij was niet zo happig op de sleur van een groot advocatenkantoor en wilde strijden voor burgerrechten van gehandicapten. Zijn vader was tijdens zijn werk gewond geraakt en was aan een rolstoel gekluisterd.

Hoe meer Jeri hem met haar dochter zag, des te meer ze ervan overtuigd raakte dat Link de toekomst was. En dat vond ze prima. Hij was innemend, slim, geestig en duidelijk verliefd op Denise.

Nadat hij weg was gelopen om te gaan spelen, zei Denise: 'Oké, mam, ik wil weten hoe je die vent hebt gevonden.'

'Welke vent?'

'De moordenaar.'

Jeri glimlachte, schudde haar hoofd en zei: 'Het hele verhaal?'

'Ja. Ik wil het weten.'

'Dat kan wel even duren.'

'Wat gaan we anders doen de komende paar uur?'

'Oké.'

31

Zaterdag laat op de ochtend verlieten Lacy en haar vriend Tallahassee voor een rit van drie uur naar Ocala, ten noorden van Orlando. Allie reed terwijl Lacy zich bezighield met het amusement. Ze begonnen met een audioboek van Elmore Leonard, maar ze besloot algauw dat ze genoeg had van misdaad en lijken en schakelde over op een podcast over politiek. Die werd ook al snel deprimerend, dus zocht ze de NPR en ze lachten om een aflevering van *Wait Wait... Don't Tell Me!* Om twee uur hadden ze een afspraak met Herman Gray.

Meneer Gray was een FBI-legende die twintig jaar lang toezicht had gehouden op de Behavioral Analysis Unit in Quantico. Nu hij tegen de tachtig liep, had hij zich teruggetrokken in Florida en woonde met zijn vrouw en drie honden op een omheind terrein. Allie was naar hem doorverwezen door een meerdere en had de nodige telefoontjes gepleegd. Herman zei dat hij zich verveelde en dat hij tijd zat had, vooral als het over seriemoordenaars ging. Hij had ze tijdens zijn carrière opgespoord en bestudeerd, en het verhaal ging dat hij er meer verstand van had dan wie dan ook. Hij had twee boeken over het onderwerp gepubliceerd, die geen van beide heel nuttig waren. Het waren vooral verzamelingen van zijn oorlogsverhalen, compleet met gruwelijke foto's en een tikkeltje te veel zelfingenomenheid.

Hij begroette hen hartelijk en leek oprecht blij om gasten te hebben. Zijn vrouw bood hun een lunch aan, maar die sloegen ze af. Ze kregen ijsthee zonder suiker en het eerste halfuur praatten ze op de patio, terwijl de spaniëls aan hun enkels likten. Toen hij over zijn carrière begon, onderbrak Lacy hem beleefd met de woorden: 'We hebben allebei uw boeken gelezen, dus weten we al iets over uw werk.'

Dat vond hij leuk, en hij probeerde er bescheiden over te doen. 'Het meeste daarin klopt wel. Misschien heb ik het hier en daar een beetje mooier gemaakt dan het was.'

'Heel fascinerend,' zei ze.

Allie zei: 'Zoals ik aan de telefoon al zei: Lacy zou graag ieder van de slachtoffers doornemen en horen hoe u erover denkt.'

'De middag is voor jullie,' zei Herman met een glimlach.

Lacy benadrukte: 'Het is extreem vertrouwelijk en we gebruiken geen echte namen.'

'Ik weet alles van discretie, mevrouw Stoltz. Geloof me.'

'Zullen we het op Lacy en Allie houden?'

'Prima, en ik ben Herman. Ik zie dat je een aktetas bij je hebt, dus ik neem aan dat er papierwerk is, en misschien ook foto's.'

'Ja.'

'Dan kunnen we misschien beter naar de keuken gaan en de tafel gebruiken.'

Ze liepen achter hem aan naar binnen, net als de honden, en mevrouw Gray schonk hun glas nog eens vol. Herman ging aan de ene kant van de tafel zitten, tegenover Lacy en Allie. Ze haalde diep adem en stak van wal. 'Er zijn acht moorden waar we van weten. De eerste was in 1991, de meest recente nog geen jaar geleden. De eerste zeven werden gepleegd door middel van verwurging met hetzelfde soort touw en dezelfde modus operandi, maar voor de laatste werd geen touw gebruikt. Alleen een paar klappen op het hoofd.'

'Drieëntwintig jaar.'

'Ja, meneer.'

'Zullen we het "meneer" achterwege laten?'

'Goed.'

'Dank je. Ik word over twee maanden tachtig, maar ik weiger de oude man binnen te laten.' Hij was een magere spriet en zag eruit alsof hij zo vijftien kilometer in de brandende zon kon lopen.

'Wij denken dus dat onze verdachte alle acht de mensen heeft vermoord. Zes mannen, twee vrouwen.'

'Er zijn er waarschijnlijk meer, hoor.'

'Ja, maar daar weten we niks van.'

Herman pakte een pen en een schrijfblok. 'Laten we beginnen met Nummer Eén.'

Allie maakte de aktetas open en gaf Lacy een dossier. Ze zei: 'Nummer Eén was een witte man van eenenveertig – ze waren allemaal wit, op één na – die werd gevonden langs een wandelpad in Signal Mountain, in Tennessee.' Ze gaf Herman een vel papier waarop ze van tevoren bovenaan in dikgedrukte letters de woorden *Nummer Eén* had getypt. Datum, plaats, leeftijd van het slachtoffer, doodsoorzaak en een kleurenfoto van Thad Leawood die in de bosjes lag.

Herman bestudeerde de samenvatting en de foto en maakte aantekeningen. Ze keken aandachtig naar hem en zeiden niks. Nadat hij alles had bekeken, vroeg hij: 'Was er naast het lichaam verder nog iets op de plaats delict?'

'De politie heeft niks gevonden. Geen vingerafdrukken, geen vezels, geen haar, geen bloed behalve dat van het slachtoffer. Dat geldt voor alle plaatsen delict.'

'Een rare knoop, het lijkt op een mastworp.'

'Een dubbele mastworp, wordt niet vaak gebruikt.'

'Inderdaad zeldzaam. Als hij die elke keer heeft gebruikt, is het duidelijk zijn visitekaartje. Hoeveel slagen op het hoofd?'

'Twee, het lijkt erop met hetzelfde wapen.'

'Autopsie?'

'Verbrijzelde schedel, talloze scheurtjes uitwaaierend vanaf het contactpunt. De politie in Wilmington in North Carolina dacht dat het iets als een hamer of een kleine, ronde metalen bal was.'

'Werkt altijd, al zorgt het wel voor een kliederboel. Het bloed spat zo hevig rond dat de verdachte er waarschijnlijk iets van op zijn kleding heeft gekregen.'

'Die uiteraard nooit is gevonden.'

'Natuurlijk niet. Motief?'

'De theorie is dat Nummer Eén de moordenaar seksueel heeft misbruikt toen die nog een klein jongetje was.'

'Dat is een heel sterk motief. Is daar bewijs van?'

'Niet echt.'

'Oké. Hoe zit het met Nummer Twee?'

Lacy gaf hem het vel papier van Bryan Burke en zei: 'Het jaar daarna, 1992.'

Herman keek ernaar en zei: 'South Carolina.'

'Ja, de moorden zijn allemaal in een andere staat gepleegd.'

Hij glimlachte en maakte aantekeningen. 'Motief?'

'Hun wegen kruisten elkaar op de universiteit toen de moordenaar nog studeerde. Nummer Twee was een van zijn hoogleraren.' Lacy paste goed op dat ze niet het woord 'rechtenfaculteit' gebruikte. Dat kwam later wel. Allie had Herman niet al te veel over haar verteld en had niet prijsgegeven waar ze werkte of wie ze onderzocht. Ook daar zouden ze het later op de middag wel over hebben.

Nummer Drie was Ashley Barasso. Lacy zei: 'Vier jaar later, in Columbus, in Georgia. We weten niets over het motief, alleen dat ze studiegenoten waren.'

'Universiteit?'

'Ja.'

'Was ze op enige wijze seksueel misbruikt?'

'Nee. Ze was volledig gekleed, er was niets aangeraakt, geen teken van aanranding.'

'Dat is ongebruikelijk. Bij tachtig procent van de seriemoorden speelt seks een rol.'

Nummer Vier was Eileen Nickleberry, in 1998.

Bij Nummer Vijf, Danny Cleveland, zei Lacy: 'Onze man heeft een pauze van elf jaar genomen, tenminste, voor zover we weten.'

'Dat is een heel gat,' zei Herman, terwijl hij de foto bekeek. 'Zelfde knoop. Hij wil niet gepakt worden, daar is hij te slim voor, maar hij wil wel dat iemand weet dat hij er is. Niet geheel ongebruikelijk.' Hij maakte nog wat aantekeningen en zijn vrouw kwam binnen en bood koekjes aan. Ze bleef niet in de keuken, maar Lacy kreeg wel de indruk dat ze in de buurt bleef en waarschijnlijk meeluisterde.

Nummer Zes was Perry Kronke in Marathon. Herman bestudeerde de foto's en vroeg: 'Waar heb je deze vandaan?'

'We hebben ze gekregen van een bron die er al heel wat jaren aan werkt. Openbaar toegankelijke informatie, coördinatiecentrum van de FBI, dat werk. We hebben foto's van de eerste zes plaatsen delict, maar niet van de laatste.'

'Te recent, denk ik. Deze arme man was aan het vissen en viel niemand lastig. Op klaarlichte dag.'

'Ik ben naar die plek gegaan en het lag erg afgelegen.'

'Oké. Motief?'

'Ze kruisten elkaars pad op het werk, waarschijnlijk een meningsverschil over een baan die aangeboden had moeten worden, wat vervolgens niet is gebeurd.'

'Dus hij kende hem ook?'

'Hij kende ze allemaal.'

Herman dacht dat hij alles al eens gezien had en was zichtbaar onder de indruk. 'Goed, laten we eens naar de laatsten kijken.'

Lacy gaf hem Nummer Zeven en Nummer Acht en legde uit dat het eerste slachtoffer volgens hun theorie het doelwit was en dat het tweede slachtoffer op het verkeerde moment op de verkeerde plaats was. Herman bestudeerde de samenvattingen en de foto's lange tijd en zei met een grijns: 'Goh, is dat alles?'

'Het is alles wat we weten.'

'Je kunt ervan uitgaan dat er meer is, en je kunt ervan uitgaan dat hij nog niet klaar is.'

Ze knikten en namen allebei een hap van een koekje.

Herman zei: 'Dus nu wil je zeker een profiel?'

Allie zei: 'Zeker, daarom zijn we hier.'

Herman legde zijn pen neer, stond op en rechtte zijn rug, en daarna krabde hij peinzend aan zijn kin. 'Witte man, vijftig jaar, is met zijn wandaden begonnen toen hij halverwege de twintig was. Single, waarschijnlijk nooit getrouwd. Afgezien van de eerste twee moordt hij op vrijdag en in het weekend, een duidelijke indicatie dat hij een belangrijke baan heeft. Je had het over de universiteit en het is duidelijk dat hij intelligent is, briljant zelfs, en geduldig. Seks speelt geen rol, dus hij is waarschijnlijk impotent. Je kent het motief, gedreven door een ziekelijke behoefte aan wraak. Hij doodt zonder wroeging, wat meestal het geval is. Sociopaat, zacht uitgedrukt. Antisociaal, maar omdat hij hoogopgeleid is, kan hij vermoedelijk de schijn ophouden en een zogenaamd normaal leven leiden. Zeven plaatsen delict in zeven staten over een periode van drieëntwintig jaar. Hoogst ongebruikelijk. Hij weet dat de politie niet diep genoeg graaft om de misdrijven aan elkaar te kunnen koppelen. En de FBI is er niet bij betrokken?'

'Nog niet,' zei Allie. 'Dat is nog een reden waarom we hier zijn.'

'Hij is op de hoogte van forensische methoden, politieprocedures en de wet,' zei Lacy.

Herman ging langzaam zitten en keek naar zijn aantekeningen. 'Heel ongebruikelijk. Uniek, zelfs. Ik ben onder de indruk van die man. Wat weet je over hem?'

Lacy zei: 'Nou, hij past zeker in je profiel. Hij is rechter.'

Herman ademde uit alsof hij enigszins overdonderd was. Hij schudde zijn hoofd en dacht lange tijd na. Daarna zei hij: 'Een zittende rechter?'

'Eerlijk gekozen door de stemgerechtigden.'

'Wauw. Hoogst ongebruikelijk. Narcistisch, gespleten persoonlijkheid, in staat om in de ene wereld te leven als een gerespecteerd, productief lid van de samenleving, terwijl hij in zijn vrije tijd de volgende moord beraamt. Het zal niet meevallen om die vent te pakken te krijgen. Tenzij...'

Allie zei: 'Tenzij hij een fout maakt, toch?'

'Inderdaad.'

Lacy zei: 'We denken dat hij er al een gemaakt heeft, bij zijn laatste moord. Je vroeg naar de FBI. Die houden zich niet bezig met het onderzoek, maar ze hebben wel een aanwijzing gevonden. Hij heeft een gedeeltelijke duimafdruk achtergelaten op een telefoon. Het lab in Quantico is er maanden mee bezig geweest en heeft alle tests uitgevoerd. Het probleem is dat er nergens een match is. De FBI denkt dat hij waarschijnlijk zijn vingerafdrukken heeft veranderd.'

Herman schudde ongelovig zijn hoofd. 'Nou, ik ben geen vingerafdrukkenjongen, maar ik weet dat dat vrijwel onmogelijk is zonder uitgebreide chirurgie.'

Lacy zei: 'Die kan hij zich veroorloven en hij heeft ruimschoots de tijd gehad.'

Allie zei: 'Ik heb eens rondgevraagd en met een paar van onze deskundigen gesproken. Er zijn een handjevol zaken geweest waarbij de vingerafdrukken veranderd zijn.'

'Als jij het zegt. Ik heb mijn twijfels.'

'Wij ook. Als we geen match kunnen vinden, ziet de zaak er hopeloos uit. Er is verder geen bewijs, alleen een motief, en dat is niet genoeg. Toch?'

'Dat weet ik niet. Ik neem aan dat het onmogelijk is om zijn vingerafdrukken te pakken te krijgen, zijn huidige?'

'Niet zonder huiszoekingsbevel,' zei Lacy. 'We hebben een vermoeden, maar dat is niet genoeg om een rechter over te halen er een uit te vaardigen.'

'We hebben advies nodig, Herman,' zei Allie. 'Wat is onze volgende stap?'

'Waar woont die vent?'

'Pensacola.'

'En die vingerafdruk is in Mississippi, hè?'

'Klopt.'

'Willen de autoriteiten daar de FBI bellen?'

'Vast wel. Ze willen die moorden wanhopig graag oplossen.'

'Dan moet je daar beginnen. Als onze jongens erbij betrokken zijn, wordt het makkelijker om een federale rechter zover te krijgen dat hij een huiszoekingsbevel uitvaardigt.'

'Om wat te doorzoeken?' vroeg Lacy.

'Zijn huis, zijn kantoor, overal waar maar vingerafdrukken kunnen zijn.'

Allie zei: 'Dat kan wat probleempjes opleveren. Ten eerste is die vent in staat om nergens vingerafdrukken achter te laten. Ten tweede zou hij kunnen verdwijnen zodra hij moeilijkheden ruikt.'

'Laat onze jongens zich maar druk maken om die afdrukken. Die vinden ze wel. Niemand kan zijn hele huis of kantoor schoonvegen. Wat die verdwijntruc betreft, dat is een risico. Je kunt hem pas arresteren als er een match is met die vingerafdrukken, hè? Verder geen bewijs?'

'Tot nu toe niet,' zei Lacy.

'Er zou nog een probleem kunnen zijn,' zei Allie. 'Bestaat de kans dat de FBI er niets mee te maken wil hebben?'

'Hoezo?'

'De kleine kans op succes. De eerste zes misdrijven hebben nul bewijs opgeleverd. Die zaken lopen hartstikke dood en het zijn al jaren cold cases. Je kent het beleid in Quantico. En je weet dat de Behavioral Analysis Unit structureel onderbemand is. Zou het kunnen dat ze hier eens goed naar kijken en dan nee zeggen?'

Herman wuifde het idee weg. 'Nee, ik zie niet in waarom. We speuren al jaren naar seriemoordenaars die we nooit vinden. Sommige zaken waar ik dertig jaar geleden aan heb gewerkt, zijn nog steeds onopgelost en zullen dat altijd blijven. Daardoor laat de BAU zich niet uit het veld slaan. Dit is dagelijkse kost voor hen. En vergeet niet dat ze niet alle moorden hoeven op te lossen. Eén is voldoende om deze vent achter de tralies te krijgen.'

Herman legde zijn pen neer en sloeg zijn armen over elkaar. 'Jullie kunnen niet anders dan de FBI erbij betrekken. Ik voel enige aarzeling.'

Lacy vertelde het verhaal van Betty Roe en haar twintigjarige zoektocht naar de moordenaar van haar vader. Herman onderbrak haar en zei: 'Zoekt ze soms een baan? Ik denk dat de FBI haar wel kan gebruiken.'

'Ze heeft een carrière,' zei Lacy met een lach. 'Ze heeft een aanklacht ingediend bij de Board on Judicial Conduct. Daar werk ik. Ze is heel kwetsbaar, en bang, en ik heb haar beloofd om niet naar de politie te gaan tot we ons verkennende onderzoek hebben afgerond.'

Dat vond Herman maar niks en hij zei: 'Jammer dan. Ze speelt geen rol meer. Jullie hebben een heel uitgekookte moordenaar die nog steeds actief is, en het wordt tijd om de FBI in te schakelen. Hoe langer je wacht, des te meer lijken je vindt. Deze kerel zal nooit stoppen.'

32

Op dinsdag plaatste de *Pensacola Ledger* een kort artikel op pagina 5 van de nieuwssectie. Mal Schnetzer, een advocaat die daar jaren geleden in de buurt had gewerkt, was de zaterdag daarvoor vermoord in een stacaravan in Sugar Land in Texas, ten westen van Houston, waar hij woonde. De politie gaf nauwelijks details en zei alleen dat hij was gewurgd in een stacaravan die was gehuurd door een persoon die nog niet gevonden was. In het artikel werd verslag gedaan van zijn tijd als bekende strafpleiter in de Panhandle, voordat hij geroyeerd werd en de bak in draaide omdat hij zijn cliënten had bestolen. Er stond een kleine foto van Mal in betere tijden bij.

Jeri zag het artikel online en las het bij haar ochtendkoffie. Ze haalde meteen de andere artikelen erbij: Danny Cleveland, de voormalige verslaggever van de *Ledger*, die in 2009 was gewurgd in zijn flatje in Little Rock; Thad Leawood, in 1991 gewurgd in de buurt van Signal Mountain in Tennessee, en Lanny Verno, het jaar daarvoor vermoord in Biloxi. Schnetzer, Cleveland en Leawood waren bekenden geweest in Pensacola en de *Ledger* deed verslag van hun dood. Verno was alleen op doorreis geweest en niemand kende hem, dus werd er ook niets over hem geschreven. Ze vond de artikelen over de moorden in de lokale kranten van Little Rock, Chattanooga, Houston en Biloxi en zette ze allemaal netjes in een bestand dat ze via een nieuw e-mailaccount naar een verslaggever met de naam Kemper stuurde, de vrouw die over de moord op Schnetzer had geschreven. Ze voegde er een cryptisch bericht aan toe: *Vier onopgeloste verwurgingen van mensen die een nauwe band hebben met Pensacola. Verno woonde hier in 2001. Doe je huiswerk!!*

Ze had niets over de moord op Schnetzer gehoord en was niet van plan te gaan graven. Ze was uitgeput en vrijwel blut en kon de energie gewoon niet meer opbrengen voor nog een onderzoek. Zoals altijd verdacht ze Bannick, maar iemand anders zou zich om de zaak moeten bekommeren.

De volgende ochtend stond er op de voorpagina onder de vouw een sensationeel artikel over de vier mannen uit Pensacola die in andere staten waren vermoord. De plaatselijke politie wilde geen commentaar geven en hield alle vragen af, omdat ze niks wisten. De moorden vielen niet onder hun jurisdictie. De staatspolitie wilde ook geen commentaar geven.

Jeri las het vrolijk en stuurde het meteen door naar Lacy Stoltz, zoals altijd versleuteld. Een paar minuten later stuurde ze haar de beveiligingscode.

Lacy zat achter haar bureau beoordelingen van andere aanklachten te lezen toen ze de mail zag binnenkomen en het bestand opende. Er zat geen bericht bij. Wie anders zou haar een privémail sturen met een beveiligingscode? Wie anders zou de oude artikelen uit de *Ledger* en de andere kranten hebben? Opnieuw bewonderde ze Jeri's research en vasthoudendheid en ze grinnikte om Herman Grays opmerking over het feit dat ze haar bij de FBI wel zouden kunnen gebruiken.

Ze deed haar deur dicht en zat lange tijd de rapporten van de oude moorden te herlezen, en ook van de nieuwe. Ze probeerde de impact van het verhaal van die ochtend in te schatten en kwam uiteindelijk tot de conclusie dat er op geen enkele manier voorspeld kon worden wat er zou kunnen gebeuren. Maar het leed nauwelijks twijfel dat er nu iets zou veranderen. Bannick zou dit lezen, had dat waarschijnlijk al gedaan. Wie zou in godsnaam kunnen raden wat zijn volgende stap zou zijn?

Rechter Bannick zat in een hotelkamer in Sante Fe toen hij het zag. Zoals altijd las hij de *Ledger* online voor al het nieuws thuis, en toen hij het zag begon hij te vloeken.

De enige andere persoon die Lanny Verno aan Pensacola zou kunnen koppelen, was Jeri Burke. Of misschien die oud-agent, Norris Ozment, maar die hoorde er niet bij.

Een paar van de oudere advocaten konden hem in verband brengen met Schnetzer en hun ruzie over het honorarium in 1993. Misschien zou een verslaggever van de *Ledger* zich Danny Cleveland herinneren, met zijn artikel vol vuilspuiterij over Bannick toen die zich voor het eerst kandidaat stelde als rechter, al betwijfelde hij dat. Cleveland was achter een paar schimmige projectontwikkelaars aan gegaan. Voor zover hij wist was er niemand meer die hem in verband kon brengen met Thad Leawood. Er was geen strafrechtelijke vervolging geweest en de bange slachtoffers verscholen zich achter hun ouders, die geen idee hadden wat ze moesten doen.

Hij was dertien en had de rang Life gekregen, met achttien insignes, inclusief alle verplichte. Het was zijn doel om het voor zijn veertiende verjaardag tot Eagle te schoppen, iets wat zijn vader aanmoedigde, want daarna zou hij in de bovenbouw komen en dan zou de scouting minder belangrijk worden. Hij leidde de Shark Patrol, de beste van de troep. Hij vond alles eraan geweldig: de weekends in het bos, de training voor de anderhalve kilometer zwemmen, de jamborees, de uitdaging om Eagle te worden, de strijd om meer insignes, de beloningsceremonieën, het buurtwerk.

Na de aanranding sloeg hij een bijeenkomst over, iets wat nooit eerder was gebeurd. Toen hij ook de tweede oversloeg, werden zijn ouders nieuwsgierig. Hij kon de last niet in zijn eentje dragen, dus vertelde hij het aan hen. Ze vonden het afschuwelijk en waren er kapot van, en hadden geen idee waar ze hulp moesten zoeken. Na een tijdje ging zijn vader naar de politie en hoorde tot zijn afgrijzen dat er nog een aanklacht was ingediend, door een jongen die anoniem wilde blijven.

Hij vermoedde dat het Jason Wright was, een vriend die de troep twee maanden eerder abrupt had verlaten.

De politie wilde met Ross praten, maar dat idee maakte hem doodsbang. Hij sliep aan het voeteneind van het bed van zijn ouders en vond het vreselijk om het huis te verlaten. Ze besloten dat het belangrijker was om hun kind te beschermen dan om straf te eisen. De nachtmerrie ging van kwaad tot erger toen de *Ledger* een artikel plaatste over een politieonderzoek naar 'beschuldigingen van seksueel wangedrag' door Thad Leawood van achtentwintig. Dat was volgens dr. Bannick duidelijk naar de politie gelekt en zorgde ervoor dat het stadje op zijn kop stond.

Leawood droop af en liet zich niet meer zien. Er gingen veertien jaar voorbij voordat hij voor zijn misdrijven boette.

Woensdag aan het eind van de middag was Lacy door haar smoezen heen en had ze geen zin meer om het voor zich uit te schuiven. Ze deed de deur van haar kantoor op slot en belde het eerste van de vele telefoonnummers van Betty Roe. Ze werden geen van alle opgenomen, wat niet ongebruikelijk was. Een paar minuten later pingde haar smartphone en zag ze een appje van een onbekend nummer. Betty schreef: *Ga naar de groene lijn.* Codetaal voor 'gebruik je wegwerptelefoon'. Lacy pakte hem en wachtte nog een minuut op het telefoontje.

Betty begon opgewekt. 'Wat vind je van dat verhaal in de *Ledger*?'

'Interessant, zacht uitgedrukt. Ik vraag me af hoe ze al die moorden zo snel bij elkaar hebben gevonden.'

'O, dat weet ik niet. Ik vermoed dat ze een anonieme mail hebben gekregen van iemand die bekend is met de moorden, denk je ook niet?'

'Vast wel.'

'Ik vraag me af hoe onze jongen heeft gereageerd.'

'Ik weet zeker dat het zijn dag heeft verpest.'

'Ik hoop dat hij een zware beroerte heeft gehad en is gestikt in zijn eigen braaksel. Ze zeggen dat hij toch al gezondheidsproblemen heeft. Het gerucht gaat dat hij darmkanker heeft, maar dat betwijfel ik. Ik denk eerder dat hij een goede reden nodig had om de stad uit te gaan.'

'Je klinkt uitgelaten.'

'Ik ben in een goede bui, Lacy. Ik ben naar Michigan gegaan en heb het afgelopen weekend met mijn dochter doorgebracht; het was een geweldig bezoek.'

'Mooi, want ik heb nieuws dat je misschien niet zo leuk vindt. We hebben onze beoordeling van je aanklacht afgerond en denken dat hij gegrond is. We dragen hem over aan de staatspolitie en de FBI. Onze beslissing is definitief.'

Stilte aan de andere kant van de lijn. Lacy ging verder. 'Het zou je niet moeten verbazen, Betty. Dit is wat je altijd hebt gewild. Je hebt ons gebruikt om het onderzoek te beginnen en het geloofwaardig te maken, terwijl jij je schuilhield in het donker. Niks mis mee, en ik verzeker je dat je naam niet genoemd zal worden. We zullen je identiteit zo goed mogelijk proberen te beschermen.'

'Wat betekent dat? Zo goed mogelijk?'

'Dat betekent dat ik niet precies weet hoe het onderzoek zal verlopen. Ik weet niet of de FBI jouw inbreng nodig heeft, maar als dat zo is, weet ik zeker dat ze wel weten hoe ze een sleutelgetuige moeten beschermen.'

'Ik zal geen oog dichtdoen voordat hij wordt gearresteerd en opgesloten. Jij moet je ook zorgen maken, Lacy. Ik heb je hiervoor gewaarschuwd.'

'Dat klopt, en ik zal oppassen.'

'Hij is slimmer dan wij, Lacy, en hij ligt altijd op de loer.'

'Denk je dat hij weet dat wij erbij betrokken zijn?'

‘Ga er maar van uit dat dat zo is, oké? Ga van het ergste uit. Hij is terug, Lacy.’

Lacy deed haar ogen dicht en maakte aanstalten het gesprek te beëindigen. Betty’s paranoia was soms vermoeiend.

33

De computer- en telefoonnetwerken van het Sheriff's Department van Harrison County waren overgedragen aan Nic Constantine, een twintigjarige parttimestudent aan een openbare universiteit verderop in de straat. Hij vond het leuk werk en vond het heerlijk om tussen de hulpsheriffs en andere politietypes rond te hangen, van wie de meeste heel wat hulp nodig hadden met de technologie. Hij had er echt talent voor en kon alles ontwerpen en repareren. Hij drong er telkens weer op aan dat ze her en der moesten upgraden, maar er waren altijd budgetproblemen.

Nic wist dat de zaak-Verno/Dunwoody topgeheim was. De gieren van de pers cirkelden nog steeds boven hen en sheriff Black had alle communicatie, die grotendeels offline plaatsvond, aan banden gelegd. Tot zijn grote vreugde was Nic op de plaats delict geweest, en later had hij de sheriff en hulpsheriff Mancuso naar de twee telefoons in het dorpje Neely in Mississippi geleid. Een simpel klusje dat zelfs een jochie van twaalf aankon.

Nic controleerde het netwerk routinematig op virussen, maar had Rafe en zijn slechte vrienden van Maggotz niet kunnen opsporen. Ze sluimerden het overgrote deel van de tijd. De fout was gemaakt door rechercheur Napier, die een onbeveiligd mailtje naar de sheriff had gestuurd waarin hij een meeting met de FBI bevestigde op vrijdag 25 april op het FBI-kantoor in Pensacola. Napier noemde de FBI daarin de 'Hoovies' en zei dat er een team uit Washington zou invliegen met een deskundige, de telefoon en de PTP. Napier zag onmiddellijk in dat hij een fout had gemaakt, wiste het mailtje, ging naar Nic en vroeg hem om het van het netwerk te halen. Nic traceerde het via de interne server van het bureau en was ervan overtuigd dat alles was verwijderd.

Daarna gingen Napier en Nic naar de sheriff en legden uit wat er gebeurd was. Nic droomde ervan om bij de FBI te werken en was opgetogen door het nieuws over de meeting. Hij bood aan om erbij te zijn, met de waarschuwing dat ze hem misschien nodig hadden voor het geval er nog meer fouten werden gemaakt. Sheriff Black was niet onder de indruk.

Rafe, sluimerend maar altijd aanwezig, zag het mailtje. Dertig minuten later zag rechter Bannick het ook en hij werd bevangen door paniek. Hij wist hoe dol de FBI was op afkortingen. Hij kende de vaktaal net zo goed als de agenten die ermee werkten. PTP: *partial thumb print.* Een gedeeltelijke duimafdruk.

Snel controleerde hij de bewakingscamera's en de beveiligingssystemen bij hem thuis, op de rechtbank en in de Kluis. Er was niemand binnen geweest. Hij boekte de eerste vlucht die uit Santa Fe vertrok, checkte uit bij zijn hotel en ging op weg naar huis.

De reis duurde eindeloos lang, maar gaf hem ruimschoots de tijd om na te denken. Hij wist zeker dat hij geen vingerafdrukken had achtergelaten, maar stel dat dat wel zo was? Afdrukken die van een van de telefoons af waren gehaald, zouden tegenwoordig nooit meer een match krijgen. Nadat hij jarenlang bezig was geweest ze te veranderen, zou de enige mogelijke match afkomstig moeten zijn van een recente afdruk, iets wat hij de afgelopen tien jaar had aangeraakt.

Hij kwam om drie uur 's nachts thuis en moest uitrusten, maar de pillen werkten te goed. Hij liet het licht uit, zodat de buren niet zouden weten dat hij thuis was, en werkte in het halfdonker. Hij trok plastic handschoenen aan en vulde de vaatwasser met de eerste lading. Een paar kopjes en glazen gingen in een grote vuilniszak.

Door een oppervlak schoon te vegen, worden de latente vingerafdrukken over het algemeen in elk geval uitgesmeerd, waardoor ze onbruikbaar worden. Maar uitsmeren was niet de bedoeling. Hij maakte een oplossing van water, gedestilleerde alcohol en citroensap en veegde het aanrecht en de apparaten af met een microfiber doek. Lichtknopjes, wanden, keukenkastjes. Hij haalde potjes, flesjes, blikjes en plastic verpakkingen uit de koelkast en kieperde de inhoud in de afvoer. De verpakkingen gingen in de vuilniszak. Hij kookte niet vaak en de koelkast was nooit vol.

Latente vingerafdrukken kunnen jaren blijven zitten. Hij vervloekte zichzelf en mompelde steeds weer: 'PTP.'

In de badkamer schrobde hij de oppervlakken, de muren, het toilet, de douchekranen en de vloer. Hij haalde het badkamerkastje leeg en liet alleen een tandenborstel, een wegwerpscheermesje, scheerschuim en een halflege tube tandpasta achter. Het was vrijwel onmogelijk om vingerafdrukken van stof te verwijderen, maar hij stopte toch de wasmachine vol met badlakens en handdoeken.

In de woonkamer gooide hij de afstandsbediening weg en veegde het ledscherm af. Hij gooide alle tijdschriften en een paar oude kranten weg. Hij boende de wanden en de leren stoelen schoon.

In zijn kantoor veegde hij het toetsenbord, zijn oude laptop, twee gedateerde mobiele telefoons en een stapel briefpapier en enveloppen schoon. Hij staarde naar een kast vol mappen en besloot die later te halen.

Het schoonmaken zou uren, zo niet dagen in beslag nemen en hij wist dat dit pas zijn eerste ronde was. Er zou nog een tweede volgen, en hopelijk een derde. Bij zonsopkomst, voordat de buren actief zouden worden, zeulde hij drie grote, zwarte vuilniszakken naar zijn SUV en ging even zitten om een dutje te doen.

Hij kon de slaap niet vatten. Om acht uur nam hij een douche, waarna hij de handdoeken en zijn vuile kleren weggooide. Hij keek in zijn kast en besefte hoeveel spullen er moesten worden weggegooid. Hij vulde de wasmachine met ondergoed en kleding en verdubbelde de hoeveelheid wasmiddel.

Hij kleedde zich casual en vertrok. Hij belde Diana Zhang, zei dat hij weer terug was en zich goed voelde, en dat hij even langs de rechtbank wilde gaan om hen gedag te zeggen. Toen hij daar om negen uur aankwam, begroetten zijn medewerkers hem als een held die was teruggekeerd. Hij kletste een tijdje met hen en verzekerde hun ervan dat zijn eerste ronde chemo goed was verlopen en dat zijn artsen er vertrouwen in hadden. Hij zou een paar dagen thuisblijven voordat hij terugging naar Santa Fe.

Ze vonden dat hij er moe en zelfs verwilderd uitzag.

Hij ging achter zijn bureau zitten en dicteerde zijn secretaresse een lijst van dingen die gedaan moesten worden. Hij moest wat telefoontjes plegen en vroeg of ze hem even alleen wilde laten. Hij deed de deur op slot en keek zijn kantoor rond. Bureau, leren stoelen, werktafel, dossierkasten, planken vol met boeken en verhandelingen. Goddank had hij de meeste ervan in geen jaren aangeraakt. Het leek een onmogelijke taak, maar hij had geen keus. Hij opende zijn aktetas, trok plastic handschoenen aan, haalde drie pakjes alcoholdoekjes tevoorschijn en ging aan de slag.

Twee uur later zei hij tegen zijn werknemers dat hij naar huis ging om te rusten. Niet bellen, alsjeblieft. In plaats daarvan reed hij naar zijn geheime kantoor in Pensacola. Hij betwijfelde of iemand die op zoek ging naar vingerafdrukken deze plek ooit zou vinden, maar hij kon geen enkel risico nemen. Hij had het uiterst voorzichtig ingericht en goed opgelet dat hij geen aanwijzingen zou achterlaten voor het geval er een noodgeval zou zijn. Alles was gedigitaliseerd: geen boeken, geen dossiers, geen rekeningen, niks wat een spoor kon achterlaten.

Hij ging op de bank liggen en het lukte hem om twee uur te slapen.

Volgens Jeri's lesrooster, dat officieel online stond, gaf ze om twee uur een college vergelijkende politicologie in het gebouw van Geesteswetenschappen. Hij reed in een uur naar Mobile en vond het gebouw via een plattegrond van de campus die hij in zijn geheugen had geprent.

Haar auto, een witte Toyota Camry uit 2009, stond met nog honderd andere geparkeerd op een terrein voor faculteitsmedewerkers en studenten, waarvoor een sticker vereist was. Hij reed weer weg, reed naar een autowasstraat een paar straten verderop, ging met zijn nieuwe Tahoe naar het zelfbedieningsgedeelte en parkeerde daarna bij de stofzuigers, waar hij alle vier de portieren openzette. Hij ging aan het werk, verwisselde de nummerborden en was nu geregistreerd in Alabama. Toen alles weer vlekkeloos glanzend was, reed hij terug naar het gebouw van Geesteswetenschappen en ging op een plekje zo dicht mogelijk bij de Camry staan. Hij zette de achterklep van de Tahoe open, haalde de krik en het reservewiel eruit en begon zogenaamd een achterband te verwisselen die helemaal niet lek was.

Een campusbewaker reed in een oude Bronco tussen de rij geparkeerde auto's door en stopte achter de Tahoe. 'Hulp nodig?' vroeg hij vriendelijk, zonder aanstalten te maken om uit te stappen.

'Nee, bedankt,' zei Bannick. 'Het lukt wel.'

'Ik zie geen parkeersticker.'

'Nee, sorry. Ik kreeg daar een lekke band,' zei hij met een knikje naar de straat. 'Ik ben zo weer weg.'

De bewaker reed weg zonder verder iets te zeggen.

Shit! Een fout die niet vermeden had kunnen worden.

Hij krikte de Tahoe op en pakte zonder ook maar een wielmoer aan te raken een BlueCloud TS-180 gps-tracker met een magnetische houder. Die woog vierhonderd gram en was ongeveer net zo groot als een dikke paperback. Hij liep nonchalant naar de Camry, keek van achter zijn zonnebril naar alles wat bewoog, zag drie studenten het gebouw binnengaan die totaal geen oog voor hem hadden, bukte snel en bevestigde het apparaatje aan de zijkant van de benzinetank. De batterij hield het honderdtachtig uur vol en reageerde op beweging, dus deed een dutje als de auto niet reed. Hij liep terug naar zijn auto, krikte hem omlaag, legde de krik en het reservewiel terug, deed de achterklep dicht en reed het parkeerterrein af. De bewaker was nergens te bekennen.

Twee uur later kwam de Camry in beweging. Hij volgde het signaal met zijn smartphone en had hem algauw in het vizier. Jeri stopte bij een stomerij, deed wat ze moest doen en reed naar haar appartement.

De tracker werkte fantastisch.

Hij reed terug naar Cullman, wachtte tot halfzes tot de rechtbank gesloten was en ging met zijn eigen sleutel via de achterdeur naar binnen. Hij was tien jaar lang binnengekomen en weggegaan zoals het hem uitkwam en had zelden iemand gezien na werktijd. Hij pleegde geen misdrijf, hij was gewoon zijn kantoor aan het opruimen.

Hij veegde het opnieuw schoon en vertrok toen het al donker was met twee dikke aktetassen vol dossiers en schrijfblokken. Een hardwerkende rechter.

34

Op vrijdagochtend kwamen Lacy en Darren om kwart voor tien aan in een kantoorgebouw in de binnenstad voor een meeting om tien uur, een soort topoverleg. Het FBI-kantoor bevond zich op de vijfde verdieping en ze werden daar bij de lift opgewacht door special agent Dagner uit Pensacola.

Vanuit een hotelkamer op de tweede verdieping, twee straten verderop, hield rechter Bannick het parkeerterrein in de gaten via een telescoop die hij met één hand vasthield. Hij zag Lacy en Darren het gebouw binnengaan. Tien minuten later zag hij dat er een burgersedan met nummerborden uit Mississippi parkeerde, waarna er twee mannen uitstapten. Ze hadden burgerkleding aan en droegen zelfs een jasje en een stropdas voor de grote meeting. Ernaast stond een zwarte SUV. Alle vier de portieren gingen tegelijk open en de FBI-agenten, drie mannen en een vrouw, in fraaiere donkere kostuums, stapten uit en liepen haastig naar binnen. De laatste twee kwamen aanrijden in een auto met nummerborden uit Florida. Nog meer donkere pakken.

Toen het verkeer om tien over tien ophield, ging Bannick op de rand van het bed zitten en wreef over zijn slapen. De FBI was gearriveerd, de Hoovies uit het grote kantoor in Washington, samen met de staatspolitie en de jongens uit Mississippi.

Hij kon niet weten wat er daar werd gezegd. Rafe was er niet in geslaagd tot het netwerk door te dringen.

Maar de rechter had een redelijk goed idee van wat er gaande was, en hij wist hoe hij erachter moest komen.

Ze gingen om een lange tafel in de grootste kamer van het kantoor zitten, terwijl twee secretaresses koffie en broodjes rondbrachten. Na een introductierondje met zoveel namen dat Darren probeerde ze allemaal op te schrijven, opende de baas de vergadering. Hij was Clay Vidovich, de Special Agent in Charge (SAC) en hij zat aan het hoofd van de tafel. Rechts van hem zaten de special agents Suarez, Neff en Murray. Links van hem zaten sheriff Dale Black en rechercheur Napier uit Biloxi. Naast hen zaten twee rechercheurs van de staatspolitie van Florida, Harris en Wendel. Lacy en Darren zaten helemaal aan de andere kant van de tafel, alsof ze niet bij de echte agenten hoorden.

De politie van Pensacola schitterde door afwezigheid. De verdachte was een kerel uit de buurt met een heleboel contacten. Loslippigheid kon fataal zijn. De stadsjongens zouden alleen maar in de weg lopen.

Vidovich stak van wal. 'Goed, het papierwerk is afgehandeld, alle protocollen zijn goedgekeurd en de FBI houdt zich officieel met de zaak bezig. Dit is nu een gezamenlijke taskforce waarin we allemaal volledig samenwerken. Sheriff, hoe zit het met de staatspolitie van Mississippi?'

'Tja, we hebben ze op de hoogte gehouden, maar er is me gevraagd niets te zeggen over deze eerste meeting. Ik neem aan dat ze klaarstaan als we ze nodig hebben.'

'Nu niet. Later misschien. Inspecteur Harris, hebt u de politie in Marathon ingelicht?'

'Nee, meneer, maar dat zal ik doen zodra we ze nodig hebben.'

'Mooi. Laten we zonder hen beginnen. Goed, we hebben allemaal de samenvattingen gelezen en ik denk dat we weten waar we het over hebben. Mevrouw Stoltz, aangezien u dit allemaal hebt aangezwengeld, lijkt het me goed als u de basis even met ons wilt doornemen.'

'Natuurlijk,' zei ze met een glimlach. De enige andere vrouw in de kamer was agent Agnes Neff, een stoer uitziende veteraan bij wie er nog geen lachje af had gekund.

Lacy stond op en schoof haar stoel naar achteren. 'Het begon met een aanklacht tegen rechter Bannick, die werd ingediend door ene Betty Roe, een schuilnaam.'

'Wanneer krijgen we haar echte naam?'

'Nou, het is nu jullie zaak, dus wanneer jullie willen. Maar ik hou haar hier liever zo lang mogelijk buiten.'

'Prima. En wat heeft zij hiermee te maken?'

'Haar vader is in 1992 vermoord in de buurt van Gaffney in South Carolina. De zaak liep vrijwel onmiddellijk vast en ze nam zich heilig voor om de moordenaar van haar vader te vinden. Ze is al jaren geobsedeerd door de zaak.'

'We hebben het over acht moorden, toch?'

'Acht waar zij van weet. Het kunnen er meer zijn.'

'Ik denk dat we wel kunnen aannemen dat er meer zijn. En ze heeft alleen het motief, hè?'

'En de modus operandi.'

Vidovich keek naar Suarez, die zijn hoofd schudde en zei: 'Het is dezelfde vent. Hetzelfde soort touw en de knoop is zijn handelsmerk. We hebben de foto's van de plaats delict van Schnetzer in Texas, zelfde touw en knoop. We hebben de autopsie bestudeerd, zelfde soort klap op het hoofd, zelfde instrument. Iets als een klauwhamer waarmee de schedel op één punt wordt ingeslagen, waarna er aan alle kanten scheurlijntjes ontstaan.'

Vidovich keek naar inspecteur Harris en vroeg: 'En de moordenaar kende hem in een ander leven?'

Harris zei: 'Klopt. Ze waren jaren geleden allebei advocaat hier in de stad.'

'U kent deze rechter niet, hè, mevrouw Stoltz?'

'Nee, ik heb nooit het genoegen gehad. Er is nooit eerder een aanklacht tegen hem ingediend. Een schone staat van dienst en een goede reputatie.'

'Dat is opmerkelijk,' zei Vidovich tegen de tafel, en iedereen knikte instemmend.

Hij vervolgde: 'Mevrouw Stoltz, wat denkt u dat hij zou doen als we hem gewoon vragen om langs te komen om wat vragen te beantwoorden? Hij is een bekende rechter, een ambtenaar van het hof. Hij weet niets van de PTP. Waarom zou hij niet willen meewerken?'

'Nou, als hij schuldig is, waarom zou hij dan wel willen meewerken? Ik denk dat hij ofwel zou verdwijnen, ofwel een advocaat in de arm zou nemen. Maar hij zal zich niet beschikbaar stellen.'

'En hij is een vluchtrisico?'

'Ja, naar mijn mening wel. Hij is slim en heeft middelen. Hij is er de afgelopen twintig jaar uitstekend in geslaagd om niet te worden gepakt. Ik denk dat deze vent in een fractie van een seconde in rook kan opgaan.'

'Dank u wel.'

Lacy ging zitten en keek naar de gezichten om de tafel.

Vidovich zei: 'Het is duidelijk dat we zijn vingerafdrukken nodig hebben, zijn huidige. Agnes, vertel ons eens iets over een huiszoekingsbevel.'

Nog steeds gelaten schraapte ze haar keel en keek naar haar schrijfblok. 'Ik heb gisteren met de juridische afdeling in Washington gesproken en zij denken dat we het kunnen doen. Een hoofdverdachte in een moordzaak, of eigenlijk twee moordzaken, de zaak in Biloxi en een mysterieuze gedeeltelijke vingerafdruk daar, die geen enkele match heeft. Volgens de juridische afdeling kunnen we stevig aandringen op een huiszoekingsbevel. De officier van justitie in Mississippi is ingelicht en heeft een rechter klaarstaan.'

Lacy vroeg: 'Mag ik vragen wat jullie van plan zijn te doorzoeken?'

'Zijn huis en zijn kantoor,' zei Vidovich. 'Die zitten onder de vingerafdrukken. Als we een match hebben, is het spel uit.

Als we geen match hebben, bieden we onze excuses aan en verlaten de stad. Dan kan Betty Roe weer verder met haar Sherlock Holmes-routine.'

'Oké, maar het is een fanatiekeling als het op beveiliging en bewaking aankomt. Hij weet het meteen als iemand een deur intrapt of op de een of andere manier binnenkomt. Dan is hij weg.'

'Weten we waar hij op dit moment is?'

Alle hoofden schudden eensgezind van nee. Vidovich keek Harris boos aan, maar die zei: 'Nee, we hebben hem niet in de gaten gehouden. Geen reden voor. Er is geen zaak, geen dossier. Hij is geen verdachte, nog niet.'

Lacy zei: 'Hij is ook met verlof wegens medische redenen, hij beweert dat hij een behandeling tegen kanker ondergaat, volgens een bron hier in Pensacola. Zijn kantoor heeft tegen een van onze contactpersonen gezegd dat hij zeker de komende twee maanden niet op de rechterstoel zal plaatsnemen. De website van het gerechtshof bevestigt dat.'

Vidovich fronste zijn voorhoofd en wreef over zijn kaak, terwijl alle anderen wachtten. Hij zei: 'Oké, laten we beginnen met surveillance en ervoor zorgen dat we die kerel vinden. In de tussentijd regelen we een huiszoekingsbevel van de rechter in Mississippi, brengen dat naar de rechter hier en houden het vast tot we hem gevonden hebben. Op dat moment kan hij niet meer ontsnappen en voeren we de huiszoeking uit.'

Ze discussieerden een uur lang over de surveillance: wie, waar, hoe. Lacy en Darren verveelden zich, hun aanvankelijke opwinding verflauwde en na een tijdje vroegen ze of ze weg konden.

Vidovich beloofde dat hij ze op de hoogte zou houden, maar het was duidelijk dat hun taak erop zat.

Terwijl ze de stad uit reden, vroeg Darren: 'Ga je dit aan Betty vertellen?'

'Nee. Ze hoeft niet te weten wat er gebeurt.'

'Zijn we dan klaar met haar? Kunnen we de zaak sluiten?'

'Dat weet ik niet zeker.'

'Nou, jij bent toch de baas?'

'Natuurlijk.'

'Waarom kun je dan niet zeggen dat de BJC er niet langer bij betrokken is?'

'Ben je het zat?'

'We zijn advocaten, Lacy, geen agenten.'

De drie uur durende rit terug naar Tallahassee was een opluchting. Het was bijna twaalf uur 's middags op een vrijdag, een vreemd koele lentedag, en ze besloten het kantoor te laten voor wat het was.

Terwijl zij zijn lot bespraken, reed rechter Bannick in tien minuten naar zijn winkelcentrum en verdween in zijn andere kamer en zijn Kluis. Hij veegde zijn computers schoon, verwijderde de harddrives, haalde de USB-sticks uit de verborgen kluisjes en boende alles nog eens schoon. Bij het weggaan resette hij de beveiligingscamera's en de sensoren en vertrok naar Mobile.

Hij bracht de middag door met slenteren door een winkelcentrum, espresso drinken bij Starbucks, sodawater drinken in een donkere bar, wat in de haven rondhangen en rondrijden tot het donker werd.

35

In de standaard witte A4-envelop zaten kopieën van haar drie gedichtjes. Hij was verzegeld en geadresseerd met dikke, zwarte inktletters: ***Jeri Crosby***. Er stond geen postadres bij, maar dat was ook niet nodig. De woorden *Persoonlijk bezorgd* waren onder haar naam gekrabbeld. Hij wachtte tot negen uur 's avonds en parkeerde twee korte straten verderop langs de stoeprand.

Jeri zat weer eens een vrijdagavond te verlummelen en zapte langs tv-zenders terwijl ze de verleiding probeerde te weerstaan om online te gaan en op zoek te gaan naar nog meer moorden. Lacy had na de lunch gebeld met het nieuws dat de FBI in de stad was en de leiding over het onderzoek op zich nam. Jeri zou in een betere stemming moeten verkeren nu haar werk erop zat en Bannick werd aangepakt door de profs. Maar ze realiseerde zich dat een obsessie niet zomaar overgaat en dat ze onmogelijk gewoon de knop kon omzetten en verder kon gaan met haar leven. Ze had zo lang op deze manier geleefd, dat ze het niet zomaar uit haar systeem kon wissen. Ze had verder geen doel, behalve haar werk en haar prachtige dochter. En ze was nog steeds doodsbang. Ze vroeg zich af hoe lang de angst zou duren. Zou ze ooit een uur kunnen volmaken zonder over haar schouder te kijken?

Ze schrok van de deurbel. Ze hanneste met de afstandsbediening, zette het geluid van de tv uit, pakte het dichtstbijzijnde pistool van een tafel bij de deur en gluurde door de jaloezieën. Een straatlantaarn verlichtte de voortuinen van de vier appartementengebouwen in haar rijtje, maar er was niks te zien. Ze was niet van plan om open te doen op vrijdagavond om negen uur en kon niet bedenken wie er langs zou komen zonder eerst te bellen. Zelfs politieke kandidaten werkten niet op dit tijdstip. Ze wachtte tot er nog een keer zou worden aangebeld, greep haar pistool stevig beet en weerstond de verleiding om door het kijkgaatje te turen. Er verstreken lange minuten en het feit dat degene die daarbuiten stond niet nog een keer aanbelde en haar dus niet echt wilde zien, maakte de situatie alleen nog maar erger. Konden het kinderen zijn die kattenkwaad uithaalden? Dat was nog nooit gebeurd, niet in haar rustige straatje. Ze besefte dat ze zweette en ze had een knoop in haar maag. Ze probeerde diep adem te halen, maar haar hart ging als een razende tekeer.

Langzaam liep ze naar de deur en zei zo hard dat het op de stoep te horen was: 'Wie is daar?'

Natuurlijk kreeg ze geen antwoord. Ze vatte de moed om door het kijkgaatje te gluren, half en half verwachtend dat er een bloeddoorlopen oog terug zou kijken, maar er was niks. Ze deed een stap naar achteren, haalde weer diep adem, hield het pistool in haar rechterhand en schoof met haar linkerhand het veiligheidsgrendeltje opzij. Met de ketting nog vast keek ze door de tochtdeur, maar ze zag niemand. Hoorde ze soms weer dingen? Had er wel echt iemand aangebeld?

De camera, stomkop! Haar deurbel werd zo weinig gebruikt dat ze de camera helemaal vergeten was. Ze liep naar de keuken, pakte haar smartphone en wist met vreselijk trillende handen de app te vinden. Ze gaapte naar de video. De deurbelcamera reageerde op beweging, en van vijf meter afstand, toen de persoon uit de bosjes leek te komen, begon de video te lopen. Hij liep de stoep op, stak een envelop in de tochtdeur en verdween. Ze bekeek hem keer op keer en werd kotsmisselijk.

Een man, met lang zandkleurig haar tot op zijn schouders. Een pet zonder logo diep over zijn ogen getrokken. Dikke brillenglazen en daaronder een huidkleurig masker met putjes en littekens, iets uit een horrorfilm.

Ze deed het licht aan en ging met haar pistool en haar telefoon op de bank zitten. Ze bekeek de video nog een keer. Die duurde zes seconden, al was hij maar de helft ervan te zien. Drie seconden waren voldoende. Ze huilde, en dat vond ze vreselijk, maar haar tranen hadden niets met verdriet te maken. Het waren tranen van pure angst. Haar maag draaide zich om en ze wilde overgeven. Haar lichaam trilde tot aan haar tenen en haar hart ging als een razende tekeer.

En het zou nog erger worden.

Uiteindelijk dwong ze zichzelf om op te staan en naar de deur te lopen. Ze draaide hem van het slot en schoof de ketting eraf, en daarna maakte ze de tochtdeur open. De envelop viel op de drempel. Ze pakte hem, deed alles weer op slot en liep terug naar de bank, waar ze er tien minuten naar staarde.

Toen ze hem openmaakte en haar rare gedichtjes zag, schoten haar handen automatisch naar haar mond en dempten haar gil.

De politie was geërgerd door zo'n onbenullig telefoontje. Het duurde twintig minuten voor ze er waren, goddank zonder al die blauwe zwaailichten, en ze begroette hen op de stoep.

'Een gluurder?' vroeg de eerste.

Om haar ter wille te zijn, scheen de tweede met een zaklamp in het bloembed, maar zag niks.

Jeri liet hem de video zien. 'Het is maar een grap, mevrouw,' zei de eerste, die zijn hoofd schudde vanwege zoveel hinder. 'Iemand probeert u gewoon de stuipen op het lijf te jagen.' Het was vrijdagavond in de grote stad en ze hadden veel dringender zaken aan hun hoofd, zoals geweldsmisdrijven, drugsdealers en dronken pubers.

'Nou, de grap heeft gewerkt,' zei ze.

Meneer Brammer, haar buurman, liep naar haar toe en de agenten ondervroegen hem. Jeri had hem in geen weken gesproken, net zomin als alle andere buren. Ze stond bekend als een kluizenaar die niet al te vriendelijk was.

Hij zei dat ze hem moest bellen als het nog eens gebeurde. De politie ging weg en beloofde de komende uren in de wijk te patrouilleren. Nadat ze weg waren, barricadeerde ze haar flat weer en ging met alle lichten aan op de bank zitten. Denkend aan het ondenkbare.

Bannick wist dat zij het was. Hij was naar haar huis gekomen, had bij haar aangebeld en had haar gedichten achtergelaten. En hij zou terugkomen.

Ze overwoog om Denise te bellen, maar waarom zou ze haar bang maken? Ze was vijftienhonderd kilometer verderop en kon niks doen om te helpen. Ze overwoog om Lacy te bellen, alleen maar omdat iemand het dan zou weten. Maar die zat drie uur verderop en zou waarschijnlijk niet opnemen op dit tijdstip.

Om middernacht deed ze alle lichten uit en ging in het donker zitten wachten.

Een uur later pakte ze een kleine tas, vertrok met haar pistool in de hand via de achterdeur en stapte in haar auto. Ze reed weg, haar ogen aan het achteruitkijkspiegeltje geplakt, maar zag niks verdachts. Ze zigzagde door rustige wijken, draaide Interstate 10 op naar het oosten en toen de lichtjes van de binnenstad achter haar lagen, ontspande ze en was opgelucht dat ze de stad uit was. Ze nam een afslag en reed in zuidelijke richting over Highway 59 naar de Golf. De weg was verlaten op dat tijdstip en ze wist zeker dat niemand haar volgde. Ze reed door de dorpjes Robertsdale en Foley. Ze parkeerde bij een nachtsupermarkt en keek naar de weg achter haar. Er kwam om de tien minuten een auto langs. De highway hield op bij het strand in Gulf Shores. De enige keuzes waren oost of west. Bannick hing waarschijnlijk nog in Mobile rond, dus ze sloeg links af en reed via de kustplaatsen in Alabama door naar Florida. Een uur lang reed ze over Highway 98, tot ze in Fort Walton Beach voor een stoplicht moest wachten. Er zat al een paar kilometer een auto achter haar en dat was gek, want er was vrijwel geen ander verkeer. In een opwelling sloeg ze af naar het noorden op Highway 85, maar de auto volgde haar niet. Een halfuur later kruiste ze Interstate 10 en zag borden voor fastfood, benzine en kamers.

Ze moest uitrusten en werd aangetrokken door de felle lichten en het halflege parkeerterrein van het Bayview Motel. Ze parkeerde, stopte haar pistool in haar tas en ging naar binnen om een kamer te nemen.

Twintig minuten later draaide Bannick het parkeerterrein op. Hij zat met zijn laptop in zijn SUV, weer met nummerborden uit Alabama, en hij reserveerde online een kamer. Toen de bevestigingsmail binnenkwam, wachtte hij tien minuten en antwoordde dat er een probleem was met de reservering. Zie de bijlage. Toen de medewerker dat deed, omzeilde Rafe met gemak het belabberde beveiligingssysteem en begon in het netwerk te vissen.

Sinds de vorige avond om twee voor halftien had er slechts één gast ingecheckt, ene Margie Frazier, die kennelijk een prepaid creditcard had gebruikt.

Wat schattig, dacht de rechter. Ze gebruikt graag verschillende namen.

Rafe vond haar in kamer 232. Kamer 233 aan de overkant van de gang leek nog leeg te zijn. Verderop in de gang waren een uitgang en een trappenhuis, alleen voor noodgevallen.

Dit motel gebruikte een typisch elektronisch keycardsysteem met een masterswitch voor evacuaties bij brand. Rafe vond het lichtpaneel en voor de lol schakelde de rechter het licht in de lobby uit, liet het er een paar tellen donker blijven en deed het licht toen weer aan. Geen kip die erop reageerde.

Hij liep de lege lobby in en tikte op de bel bij de receptie. Na een tijdje verscheen er een jongeman met slaperige ogen, die hem begroette. Ze namen snel het papierwerk voor één nacht door, terwijl de rechter een babbeltje maakte. Hij vroeg om kamer 233 en zei dat hij daar zes maanden geleden ook had gelogeerd en negen uur aan één stuk had geslapen, een record. Hij wilde zijn geluk nog een keer beproeven. Bijgeloof en zo. Het liet de jongen koud.

Hij ging met de lift naar de tweede verdieping, glipte geruisloos kamer 233 binnen en inspecteerde de deur. Voor extra veiligheid zat er zowel een zware grendel als een elektronisch slot met dievenklauwen op. Niks bijzonders, maar goed, dit was dan ook een toeristenmotel waar kamers werden verhuurd voor negenennegentig dollar per nacht. Hij trok een paar huidkleurige plastic handschoenen aan, klapte zijn laptop open, maakte contact met Rafe en bekeek de beveiligings- en verlichtingssystemen.

Margie bevond zich aan de overkant van de gang in kamer 232. De kamer ernaast, 234, was leeg. Om te oefenen gaf hij Rafe instructie om alle kamerdeuren te ontgrendelen, en daarna liep hij naar kamer 234 en maakte die open door gewoon aan de knop te draaien. Terug in zijn kamer deed hij alle deuren weer op slot en daarna legde hij zijn gereedschap op het goedkope dressoir, waarbij hij voorzichtig een klein flesje ether, een microfiber doek, een kleine zaklamp en een flipperkaart om sloten te openen uitspreidde. Hij stopte ze allemaal in de voorzakken van een vest dat hij bij een aantal van dit soort speciale gelegenheden had gedragen. Naast de gereedschapstas legde hij voorzichtig een injectienaald en een klein flesje ketamine, een sterk barbituraat dat werd gebruikt voor anesthesie.

Hij strekte zijn rug, haalde een paar keer diep adem en herinnerde zichzelf aan twee belangrijke waarheden, ten eerste:

hij had geen keuze, en ten tweede: falen was geen optie.

Het was zaterdag 26 april, achttien minuten over drie 's nachts.

Met zijn laptop instrueerde hij Rafe eerst om alle deuren te ontgrendelen en daarna om de elektriciteit uit te schakelen. Alles was op slag zwart. Met de zaklamp tussen zijn tanden maakte hij de deur open, liep naar de overkant van de gang, draaide langzaam de knop van kamer 232 om, liet de flipperkaart door de kier glijden, trok de grendel naar achteren, deed de deur een halve meter open, ging op zijn knieën zitten, knipte de zaklamp uit en kroop de kamer binnen. Voor zover hij wist had hij tot op dat ogenblik geen geluid gemaakt.

Ze lag te slapen. Hij luisterde naar haar zware ademhaling, glimlachte en wist dat de rest eenvoudig zou zijn. Met dat gevoel sloop hij naar haar bed, haalde een microfiber doek die doordrenkt was met ether uit zijn vestzak, knipte de zaklamp aan en sloeg toe. Jeri sliep op haar zij onder de lakens en wist niet dat er iets mis was totdat er een zware hand tegen haar mond sloeg en zo hard drukte dat ze geen lucht kreeg. Versuft, verward en doodsbang probeerde ze zich los te worstelen, maar haar belager was sterk en was volledig in het voordeel. Het laatste wat ze zich herinnerde was de zoete smaak van iets op een stuk stof.

Hij controleerde de gang – pikdonker, nergens stemmen. Hij sleepte haar naar zijn kamer en legde haar op het bed, en daarna liep hij naar zijn laptop en schakelde de elektriciteit in.

Hij had haar nog nooit gezien. Gemiddelde lengte, slank, best knap, al was dat moeilijk te zeggen met haar ogen dicht. Ze was naar bed gegaan in een zwarte yogabroek en een verschoten blauw T-shirt, waarschijnlijk klaar om elk moment weer weg te vluchten. Hij nam vijfhonderd milligram ketamine en spoot dat in haar linkerarm. Door de drug zou ze drie of vier uur buiten westen moeten blijven. Hij haastte zich terug naar haar kamer, pakte haar sneakers en een licht jasje, zag het pistool op het nachtkastje liggen, een 9mm-automaat, prees zich een fractie van een seconde gelukkig omdat ze het niet had gebruikt, verliet de kamer en deed de deur dicht.

Zijn SUV stond zo dicht mogelijk bij de buitentrap geparkeerd. Hij gooide zijn tas erin, zette de achterklep open, keek het parkeerterrein rond en zag niks, waarna hij terugging naar zijn kamer. Hij liep naar zijn laptop, schakelde de elektriciteit uit, keek nog eens goed of alle beveiligingscamera's echt uit waren, tilde Jeri van het bed, zwaaide haar over zijn schouder, kreunde en liep haastig door de gang en de trap af. Hij bleef aan de rand van het gebouw staan om nog eens te kijken, zag weer niks bewegen, nergens koplampen, en liep door de donkere schaduwen snel naar zijn SUV.

Nu hijgend en zwetend keerde hij terug naar zijn kamer om zijn laptop, haar sneakers en haar jasje te pakken en om zich ervan te verzekeren dat er niks was achtergebleven. Om acht over halfvier verliet hij het parkeerterrein van het Bayview Motel en reed in oostelijke richting langs de kust.

36

Ze werd in een volkomen zwarte duisternis wakker, met een zware doek over haar hoofd waardoor ze moeilijk kon ademhalen. Haar polsen waren achter haar rug gebonden en haar armen deden pijn omdat ze als een pretzel in elkaar was gedraaid. Ook haar enkels waren bij elkaar gebonden. Ze lag op een deken. Achter zich voelde ze iets wat op leer leek, als een bank. De lucht was warm, rokerig zelfs.

Ze leefde, voorlopig tenminste. Terwijl haar hoofd langzaam helder werd en ze haar gedachten op een rijtje kon zetten, werd ze zich bewust van de zacht knetterende geluiden van een vuur. Een man kuchte, niet ver weg. Ze durfde niet te bewegen. Maar haar schouders deden ontzettend veel pijn en ze kronkelde onwillekeurig.

'Ik denk dat het tijd wordt dat je bij je positieven komt,' zei hij. Zijn stem kwam haar bekend voor.

Ze rukte en worstelde en wist rechtop te gaan zitten. 'Ik word gek van de pijn in mijn armen,' zei ze. 'Wie ben je?'

'Ik denk dat je dat wel weet.'

De plotselinge beweging maakte haar misselijk en ze was bang dat ze moest overgeven. 'Ik voel me niet lekker,' mompelde ze terwijl haar mond gevuld werd met zuur.

'Buig maar voorover en kots zoveel je wilt.'

Ze slikte moeizaam en snel en drong het terug. Door het zware ademhalen brak het zweet haar uit. 'Alsjeblieft, ik moet lucht hebben. Ik stik.'

'Dat is een van mijn lievelingswoorden.'

Hij liep naar haar toe, boog zich naar haar gezicht en rukte de kap af. Jeri keek met open mond naar het bleke masker met de putjes en de littekens, en ze gilde. Daarna verslikte ze zich en ze kokhalsde en gaf over op de grond. Toen ze klaar was, stak hij zachtjes zijn handen achter haar rug en maakte de handboeien los. Ze trok haar handen los en schudde met haar armen, alsof ze het bloed wilde laten stromen. 'Dank je, klootzak,' zei ze.

Hij liep naar de open haard en naar een stapel kantoormappen, die hij langzaam een voor een in de vlammen wierp.

'Mag ik wat water?' vroeg ze.

Hij knikte naar een fles naast een lamp. Ze pakte hem en nam een slok, terwijl ze probeerde niet naar hem te kijken. Hij negeerde haar terwijl hij de mappen verbrandde.

Het was donker in de kamer, de rolgordijnen waren omlaaggetrokken en er hingen dekens voor de twee ramen, zodat er nergens een straaltje zonlicht te zien was. Het plafond was laag, de wanden waren perfecte blokken met witte pleisterkalk ertussenin. Op een salontafel lag een rol nylonkoord, meterslang, blauw met wit van kleur, waar twee stukken van af waren geknipt, en dat lag daar allemaal voor haar uitgestald om naar te kijken.

'Waar zijn we?' vroeg ze.

'En jij denkt dat ik daar antwoord op geef?'

'Nee. Doe dat masker af, Bannick. Ik weet wie je bent. Ik herken je stem.'

'Hebben we elkaar weleens ontmoet?'

'Nee, goddank niet, tot nu toe. Ik heb je op het toneel gezien. *Dood van een handelsreiziger.*'

'Hoe lang hou je me al in de gaten?'

'Twintig jaar.'

'Hoe heb je me gevonden?'

'Hoe heb jij mij gevonden?'

'Je hebt een paar stomme fouten gemaakt.'

'Jij ook. Mijn enkels en mijn benen slapen.'

'Jammer dan. Je mag van geluk spreken dat je nog leeft.'

'Jij ook. Ik heb jaren geleden al overwogen om je te vermoorden.'

Dat amuseerde hem en hij ging op een kruk voor haar zitten. Ze kon er niet tegen om naar zijn masker te kijken en staarde dus maar naar het vuur. Haar ademhaling was nog steeds zwaar en haar hart was net een drilboor. Als ze niet zo bang was geweest, had ze zichzelf vervloekt omdat ze zo stom was geweest om zich te laten pakken door de man die ze al tientallen jaren haatte. Ze moest weer overgeven.

'Waarom heb je me niet vermoord?' vroeg hij.

'Omdat jij het niet waard bent om voor naar de gevangenis te gaan en ik geen moordenaar ben.'

'Het is een kunst, mits goed uitgevoerd.'

'Jij kunt het weten.'

'Nou en of.'

'Ben ik de volgende?'

'Weet ik niet.' Hij stond langzaam op, pelde het masker af en gooide het in het vuur, waarna hij er nog wat kantoormappen bovenop gooide. Hij ging weer op de kruk tegenover haar zitten en hun knieën raakten elkaar bijna aan.

'Waarom heb je me nog niet vermoord, Bannick? Wat zou ik zijn, nummer negen, tien, elf?'

'Minstens. Waarom zou ik je dat vertellen?'

'Dus ik heb er een paar over het hoofd gezien.'

Er kwam een golf naar boven en ze trok een grimas terwijl ze die wegslikte. Ze deed haar ogen dicht om zijn starende blik te ontwijken.

Hij liep terug naar de stapel mappen op het brandhoutrek, pakte er een paar van af en gooide ze langzaam in de vlammen. Ze wilde vragen wat hij verbrandde, maar het maakte haar niet uit. Niets deed ertoe, behalve in leven blijven, wat er twijfelachtig uitzag. Haar gedachten schoten naar Denise, de enige op de hele wereld die haar zou missen.

Hij ging weer op de kruk zitten en keek haar strak aan. 'Ik kan uit een paar dingen kiezen, mevrouw Crosby...'

'O, alsjeblieft zeg, toon geen respect. Dat wil ik niet van jou. Laten we het gewoon op Jeri en Bannick houden, oké?'

'Hoe meer je praat, des te groter worden je kansen, want ik wil weten wat je weet en, belangrijker, ik wil weten wat de politie weet. Ik kan vertrekken, Jeri, ik kan in rook opgaan en me nooit meer laten zien. Hoeveel heb je Lacy Stoltz verteld?'

'Laat haar erbuiten.'

'O, echt? Dat is ook raar. Je bent zelf naar haar toe gegaan met je aanklacht, hebt Verno, Dunwoody en Kronke genoemd en gezinspeeld op anderen, je hebt haar betrokken bij wat ze ook aan het doen mag zijn, en nu zeg je dat ze erbuiten moet blijven. En dat niet alleen, je hebt me ook nog een anonieme brief gestuurd met het nieuws dat ze formeel onderzoek naar me deed vanwege de moorden. Een van je fouten, Jeri. Je wist dat ze niet anders kon dan naar de politie gaan, iets waar jij te bang voor was. Waarom was je bang voor de politie?'

'Misschien vertrouw ik de politie niet.'

'Dat is slim. Dus je dumpt me bij Lacy omdat die geen andere keus heeft dan de rechterlijke macht onderzoeken. Je wist dat ze naar de politie zou gaan. Je hebt je achter haar verscholen en nu wil je dat ik haar met rust laat. Toch?'

'Ik weet het niet.'

'Hoeveel weet Lacy?'

'Hoe moet ik dat weten? Ze is de baas over haar eigen onderzoek.'

'Goed, wat heb jij haar verteld, of eigenlijk moet ik vragen: hoeveel weet jij?'

'Wat maakt het uit? Je vermoordt me toch wel. Raad eens, Bannick? Ik heb je te pakken gekregen.'

Hij gaf geen antwoord maar ging weer naar de mappen, pakte er een paar en gooide ze methodisch op het vuur, waarbij hij wachtte tot er een vlam vatte voordat hij de volgende erop gooide. Het was warm in de kamer en er hing een rookgeur. Het enige licht kwam van de open haard, en schaduwen verduisterden de muren en wat er achter haar was. Hij liep weg, kwam terug met een mok en vroeg: 'Wil je koffie?'

'Nee. Hoor eens, mijn enkels breken en mijn benen slapen. Geef me wat ruimte zodat we kunnen praten, oké?'

'Nee. En dat je het even weet: er is daar maar één deur en die zit op slot. Deze hut staat diep in het bos verscholen, ver verwijderd van de bewoonde wereld, dus als je er zin in hebt, kun je je keel schor gillen. Als het je lukt om buiten te komen, succes. Pas op voor ratelslangen, koperkoppen, beren en coyotes, om nog maar te zwijgen van een stel zwaarbewapende stoere jongens die niet zo gediend zijn van mensen van kleur.'

'Moet ik me nu veiliger voelen hierbinnen met jou?'

'Je hebt geen telefoon, geen portemonnee, geen geld en geen schoenen. Ik heb je pistool in je motelkamer achtergelaten, maar ik heb er nog twee verstopt, kijk, daar. Ik gebruik ze liever niet.'

'Nee, alsjeblieft, zeg.'

'Hoeveel weet Lacy?'

Jeri staarde in het vuur en probeerde helder na te denken. Als ze de waarheid zou vertellen, zou ze Lacy misschien in gevaar brengen. Maar als ze de waarheid vertelde en hem ervan overtuigde dat Lacy en nu ook de FBI alles wist, zou hij inderdaad zomaar kunnen verdwijnen. Hij had de middelen, het geld, de contacten en de hersens om te verdwijnen.

Hij vroeg langzaam: 'Hoeveel weet Lacy?'

'Ze weet wat ik haar heb verteld over Verno, Dunwoody en Kronke. Verder heb ik geen idee.'

'Dat lieg je. Je weet het natuurlijk van je eigen vader, Eileen, Danny Cleveland. En nu verwacht je dat ik geloof dat je dat niet aan Lacy hebt verteld.'

'Ik kan het niet bewijzen.'

'Je kunt niks bewijzen. Dat kan niemand!'

Hij stak zijn hand uit en pakte een stuk touw, dat hij snel om haar nek bond. Hij hield beide uiteinden vast en oefende een beetje druk uit. Jeri deinsde terug, maar kon niet wegkomen. Hij zat praktisch boven op haar, zijn gezicht een halve meter van het hare.

Hij siste: 'Luister. Ik wil ze op volgorde, de ene naam na de andere, te beginnen bij je vader.'

'Ga van me af.'

Hij trok harder. 'Dwing me niet.'

'Oké, oké. Mijn vader was niet de eerste, hè?'

'Nee.'

'Thad Leawood was de eerste, en daarna mijn vader.' Ze deed haar ogen dicht en begon te huilen; hard, gekweld, onbeheerst. Hij trok zich terug en liet het touw aan haar nek bungelen. Ze begroef haar gezicht in haar handen en huilde tot ze eindelijk weer op adem kwam. 'Ik haat je,' mompelde ze. 'Je hebt geen idee.'

'Wie was de volgende?'

Ze veegde haar gezicht af met haar onderarm en deed haar ogen dicht. 'Ashley Barasso, 1996.'

'Ik heb Ashley niet vermoord.'

'Dat is moeilijk te geloven. Zelfde touw, zelfde knoop, de dubbele mastworp die je waarschijnlijk bij de scouting hebt geleerd, toch Bannick? Heeft Thad Leawood je de dubbele mastworp geleerd?'

'Ik heb Ashley niet vermoord.'

'Ik ben niet in de positie om met je in discussie te gaan.'

'En je hebt er een over het hoofd gezien.'

'Goed.'

Hij stond op en liep naar de open haard, waar hij nog wat mappen in gooide. Toen hij met zijn rug naar haar toe stond, rukte ze het touw van haar nek en zwiepte het door de kamer.

Hij raapte het op en ging weer op de kruk voor haar zitten, spelend met het touw.

'Ga verder,' zei hij. 'Wie was de volgende?'

'Wie heb ik over het hoofd gezien?'

'Waarom zou ik jou dat vertellen?'

'Goed punt. Het kan me niks meer schelen, Bannick.'

'Ga verder.'

'Eileen Nickleberry, 1998.'

'Hoe heb je haar gevonden?'

'Door in je verleden te graven, net als bij hen allemaal. Er wordt een slachtoffer gevonden, gewurgd met hetzelfde touw, stevig vastgebonden met een rare knoop, en na verloop van tijd komt die informatie in het FBI-coördinatiecentrum voor geweldsmisdrijven terecht. Ik weet hoe ik daar binnen moet komen. Ik heb wat contacten. Ik doe dit al twintig jaar, Bannick, en ik heb een hoop geleerd. Ik heb een naam en begin aan mijn research, die meestal doodloopt. Maar volharding loont.'

'Ik kan niet geloven dat je me hebt gevonden.'

'Vertel ik niet genoeg?'

'Ga verder. Volgende?'

'Je hebt je een paar jaar gedeisd gehouden, een kleine onderbreking, niet ongewoon in jouw zieke wereld, en je probeerde op het rechte pad te blijven. Niet gelukt. Danny Cleveland werd in 2009 gewurgd aangetroffen in zijn huis in Little Rock.'

'Hij had erom gevraagd.'

'Natuurlijk. Corruptie aan het licht brengen door middel van goede verslaggeving, daar moet de doodstraf op staan. Je hebt hem te grazen genomen. Weer een vinkje op je lijst.'

'Ga verder. Volgende.'

'Twee jaar geleden werd Perry Kronke dood aangetroffen in zijn boot, bakkend in de hete zomerzon, overal bloed. Je werd woest op hem toen hij je op je vierentwintigste geen baan aanbood, zoals aan alle andere zomermedewerkers. Ook daar moet de doodstraf op staan.'

'Je hebt er nog een over het hoofd gezien.'

'Vergeef me.'

'Ga verder.'

'Verno en Dunwoody, vorig jaar in Biloxi. Verno versloeg je in de rechtbank toen je een arrogant jong advocaatje was, dus uiteraard verdiende hij het om te sterven. Dunwoody was op het verkeerde moment op de verkeerde plaats. Geen wroeging voor zijn familie? Vrouw, drie kinderen, drie kleinkinderen, een geweldige man met heel veel vrienden. Helemaal niks, Bannick?'

'Verder nog iemand?'

'Nou, in dat artikel in de *Ledger* stond ook Mal Schnetzer, nogal recent. Nog maar een week geleden ergens in de buurt van Houston vermoord. Het lijkt erop dat jullie elkaars pad hebben gekruist, zoals bij al je slachtoffers het geval is. Je moordt de laatste tijd zo snel dat ik het niet meer bij kan benen.' Ze zweeg en keek naar hem. Hij luisterde geamuseerd.

Blijf praten, zei ze bij zichzelf. 'Hoe komt het, Bannick, dat seriemoordenaars het tegen het eind altijd zo druk krijgen? Lees je weleens over hen, over de anderen? Ben je ooit nieuwsgierig naar de manier waarop zij werken? Pik je ooit aanwijzingen of strategieën op uit hun verhalen, die trouwens meestal pas geschreven worden nadat ze gepakt of dood zijn, moet ik erbij zeggen. Nou, ik heb ze allemaal gelezen en vaak, maar zeker niet altijd, want we weten allemaal dat er geen echte methode bestaat voor deze waanzin, hebben ze het gevoel dat ze in de val zitten en dan pakken ze uit door het tempo op te voeren. Kronke, daarna Verno en Dunwoody, en nu Schnetzer. Dat zijn er vier in twee jaar.'

'Drie, in mijn ogen.'

'Natuurlijk. Dunwoody telt niet, want die heeft je nooit beledigd, of met een pistool bedreigd, of je voor schut gezet in een collegezaal.'

'Hou je bek.'

'Jij zei dat ik moest blijven praten.'

'En nu zeg ik dat je je bek moet houden.'

'Dat wil ik niet, Bannick. Ik heb nu al zo lang in dat beroerde leven van je rondgelopen en ik had nooit durven dromen dat ik op een dag zo met je zou kunnen kletsen en je kon vertellen wat een ongelofelijke schoft ik je vind. Je bent een lafaard. Je misdrijven vergden geen moed.'

'Dat zei je ook in een van die suffe gedichtjes van je.'

'Ik vond ze wel scherpzinnig.'

'En nogal dom. Waarom heb je de moeite genomen?'

'Goeie vraag, Bannick. Ik weet niet of ik het antwoord wel weet. Ik wilde zelf ook gewoon een keer uithalen, denk ik. Misschien om je te kwellen. Ik wil dat je lijdt. En nu het einde nabij is, kan ik niet geloven dat jij nu degene bent die op de vlucht is, die zich hier in het bos verstopt en van plan is nog een laatste moord te plegen. Je spel is uit, Bannick, en je leven is voorbij. Waarom geef je je niet over als een echte man en accepteer je je straf?'

'Hou je bek, zei ik.'

'Er is zoveel wat ik je wil zeggen.'

'Doe maar niet. Ik ben je stem zat. Als je volgende week nog wilt praten, hou dan nu je bek.'

Hij stond abrupt op, liep een paar passen bij haar vandaan, maar kwam toen toch weer op de kruk zitten, waarbij hun knieën elkaar weer bijna raakten. Ze deinsde zo ver mogelijk achteruit, ervan overtuigd dat hij zou toeslaan. Hij stak zijn hand in zijn zak en haalde er twee wegwerptelefoons uit. 'Ik haal Lacy erbij. Ik wil haar hier, samen met jou. We gaan eens een lekker lang babbeltje maken en dan ga ik uitvissen hoeveel ze weet.'

'Laat haar met rust. Ze heeft slechts haar werk gedaan.'

'O, echt? Ze heeft de FBI gebeld.'

'Laat haar met rust. Geef mij de schuld, niet haar. Ze had nog nooit van je gehoord tot ik in haar leven kwam.'

Hij liet haar allebei de telefoons zien en zei: 'Deze zijn van jou. Ik weet niet welke het doet, maar ik wil dat je Lacy belt en met haar afspreekt. Zeg maar dat je bewijs hebt waarmee onmiskenbaar bewezen wordt dat ik de moordenaar ben, maar dat je het niet over de telefoon kunt bespreken. Het is dringend en ze moet nu naar je toe komen.'

'Vermoord me maar gewoon.'

'Luister nou eens, mens. Ik ga je niet vermoorden, niet nu in elk geval, en misschien wel nooit. Ik wil Lacy hier. Dan praten we, en als ik eenmaal alles weet, is de kans groot dat ik gewoon verdwijn, dan ga ik naar een of ander exotisch oord aan zee of in de bergen, ergens waar niemand Engels spreekt. Ze zullen me nooit vinden. Ik ben daar al eens geweest, snap je? Het is allemaal gepland.'

Ze haalde diep adem terwijl haar hart tekeerging.

'Welke telefoon?' vroeg hij.

Ze pakte er een zonder ernaar te kijken. Uit het niets haalde hij een pistool tevoorschijn, een behoorlijk groot pistool, en legde het naast hem op de kruk. 'Zeg dat ze naar je toe moet komen in het Bayview Motel in de buurt van Crestview, pal aan de Interstate. Heeft ze je auto weleens gezien?'

'Ja.'

'Mooi. Die staat daar nog op het parkeerterrein. Zeg maar dat ze ernaast moet parkeren. Je kamernummer was 232. Ik heb hem nog een nacht geboekt, ook op naam van Margie Frazier, dus als ze het checkt, ziet ze dat je daar logeert. Ik heb tegen de manager gezegd dat de kamer niet hoeft te worden schoongemaakt. Misschien liggen je spullen er nog wel.'

'Dat kan me niet schelen.'

'Kan je 9mm-pistool je iets schelen? Die lag op het nachtkastje.'

'Ik wilde dat ik hem op tijd had gepakt.'

'Ik ook.'

Er viel een lange stilte terwijl zij naar het vuur staarde en hij naar de vloer. Langzaam pakte hij het pistool, maar hij richtte het niet op haar. 'Bel haar. Jullie spreken vanavond om negen uur af in het Bayview Motel. En zorg dat het overtuigend klinkt, oké?'

'Ik kan niet zo goed liegen.'

'Onzin. Je bent een getalenteerde leugenaar, alleen een belabberde dichter.'

'Beloof me dat je haar geen kwaad zult doen.'

'Ik beloof helemaal niks, behalve dat ik dit zal gebruiken als ik hier zonder Lacy terugkom.' Hij pakte een stuk touw en gooide het op haar. Ze gilde en probeerde het weg te slaan.

37

De wedstrijd begon om negen uur, een vreselijk tijdstip waarop je moeilijk kon verwachten dat jongetjes van tien gestretcht en wel na een fatsoenlijke warming-up in hun sporttenue klaarstonden om te gaan spelen. De Royals liepen het veld op in de eerste helft van de eerste inning, en een handjevol ouders klapte beleefd vanaf de tribune. Een paar bemoedigende kreten die de spelers niet hoorden. De coaches klapten in hun handen en probeerden opwinding te creëren.

Diana Zhang zat in haar eentje op een tuinstoel aan de kant van het eerste honk en had een deken over haar benen gelegd en een grote beker koffie in haar hand. De ochtendlucht tintelde en hoewel het eind april was, was het verrassend koel in de Panhandle. Aan de overkant, bij het derde honk, leunde haar ex-man over het hek en keek hoe hun kind naar het middenveld jogde. Hun echtscheiding was te vers voor enige pogingen tot beschaafdheid.

Achter haar zei een vrouwenstem zachtjes: 'Neem me niet kwalijk, mevrouw Zhang.'

Ze keek naar rechts en zag een officieel uitziend pasje in een zwartleren hoesje. Een vrouw hield het vast en zei: 'Agent Agnes Neff, FBI. Hebt u even?'

Geschrokken, zoals iedereen zou zijn, antwoordde Diana: 'Nou, ik was van plan om naar de wedstrijd van mijn zoon te kijken.'

'Wij ook. Laten we gewoon even naar het hek daarginds lopen en een praatje maken. Het duurt nog geen tien minuten.'

Diana stond op en keek naar de tribune om zich ervan te verzekeren dat er niemand naar haar keek. Ze draaide zich om en zag iemand die alleen maar een andere agent kon zijn. Hij ging haar voor en ze bleven in de buurt van de foutpaal staan.

Neff zei: 'Dit is special agent Drew Suarez.'

Ze wierp hem een geërgerde blik toe en hij knikte bij wijze van antwoord.

Neff vervolgde: 'We houden het kort. We zoeken uw baas en kunnen hem nergens vinden. Enig idee waar rechter Bannick op dit moment kan zijn?'

'Eh, nee. Ik neem aan dat hij op zaterdagochtend thuis is.'

'Nee, dus.'

'Nou, dan weet ik het niet. Wat is er aan de hand?'

'Wanneer hebt u hem voor het laatst gezien?'

'Hij is donderdagochtend op kantoor langsgekomen, twee dagen geleden. Daarna heb ik hem niet meer gesproken.'

'We hebben begrepen dat hij momenteel een behandeling ondergaat.'

'Ja. Kanker. Zit hij in de problemen of zo?'

'Nee, helemaal niet. We hebben gewoon wat routinevragen over aantijgingen in een ander onderzoek.'

Dat was zo vaag dat het niets betekende, het toppunt van politietaal, maar Diana besloot dat dit niet het moment was om te gaan drammen. Ze knikte alsof ze het volkomen begreep. Neff zei: 'Dus geen idee waar hij zou kunnen zijn?'

'U hebt ongetwijfeld al in de rechtbank gekeken. Hij heeft een sleutel en hij komt en gaat op elk moment van de dag.'

'Daar hebben we gekeken. Hij is er niet. En hij is ook niet thuis. Enig idee waar hij nog meer zou kunnen zijn?'

Diana keek een paar tellen naar de wedstrijd en wist niet zeker hoeveel ze moest zeggen. 'Hij heeft een bungalow in Seaside, al komt hij daar zelden.'

'Daar hebben we ook gekeken. Hij is er niet.'

'Oké. U zegt dat hij niet in de problemen zit, maar waarom zoeken jullie hem dan overal?'

'We moeten hem spreken.'

'Dat blijkt.'

Suarez zette een stap dichterbij, keek haar streng aan en zei: 'Mevrouw Zhang, u praat met de FBI. Mag ik u eraan herinneren dat het strafbaar is om niet de waarheid te spreken?'

'Noemt u me een leugenaar?'

'Nee.'

Neff schudde haar hoofd. Nee. Ze zei: 'Het is belangrijk dat we hem zo snel mogelijk vinden.'

Diana wierp Suarez een boze blik toe en keek naar Neff. 'De kans bestaat dat hij terug is gegaan naar Sante Fe. Daar ondergaat hij een behandeling tegen darmkanker. Hoor eens, hij is erg op zichzelf en regelt zijn eigen reizen. Hij is met verlof gegaan en bespreekt dingen niet met iedereen.' Ze keek naar Suarez en zei eenvoudig: 'Echt. Ik heb geen idee waar hij is.'

Neff zei: 'Hij heeft de afgelopen achtenveertig uur geen vluchten geboekt.'

'Zoals ik al zei, ik regel zijn reizen niet.'

'Weet u de naam van het behandelcentrum in Santa Fe?'

'Nee.'

Neff en Suarez keken elkaar aan en knikten, alsof ze haar geloofden. Neff zei: 'Ik wil graag dat dit gesprek onder ons blijft, oké? Off the record.'

Suarez viel haar bij. 'Met andere woorden, zeg er niets over tegen de rechter als u iets van hem mocht horen. Oké?'

'Prima.'

'Als u hem wel iets over ons vertelt, kunt u worden aangehouden wegens hulp en medeplichtigheid.'

'Ik dacht dat u zei dat hij niks verkeerd had gedaan.'

'Nog niet. Hou het gewoon stil.'

'Ik begrijp het.'

Ze wist alleen dat Allie ergens in de Caraïben was, waar hij bezig was met observeren, achtervolgen en aftappen. Hij had zich laten ontvallen dat het een gezamenlijke klus met de narcoticabrigade was. Er was iets groots gaande, maar dat hoorde ze nu al drie jaar. Het enige belangrijke was zijn veiligheid, maar hij was nu al acht dagen weg en ze had amper iets van hem gehoord. Ze werd zijn werk zat, net als hijzelf, en ze kon zich niet voorstellen dat ze met een man zou trouwen die voortdurend weg was. Hun gesprek kwam dichterbij, het zou nog maar een paar weken duren in plaats van maanden. Het grote gesprek waarin niets zou worden achtergehouden. Ingewikkeld, maar heel simpel. Of we verbinden ons aan elkaar en aan een andere toekomst, of we kappen ermee en verspillen niet langer elkaars tijd.

Ze had pijn terwijl ze aan het stretchen was tijdens een soort mengeling van yoga en fysiotherapie, een routine van dertig minuten die ze tweemaal per dag moest doen, toen om vier over tien de telefoon ging. Waarschijnlijk Jeri die een update wilde.

Maar nee, het was de niet al te aangename stem van Clay Vidovich, haar nieuwe vriend van de FBI-meeting in Pensacola de vorige dag. Sorry dat hij haar op zaterdagochtend stoorde, vervolgde hij, al leek hij niet erg te zitten met het feit dat hij haar onderbrak.

'We kunnen die vent niet vinden, Lacy,' zei hij. 'Heb jij enig idee?'

'Nou, nee, meneer Vidovich...'

'Zeg maar Clay, hoor. Ik dacht dat we de formaliteiten gisteren achter ons hadden gelaten.'

'Goed, Clay dan. Ik ken die vent niet, ik heb hem nooit ontmoet, dus ik heb geen idee waar hij uithangt. Sorry.'

'Weet hij dat jij erbij betrokken bent, dat de BJC aan het onderzoeken is?'

'We hebben niet direct contact met hem opgenomen, dat

hoeven we niet te doen tot onze eerste beoordeling achter de rug is, maar hij weet er waarschijnlijk wel van.'

'Hoe dan?'

'Tja, Betty Roe, onze bron, denkt dat Bannick om hoekjes kan kijken en alles kan horen. Tot nu toe heeft ze daar meestal gelijk in gehad. Telkens wanneer je onderzoek naar een rechter doet, lekt dat uit. Mensen praten graag, vooral advocaten en rechtbankmedewerkers. Dus ja, de kans is groot dat Bannick weet dat we onderzoek naar hem doen.'

'Maar hij kan niet weten dat je naar de staatspolitie en de FBI bent gestapt.'

'Clay, ik heb geen idee wat Bannick weet.'

'Goed punt. Hé, ik wil je zaterdagochtend niet verpesten, hoor, maar ben je op een veilige plek?'

Lacy keek haar flat rond. Ze keek naar haar hond. Ze keek naar haar voordeur en wist zeker dat die op slot zat. 'Ja. Ik ben thuis. Hoezo?'

'Ben je alleen?'

'Nieuwsgierig aagje.'

'Oké, ik ben nieuwsgierig. Maar ik zou tekortschieten als ik niet zou zeggen dat we er geruster op zouden zijn als je niet alleen was, op zijn minst tot we hem vinden.'

'Meen je dat nou?'

'Ik ben bloedserieus, Lacy. Die kerel, een zittende rechter, is in de afgelopen zesendertig uur in rook opgegaan. Hij kan overal zijn, en hij kan gevaarlijk zijn. We vinden hem wel, maar tot die tijd vind ik dat je voorzorgsmaatregelen moet treffen.'

'Ik red me wel.'

'Tuurlijk. Bel alsjeblieft als je iets hoort.'

'Doe ik.'

Ze staarde naar haar telefoon terwijl ze naar de deur liep en het slot checkte. Het was een heerlijke lentemorgen, koel en onbewolkt, en ze was van plan geweest om naar haar favoriete tuincentrum te gaan en wat azalea's in haar bloembakken te zetten. Ze vervloekte zichzelf omdat ze bang was op zo'n prachtige dag.

Allie was ergens agentje aan het spelen. Darren was met een nieuw vriendinnetje een weekendje naar het strand. Ze liep door haar flat, controleerde deuren en ramen en foeterde zichzelf weer uit. Om te ontspannen liet ze zichzelf op haar yogamat zakken en ging in de foetushouding liggen. Na twee keer diep ademhalen ging haar telefoon weer en ze schrok. Waarom was ze zo schichtig?

Het was de derde man in haar leven en ze vond het niet vervelend om Gunthers stem te horen. Hij bood zijn excuses aan omdat hij dinsdag hun wekelijkse telefoontje had overgeslagen; natuurlijk kwam dat allemaal door een heel belangrijke ontwikkelaarsmeeting met zijn nieuwe architectenteam.

Ze ging op de bank liggen en ze kletsten een hele tijd. Ze gaven allebei toe dat ze zich verveelden. Gunthers nieuwe vriendin, als dat al echt serieus was, was ook de stad uit. Zodra hij in de gaten kreeg dat Lacy die middag niks op de planning had staan, werd hij enthousiast en na een tijdje begon hij over een lunch.

De vorige was pas twee weken geleden en ze vond het ontmoedigend dat hij er zo happig op was om zo snel alweer haar kant op te vliegen. Hoogstwaarschijnlijk zaten de bankiers hem op de hielen en hadden ze hem bijna ingehaald.

Hij zei: 'Het is een uur rijden naar het vliegveld en de vlucht duurt zo'n tachtig minuten. Wat zeg je van twee uur?'

'Best.'

Hoe irritant hij ook was, het zou een troost zijn om hem in de buurt te hebben, in elk geval de komende vierentwintig uur. Ze zou hem overhalen om 's avonds te blijven eten en daarna te blijven slapen, en op een gegeven moment zouden ze wel over haar rechtszaak moeten praten.

Misschien was het wel een opluchting om dat gesprek maar achter de rug te hebben.

38

De eerste twee keer werd er niet opgenomen, wat niet ongebruikelijk was, zeker niet op zaterdag. Hij knikte en zei dat ze het nog eens moest proberen.

'Wil je dat pistool alsjeblieft neerleggen?' vroeg ze.

'Nee.'

Hij zat daar maar, anderhalve meter bij haar vandaan, met zijn rug naar het vuur, terwijl het stuk nylonkoord van vijfenzeventig centimeter om zijn nek hing en onschuldig op zijn borst viel. 'Probeer het nog eens.'

Ze had helemaal geen gevoel meer in haar enkels en haar voeten, en misschien was dat maar goed ook. Ze waren gevoelloos, dus als ze gebroken waren, kon ze ook de pijn niet voelen. Maar de gevoelloosheid straalde uit naar haar benen en ze voelde zich verlamd. Ze had gevraagd of ze naar het toilet mocht. Hij zei nee. Ze had zich al uren niet bewogen en had geen idee hoe laat het was.

De derde keer nam Lacy op.

'Lacy, hoi, met Jeri, hoe is het, schat?' zong ze zo opgewekt als menselijkerwijs maar mogelijk was terwijl er een loop van een 9mm-pistool op haar gericht was, die al haar bewegingen volgde. Hij hield het pistool een paar centimeter hoger.

Ze praatten over en weer over de mooie lentedag en het zonnige weer, en daarna begonnen ze over de FBI, die tevergeefs naar Bannick zocht.

'Ze vinden hem nooit,' zei Jeri, die in Bannicks zielloze ogen keek.

Ze deed haar eigen ogen dicht en hing haar verhaaltje op: een anonieme informant had haar duidelijk, fysiek bewijs gegeven waarmee Bannick gepakt kon worden. Ze kon het niet over de telefoon bespreken: ze moesten elkaar zien en het was dringend. Ze hield zich schuil in een motel twee uur verderop en het kon haar niet schelen wat Lacy's plannen voor die avond waren. Zeg maar af.

Ze zei: 'Mijn auto staat op het parkeerterrein aan de zuidkant van het motel. Parkeer ernaast, ik hou je in de gaten. En Lacy, kom alsjeblieft alleen. Kan dat?'

'Natuurlijk. Er is toch geen gevaar, hè?'

'Niet meer dan anders.'

Het gesprek was kort en toen ze ophing glimlachte Bannick zowaar. 'Zie je wel, je bent een getalenteerde leugenaar.'

Ze gaf hem de wegwerptelefoon en zei: 'Gun me alsjeblieft de waardigheid om naar het toilet te gaan.'

Hij stopte het pistool en de telefoon weg en stak zijn handen uit om haar enkelboeien los te maken. Hij probeerde haar overeind te helpen, maar ze duwde hem weg, want die eerste aanraking maakte haar woedend. 'Geef me even de tijd, oké?'

Ze bleef even staan terwijl het bloed naar haar voeten en onderbenen stroomde, en de pijn kwam in hevige scheuten terug. Hij gaf haar een wandelstok, die ze aannam om op te steunen. Ze kwam in de verleiding hem ermee te meppen, om minstens één klap toe te brengen voor alle slachtoffers, maar ze was te wankel. Trouwens, hij zou haar makkelijk kunnen overmeesteren en de gevolgen zouden niet fraai zijn. Ze schuifelde naar een klein slaapkamertje, waar hij met het pistool bleef wachten terwijl ze de deur van een krap badkamertje zonder bad of douche op slot wist te krijgen. Geen raam. Het flauwe licht deed het amper. Ze deed haar behoefte en bleef heel lang op de wc zitten, blij dat ze hem had buitengesloten.

Blij? Ze was dood en ze wist het. Wat had ze Lacy aangedaan?

Ze trok weer door, al hoefde dat niet. Alles om tijd te rekken. Eindelijk klopte hij op de deur en zei: 'Kom. De tijd is om.'

In de slaapkamer knikte hij naar het bed en zei: 'Je kunt hier uitrusten. Ik zit hiernaast. Dat raam zit op slot en het gaat toch niet open. Als je iets stoms doet, weet je wat er gebeurt.'

Ze wilde hem bijna bedanken, maar hield zich in en ging op het bed liggen. Het was de perfecte gelegenheid om haar aan te randen, maar daar was ze niet bang voor. Het kwam duidelijk niet eens in hem op.

Hoewel het warm was in de hut, trok ze een stoffige deken over zich heen en werd algauw slaperig. Dat kwam door de vermoeidheid, de angst en waarschijnlijk door het restant van de drugs die nog in haar lijf zaten.

Toen ze sliep, nam hij een pil en probeerde wakker te blijven.

Er altijd op gebrand om zich uit te sloven voor een mooie meid, al was het dan zijn zus, kwam Gunther op het idee om samen een stukje te vliegen en dan heerlijk vis te gaan eten voor de lunch. Hij beweerde dat alle piloten van kleine vliegtuigjes in dat deel van de wereld bekend waren met Beau Willie's Oysters in een *bayou* in de buurt van Houma in Louisiana. Een airstrip van twaalfhonderd meter, aan drie kanten omringd door water, zorgde voor landingen met witte knokkels. Eenmaal aan de grond was het tien minuten lopen naar het restaurant. Overdag waren de meeste klanten piloten die uit waren op plezier en lekker eten.

Nadat ze geland waren en uit het vliegtuig waren gestapt, keek Lacy op haar telefoon. Jeri had twee keer gebeld. Een paar tellen later belde ze weer en ze kletste met haar, terwijl ze achter haar broer aan naar Beau Willie's liep. Het telefoontje was nogal geheimzinnig, maar het nieuws was adembenemend. Duidelijk bewijs waarmee Bannick gepakt zou kunnen worden.

Haar eetlust verdween, maar ze wist een half dozijn rauwe oesters naar binnen te werken terwijl ze keek hoe Gunther zich tegoed deed aan een dozijn als voorgerecht, waarna hij aanviel op een po'boy met gebakken oesters. Ze praatten over tante Trudy, zodat ze dat ook weer gehad hadden. Hij vroeg haar naar nieuws op het Allie-front en gaf haar te veel advies. Het was tijd dat ze een man zocht en een gezin begon, en dat ze ermee ophield om in haar eentje door het leven te gaan. Ze wees hem erop dat hij waarschijnlijk wel de laatste persoon op de wereld was naar wie ze zou luisteren als het op langdurige relaties aankwam. Dat was altijd goed voor een lach en Gunther reageerde er sportief op. Ze vroeg naar zijn huidige vlam en hij leek al net zo ongeïnteresseerd als twee weken daarvoor.

'Vraagje,' zei ze terwijl ze een slok ijsthee nam. Gunther had met het idee gespeeld om een koud biertje te nemen en zei zelfs dat hij nog nooit oesters had gegeten zonder bier, maar hij moest nu eenmaal nog een vliegtuig besturen.

'Zeg het maar.'

'Ik kreeg net een telefoontje waardoor mijn plannen een beetje gewijzigd zijn. Er is een stadje dat Crestview heet, ongeveer een uur ten oosten van Pensacola, met twintigduizend inwoners. Ik heb daar om negen uur vanavond afgesproken met een belangrijke getuige. Zou het mogelijk zijn om daar te landen en een auto te huren?'

'Waarschijnlijk wel. Elk stadje van die omvang heeft wel een vliegveld. Waar gaat het over?'

'Het is iets groots.' Ze keek om zich heen. Ze zaten op een terras aan de rand van het water en de andere tafeltjes waren leeg. Het was zaterdagmiddag, bijna vijf uur, te laat voor de lunch en te vroeg voor het diner. De bar zat vol met mensen uit de buurt die bier dronken.

'Vorige keer vertelde ik je dat we onderzoek doen naar een rechter die misschien betrokken is bij moord.'

'Ja. Niet echt een alledaagse zaak.'

'Inderdaad. Nou, dit telefoontje was van onze belangrijkste getuige en ze zegt dat ze zeer relevante informatie heeft. Ik moet naar haar toe.'

'In Crestview?'

'Ja. Het is op weg naar huis. Kunnen we daarnaartoe vliegen?'

'Het lijkt erop dat ik vanavond niet terugga naar Atlanta.'

'Alsjeblieft. Je zou me een grote dienst bewijzen, en ik vind het ook fijn als er iemand bij me is.'

Gunther pakte zijn smartphone en ging online. 'Geen probleem. Er staat dat er autoverhuur aanwezig is. Kan dit gevaarlijk worden?'

'Dat betwijfel ik. Maar een beetje voorzichtig doen kan geen kwaad.'

'Heerlijk.'

'En dit is strikt vertrouwelijk, Gunther.'

Hij lachte en keek om zich heen. 'Wie zou ik het moeten vertellen?'

'Zorg gewoon dat het onder ons blijft.'

Hij stond in de donkere kamer naast haar bed en luisterde naar haar zware ademhaling. Zijn intuïtie zei dat hij het touw dat aan zijn linkerhand bungelde moest pakken om haar af te maken. Dat zou het allermakkelijkst zijn. Hij kon het snel en moeiteloos doen, de hut schoonvegen en verdwijnen. Het zou dagen duren voordat ze gevonden werd.

Aan de ene kant haatte hij haar om wat ze hem had aangedaan. Ze had zijn leven op zijn kop gezet en het zou nooit meer hetzelfde zijn. Ze had hem in haar eentje in de gaten gehouden, opgespoord en nu was zijn spel uit. Maar aan de andere kant kon hij niet anders dan haar bewonderen om haar lef, haar intelligentie en haar vasthoudendheid. Die vrouw had beter werk verricht dan honderd agenten in verschillende staten, en nu was hij op de vlucht.

Hij gooide het touw op het bed, pakte een microfiber doek die nat was van de ether, en hield hem tegen haar gezicht. Ze rukte haar hoofd naar achteren en hij klemde een arm om haar nek en hield de doek zo stevig tegen haar gezicht als maar mogelijk was met één hand. Ze vocht en schopte, maar ze was geen partij. Er verstreek een minuut en ze werd slap. Toen ze stillag, liet hij haar los en legde de doek weg. Langzaam, methodisch, pakte hij een injectienaald en stak hem in haar arm. Vijfhonderd milligram ketamine, genoeg om haar een paar uur buiten westen te houden. Hij speelde met de gedachte van nog een dosis, maar dat was riskant. Te veel en ze zou nooit meer wakker worden. Als hij haar moest vermoorden, dan wilde hij dat liever op de juiste manier doen.

Hij liep naar de andere kamer, gooide nog wat mappen op het vuur, pakte de handboeien en de enkelkettingen en nam ze mee naar het bed, waar hij haar polsen strak achter haar rug vastzette en de handboeien dichtklapte. Hij bond haar enkels bij elkaar met de kettingen en sloeg voor de lol het nylonkoord om haar nek. Zoals altijd droeg hij plastic handschoenen, maar voor de goede orde veegde hij toch ook de oppervlakken schoon. Hij controleerde de ramen opnieuw en kreeg ze niet open. Het was een oude hut, in slechte staat, en de ramen zaten vast door opgedroogde verf en onbruik. Hij verbrandde de laatste mappen, liep de veranda op en keek op zijn horloge. Tien over zeven. Hij bevond zich op ongeveer een uur rijden ten noorden van Crestview, bij Gantt Lake, in Alabama.

Het onverharde pad liep door het bos en hij ving slechts af en toe een glimp van het meer op. Het liep hier en daar langs een oprit, maar de andere hutten waren niet te zien. Hij draaide een grindweg op en zwaaide naar twee opgeschoten pubers op quads. Ze bleven staan en keken naar hem terwijl hij voorbijreed.

Hij wilde liever door niemand gezien worden en overwoog om terug te keren naar de hut, alleen maar om ervoor te zorgen dat die jongens niet nieuwsgierig werden. Hij liet het gaan en deed het af als paranoia. Het grind maakte uiteindelijk plaats voor een verharde provinciale weg en algauw reed hij op een snelweg richting het zuiden.

39

Het was donker toen Lacy de witte Camry op het parkeerterrein van het motel zag staan. Volgens Jeri's instructies parkeerde ze haar huurauto ernaast en stapte uit. Gunther niet.

Ze liep een paar minuten te vroeg de lobby binnen en bleef bij de cadeauwinkel staan wachten om naar de ansichtkaarten te kijken die daar te koop waren. Om één over negen kwam Gunther via een zijdeur binnen en begroette de receptionist. Lacy ging met de lift naar de tweede verdieping. Gunther nam de trap. De gang was kort, zo'n tien kamers aan elke kant, en aan het eind lichtte een rood UIT-bordje op. Ze bleef voor de deur van kamer 232 staan en haalde diep adem. Ze klopte drie keer en op dat moment gingen alle lampen uit.

Aan de overkant van de gang gebruikte Bannick zijn laptop om het licht en de beveiligingscamera's uit te schakelen. Hij gooide het ding op bed, pakte een doek met ether en maakte de deur open. Lacy hoorde hem en draaide zich om op het moment dat hij haar in het donker wilde grijpen. Ze wist nog net 'Hé!' te schreeuwen voordat haar broer vanuit het niets in het pikdonker kwam aanstormen en tegen hen aan knalde. Ze vielen alle drie over elkaar heen. Lacy gilde en krabbelde overeind, terwijl Bannick in het wilde weg tegen zijn aanvaller mepte. Hij gaf hem een trap in de buurt van zijn ribben en Gunther kreunde. Beide mannen stompten en worstelden hevig met elkaar, terwijl Lacy gillend naar de andere kant van de gang rende. Iemand deed een deur open en riep: 'Hé, wat is er aan de hand?'

'Bel de politie!' zei Lacy.

Bannick schopte tegen het gezicht van Gunther, die werd overrompeld. Hij krabbelde weg, graaide in de lucht maar raakte niks. Bannick dook zijn kamer in, pakte zijn laptop en verdween richting de uitgang.

Lacy en Gunther vonden de trap en stommelden naar beneden, naar de donkere lobby. De receptionist had een zaklamp en zei tegen een paar gasten: 'Ik weet het niet, ik weet het niet. Het was gisteravond ook al zo.'

'Bel de politie,' zei Lacy. 'We werden aangevallen op de tweede verdieping.'

'Wie heeft jullie aangevallen?'

Lang verhaal, dacht Lacy, maar ze zei: 'Ik zou het niet weten. Snel, hij gaat ervandoor.' Er verschenen nog meer zaklampen van achter de balie terwijl er meer gasten in het donker rondstommelden.

Gunther vond een stoel en ging zitten om zijn wonden te verzorgen. 'Die klootzak trapt als een ezel,' zei hij, nog steeds versuft. 'Ik denk dat mijn ribben gebroken zijn.' Lacy ging naast hem zitten terwijl de rust weerkeerde en ze op de politie wachtten. Ze zei: 'Ik moet Jeri bellen. Ik denk dat ze in de problemen zit.'

'Wie is Jeri?'

'Betty Roe. Onze vrouw. De bron. Ik leg het later wel uit.'

Jeri nam haar telefoon niet op, wat helemaal niet ongebruikelijk was. Lacy scrolde door haar recente telefoontjes en koos het nummer van Clay Vidovich. Hij nam na twee keer overgaan op en ze vertelde hem waar ze was en wat er gebeurd was, en zei dat ze zeker wist dat ze te grazen waren genomen door Ross Bannick. Ze kon hem niet goed identificeren, maar alles klopte. Hij was bezig uit het gebied te ontsnappen. Nee, ze had niet gezien waar hij in reed. Vidovich zat met zijn team in de binnenstad van Pensacola te eten, een uur verderop. Hij zou de staatspolitie van Florida inlichten en de autoriteiten in

Mobile naar Jeri sturen. Lacy wist zeker dat ze haar daar niet zouden vinden. Vidovich kwam al haar kant op en zei tegen Lacy dat ze tegen het motel moest zeggen dat niemand die twee kamers mocht binnengaan.

Een paar minuten later arriveerde de plaatselijke politie met blauwe zwaailichten. Ze troffen chaos in de lobby aan, waar gasten in het halfduister ronddwaalden. Het lichtpaneel en de beveiligingsinstallatie van het motel waren gehackt en niemand van het schaarse personeel wist hoe dat verholpen kon worden. Lacy legde zo veel mogelijk uit en gaf een algemene beschrijving van Bannick. Nee, ze had geen idee waar hij in reed. Ook zij belden de staatspolitie, maar zonder beschrijving van het voertuig wisten ze niet waar ze moesten beginnen.

Er kwam een medewerker aan met twee zakjes ijs, een voor Gunthers ribben en een voor zijn kaak, die gezwollen was, maar waarschijnlijk niet gebroken. Hij was nog steeds een beetje versuft en ademhalen was pijnlijk, maar hij klaagde niet en wilde terug naar zijn vliegtuig. Een conciërge zwengelde een draagbaar gasaggregaat aan en opeens werd de lobby verlicht. Er was niet genoeg voltage voor de airconditioning, waardoor de temperatuur snel opliep. Verschillende gasten liepen naar het parkeerterrein en bleven bij hun auto rondhangen.

Hij bedwong de neiging om over de snelweg te scheuren en hield zijn snelheid tegen het maximum. Een te heftige reactie zou alleen maar tot meer problemen leiden en hij dwong zichzelf om beheerst te rijden terwijl hij nadacht over wat er zojuist was gebeurd. Hij was voor het eerst in zijn carrière in de val gelopen en hij wist niet of hij fouten had gemaakt. Maar hij droeg nog steeds plastic handschoenen en wist dat hij geen vingerafdrukken had achtergelaten, geen bewijs. Hij was de kamer binnengegaan met alleen een smartphone en een laptop, en die lagen nu allebei op de bodem van een meertje even buiten Crestview. Zijn rechterschouder deed zeer door het gevecht, of hoe hij het ook moest noemen. Hij had die man niet gezien, hij had hem niet aan horen komen. Hij had Lacy maar heel even aangeraakt voordat hij omver werd gegooid en naar de grond toe werd gewerkt. Daarna was ze gaan gillen.

Het was waarschijnlijk Darren Trope, haar collega. Klootzak.

Hij was algauw in Alabama, nam een omweg en reed door het Conecuh National Forest. Toen hij het dorp Andalusia naderde, met negenduizend inwoners, besloot hij eromheen te rijden. Het was zaterdagavond, bijna halfelf, en de politie zou op de been zijn. Hij had geen gps nodig, want hij had de wegen en de snelwegen in zijn hoofd geprent. Hij zag de borden naar Gantt Lake en zigzagde die kant op. Hij reed door het rustige dorpje Antioch zonder dat hij een mens tegenkwam, en de wegen werden smaller. Op nog geen drie kilometer van zijn volgende afslag naar de grindweg zag hij tot zijn schrik blauwe zwaailichten achter hem opdoemen. Zijn cruisecontrol stond op tachtig kilometer per uur, de maximumsnelheid, en hij wist dat hij niet te hard had gereden. Er waren geen stoplichten geweest waar hij door rood had kunnen rijden. Hij ging nog langzamer rijden en gaapte naar de patrouillewagen die hem inhaalde. Zaterdagavond, waarschijnlijk een knokpartij in een kroeg. De zwaailichten verdwenen voor hem uit het zicht.

Hij zou haar snel vermoorden en dan wegwezen. De hut was schoon, zoals altijd geen sporen. Hij zou de klus afmaken met een perfecte knoop, dat paste wel bij haar, want ze was er zo nieuwsgierig naar geweest.

De grindweg liep steeds dieper het bos in, naar de duisternis waar de hut stond te wachten. Opeens waren er nog meer blauwe zwaailichten, nog een boerenjongen die ze op de hielen zaten. Hij kwam bijna tot stilstand en ging aan de kant. De auto scheurde voorbij en miste hem op een haar na, met een kolkende stofwolk in zijn kielzog. Er klopte iets niet.

Hij draaide het onverharde pad op dat uitkwam bij de voordeur van de hut, die zo diep in het bos stond dat hij niet te zien was door voorbijgangers. Hij zag een open plek met een gat in het hek en reed de weg af. Hij reed achteruit de struiken in, stapte uit en rende naar de hut. Hij ging de bocht om en zag iets vreselijks. Bij de hut wemelde het van de agenten en de blauwe zwaailichten.

De twee jongens, vijftien en zestien, waren voor het donker op hun quads langsgereden. Ze zagen rook uit de schoorsteen komen en wisten dat daar iemand was voor het weekend, maar de zilverkleurige Tahoe was zojuist weggereden. Ze hadden naar de hut gekeken, en naar de weg, en hadden gewacht tot het donker was voordat ze de voordeur hadden ingetrapt. Ze gingen op zoek naar pistolen, visgerei, iets van waarde. Ze vonden niks, alleen een dode zwarte vrouw die op bed lag met haar polsen geboeid achter haar rug en haar enkels bijeengebonden met een ketting.

Ze waren in paniek geraakt, op de vlucht geslagen, en waren pas gestopt toen ze bij een boerenwinkel kwamen, die gesloten was voor de avond. Ze belden het alarmnummer vanuit een telefooncel en meldden dat er een dode vrouw in de oude hut van Sutton vlak bij de Crab Hill Road lag. Toen de centralist om hun naam vroeg, hingen ze op en haastten zich naar huis.

Jeri werd met de ambulance naar een streekziekenhuis in Enterprise in Alabama gebracht. Ze was wakker, heel misselijk, uitgedroogd en nog steeds niet helemaal helder, maar ze herstelde snel. Om middernacht praatte ze met de staatspolitie en vulde de hiaten in. Ze was zo erg gedrogeerd door Bannick dat ze zijn auto niet had gezien, dus was daar geen beschrijving van. Maar na een snelle zoektocht vond de politie het merk, het model en het nummerbord.

Om één uur 's nachts belde een rechercheur Lacy's nummer. Ze was veilig thuis in Tallahassee en verpleegde haar broer, die een röntgenfoto had laten maken en pijnstillers had gekregen. De rechercheur glimlachte en gaf zijn telefoon aan Jeri, en toen ze elkaars stem hoorden, barstten ze in tranen uit.

Inmiddels reed hij Birmingham binnen met valse nummerborden uit Texas op zijn Tahoe. Hij zette de auto op het terrein voor langparkeren van de internationale luchthaven en liep met zijn weekendtas de hoofdterminal binnen. Hij dronk espresso bij een koffiebar en doodde de tijd. Hij vond een rijtje stoelen met uitzicht op de startbanen en probeerde wat te slapen, als de zoveelste vermoeide reiziger. Toen de balie van Avis om zes uur openging, slenterde hij ernaartoe en maakte een praatje met de medewerker. Met een vals rijbewijs en een prepaid creditcard op naam van een alias huurde hij een Honda met nummerborden uit Californië, en verliet de luchthaven in westelijke richting. Heel ver in westelijke richting. Hij zou twintig uur lang vrijwel non-stop rijden, contant betalen na het tanken, pillen slikken en een eindeloze hoeveelheid bekers zwarte koffie drinken.

40

Op zondagochtend om halfacht vielen twee teams van FBI-agenten en -technici Bannicks wereld binnen, geholpen door de plaatselijke politie. Het eerste ging zijn huis binnen met een koevoet en maakte zijn beveiligingssystemen onschadelijk, maar pas nadat de buren al wakker waren geschrokken. Het tweede team ging, met hulp van Diana Zhang en een conciërge, de rechtbank van Chavez County binnen en begon zijn bureau, dossierkasten en boekenplanken uit te kammen, alles wat hij maar kon hebben aangeraakt. Ze beseften algauw dat de dossierkasten leeg waren, evenals zijn bureauladen. Diana was verbaasd toen ze zag hoeveel van zijn persoonlijke spullen er ontbraken. Ingelijste foto's, onderscheidingen en certificaten, briefopeners, pennen, schrijfblokken, presse-papiers. Ze liep naar haar bureau om dossiers die hij had behandeld te zoeken, maar zag dat de laden leeg waren. Ze kon niet in zijn computer komen en de harddrive was er niet. Het ding werd in een busje geladen om naar een lab te worden vervoerd.

Bij hem thuis vonden de technici een koelkast die vrijwel leeg was, net als alle vuilnisbakken. Stapels kleren en handdoeken waren gewassen en op bed gegooid. In het kleine kantoortje vonden ze geen foto's of laptops. Ook hier kregen ze geen toegang tot de desktop en ook deze werd meegenomen. De harddrive was weg.

De zoektochten zouden uren, zo niet dagen duren, maar het was al snel duidelijk dat zijn huis en zijn kantoor bij de rechtbank grondig schoon waren geveegd. Nadat ze twee uur lang poeder op de voor de hand liggende oppervlakken hadden gestrooid, was er niet één latente afdruk gevonden. Maar de technici ploeterden methodisch verder en hadden er alle vertrouwen in dat ze vingerafdrukken zouden vinden. Het was onmogelijk om jaren ergens te wonen en te werken zonder iets achter te laten.

Jeri werd om twaalf uur 's middags ontslagen uit het ziekenhuis. Ze had nog steeds last van misselijkheid en kon niet eten, maar de dokters konden niets anders doen dan haar volstoppen met medicijnen. Haar hoofd deed pijn en de ibuprofen deed maar weinig om het bonken tegen te gaan. Haar polsen en enkels waren beurs, maar werden al snel minder gevoelig. Ze had Denise twee keer gesproken en haar verzekerd dat ze veilig en gezond was en dat ze niet halsoverkop hoefde te komen. Ze ging weg met twee FBI-agenten, allebei jong en behoorlijk knap; de ene was de chauffeur en de andere ging achterin zitten en was het meest aan het woord. Maar ze was niet in de stemming om te praten en ze lieten haar algauw met rust. Ze staarde door het raampje aan de passagierskant en beleefde de afgelopen achtenveertig uur opnieuw, nog steeds vol ongeloof omdat ze nog leefde.

En Bannick was niet gevonden. Ze had lange tijd gedacht dat die man tot alles in staat was, en dat hij zich vooral heel goed in de schaduwen kon bewegen zonder te worden opgemerkt. Hij had opgeschept dat hij naar een plek ver weg zou verdwijnen. Terwijl de kilometers voorbijgleden en de uren verstreken, begon ze verteerd te raken door een gruwelijke realiteit. Stel dat hij ervandoor ging? En nooit zou worden berecht? En dat zijn monsterlijke misdrijven nooit werden opgelost? Stel dat haar eenzame zoektocht naar de moordenaar van haar vader voor niets was geweest?

Mobile was uitgesloten. Hij was bij haar thuis geweest, had

bij haar aangebeld en wist precies waar ze woonde. Hij was haar gevolgd naar het motel en had haar ontvoerd zonder dat hij gezien was of een spoor had achtergelaten. Zoals altijd. Ze vroeg zich af of ze ooit nog naar huis kon.

Twee uur later reden ze Tallahassee binnen en ze kronkelden algauw door de binnenstad. Toen ze bij het verbouwde pakhuis aankwamen, stond Lacy op de stoep te wachten. Jeri en zij omhelsden elkaar huilend en even later gingen ze naar binnen.

Allie was een paar uur eerder thuisgekomen en was bijgepraat door Lacy. En door Gunther, die genoot van zijn heldenrol. Lacy twijfelde er niet aan dat het verhaal steeds opnieuw verteld zou worden en dat zijn onbevreesde aanval op een seriemoordenaar alleen nog maar mooier gemaakt zou worden en uiteindelijk legendarisch zou zijn.

Lacy vroeg een van de agenten om pizza te gaan halen. De andere agent bleef bij de deur staan en hield de boel in de gaten. Binnen gingen ze met zijn vieren in de woonkamer zitten en wisselden verhalen uit. Uiteindelijk zagen ze er de humor van in, vooral toen Gunther, altijd geanimeerd, halverwege een zin ophield om naar zijn ribben te grijpen. Zijn gezwollen kaak vormde geen belemmering voor zijn praatjes.

Voor haar eigen bestwil deed Jeri verslag van haar gesprekken met Bannick. Hij had geen enkele moord expliciet bekend, maar had zwijgend ingestemd met delen van wat ze zei. Hij ontkende dat hij Ashley Barasso had vermoord, al leek dat moeilijk te geloven. Verontrustender waren zijn beweringen dat hij ook anderen had vermoord, die Jeri over het hoofd had gezien.

Om vijf uur kwamen ze aan in het FBI-kantoor in het federale gebouw, Clay Vidovich heette hen welkom en ze namen plaats rondom een tafel in de grote vergaderzaal. Het goede nieuws was dat ze twee latente vingerafdrukken hadden gevonden in Bannicks garage. Het slechte nieuws was dat ze niet afkomstig waren van zijn duim. Maar hij had er alle vertrouwen in dat ze meer vingerafdrukken zouden vinden, al gaf hij toe dat ze nogal onthutst waren door Bannicks pogingen om alles schoon te vegen. Zijn telefoon werkte sinds Crestview niet meer. Hij had hem waarschijnlijk weggegooid. Niemand met de naam Ross Bannick had in de afgelopen tweeënzeventig uur een vlucht geboekt. Zijn secretaresse had niets van hem vernomen. Hij had geen familie in de buurt, alleen een zus die ver weg woonde en met wie hij geen contact had.

Niettemin was Vidovich er zeker van dat ze hem zouden vinden. De landelijke jacht op hem was in volle gang en het was slechts een kwestie van tijd.

Daar was Jeri niet zo zeker van, maar dat hield ze voor zich. Toen ze eindelijk ontspande, begon ze over de afgelopen twee dagen te praten. Maar ze voelde zich niet lekker en beloofde maandag een langer verslag uit te brengen.

Godzijdank had er iemand ingebroken in de hut.

41

Hij stopte lang genoeg in Amarillo om een FedEx-envelop die binnen één dag bezorgd zou worden in een brievenbus te stoppen. Hij was de afzender en gebruikte zijn kantooradres van de rechtbank van Chavez County. De ontvanger was Diana Zhang op datzelfde adres. Als alles volgens plan zou verlopen, zou de envelop maandagmiddag om vijf uur worden opgehaald en dinsdagochtend om halfelf bij haar worden afgeleverd.

Maandagochtend om acht uur parkeerde hij zijn huurauto buiten bij de Pecos Mountain Lodge en nam even de tijd om de prachtige bergen in de verte te bewonderen. De luxe afkickkliniek was dicht tegen een heuvel gebouwd en nauwelijks zichtbaar vanaf de meanderende provinciale weg. Hij trok andere handschoenen aan en veegde het stuur, de deurhendels, de console en het scherm schoon. Hij had de afgelopen vierentwintig uur handschoenen gedragen en wist dat de auto schoon was, maar hij nam geen enkel risico. Met zijn kleine tas liep hij de chique lobby binnen en zei goedemorgen tegen de receptioniste.

'Ik heb een afspraak met dr. Joseph Kassabian,' zei hij beleefd.

'En wat is uw naam?'

'Bannick, Ross Bannick.'

'Neemt u plaats, alstublieft, dan haal ik hem.'

Hij ging op een fraaie leren bank zitten en bewonderde de hedendaagse kunst aan de wanden. Voor vijftigduizend dollar per maand verdienden de rijke dronkaards zeker wel een aangename omgeving. Pecos had het druk met popsterren, Hollywood-types en jetsetters, en hoewel het heel bekend was, ging het er prat op dat ze niet opvielen. De uitdaging met het vertrouwelijkheidsbeleid was dat zoveel voormalige patiënten niet konden wachten om zich er lovend over uit te laten.

Dr. Kassabian kwam al snel aanlopen en ze trokken zich terug in zijn kantoor verderop in de gang. Hij was een jaar of vijftig, een ex-verslaafde. 'Maar zijn we dat niet allemaal?' had hij door de telefoon gezegd. Ze gingen aan een kleine tafel zitten en dronken designerwater.

'Vertel me uw verhaal eens,' zei hij met een warme, hartelijke glimlach. *Je nachtmerrie is voorbij. Je bent op het juiste adres.*

Bannick veegde zijn gezicht af met zijn handen en leek elk moment te kunnen gaan huilen. 'Het is allemaal drank, geen drugs. Wodka, minstens een liter per dag, nu al jaren. Ik kan prima functioneren. Ik ben rechter en dat is een veeleisende baan, maar ik moet stoppen met dat spul.'

'Dat is een heleboel wodka.'

'Het is nooit genoeg en het wordt steeds erger. Daarom ben ik hier.'

'Wanneer was uw laatste borrel?'

'Drie dagen geleden. Ik heb altijd wel korte tijd kunnen stoppen, maar ik kom er maar niet vanaf. Dat spul wordt mijn dood nog eens.'

'Dus u hebt waarschijnlijk geen detox nodig.'

'Ik denk het niet. Ik heb dit al eerder gedaan, dokter. Dit is mijn derde ontwenningskuur in de afgelopen vijf jaar. Ik wil graag een maand blijven.'

'Hoe lang duurden uw andere kuren?'

'Een maand.'

'Dertig dagen is niet genoeg, meneer Bannick. Geloof me.

Binnen dertig dagen staat u droog en voelt u zich fantastisch, maar u hebt er minstens zestig nodig. Negentig dagen is het verblijf dat we aanraden.'

Dat geloof ik. Voor vijftigduizend dollar per maand.

'Misschien. Voorlopig hoop ik gewoon op dertig dagen. Zorg dat ik nuchter word. Alstublieft.'

'Dat doen we. We zijn heel goed in wat we doen. Vertrouw ons.'

'Dank u.'

'Ik zal u voorstellen aan onze opnamemanager, die het papierwerk en dergelijke regelt. Bent u verzekerd of wordt het een privébetaling?'

'Privé. Ik heb middelen, dokter.'

'Nog beter.'

'Oké. Luister, ik ben een gekozen ambtenaar, dus vertrouwelijkheid is mijn voornaamste zorg. Niemand mag weten dat ik hier ben. Ik ben vrijgezel, ik heb geen familie, een paar vrienden, maar ik heb het aan niemand verteld. Zelfs niet aan mijn secretaresse.'

Dr. Kassabian glimlachte, want dit hoorde hij keer op keer. 'Geloof me, dr. Bannick, wij weten wat vertrouwelijkheid is. Wat zit er in uw tas?'

'Een paar spullen, kleren, een tandenborstel. Ik heb geen telefoon, geen laptop en geen andere apparaten bij me.'

'Mooi. Over ongeveer een week mag u een telefoon gebruiken. Tot die tijd niks.'

'Ik weet het. Het is niet mijn eerste ritje.'

'Ik snap het. Maar ik zal uw tas moeten meenemen en controleren. We verstrekken fraaie linnen badjassen van Ralph Lauren voor de eerste twee weken.'

'Prima.'

'Bent u met de auto?'

'Een huurauto. Ik ben komen vliegen.'

'Oké. Na het papierwerk doen we een volledig lichamelijk

onderzoek. Dat zal het grootste deel van de ochtend in beslag nemen. We gaan samen lunchen, alleen u en ik, en dan praten we over het verleden en de toekomst. Daarna stel ik u voor aan uw therapeut.'

Bannick knikte alsof hij volkomen verslagen was.

Dr. Kassabian zei: 'Ik ben blij dat u nuchter bent gekomen, dat is een goed begin. U wilt niet geloven hoeveel beklagenswaardige mensen hier stomdronken binnen komen waggelen.'

'Ik voel me niet nuchter, dokter. Allesbehalve.'

'U bent op de juiste plek.'

Ze liepen een deur verder en kwamen bij de opnamemanager. Bannick betaalde de eerste tienduizend dollar met een creditcard en tekende een overeenkomst voor de overige veertigduizend. Dr. Kassabian hield zijn tas bij zich. Nadat de opnameprocedure voltooid was, werd hij naar zijn behoorlijk ruime kamer op de eerste verdieping gebracht. Dr. Kassabian excuseerde zich en zei dat hij zich verheugde op de lunch. Toen Bannick eindelijk alleen was, deed hij snel zijn stijlvolle nylon reisgordel af en haalde kleine plastic zakjes uit de verborgen vakjes. In de zakjes zaten twee setjes pillen die hij later nodig zou hebben. Hij verstopte ze onder een ladekast.

Een medewerker klopte aan en gaf hem een stapel badjassen en handdoeken. Hij wachtte totdat Bannick zich in de badkamer had uitgekleed en vertrok met zijn kleren, inclusief de gordel en zijn schoenen.

Hij douchte, trok een van de zachte linnen badjassen aan, ging op bed liggen en viel in slaap.

Lacy, Jeri en Allie zetten Gunther af op het vliegveld en keken hoe hij wegtaxiede en opsteeg. Toen hij in de lucht was, hadden ze zin om te feesten. Ze gingen terug naar het FBI-kantoor en ontmoetten Clay Vidovich en twee andere agenten. Jeri tekende een beëdigde verklaring waarin de feiten van haar weekend met Bannick werden opgesomd. Er was een arrestatiebevel wegens kidnapping uitgevaardigd, dat het hele land rondging, behalve in de omgeving van Pensacola. Ze wisten zeker dat Bannick niet in de Panhandle rondhing, en ze wilden zijn vrienden en kennissen niet alarmeren.

Vidovich gaf hun een update over de doorzoekingen van zijn huis en zijn kantoor en het zat hem dwars dat er niet meer vingerafdrukken waren gevonden. De FBI doorzocht zijn onroerendgoedbedrijven, maar tot nu toe hadden ze niks bruikbaars gevonden.

Het begon druk te worden in de kamer toen er andere agenten binnenkwamen. Alle dassen waren losgetrokken, alle mouwen opgerold, alle kragen losgeknoopt. Als groep gaven ze alle signalen af dat ze het hele weekend door hadden gewerkt. Lacy belde Darren en zei dat hij ook moest komen. Secretaresses brachten dienbladen met koffie, water en broodjes binnen.

Om tien uur riep Vidovich iedereen tot de orde en vergewiste zich ervan dat de twee videocamera's werkten. Hij zei: 'Dit is uitsluitend ter informatie. Aangezien jij geen verdachte bent in deze zaak, Jeri, hoeven we je niet op je rechten te wijzen.'

'Dat mag ik hopen,' zei ze en daar werd om gelachen.

'Om te beginnen wil ik zeggen dat we hier niet zouden zijn zonder jou. Je recherchewerk van de afgelopen twintig jaar is regelrecht geniaal. Het is een wonder, zou ik zelfs zeggen, en ik heb nog nooit zoiets meegemaakt. Dus namens de families en namens alle politie wil ik je bedanken.'

Ze knikte verlegen en keek naar Lacy.

'Hij is nog niet gepakt,' zei Jeri.

'We krijgen hem wel.'

'Gauw, mag ik hopen.'

'Ik wil graag bij het begin beginnen. Veel hiervan zal herhaling zijn, maar alsjeblieft, vertel.'

Ze begon bij de dood van haar vader en de nasleep daarvan, het gebrek aan sporen, de maanden die zich voortsleepten zonder dat ze veel contact hadden met de politie, en waarin absoluut geen voortgang werd geboekt. En ze geen idee hadden wat het motief was. Ze was jaren bezig die vraag te beantwoorden. Wie in de wereld van Bryan Burke had ooit iets negatiefs tegen hem gezegd? Geen familie of collega's, misschien een paar keer een student. Hij had geen zakendeals, geen partners, geen minnaressen, geen jaloerse echtgenoten. Ze kwam uiteindelijk bij Ross Bannick uit, maar wist al van meet af aan dat het slechts giswerk was. Het was vergezocht. Ze had geen bewijs, alleen haar op hol geslagen fantasie. Ze groef in zijn verleden, bleef op de hoogte van zijn carrière als jonge advocaat in Pensacola en raakte langzaam geobsedeerd. Ze wist waar hij woonde, werkte, was opgegroeid, naar de kerk ging en in het weekend golfde.

Ze stuitte op een oud artikel in de *Ledger* over de moord op Thad Leawood, iemand uit de buurt die onder verdachte omstandigheden om het leven was gekomen. Ze legde het verband met Bannick door scoutinggegevens die ze bij het nationale hoofdkwartier had gekregen. Toen ze uiteindelijk de foto's van de plaats delict zag, viel er een groot puzzelstuk op zijn plek.

Ze bleef maar over haar polsen wrijven. Ze zei: 'Volgens mijn research was de volgende Ashley Barasso in 1996. Maar Bannick zei afgelopen zaterdag dat hij haar niet vermoord had.'

Vidovich schudde zijn hoofd. Hij keek naar agent Murray, die het er ook niet mee eens was. Murray zei: 'Hij liegt. We hebben het dossier. Zelfde touw, zelfde knoop, zelfde modus operandi. En hij kende haar van zijn rechtenstudie in Miami.'

‘Dat zei ik ook tegen hem,’ zei Jeri.

‘Waarom zou hij het ontkennen?’ vroeg Vidovich aan de tafel.

‘Ik heb wel een theorie,’ zei Jeri, die een slok koffie nam.

Vidovich glimlachte en zei: ‘Ik wist wel dat dat zo was. Vertel maar.’

‘Ashley was dertig, zijn jongste slachtoffer, en ze had twee kleine kinderen van drie jaar en achttien maanden. Ze waren in het huis toen ze werd vermoord. Misschien heeft hij ze gezien. Misschien voelde hij voor één keer in zijn leven wroeging. Misschien is dat de enige moord die hij niet van zich af kon zetten.’

‘Klinkt logisch, lijkt me,’ zei Vidovich. ‘Als logisch hier het juiste woord is.’

‘Het is allemaal rationeel in zijn zieke geest. Hij heeft niet een van de moorden bekend, maar hij zei wel dat ik er een paar over het hoofd had gezien.’

Murray schoof wat papieren opzij en zei: ‘Het kan zijn dat wij er een gevonden hebben die jij over het hoofd hebt gezien. In 1995 werd er een man met de naam Preston Dill vermoord in de buurt van Decatur in Alabama. De plaats delict ziet er bekend uit. Geen getuigen, geen sporen, zelfde touw en knoop. We zijn nog steeds aan het spitten, maar het lijkt erop dat Dill ooit in de omgeving van Pensacola heeft gewoond.’

Jeri schudde haar hoofd en zei: ‘Ik ben blij dat ik er een over het hoofd heb gezien.’

Agent Neff zei: ‘Dat zijn dan minstens vijf slachtoffers die banden hadden met de streek, hoewel ze er geen van allen woonden op het moment dat ze werden vermoord.’

Vidovich zei: ‘Behalve Leawood waren ze gewoon op doorreis, ze woonden er lang genoeg om het pad van onze man te kruisen.’

Neff zei: ‘En over een periode van drieëntwintig jaar. Ik

vraag me af of er iemand – iemand anders dan jij, Jeri – op het idee was gekomen om de moorden aan elkaar te koppelen.'

Ze gaf geen antwoord en niemand anders waagde een gokje. Het antwoord lag voor de hand.

42

Hij genoot in zijn eentje van zijn laatste ontbijt. De keuken ging om zeven uur open en hij kwam een paar minuten later binnen, bestelde volkorentoast met roerei, schonk een glas grapefruitsap in en nam zijn dienblad mee naar buiten, waar hij onder een parasol op de patio ging zitten en naar een schitterende zonsopkomst boven de bergen in de verte keek. Het was een rustige, stille ochtend. De andere patiënten, die hij geen van allen had leren kennen, ontwaakten op weer een prachtige, nuchtere morgen, allemaal clean en met een heldere oogopslag.

Hij voelde zich vredig in zijn eigen wereld, een sereniteit die werd bevorderd door een paar valiumtabletten die hij voor het ontbijt had genomen. Hij nam de tijd en genoot van het eten. Toen hij klaar was, zette hij zijn dienblad terug en liep naar zijn kamer. Een medewerker had het dagschema op zijn kamerdeur geplakt. Een groepswandeling om negen uur, therapie om halfelf, lunch, enzovoort.

Hij ordende zijn papierwerk en ging aan de slag. Hij trok plastic handschoenen aan en veegde alle oppervlakken in de kamer en de badkamer schoon. Hij haalde de zakjes pillen onder de ladekast vandaan, ging terug naar de badkamer en deed de deur dicht. Hij deed de stop in de wasbak en liet er een laagje water in stromen, waarna hij er twee doosjes zoutzuurtabletten in gooide. Zodra de tabletten het water raakten, reageerden ze onmiddellijk met geborrel en gesis, en binnen een paar tellen leek het water te koken. Uit twee andere doosjes schudde hij veertig oxycodontabletten van dertig milligram per stuk, nam ze in en spoelde ze weg met water uit een papieren bekertje. Hij spoelde de doosjes, het papieren bekertje en de handschoenen door het toilet. Hij pakte een kleine handdoek, propte die in zijn mond om de pijnreactie te dempen en stak alle acht zijn vingers en zijn beide duimen in het borrelende zoutzuur. De pijn kwam onmiddellijk en was hevig. Hij kreunde en grimaste, maar hield zijn vingers ondergedompeld terwijl het zuur door de eerste huidlaag heen brandde en de tweede begon aan te tasten. Hij had het gevoel dat zijn handen in brand stonden en voelde zijn kracht afnemen. Toen zijn knieën het begaven, greep hij de wasbak beet, trok de stop eruit en deed de deur open. Hij liet zich op zijn bed vallen, spuwde de handdoek uit en stopte zijn handen onder de lakens. De pijn verdween zodra hij het bewustzijn verloor.

Diana stond bij de receptie toen de FedEx-envelop om vijf over halfelf werd bezorgd. Ze wierp één blik op de naam en het adres van de afzender en nam hem mee naar haar kantoor, waar ze de deur achter zich dichttrok. Voor de derde dag op rij werd hun afdeling in beslag genomen door een team van lompe, soms zelfs onbeschofte FBI-technici en ze had behoefte aan privacy.

Haar handen trilden toen ze de envelop openscheurde en er een van zijn kantoorenveloppen uithaalde. Er zaten vier velletjes briefpapier in. De eerste was een brief aan haar. Er stond in:

Lieve Diana. Als je dit leest, ben ik dood. Het spijt me dat ik je dit aandoe, maar ik heb niemand anders. Bel alsjeblieft dr. Joseph Kassabian in de Pecos Mountain Lodge in de buurt van Santa Fe en vertel hem dat je mijn secretaresse, mijn executeur-testamentair en mijn enige erfgenaam bent.

Zoals wordt vermeld in mijn bijgevoegde laatste wilsbeschikking en testament, krijg jij opdracht om mijn lichaam onmiddellijk te laten cremeren en mijn as te laten uitstrooien boven de Pecos Mountains hier in New Mexico. Laat mijn lichaam onder geen beding terugbrengen naar de staat Florida en geef geen toestemming voor een autopsie. Stuur morgen het persbericht naar Jane Kemper van de Pensacola Ledger. Stel het alsjeblieft zo lang mogelijk uit om de politie in te lichten. Ross.

Ze hapte naar adem, onderdrukte een kreet en liet de papieren vallen. Ze huilde toen ze ze opraapte. Het tweede vel papier was het 'persbericht', waarin stond:

Circuitrechter Ross Bannick is vanochtend overleden in een instelling in de buurt van Santa Fe in New Mexico, waar hij een behandeling tegen darmkanker onderging. Hij was negenenveertig. Rechter Bannick heeft de afgelopen tien jaar met trots in dienst gestaan van de mensen van het Twenty-Second Judicial District. Hij werd geboren in Pensacola en woonde in het stadje Cullman. Nadat hij was afgestudeerd aan de universiteit van Florida en de rechtenfaculteit van de universiteit van Miami, had hij bijna vijftien jaar een eigen advocatenkantoor, voordat hij in 2004 werd gekozen tot rechter. Als eeuwige vrijgezel overleefde hij zijn ouders, de heer en mevrouw Herbert Bannick, en hij laat een zus achter, Katherine LaMott in Savannah in Georgia. In plaats van bloemen vraagt de familie om een donatie aan de American Cancer Society. Er zal geen herdenkingsdienst worden gehouden.

Het derde vel papier was getiteld: 'Laatste wilsbeschikking en testament van Ross. L. Bannick'. Het luidde:

Ik, Ross Bannick, wilsbekwaam en bij mijn volle verstand, verklaar hierbij dat dit mijn laatste wilsbeschikking en testament is, waarbij expliciet alle voorgaande wilsbeschikkingen komen te vervallen. Dit instrument is uitsluitend door mij opgesteld en dient voor alle doeleinden en in alle gevallen te worden beschouwd als mijn laatste, holografische wens.

1. Ik benoem mijn loyale vriendin Diana Zhang tot mijn executeur-testamentair en geef haar opdracht om deze wilsbeschikking zo snel mogelijk uit te voeren. Ik doe afstand van obligaties en verrekeningen.

2. Ik geef mijn executeur-testamentair opdracht om mijn stoffelijk overschot onmiddellijk te laten cremeren en mijn as te laten uitstrooien over de Pecos Mountains bij Santa Fe.

3. Al mijn bezittingen schenk ik, draag ik over en laat ik na aan Diana Zhang.

4. Afgezien van de gebruikelijke maandelijkse rekeningen zijn er geen verplichtingen. Hierbij gevoegd volgt een lijst van bezittingen.

Was getekend, Ross L. Bannick

Het vierde vel papier was aan het testament vastgeniet. Er stond een lijst op van acht bankrekeningen met, bij benadering, de bijbehorende saldo's; zijn huis in Cullman, dat getaxeerd was op zevenhonderdduizend dollar, een bungalow op het strand ter waarde van vijfhonderdvijftigduizend dollar, twee winkelcentra die op naam stonden van twee bedrijven, en een aandelenportefeuille van tweehonderdveertigduizend dollar.

Lange tijd was ze te verbijsterd om in beweging te komen of helder na te kunnen denken. Elke belangstelling voor zijn bezittingen werd tenietgedaan door de afschuw van dit moment.

Ze zette zichzelf ertoe om online te gaan en vond de website van de Pecos Mountain Lodge. Een ontwenningskliniek? Ze begreep er niks meer van. Ze belde het nummer en kreeg te horen dat dr. Kassabian niet beschikbaar was. Maar ze liet zich niet afschepen en drong aan door te zeggen dat het urgent was. Toen hij haar eindelijk te woord stond, legde ze uit wie ze was en waarvoor ze belde. Hij bevestigde het overlijden, zei dat het op een overdosis leek en vroeg of ze later terug kon bellen. Nee, zei ze. Hij legde zich erbij neer en ze voerden een gesprek dat werd beëindigd door de komst van de lijkschouwer.

Ze zocht het visitekaartje van special agent Neff en belde de FBI.

De lodge was een aangenaam toevluchtsoord waar beschadigde mensen aan een nieuw leven begonnen, geen plek waar mensen naartoe gingen om te sterven. Dr. Kassabian had nog nooit te maken gehad met de dood van een patiënt en wist niet goed wat hij moest doen. Het laatste wat hij wilde was dat zo'n traumatische gebeurtenis zijn weerslag had op de andere patiënten. In zijn tweede gesprek met mevrouw Zhang had ze het verzoek om crematie ter sprake gebracht en uitgelegd dat ze duidelijke aanwijzingen van de overledene had gehad over wat er moest worden gedaan met zijn stoffelijk overschot. Maar zijn gezonde verstand gaf hem in dat het lichaam en de kamer onaangeraakt moesten blijven tot de hogere autoriteiten ter plaatse waren. Toen de twee FBI-agenten van het bureau in Santa Fe arriveerden, was hij niet blij met hun aanwezigheid, maar hij was wel opgelucht dat iemand anders nu de volgende paar beslissingen zou nemen. Toen ze hem ervan op de hoogte stelden dat rechter Bannick gezocht werd wegens ontvoering, snibde hij: 'Nou, ik denk dat u te laat bent.'

Ze liepen de kamer binnen en staarden naar Bannick.

De eerste agent zei: 'Er zijn forensisch onderzoekers onderweg en we moeten zijn vingerafdrukken afnemen.'

'Dat zou weleens lastig kunnen worden.' Dr. Kassabian stak langzaam zijn hand omlaag, pakte een hoekje van het laken en trok het weg. Bannicks handen waren enorm gezwollen, zijn vingers waren zwart door de corrosie en zijn nagels waren gesmolten en eraf gevallen. Er zaten vlekken van een roestkleurige vloeistof op zijn badjas en de lakens onder hem.

'Zo te zien wist hij dat jullie zouden komen,' zei dr. Kassabian.

'Oké,' zei de tweede agent. 'Niks aanraken.'

'Daar hoeft u niet bang voor te zijn.'

43

Ze waren net klaar met lunchen bij een café in de binnenstad, toen er een dringend telefoontje kwam van Clay Vidovich. Ze haastten zich naar het FBI-kantoor in het federale gebouw en wachtten in de vergaderruimte. Vidovich en de agenten Neff en Suarez kwamen binnenrennen en het was duidelijk dat ze nieuws hadden.

Zonder te gaan zitten verkondigde Vidovich: 'Ross Bannick is dood. Kennelijk een overdosis in een afkickkliniek in de buurt van Santa Fe.'

Jeri stortte in en sloeg haar handen voor haar gezicht. Lacy was te verbijsterd om iets te zeggen.

Vidovich vervolgde: 'Hij heeft gisterochtend ingecheckt en ze hebben hem zo'n drie uur geleden dood aangetroffen in zijn kamer. Onze agenten daar hebben alles bevestigd.

Allie vroeg: 'En vingerafdrukken?'

'Dat betwijfel ik. Ik heb zojuist een filmpje gekregen van een van onze agenten daar. Willen jullie het zien?'

'Waarvan?' vroeg Lacy.

'Onze man in de afkickkliniek. Er zit een nogal expliciet gedeelte bij.'

Jeri veegde over haar ogen, beet op haar lip en zei: 'Ik wil het zien.'

Agent Murray tikte op wat knoppen op een tablet en de video werd afgespeeld op een groot scherm achter Vidovich. Hij ging aan de kant en ze gaapten naar de beelden, die met een smartphone waren gemaakt. Bannick was niet verplaatst en lag met zijn ogen dicht op zijn rug, ongeschoren, zijn mond halfopen, een straaltje witte vloeistof uit één mondhoek, zo dood als een pier. De camera bewoog langzaam omlaag over zijn lichaam en bleef op zijn handen rusten, die naast elkaar over zijn kruis gelegd waren.

Vidovich vertelde: 'Hij heeft zijn handen waarschijnlijk in zuur gedoopt vlak voor hij stierf.'

Allie mompelde zo hard dat iedereen het kon horen: 'Die vuile schoft.'

De camera zoomde in op de vingers en Lacy wendde haar blik af.

Vidovich zei: 'Je vroeg naar vingerafdrukken. Dat zou weleens lastig kunnen worden. De schade is duidelijk substantieel en de wonden zullen niet genezen, nu niet meer in elk geval. Het lijkt erop dat hij precies wist wat hij deed.'

Lacy vroeg: 'Kun je het beeld daar even stilzetten?'

Agent Suarez bevroor het beeld. Lacy zei: 'Goed, even rustig aan. Blijkbaar heeft hij geprobeerd zijn vingers te verminken om te voorkomen dat zijn vingerafdrukken zouden worden afgenomen, wat zelfs na de dood nog mogelijk is, neem ik aan.'

Agent Neff zei: 'Ja, dat gebeurt zo vaak, mits de handen en de vingers in fatsoenlijke staat verkeren.'

'Oké. Dus, ervan uitgaande dat hij zijn vingerafdrukken wilde vernietigen, en ervan uitgaande dat hij ze al op de een of andere manier had veranderd, kunnen we er dan niet redelijkerwijs van uitgaan dat hij op de hoogte was van de gedeeltelijke duimafdruk?'

Vidovich glimlachte en zei: 'Precies. Op de een of andere manier wist Bannick dat we een afdruk hadden.'

Ze keken naar Jeri en die schudde haar hoofd. 'Geen idee.'

Allie vroeg: 'Waarom zou het hem iets uitmaken? Als hij toch al van plan was om zelfmoord te plegen, waarom zou hij zich er dan druk om maken of hij gepakt werd?'

Jeri antwoordde: 'Probeer te denken zoals Bannick. Hij had een doodswens, wat niet ongebruikelijk is bij seriemoordenaars. Ze kunnen niet uit eigen wil stoppen met wat ze doen, dus willen ze dat iemand anders hen tegenhoudt. De verwoeste reputatie. De schande voor de nagedachtenis van zijn ouders. Het verlies van alles waarvoor hij had gewerkt.'

Vidovich zei: 'Een paar van de beruchtste seriemoordenaars hadden een sterke doodswens. Bundy, Gacy. Dat is helemaal niet ongebruikelijk.'

De video was afgelopen. Jeri vroeg: 'Wil je hem alsjeblieft nog een keer vanaf het begin afspelen?' Suarez drukte op wat knoppen en daar was Bannicks spookachtige gezicht weer. Jeri zei: 'Zet hem nu stil. Ik wil hem dood zien. Daar heb ik lang op gewacht.'

Vidovich keek naar Lacy en Allie. Na een korte stilte vervolgde hij: 'Dit kan wel eens een lastige situatie zijn. Blijkbaar heeft hij een testament met wat specifieke instructies achtergelaten en wil hij onmiddellijk gecremeerd worden en zijn as over de bergen daar laten uitstrooien. Heel leuk. Wij willen natuurlijk het lijk bewaren zodat we alles op alles kunnen zetten om er een duimafdruk af te halen. Het probleem is dat we hem niet bepaald in bewaring hebben. Je kunt geen lijk arresteren. Ons arrestatiebevel is nietig geworden op het moment dat hij overleed. Ik heb zojuist met de afdeling Juridische Zaken in Washington gesproken en die zitten met de handen in het haar.'

'Je kunt niet toestaan dat hij gecremeerd wordt,' zei Lacy. 'Regel een rechterlijk bevel.'

'Dat is kennelijk nog niet zo eenvoudig. Bij welke rechtbank? Florida, New Mexico? Er bestaat geen wet die vereist dat een dode terug naar huis moet worden vervoerd voor een begrafenis. Deze vent heeft alles van tevoren tot in de details gepland en heeft zijn executeur-testamentair opdracht gegeven hem daar te cremeren zonder autopsie.'

Jeri staarde naar het stilstaande beeld van het lijk, schudde haar hoofd en zei: 'Het lukt hem zelfs om over zijn graf heen te regeren.'

'Maar het is voorbij, Jeri,' zei Lacy, die haar arm aanraakte.

'Het zal nu nooit voorbij zijn. Bannick zal nooit terecht worden gesteld. Hij is ermee weggekomen, Lacy.'

'Nee. Hij is dood en zal niemand meer vermoorden.'

Jeri snoof en keek de andere kant op. 'Laten we hier weggaan.'

Allie zette hen af bij Lacy's appartement en ging naar zijn eigen huis. Hij was opgeroepen om naar Orlando te gaan voor zijn werk, maar tijdens een nogal verhitte discussie had hij zijn meerdere duidelijk gemaakt dat hij een paar dagen thuis wilde blijven.

De vrouwen gingen in de woonkamer zitten om dit nieuwe drama te verwerken. Wat stond hun nog meer te wachten? Wat zou het nieuws over Bannicks dood kunnen overtreffen?

Als er nooit een match gevonden zou worden voor die gedeeltelijke duimafdruk, zou er nooit fysiek bewijs komen waardoor hij gelinkt kon worden aan de moord op Verno en Dunwoody.

Voor de andere moorden hadden ze alleen het motief en de modus operandi. Het zou onmogelijk zijn hem veroordeeld te krijgen met zulk flinterdun bewijs. En nu hij dood was, zou geen enkel politieteam – plaatselijk, van de staat of federaal – tijd verspillen om hem te vervolgen. Die zaken lagen toch al jaren te verstoffen. Waarom zouden ze nu nog moeite doen? Jeri wist zeker dat ze het nieuws over Bannicks mogelijke schuld zouden toejuichen, de families zouden inlichten en de dossiers tevreden zouden afsluiten.

Zijn opmerkingen, ontkenningen, verdraaiingen en verklaringen van de zaterdag daarvoor in een schimmige hut op het platteland van Alabama hielpen de politie niet echt. Niets van wat hij had gezegd kon ooit worden bevestigd voor de rechtbank en hij had wel uitgekeken om geen enkele misstand openlijk toe te geven. Hij was per slot van rekening een rechter van strafzaken.

Soms was Jeri emotioneel, en zo nu en dan ontroostbaar. Haar levenswerk was tot een abrupt en onbevredigend eind gekomen. Bannick mocht dan dood zijn, maar hij kwam praktisch ongeschonden uit de strijd. De beschuldiging van ontvoering, als die ooit zou worden gemeld, zou alleen maar bijdragen aan de verwarring en niets bewijzen. De details erachter zouden nooit bekend worden gemaakt. Hij was nergens voor gearresteerd. Zijn naam zou nooit aan zijn slachtoffers worden verbonden.

Maar er waren ook momenten waarop ze zichtbaar opgelucht was. Het monster zat niet langer achter haar aan. Ze zou niet langer in dezelfde wereld leven als Ross Bannick, een man die ze zo lang had veracht dat hij een deel van haar leven was geworden. Ze zou hem absoluut niet missen, maar hoe zou ze de leegte opvullen?

Ze had ergens gelezen dat mensen hetgeen wat ze zo obsessief haten uiteindelijk gaan bewonderen en er zelfs van gaan houden. Het kan deel gaan uitmaken van hun leven, en ze gaan erop bouwen, ze hebben het nodig. Ze worden erdoor bepaald.

Om halfdrie klopte er een FBI-agent aan om Lacy te vertellen dat haar kleine beveiligingsteam terug naar kantoor was geroepen. Het gevaar was nu geweken, dus de kust was veilig. Ze bedankte hem en nam afscheid.

Jeri vroeg of ze nog een nacht mocht blijven slapen. Het zou nog wel even duren voor ze zich helemaal kon ontspannen en ze wilde in haar eentje een flink eind door de buurt, naar de campus en de binnenstad gaan wandelen. Ze wilde de vrijheid proeven en rond kunnen lopen zonder om zich heen te hoeven kijken, zonder bang te hoeven zijn en zonder zelfs maar aan hem te denken. En als Lacy thuis zou komen van kantoor, wilde Jeri samen met haar de keuken in duiken om te koken. Ze was jaren daarvoor, misschien wel tientallen jaren geleden, opgehouden met koken omdat haar avonden in beslag werden genomen door haar jacht op Bannick.

Lacy zei natuurlijk ja. Nadat ze vertrokken was, ging Jeri op de bank zitten en bleef maar bij zichzelf herhalen dat Bannick dood was.

De wereld was een stukje mooier geworden.

44

Diana Zhang had er nooit over nagedacht dat ze de executeur-testamentair zou kunnen worden van iemands testament en wilsbeschikking. Sterker nog, als secretaresse van een rechter wist ze genoeg over het bekrachtigen van testamenten om te weten dat je dat tot elke prijs moest zien te vermijden. Nu haar voormalige baas haar voor zijn karretje had gespannen en haar had opgezadeld met een ongewenste taak die er alle schijn van had dat hij, in elk geval in eerste instantie, ingewikkeld en belastend was, zo niet onmogelijk, kostte het haar moeite om de juiste houding te vinden om invulling te geven aan haar nieuwe rol.

De vierde pagina, die met de lijst van bezittingen, zorgde ervoor dat ze op de been bleef. Ze had nooit nagedacht over de dood van rechter Bannick – hij was nog zo jong – en ze had zeker nooit verwacht dat ze in zijn testament zou worden opgenomen. Niet lang nadat de ergste schok over zijn overlijden wat begon af te nemen, dacht ze onwillekeurig toch aan haar meevaller.

Eerlijk gezegd kon het haar niks schelen of hij gecremeerd zou worden of waar hij begraven zou worden, zeker niet nu de FBI in haar nek hijgde. Ze hadden haar gevraagd de begrafenisplannen nog even uit te stellen, en trouwens ook al het andere. Het had geen haast. Hij lag op ijs in het mortuarium in een county ver weg, en als de FBI het langzaamaan wilde doen, had ze daar geen probleem mee. Ze hadden ermee ingestemd dat ze niets met het lichaam zouden doen, zolang ze het maar goed vond dat ze zijn handen en vingers uitgebreid fotografeerden.

Ze werd uitvoerig geciteerd in de woensdageditie van de *Ledger*. Na wat lovende opmerkingen over haar oude baas zei ze dat hij een tijdje ziek was geweest, maar dat hij te zeer op zichzelf was geweest om over zijn gezondheid te praten. Het hele kantoor was 'geschokt en verdrietig', net als zijn collega's en de leden van de balie. Het artikel besloeg de volledige onderste helft van de voorpagina, met een mooie foto van een jongere Bannick. Er werd niet gerept over het arrestatiebevel wegens ontvoering.

Op woensdag tegen het middaguur had de FBI de SUV die hij op het parkeerterrein voor langparkeren had achtergelaten helemaal binnenstebuiten gekeerd, net als de Avis-huurauto die ze bij de Pecos Mountain Lodge hadden aangetroffen. Het was geen verrassing dat ze allebei grondig waren schoongeveegd en dat er geen vingerafdrukken werden gevonden. De FedEx-envelop die naar Diana was gestuurd, zat vol met vingerafdrukken, maar geen ervan kwam overeen met de gedeeltelijke afdruk die op Verno's telefoon was aangetroffen. De hut in Gantt Lake werd uitgekamd en leverde niks bruikbaars op. Elke centimeter van zijn kamer in de lodge en elk oppervlak dat hij mogelijkerwijs kon hebben aangeraakt was tweemaal onderzocht, maar zonder succes. Een medewerker verklaarde dat hij hem een paar keer had gezien, altijd met handschoenen aan.

Een topteam van vingerafdrukdeskundigen van de FBI was snel ter plaatse en bestudeerde de vingers en de duimen. Ze waren allemaal verbrand en gecorrodeerd tot het punt waarop ze volledig vernietigd waren. Vidovich besloot de handen te laten verwijderen en ze naar het lab te brengen. Dat meldde hij aan Diana Zhang, die het aanvankelijk afschuwelijk vond. Maar Vidovich praatte op haar in en maakte haar duidelijk dat de handen en de vingers, net als het hele lichaam, toch tot as zouden vergaan, dus wat maakte het uit? Toen ze bleef aarzelen, dreigde hij haar voor een federale rechter te slepen.

Diana was haar nieuwe taak nu al beu. Hoe langer hij in het mortuarium lag, des te meer problemen hij veroorzaakte. Ze zou zijn lichaam nooit zien, met of zonder handen. Het lag vijftienhonderd kilometer verderop en dat was haar nog niet ver genoeg. Ze zei uiteindelijk ja tegen de amputaties, en de handen werden verwijderd en naar het forensisch lab in Clarksburg in West Virginia gebracht.

Wat er over was van rechter Bannick werd naar een crematorium in Santa Fe gebracht, fatsoenlijk verbrand en in een plastic urn gestopt, die de begrafenisondernemer tot nader order in de opslag zette.

Lacy werd de hele dag door bijgepraat door Vidovich en bracht Jeri op de hoogte van de ontwikkelingen. Die kon ineens niet wachten om haar spullen te pakken en naar huis te gaan.

De FBI had haar auto doorzocht en geen bruikbare vingerafdrukken gevonden, maar vond wel het gps-apparaatje naast de benzinetank. Dat stuurden ze naar Clarksburg voor onderzoek.

Op de een of andere manier had Bannick in de chaos haar pistool en kleine weekendtas gepakt, maar hij had haar telefoon en haar laptop achtergelaten. Ze nam aan dat hij het niet had willen riskeren om betrapt te worden met haar apparaten. Ook haar handtas en haar sleutels had hij achtergelaten. Hij had de kleine hoeveelheid geld niet nodig gehad, net zomin als haar creditcards, en hij reed in zijn eigen auto, al had Jeri die nooit gezien.

De twee knappe agenten die haar zondag met de auto bij het ziekenhuis hadden opgehaald, kwamen nu naar Tallahassee met haar Camry en haar bezittingen. Ze hadden opdracht gekregen om achter haar aan te rijden naar Mobile en te zorgen dat de sloten op haar deuren werden vervangen. Ze zei dat dat niet nodig was, en schoorvoetend vertrokken ze.

Na een vroeg diner met Lacy en Allie omhelsde Jeri hen allebei, bedankte hen hartelijk, beloofde dat ze hen snel weer zou zien en vertrok naar Mobile, wat vier uur rijden was. Toen ze de stad verliet, klapte ze het achteruitkijkspiegeltje opzij zodat ze daar niet de hele tijd in zou kijken. Het zou lastig worden om sommige gewoonten af te leren.

Haar gedachten waren warrig en haar stemmingen wisselden sterk. Ze had geluk dat ze nog leefde en haar zere polsen herinnerden haar er voortdurend aan dat ze door het oog van de naald was gekropen. Niettemin was die episode, hoe angstaanjagend ook, duidelijk tot een einde gekomen. Het lot had ingegrepen en ze was aan een zekere dood ontsnapt. Ze was voorbestemd om te blijven leven, maar met welk doel? Ze had het gevoel dat haar project niet voltooid was, maar waar was de finishlijn? Ze glimlachte om de aangename gedachte dat ze niet meer in dezelfde wereld als Bannick leefde, maar ze kon wel vloeken om het feit dat hij was weggekomen met zijn moorden. Hij zou zijn slachtoffers nooit onder ogen komen en zou nooit in een oranje overall met kettingen om zijn enkels voor de rechtbank gesleept worden, en al helemaal niet voor zijn eigen rechtbank. Hij zou nooit de onmetelijke vernedering ondergaan om zijn politiefoto op de voorpagina te zien staan, te worden geminacht door zijn collega's, te worden geroyeerd als rechter, te worden veroordeeld voor zijn gruweldaden en achter slot en grendel te worden gezet. Hij zou niet de geschiedenisboeken in gaan als de eerste Amerikaanse rechter die werd veroordeeld wegens moord, en hij zou ook niet worden herinnerd als een legendarische seriemoordenaar. Hij zou nooit wegrotten in de gevangeniscel die hij zo verdiende.

Zonder verder bewijs van zijn schuld zouden de families van zijn slachtoffers nooit te weten komen dat hij waarschijnlijk de dader was. Ze kende hun namen, allemaal. De ouders en de broers en zussen van Eileen Nickleberry, de twee kinderen van Ashley Barasso, die nu allebei in de twintig waren, de weduwe en de twee zoons van Perry Kronke, de familie van Mike Dunwoody, voor zover ze wist het enige onopzettelijke slachtoffer, de kinderen van Danny Cleveland en de families van Lanny Verno en Mal Schnetzer.

En wat zou ze tegen haar eigen familie zeggen – haar oudere broer Alfred in Californië, en Denise in Michigan? Zou ze hun wereld op zijn kop zetten met het moeilijk voorstelbare verhaal dat ze de moordenaar had gevonden, maar dat hij aan rechtsvervolging was ontsnapt?

Waarom zou ze? Er werd alleen over de moord op Bryan Burke gesproken als zij, Jeri, daarover begon.

Ze pepte zichzelf op door zichzelf eraan te herinneren dat de zaak nog niet gesloten was. De FBI was er volledig bij betrokken en ze waren nog niet klaar. Bannick kon nog steeds worden aangemerkt als verdachte van een paar moorden. Als er één kon worden bewezen, kon de FBI de plaatselijke politiebureaus inlichten, die op hun beurt met de families konden gaan praten. Het recht zou nooit zegevieren, maar misschien konden sommige families het afsluiten als ze de waarheid kenden.

Voor Jeri zelf leek het onmogelijk om het af te sluiten.

45

Donderdag aan het eind van de ochtend kwamen Lacy en haar taskforce voor de laatste keer bijeen en stopten de kwestie-Bannick vrolijk in de la met het opschrift SEPONEREN, toen Felicity hen onderbrak met een dringend telefoontje. Sadelle nam net een teug zuurstof en Darren overwoog of hij een grote of een kleine beker latte zou halen.

'Ik heb Betty Roe aan de lijn en ze zegt dat het belangrijk is,' meldde Felicity via de intercom.

Lacy rolde met haar ogen en zuchtte gefrustreerd. Ze had gehoopt dat ze een paar dagen zonder Jeri's stem zou kunnen doorbrengen, maar ze was niet echt verbaasd. Darren rende naar de deur voor zijn koffieronde. Sadelle deed haar ogen dicht, alsof ze weer een dutje wilde doen.

'Goedemorgen, Betty,' zei Lacy.

'We kunnen dat Betty-gedoe nu wel achter ons laten, hè Lacy?'

'Zeker. Hoe gaat het, Jeri?'

'Heerlijk. Ik voel me twintig kilo lichter en kan niet ophouden met lachen. Het feit dat hij er niet meer is, is echt een pak van mijn hart. Ik kan je niet vertellen hoe fantastisch het is.'

'Dat is geweldig om te horen, Jeri. Dat is lang geleden.'

'Het is voor het eerst van mijn leven, Lacy. Ik heb tientallen jaren met die engerd geleefd. Hoe dan ook, ik kon niet slapen. Ik heb de hele nacht wakker gelegen, want ik had nog één klein avontuurtje in gedachten en ik heb je hulp nodig. Het liefst ook met Allie erbij.'

'Allie is vanochtend vertrokken, bestemming onbekend.'

'Neem Darren dan maar mee. Dat is dan de eerstvolgende witte jongen die in aanmerking komt.'

'Dat zal dan wel. Waar moet ik hem mee naartoe nemen?'

'Naar Pensacola.'

'Ik luister, maar ik ben nu al sceptisch.'

'Hoeft niet. Vertrouw me. Ik heb je vertrouwen inmiddels wel verdiend, lijkt me.'

'Dat klopt.'

'Mooi. Laat alles uit je handen vallen en kom naar Pensacola.'

'Oké, het valt niet mee, maar ik luister nog steeds. Het is niet bepaald om de hoek.'

'Dat weet ik, dat weet ik. Eén uur rijden voor mij, drie uur voor jou, maar het kan van cruciaal belang zijn. Dit kan de laatste nagel aan zijn doodskist zijn.'

'Bij wijze van spreken dan. Hij wilde geen kist.'

'Nou ja. Luister, Lacy, ik heb de truck gevonden.'

'Welke truck?'

'De truck waar Bannick in reed op de dag dat hij Verno en Dunwoody vermoordde in Biloxi. De truck die gezien werd door die oude man die in het centrum van Neely in Mississippi op zijn veranda zat toen Bannick die telefoons in de brievenbus gooide. Die truck.'

Lacy zei langzaam: 'Dus?'

'Dus die is niet op vingerafdrukken gecontroleerd.'

'Wacht even. Ik dacht dat Darren die had opgespoord.'

'Ja, min of meer. Het is een halftonner pick-up uit 2009, lichtgrijs, door Bannick aangeschaft in 2012. Hij had hem twee jaar in zijn bezit en heeft hem gebruikt bij de moorden in Biloxi en een maand later ingeruild. Een man met de naam Trager heeft hem van een handelaar in gebruikte auto's gekocht en heeft er twee maanden in gereden, totdat hij werd geramd door een dronken automobilist. De verzekeringsmaatschappij verklaarde de truck total loss en gaf Trager een cheque, en die heeft hem op een andere naam laten zetten. De verzekeringsmaatschappij heeft hem als schroot verkocht. Dat is allemaal precies zoals je het me drie weken geleden hebt verteld.'

'Ja, nu weet ik het weer. Darren zei dat het spoor doodliep.'

'Nou, dat is niet helemaal waar. De truck is niet als schroot verkocht, maar voor de onderdelen. Ik denk dat ik hem gevonden heb op een autokerkhof even buiten Milton, ten noorden van Pensacola. Heb je Google Maps?'

'Natuurlijk.'

'Oké. Ik stuur je de link van Dusty's Salvage in de buurt van Milton. Die koopt autowrakken van verzekeringsmaatschappijen en verkoopt de onderdelen. Vijfendertig hectare vol kapotte auto's en trucks. Ik heb de agent die de claim van Trager heeft behandeld opgespoord en hij is er vrijwel zeker van dat de truck naar Dusty's is gegaan.'

Lacy verwachtte het ergste en vroeg: 'En wat verwacht je nu van mij?'

'Nou, wij drieën – jij, ik en Darren – gaan die truck zoeken en een kijkje nemen. Als Bannick hem twee jaar in zijn bezit heeft gehad, kunnen er vingerafdrukken in zitten. Hij heeft hem vast niet schoongeveegd, want hij wist toen niks van zijn verdwaalde duimafdruk op Verno's telefoon. Hij heeft hem maanden voor die tijd verkocht.'

'Vijfendertig hectare?'

'Kom op, Lacy, dit kan onze grote doorbraak zijn. Natuurlijk is het een speld in een hooiberg, maar de speld is daar wel.'

'Hoe lang blijven vingerafdrukken zitten?'

'Jaren, afhankelijk van een heleboel factoren, zoals oppervlak, weer, stevigheid, enzovoort.'

Het verbaasde Lacy niks dat Jeri alle ins en outs van vingerafdrukken kende. 'Laten we gewoon de FBI bellen.'

'Goh, dat heb ik echt nog nooit eerder gehoord. We bellen ze later wel. Laten we eerst die truck vinden en dan besluiten wat we doen.'

Haar eerste impuls was om tegen Jeri te zeggen dat ze het ontzettend druk had, dat het kantoor een grote chaos was geworden tijdens haar afwezigheid, enzovoort, maar ze wist dat al haar excuses zouden worden afgewimpeld en volledig zouden worden genegeerd. Jeri had een seriemoordenaar opgespoord van wie de politie nog nooit had gehoord, en dat was haar gelukt door zo vasthoudend te zijn. Lacy kon het gewoon nooit winnen.

Ze keek fronsend naar Sadelle, die weg zat te dutten, en zei: 'We kunnen er niet voor vieren zijn.'

'Dusty sluit om vijf uur. Schiet op. Kom niet in een jurkje.'

Ernie werkte aan de ene kant van de lange balie en toen ze de afdeling Onderdelen binnengingen, was hij de enige van vier 'partners' die niet aan de telefoon zat. Zonder te glimlachen gebaarde hij dat ze naar zijn hoekje moesten komen. Het decor bestond uit gedeukte wieldoppen en oude sturen, en achter de toonbank stonden hoge rijen kratten vol gebruikte auto-onderdelen. Aan één wand hing een indrukwekkend rek met gebruikte accu's. Het rook er naar muffe olie en alle vier de partners hadden minstens twee vetvlekken op hun shirt. Ernie ook, en verder hing er een oliedoek uit zijn achterzak. Er zat een sigaar, die niet brandde, in zijn ene mondhoek geklemd. 'Kan ik jullie helpen?' gromde hij. Ze hoorden hier duidelijk niet.

Lacy liet haar stralende glimlach zien en zei: 'Ja, graag. We zoeken een Chevrolet-pick-uptruck uit 2009.'

'We hebben er duizenden. Wees een beetje preciezer, schat.'

Op elk ander moment zou dat 'schat' haar op de kast hebben gejaagd, maar dit was niet het moment om hem op zijn nummer te zetten.

'Zoek je onderdelen?'

'Nee, niet echt,' zei ze, nog steeds met een grote glimlach.

'Hoor eens, mevrouwtje, we verkopen onderdelen, gebruikte onderdelen, alleen maar onderdelen. We hebben hier meer dan honderdduizend autowrakken en er komen er elke dag meer bij.' Lacy besefte dat ze zo nergens kwamen. Ze schoof een visitekaartje naar hem toe en zei: 'We doen onderzoek naar aantijgingen van misstanden. We werken voor de staat Florida.'

'Politie?' vroeg hij en hij deinsde terug. Dusty's wekte in alle opzichten de indruk van een plek waar contant geld koning was, waar de belasting routinematig ontdoken werd en waar allerlei criminele activiteiten onder de oppervlakte borrelden. Twee andere partners, nog aan de telefoon, keken hun kant op.

'Nee,' zei Lacy snel. Jeri bewonderde een paar wieldoppen en Darren keek op zijn telefoon. 'Helemaal niet. We moeten gewoon deze truck vinden.' Ze schoof hem een kopie van de specificaties toe, die Jeri op internet had gevonden.

Ernie pakte hem aan en staarde naar het scherm van zijn enorme computer, die zo te zien uit de jaren zeventig stamde. Ook die zat onder de olievlekken. Hij tikte iets in, fronste en rammelde op zijn toetsenbord. Na een tijdje mompelde hij: 'Is in januari binnengekomen. Zuidelijk deel, rij 84.' Hij keek naar Lacy en zei: 'Snap je? Hoor eens, dame, we verkopen hier onderdelen. We geven geen gratis rondleidingen, hoor.'

Een beetje luider zei ze: 'Prima. Ik kan altijd terugkomen met een huiszoekingsbevel.'

Zijn geschrokken reactie maakte duidelijk dat huiszoekingsbevelen niet welkom waren bij Dusty's. Ernie knikte richting het achterste gedeelte en zei: 'Kom maar mee.' Hij ging hun voor door een achterdeur. Aan de ene kant stond een lang, metalen gebouw met boxen vol auto's en trucks in uiteenlopende stadia van ontmanteling. Aan de andere kant lagen eindeloze hectares met niets anders dan kapotte auto's. Hij gebaarde naar rechts en zei. 'Hier de auto's.' Hij gebaarde naar links en zei: 'Hier de trucks en de busjes. Het zuidelijke deel ligt die kant op, iets minder dan een kilometer lopen. Zoek rij 84. Met een beetje geluk vind je hem. We gaan om vijf uur dicht en je wilt hier niet 's nachts ingesloten zitten.'

Darren wees naar een jongen in een golfkarretje en vroeg aan Ernie: 'Mogen we dat lenen?'

'Alles is hier te koop, baas. Vraag maar aan Herman.'

Zonder nog een woord te zeggen draaide Ernie zich om en liep weg. Voor vijf dollar wilde Herman ze naar rij 84 brengen. Ze propten zich in het golfkarretje en zoefden al snel langs duizenden kapotte en gesloopte voertuigen, de meeste zonder motorkap, allemaal zonder banden, sommige met onkruid dat door de ramen heen groeide. Hij stopte voor een grijze truck en ze stapten uit.

Lacy gaf hem nog een briefje van vijf dollar en zei: 'Hé, Herman, kun je rond sluitingstijd terugkomen om ons op te halen?'

Hij grijnsde, pakte het geld aan, gromde een antwoord en reed weg.

De truck was bij het portier aan de passagierskant geramd en was flink gesloopt, maar de motor was intact en al kaalgeplukt. Terwijl ze ernaar gaapten, vroeg Lacy: 'Goed, wat nu?'

'Laten we er een paar zuigers uit halen,' zei Darren alsof hij er verstand van had.

'Nou, dat niet,' zei Jeri, 'maar je zit op het juiste spoor. Als je denkt aan dingen die Bannick niet heeft aangeraakt, kom je als eerste bij de motor uit. Maar denk nu eens aan de dingen waar hij wel aan heeft gezeten. Stuur, dashboard, de schakelaars voor de richtingaanwijzers en de koplampen, versnellingspook, alle knopjes.'

'Heb jij poeder bij je?' vroeg Lacy.

'Nee, maar ik weet wel hoe ik vingerafdrukken moet zoeken. Ons volgende plan is om de FBI hierheen te halen voor een fatsoenlijke zoektocht. Op dit moment wil ik gewoon even rondneuzen.'

'Het handschoenenkastje,' zei Darren.

'Ja, en onder de stoel, en achter de stoel. Denk maar aan je eigen auto en alle troep die tussen de kieren valt. Iemand een paar handschoenen?' Ze stak haar hand in haar tas en haalde er plastic handschoenen uit. Ze trokken ze braaf aan.

'Ik ga naar binnen,' zei Jeri. 'Darren, jij kijkt in de achterbak. Lacy, probeer jij of je onder de stoel aan de andere kant kunt kijken.'

'Pas op voor slangen,' zei Darren en de vrouwen slaakten bijna een gil.

De halve voorbank zat in elkaar en was geplet, en het portier aan de passagierskant lag er bijna helemaal af. Lacy baande zich een weg door het onkruid en wist hem open te krijgen. Het zijvak was leeg. Ze zag niks interessants aan de passagierskant. Jeri veegde voorzichtig het glas van de bestuurdersstoel en ging achter het stuur zitten. Ze boog zich naar de andere kant en probeerde het handschoenenkastje open te maken, maar dat zat stevig dichtgeklemd.

Bij de eerste ronde vonden ze niks en Jeri zei: 'We moeten dat handschoenenkastje openkrijgen. Met een beetje geluk zitten daar een onderhoudsboekje en allerlei papieren in, zoals in elke auto, toch?'

Lacy vroeg: 'Wat is een onderhoudsboekje?'

'Veelzeggend,' mompelde Darren.

Lacy werd opeens overspoeld door herinneringen en haar knieën knikten. Ze kreeg geen lucht meer en klapte dubbel, zette haar handen op haar knieën en probeerde adem te halen.

'Gaat het?' vroeg Jeri, die haar schouder aanraakte.

'Nee. Sorry. Laat me maar even.'

Darren keek naar Jeri en zei: 'Het komt door haar auto-ongeluk, waarbij Hugo om het leven is gekomen. Nog niet zo lang geleden.'

Jeri zei: 'Het spijt me heel erg, Lacy. Ik heb er niet bij stilgestaan.'

Ze stond op en haalde diep adem.

'We hadden water mee moeten nemen,' zei Jeri. 'Sorry.'

'Geeft niet. Het gaat wel weer. Laten we hier weggaan en dit aan de FBI melden. Die kunnen de zoektocht verder afhandelen.'

Jeri zei: 'Oké, maar eerst wil ik zien wat er in dat handschoenenkastje zit.'

Een paar meter verderop stond een grote Ford met een kapot dak. Darren rommelde erin en vond een afgescheurd stuk van het zijvak van het linkerportier. Hij wrikte het los en ging op de stoel van de grijze Chevy-truck zitten. Hij ramde zijn nieuwe stuk gereedschap in het beschadigde handschoenenkastje, maar dat ging niet open. Hij duwde, priemde, schoof, en bleef maar wrikken, maar het haalde niets uit. Het handschoenenkastje was aan één kant in elkaar gedrukt en zat stevig dichtgeklemd.

'Ik had gedacht dat je sterker was,' merkte Lacy op, terwijl Jeri en zij al zijn bewegingen nauwlettend volgden.

Darren wierp haar een norse blik toe, haalde diep adem, veegde zijn voorhoofd af en viel weer op het handschoenenkastje aan. Eindelijk wist hij een smalle kier open te wrikken en het deurtje klapte open.

Hij grijnsde naar Lacy en Jeri en smeet zijn gereedschap tussen het onkruid. Hij trok zijn handschoenen strak en haalde langzaam een plastic mapje, een folder van autobandengaranties, een kwitantie voor een olieverversing op naam van de heer Robert Trager, een rekening van de wegenwacht en twee verroeste schroevendraaiers tevoorschijn.

Hij gaf het mapje aan Jeri en kroop uit de truck. Ze staarden alle drie naar de buit. 'Moeten we het openmaken?' vroeg Lacy.

Jeri hield het met beide handen vast en zei: 'De kans bestaat dat Bannick het op een gegeven moment heeft aangeraakt. De kans bestaat dat hij het niet heeft schoongeveegd, of eigenlijk kan hij dat niet echt hebben gedaan, in elk geval niet de afgelopen maand toen hij verder alles heeft schoongeboend.'

Lacy zei: 'Laten we op veilig spelen en het naar de FBI brengen.'

'Ja, absoluut, maar laten we eerst even gluren.' Ze sloeg het mapje langzaam open en haalde het onderhoudsboekje eruit. Daar zaten verlopen garantiebewijzen in, en een oud kentekenbewijs uit Florida op naam van Robert Trager, en twee bonnetjes van een handel in auto-onderdelen.

Er viel een pasje uit, dat op de grond dwarrelde. Lacy raapte het op, glimlachte en zei: 'Bingo.'

Het was een verzekeringspasje op naam van Waveland Shores, een van Bannicks dekmantels. Het was een dekking voor de halfjaarlijkse periode tussen januari en juli 2013 en het polisnummer, de dekkingslimiet, het chassisnummer en de naam van de verzekeringsagent stonden erop. Ze liet het aan Jeri en Darren zien, die het niet aan durfden te raken, en stopte het terug in het onderhoudsboekje.

Jeri zei: 'Ik zie onze kansen nu zonnig in.'

'Ik bel Clay Vidovich,' zei Lacy en ze pakte haar telefoon.

Ze liepen tien minuten, tot ze Herman in zijn golfkarretje zagen. Hij reed hen naar de voorkant, waar ze zich bij Ernie meldden, die uiteraard tien dollar vroeg voor het onderhoudsboekje. Lacy pingelde af naar vijf dollar, die werden betaald door de belastingbetalers van Florida, en ze verlieten Dusty's.

Een uur later zaten ze in hartje Pensacola in de vergaderruimte frisdrank te drinken met Vidovich en de agenten Neff en Suarez. Terwijl ze alle details van hun avontuur vertelden, bogen twee technici zich over het onderhoudsboekje, het verzekeringspasje en andere spullen uit het handschoenenkastje.

Vidovich zei: 'Ja, we gaan morgenochtend weg, we hebben een vlucht om acht uur. Dan zijn we 's middags terug in Washington. Jeri, dankzij jou is het een behoorlijk productief reisje geweest, vind je niet?'

'Ik heb er gemengde gevoelens over,' zei ze zonder te glimlachen. 'We hebben onze man gevonden, maar hij is ermee weggekomen, op zijn eigen voorwaarden.'

'Het moorden is gestopt en dat is niet altijd het geval. We kunnen deze zaak sluiten, maar we hebben er nog meer.'

'Hoeveel, als ik zo brutaal mag zijn?' vroeg Darren.

Vidovich keek naar Neff, maar die haalde haar schouders op alsof ze het niet wist.

'Een stuk of tien, in alle soorten en maten.'

'Ook een zoals Bannick?' vroeg Lacy.

Hij schudde lachend zijn hoofd. 'Niet dat we weten, en we pretenderen niet dat we ze allemaal kennen. De meeste van die kerels moorden willekeurig en kennen hun slachtoffers helemaal niet. Bannick was absoluut anders. Hij had een lijst en hield ze jaren in de gaten. Zonder jou hadden we hem nooit gevonden, Jeri.'

De deur ging open en er kwam een technicus binnen, die zei: 'We hebben twee uitstekende duimafdrukken, beide van het verzekeringspasje. Ik heb ze zojuist naar het lab in Clarksburg gestuurd.'

Hij vertrok en Vidovich liep met hem mee de kamer uit.

Suarez zei: 'Ze geven er prioriteit aan en rammen ze door de databanken. We kunnen binnen een paar minuten miljoenen vingerafdrukken checken.'

'Ongelofelijk,' zei Darren.

'Inderdaad.'

Lacy vroeg: 'Wat gebeurt er als er een match is?'

'Niet veel,' zei Neff. 'Dan weten we zeker dat Bannick de

moordenaar van Verno en Dunwoody is, maar het blijft onmogelijk om de zaak door te zetten.'

'En als hij nog had geleefd?'

'Nog steeds heel lastig. Ik zou niet in de schoenen van de aanklager willen staan.'

'En de andere moorden?' vroeg Lacy.

Suarez zei: 'Daar kunnen we weinig aan doen. We gaan in elk geval met de lokale politie praten om het nieuws door te geven. Die spreken dan af met de families, als de familieleden dat tenminste willen. Sommigen zullen dat graag doen, anderen niet. Hoe zit het met jouw familie?'

Jeri antwoordde: 'O, die ga ik het vast wel een keer vertellen.'

Het gesprek verstomde terwijl ze wachtten. Darren ging naar het toilet. Lacy haalde nog wat te drinken voor iedereen.

Vidovich keerde lachend terug en zei: 'We hebben een duidelijke match. Gefeliciteerd, nu kan worden bewezen dat rechter Bannick inderdaad de moordenaar is van Lanny Verno en Mike Dunwoody. En dat is op dit moment het beste wat we konden hopen, mensen.'

Lacy zei: 'Ik heb een borrel nodig.'

Vidovich zei: 'Nou, ik dacht meer aan een borrel gevolgd door een lang feestmaal. De FBI trakteert.'

Jeri knikte instemmend terwijl ze haar tranen afveegde.

46

Twee weken later vlogen Lacy en Allie naar Miami, huurden een auto en reden ontspannen in zuidelijke richting over Highway 1, door Key Largo naar Islamorada, waar ze stopten voor een lange lunch op de patio aan de waterkant. Ze vervolgden hun weg, reden door Marathon en stopten toen de snelweg ophield in Key West. Ze checkten in bij het Pier House Resort en kregen een kamer met uitzicht op de oceaan. Ze plonsden in het water, liepen door het zand, gingen op het strand liggen en namen een cocktail terwijl ze naar een prachtige zonsondergang keken.

De volgende dag, een zaterdag, verlieten ze Key West, reden in een uur naar Marathon en vonden het huis van Kronke in Grassy Key, een luxe, omheinde gemeenschap aan het water. Ze hadden om tien uur een afspraak en waren een paar minuten te vroeg. Jane Kronke begroette hen hartelijk en ging hun voor naar de patio, waar haar twee zoons, Roger en Guff, zaten te wachten. Ze waren de dag ervoor vanuit Miami hierheen komen rijden. Een paar minuten later arriveerde ook Chief Turnbull van de politie van Marathon. Allie excuseerde zich en nam zijn koffie mee naar de voorkant van het huis.

Na het obligate rondje kletspraat zei Lacy: 'Dit duurt niet lang. Zoals ik aan de telefoon al zei, ben ik de ad-interimdirecteur van de Board on Judicial Conduct en is het onze taak om klachten van wangedrag te onderzoeken die zijn ingediend tegen rechters van de staatsrechtbank. In maart ontmoetten we een vrouw van wie de vader in 1992 was vermoord en ze beweerde dat ze de identiteit van de moordenaar kende. Ze diende een formele aanklacht in en we waren volgens de wet van de staat verplicht om die in behandeling te nemen. Ze beweerde dat de verdachte, een zittende rechter, verantwoordelijk was voor de moord op meneer Kronke en tevens die op twee mannen uit Biloxi, in Mississippi. Normaal gesproken doen we geen onderzoek naar moord, maar we hadden geen keus. In maart ben ik met een collega hier naar Marathon gekomen en we hebben de Chief ontmoet, die zeer bereidwillig meewerkte. Het liep eigenlijk op niets uit, want zoals jullie weten was het moeilijk om bewijs te vinden. Uiteindelijk hebben we contact opgenomen met de FBI en kregen te maken met hun Behavorial Analysis Unit, de BAU, het eliteteam dat op seriemoordenaars jaagt.'

Ze zweeg even en nam een slok limonade. Ze hingen aan haar lippen en leken volkomen overrompeld. Ze kreeg bijna medelijden met hen.

'De rechter in kwestie is Ross Bannick uit het district Pensacola. We vermoedden dat hij verantwoordelijk was voor minstens tien moorden in de afgelopen twintig jaar, inclusief die op meneer Kronke. Drie weken geleden heeft hij zelfmoord gepleegd in een afkickkliniek in de buurt van Sante Fe. Door een duimafdruk is hij gelinkt aan de twee moorden in Biloxi, maar er is nog steeds geen bewijs dat hij meneer Kronke heeft vermoord. Alles wat we hebben is het motief en de modus operandi.'

Jane Kronke veegde over haar ogen en Guff klopte op haar arm.

'Wat is het motief?' vroeg Roger.

'Daarvoor moeten we terug naar 1989, toen Bannick in de zomer stage liep bij het advocatenkantoor van jullie vader. Om onbekende redenen kreeg hij na zijn afstuderen geen baan aangeboden. Jullie vader had dat jaar de leiding over de stagiairs en schreef Bannick de brief waarin hem werd gezegd dat hij geen baan aangeboden kreeg. Dat nam hij blijkbaar niet goed op.'

'En hij heeft drieëntwintig jaar gewacht om hem te vermoorden?' vroeg Guff.

'Ja. Hij was heel geduldig, heel berekenend. Hij kende al zijn slachtoffers en hield ze in de gaten tot het juiste moment was aangebroken. We zullen de details nooit te weten komen, want Bannick heeft alles vernietigd voordat hij zichzelf van het leven beroofde. Gegevens, aantekeningen, harddrives, alles. Hij wist dat de FBI eindelijk het net sloot. Hij was extreem grondig, eigenlijk geniaal. De FBI is onder de indruk.'

Dat verwerkten ze vol ongeloof en ze zeiden niets. Na een lange stilte zei Chief Turnbull: 'Je had het over de modus operandi.'

'Die was bij allemaal hetzelfde, met één uitzondering. Een klap op het hoofd, gevolgd door verwurging met een touw. Elke keer hetzelfde soort touw, vastgezet met een zelden gebruikte knoop die de dubbele mastworp wordt genoemd. Die wordt soms door zeelieden gebruikt.'

'Zijn visitekaartje.'

'Ja, zijn visitekaartje, wat niet ongebruikelijk is. De FBI-profilers denken niet dat hij gepakt wilde worden, maar dat hij wel wilde dat iemand op de hoogte was van zijn werk. Ze denken ook dat hij ergens een soort doodswens had, vandaar de zelfdoding.'

'Hoe heeft hij zichzelf van het leven beroofd?' vroeg Roger.

'Door een overdosis drugs. We weten niet precies welke drugs, want er is geen autopsie geweest, op zijn instructie. Die was ook niet echt nodig. De FBI heeft zijn duimen en vingers bekeken, maar die waren te zeer beschadigd om er afdrukken van te kunnen nemen.'

'Dus mijn vader is vermoord door een rechter?' vroeg Guff.

'Dat denken we, ja, maar we kunnen het nooit bewijzen.'

'En er wordt nooit bekendgemaakt dat hij het was?'

'De duimafdruk is achtergelaten bij de moorden in Biloxi. De sheriff daar is van plan om de familie van de slachtoffers te ontmoeten en dan te besluiten wat ze zullen doen. De kans bestaat dat ze de informatie zullen vrijgeven dat de moorden zijn opgelost en dat Bannick de moordenaar was.'

'Dat hoop ik van harte,' zei Roger.

'Maar dus geen vervolging?' vroeg Guff.

'Nee. Hij is dood en ik heb ernstige twijfels of we hem in absentia kunnen veroordelen. De sheriff denkt dat de families, of in elk geval een daarvan, niet zullen willen procederen. Vervolging zal ingewikkeld, zo niet onmogelijk zijn, omdat Bannick er niet bij zal zijn om zijn aanklagers te confronteren.'

Jane Kronke zei knarsetandend: 'Ik weet niet wat ik moet zeggen. Moeten we nu opgelucht of boos zijn, of wat?'

Lacy haalde haar schouders op en zei: 'Ik ben bang dat ik daar het antwoord niet op weet.'

Guff zei: 'Maar er komt dus geen verslag, geen nieuws, helemaal niks om het publiek te laten weten dat onze vader door deze vent vermoord is. Toch?'

'Ik kan niet bepalen wat jullie tegen een verslaggever willen zeggen, maar zonder meer bewijs weet ik niet of er iets kan worden gepubliceerd. Het zou problematisch kunnen worden om een dode man te beschuldigen zonder voldoende bewijs.'

Er volgde weer een lange stilte terwijl ze worstelden om dit te begrijpen. Na een hele tijd vroeg Roger: 'Die andere slachtoffers, wie waren dat?'

'Mensen uit zijn verleden, mensen die hem op de een of andere manier gekrenkt hadden. Een hoogleraar van zijn rechtenstudie, een advocaat die een honorarium van hem afpakte, een paar oude vriendinnetjes, een voormalige cliënt die een aanklacht had ingediend, een verslaggever die een schimmige grondtransactie aan de kaak stelde. Een scoutingleider. We denken dat Bannick op zijn twaalfde seksueel misbruikt is door zijn scoutingleider. Misschien is het daarmee begonnen. We zullen het nooit weten.'

Guff schudde verbitterd zijn hoofd, stond op, stopte zijn handen in zijn zakken en ijsbeerde over de patio.

Jane vroeg: 'Als hij zo'n genie was, hoe hebben jullie hem dan te pakken gekregen?'

'Wij niet. De politie ook niet. De Chief hier kan bevestigen dat er vrijwel geen bewijs is achtergelaten.'

'Maar wie dan wel?'

'Nou, dat is een lang verhaal, en ook echt ongelofelijk. Ik zal de details overslaan en meteen tot de kern komen. Zijn tweede slachtoffer, of in elk geval de man van wie wij denken dat hij nummer twee was, was Bannicks hoogleraar op de rechtenfaculteit. Hij heeft een dochter die geobsedeerd is geraakt door de moord op haar vader. Zij begon Bannick op een gegeven moment te verdenken en heeft hem twintig jaar in de gaten gehouden. Toen ze er echt van overtuigd was, en de moed bij elkaar had geraapt, kwam ze met de zaak naar ons toe. Wij wilden hem niet, maar hadden geen keus. Het duurde niet lang of we haalden de FBI erbij.'

'Breng haar alsjeblieft onze dank over,' zei Jane.

'Dat zal ik doen. Ze is een opmerkelijke vrouw.'

'We willen haar graag een keer ontmoeten,' zei Roger.

'Misschien, wie weet. Maar ze is nogal schuchter.'

De Chief zei: 'Nou, ze heeft de zaak opgelost, wat ons niet gelukt is. Zo te horen zou de FBI haar moeten inhuren.'

'Dat zouden ze wel willen. Zeg, ik vind het vreselijk dat ik jullie dit nieuws moet brengen, maar ik dacht dat jullie het wel wilden weten. Als jullie nog vragen hebben, dan hebben jullie mijn telefoonnummer.'

Guff zei: 'O, ik weet wel zeker dat we duizenden vragen hebben.'

'Je mag altijd bellen, maar ik kan niet beloven dat ik alle antwoorden heb.'

Lacy was klaar om te vertrekken. Ze bedankten haar keer op keer en liepen met haar mee naar de auto, waar Allie stond te wachten.

Laat op de middag bruiste het resort door de muziek in de bars, een rumoerige volleybalwedstrijd op het zand en kinderen die in het zwembad spetterden. Een reggaeband installeerde zich onder de palmbomen. In de verte voeren de zeilboten kriskras over het kristalblauwe water.

Lacy had genoeg van de zon en wilde een eindje gaan wandelen. Op de punt stuitten ze op een bruiloft die in een kapelletje in het zand werd gehouden. De gasten kwamen aan en dronken champagne.

'Wat een prachtig kapelletje,' zei ze. 'Geen verkeerde plek voor een bruiloft.'

'Het is leuk,' zei Allie.

'Ik heb het gereserveerd voor 27 september. Heb je dan iets te doen?'

'Eh, nou, dat weet ik niet. Hoezo?'

'Wat ben je soms toch traag van begrip. Dat is de dag waarop we trouwen. Hier. Ik heb de aanbetaling al gedaan.'

Hij pakte haar hand en trok haar naar zich toe. 'En hoe zit het dan met het aanzoek en zo?'

'Ik heb je zojuist een aanzoek gedaan. Dat kun jij blijkbaar niet. En ik neem de ring nu wel aan.'

Hij lachte en kuste haar. 'Waarom koop je er niet gewoon zelf een als jij toch de leiding neemt?'

'Dat heb ik overwogen, maar dat laat ik aan jou over. En ik hou van ovale diamanten.'

'Oké. Wordt aan gewerkt. Verder nog iets wat ik moet weten?'

'Ja. Ik heb die datum geprikt omdat we dan nog vier maanden hebben om onze carrière om te buigen en een nieuw leven te beginnen. Ik neem ontslag. Jij neemt ontslag. Het is de FBI of ik.'

'Heb ik een keus?'

'Nee.'

Hij lachte, kuste haar weer en daarna lachten ze nog meer. 'Dan ga ik voor jou.'

'Goed antwoord.'

'En ik weet zeker dat de huwelijksreis ook al gepland is.'

'Inderdaad. We gaan een maand weg. We beginnen aan de Amalfikust in Italië, gaan daar wat rondkijken en nemen de trein naar Portofino, Nice, Zuid-Frankrijk en misschien Parijs. We gaan op de bonnefooi en beslissen onderweg wat we doen.'

'Klinkt goed. En wanneer komen we terug?'

'Als we terugkomen, en dan kijken we wat het volgende hoofdstuk wordt.'

Een bruidegom op blote voeten en in een bermuda en een roze overhemd met een vlinderstrikje kwam naar hen toe met twee glazen champagne en zei: 'Feest gezellig mee. We hebben meer gasten nodig.'

Ze namen de champagne aan, vonden lege stoelen op de achterste rij en voelden zich volkomen thuis terwijl ze keken hoe twee volslagen onbekenden de huwelijksgeloften aflegden.

Lacy zat al te bedenken wat ze allemaal anders zou aanpakken.

Noot van de schrijver

Toen Lacy Stoltz voor het laatst te zien was in *De klokkenluider*, was ze aan het herstellen van haar verwondingen en worstelde ze met de toekomst. Sindsdien heb ik vaak aan haar gedacht en ik wilde haar altijd terughalen voor nog een avontuur. Ik kon echter maar geen verhaal vinden dat het geweldige succes van het eerste kon evenaren, tot ik een rechter vond die tegelijkertijd een moordenaar was.

Wat is fictie toch heerlijk.

Zoals ik in een van de weinige correcte gedeelten van het boek opmerk, heeft elke staat een eigen manier om met aanklachten tegen rechters om te gaan. In Florida doet de Judicial Qualifications Commission al sinds 1968 uitstekend werk. De Board on Judicial Conduct bestaat niet.

Veel dank aan Mike Linden, Jim Lamb, Tim Heaphy, Lauren Powlovich, Neal Kassell, Mike Holleman, Nicholas Daniel, Bobby Moak, Wes Blank en Talmage Boston.

John Grisham